Dick Francis

Favorit

Ein Sid-Halley-Roman
Aus dem Englischen von
Malte Krutzsch

Diogenes

Titel der 1995 bei Michael Joseph Ltd.,
London, erschienenen Originalausgabe:
›Come to Grief‹

Umschlagbild von
Tomi Ungerer

200/97/44/1
ISBN 3 257 06132 3

Im November 1994 hat BBC Radio 2 im Rahmen der Aktion *Kinder in Not* eine ›Auktion der unbezahlbaren Gelegenheiten‹ veranstaltet. Eines der Angebote lautete: »Ich leihe meinen Namen einer Figur im nächsten Roman von Dick Francis.«

Der Zuschlag erfolgte an Mrs. Patricia Huxford. Dick Francis war es eine große Freude, sie in *Favorit* auftreten zu lassen.

I

Ich hatte einen Freund, und der war allgemein beliebt. (Mein Name ist Sid Halley.)

Ich hatte einen Freund, der war allgemein beliebt, und ich habe ihn vor Gericht gebracht.

Wenn man als Detektiv arbeitet, wie ich es seit annähernd fünf Jahren tue, dann bleibt es leider nicht aus, daß man hin und wieder Fakten zutage fördert, die Überraschungen und Entsetzen hervorrufen und Menschen für immer um ihren Frieden bringen.

Erst nach tagelangem innerem Kampf hatte ich mich entschließen können, meinen Ermittlungsergebnissen gemäß zu handeln. Dabei ging es mir elend, aber ich hatte nach Unglauben, Abwehr und Zorn schließlich doch auch das letzte Stadium der Trauer, die Hinnahme, erreicht. Ich trauerte um den Mann, den ich gekannt hatte. Den ich zu kennen geglaubt hatte, der aber immer nur eine Fassade gewesen war. Ich trauerte um den Verlust einer Freundschaft, um einen Mann, der noch so aussah wie sonst, aber ein anderer, ein Fremder geworden war… ein Gegenstand des Abscheus. Ich hätte viel leichter um ihn trauern können, wäre er tot gewesen.

Der Verwirrung, die ich insgeheim empfunden hatte, folgte ein allgemeiner Aufschrei, als ich mit meiner Enthüllung an die Öffentlichkeit trat. Die Presse ergriff spontan und energisch für den Angeklagten Partei und ließ an mir, seinem Beschuldiger, kein gutes Haar. Auf den Rennbahnen, meinem Hauptarbeitsfeld, kannten mich alte Bekannte nicht mehr. Mein Freund wurde mit Zuneigung, Beistand und Trost überschüttet. Unglauben, Abwehr und Zorn herrschten vor: bis zur Hinnahme war es noch weit. Einstweilen wurde ich und nicht er zur Zielscheibe des Hasses erkoren. Ich wußte, es war nur auf Zeit. Man mußte es über sich ergehen lassen und abwarten.

Am Morgen, an dem sein Prozeß eröffnet wurde, brachte sich die Mutter meines Freundes um.

Die Nachricht erreichte sehr bald das Gericht in Reading, wo der vorsitzende Richter im schwarzen Talar bereits die Sachvorträge der Anklage und der Verteidigung gehört hatte und wo ich als Zeuge der Anklage allein in einem seelenlosen Nebenzimmer auf meinen Aufruf wartete. Ein Justizbeamter unterrichtete mich von dem Selbstmord und sagte mir, da der Richter die Verhandlung vertagt habe, könne ich nach Hause gehen.

»Die arme Frau«, rief ich in ungespieltem Entsetzen.

Der Justizbeamte hätte unparteiisch sein sollen, war aber doch auf der Seite des Beschuldigten. Er musterte mich ungnädig und sagte, ich solle am nächsten Morgen Punkt zehn wieder erscheinen.

Ich verließ das Zimmer und ging langsam durch den Korridor zum Ausgang, wurde aber vorher von einem Anwalt abgefangen, der mich beim Ellbogen faßte und beiseite zog.

»Seine Mutter hat sich ein Hotelzimmer genommen und ist aus dem sechzehnten Stock gesprungen«, sagte er ohne

Vorrede. »In einem Abschiedsbrief schrieb sie, sie könne die Zukunft nicht ertragen. Was halten Sie davon?«

Ich sah in die dunklen, intelligenten Augen von Davis Tatum, einem dicken, schwerfälligen Mann mit einem nüchternen, regen Verstand.

»Das wissen Sie besser als ich«, meinte ich.

»Sid!« Ein Anflug von Gereiztheit. »Sagen Sie mir, was Sie denken.«

»Vielleicht bekennt er sich jetzt schuldig.«

Er entspannte sich und lächelte ein wenig. »Sie haben Ihren Beruf verfehlt.«

Ich schüttelte dankend den Kopf. »Ich fange die Fische. Ausweiden könnt ihr sie.«

Er ließ meinen Arm wieder los, und ich ging vom Gericht geradewegs zum Bahnhof, fuhr eine halbe Stunde bis zur Endstation in London und nahm für die letzten anderthalb Kilometer bis nach Hause ein Taxi.

Ginnie Quint, dachte ich unterwegs. Arme, arme Ginnie Quint. Lieber war sie in den Tod gesprungen, als für alle Zeit unter der Schande ihres Sohnes zu leiden. Ein einsamer, plötzlicher Abgang. Ende der Tränen. Ende des Kummers.

Das Taxi hielt vor dem Haus am Pont Square (eine Seitenstraße von Cadogan Square), wo ich gegenwärtig ein Apartment im ersten Stock bewohnte und vom Balkon auf die eingezäunte, schattige Gartenanlage in der Platzmitte schauen konnte. Wie gewohnt war es ruhig auf dem abgelegenen kleinen Platz, nur ab und zu ein Auto und einige wenige Fußgänger. Es war Anfang Oktober – ein schwacher Herbstwind wehte in die schon welken Blätter der Linden und trug einzelne wie gelbe Schneeflocken zum Boden hin.

Ich stieg aus und bezahlte den Taxifahrer durchs offene Fenster, und als ich mich umdrehte, um den Gehsteig zu überqueren und die wenigen Stufen zur Haustür hinaufzugehen, sprang ein dem Anschein nach ruhig daherkommender Mann mich plötzlich wütend an und machte Anstalten, mir mit einer langen schwarzen Metallstange den Schädel einzuschlagen.

Ich spürte mehr, als ich sah, wie er zum ersten bösen Schlag ausholte, und bewegte mich gerade noch so weit, daß die Stange statt meines Kopfes meine Schulter traf. Er schrie mich halb von Sinnen an, und ich wehrte einen zweiten brutalen Schlag mit dem Unterarm ab. Danach packte ich sein Handgelenk im Zangengriff, schob ihm ein Bein hinter die Kniekehle und kippte seinen schweren Körper hintenüber, so daß er mitsamt dem Eisen der Länge nach aufs Pflaster knallte. Er schimpfte, schrie, fluchte halb unverständliches Zeug und stieß Morddrohungen aus.

Das Taxi stand noch da, sein Dieselmotor lief, der Fahrer gaffte sprachlos mit offenem Mund, und daran änderte sich auch nichts, als ich den schwarzen Schlag aufriß und mich wieder auf die Rückbank fallen ließ. Mein Herz klopfte. Nun, was auch sonst?

»Fahren Sie«, sagte ich drängend. »Fahren Sie weiter.«

»Aber ...«

»Machen Sie schon. Weg hier! Bevor er wieder auf die Beine kommt und Ihnen die Scheiben einschlägt.«

Der Fahrer klappte rasch den Mund zu, legte den Gang ein und fuhr ruckartig und nicht gerade schnell die Straße entlang.

»Hören Sie«, betonte er, halb zu mir gewandt, »ich habe

nichts gesehen. Sie sind meine letzte Fuhre, ich bin seit acht Stunden im Dienst und so gut wie auf dem Heimweg.«

»Fahren Sie bitte«, sagte ich. Zu wenig Atem. Zuviel Durcheinander im Kopf.

»Ich fahre ja… aber wohin?«

Gute Frage. Denk nach.

»Wie ein Straßenräuber sah der mir nicht aus«, stellte der Fahrer pikiert fest. »Aber heutzutage kann man nie wissen. Soll ich Sie bei der Polizei absetzen? Der hat Sie fürchterlich erwischt. Man konnte es richtig hören. Als ob er Ihnen den Arm gebrochen hätte.«

»Würden Sie einfach fahren, bitte?«

Der Fahrer war massig, um die Fünfzig und Londoner, aber nicht gerade selbstbewußt, und seine Kopfbewegungen und die bohrenden Blicke, die er mir wiederholt im Rückspiegel zuwarf, verrieten mir, daß er nicht in meine Probleme verwickelt werden wollte und es kaum erwarten konnte, mich loszuwerden.

Als sich mein Puls endlich beruhigte, fiel mir nur ein Ort ein, wo ich jetzt hinkonnte. Meine einzige Zuflucht in manchen früheren Notsituationen.

»Nach Paddington«, sagte ich. »Bitte.«

»Zum Krankenhaus, meinen Sie? St Mary's?«

»Nein. Zum Bahnhof.«

»Aber da kommen Sie doch gerade her«, wandte er ein.

»Ja, aber fahren Sie mich bitte wieder hin.«

Gleich etwas fröhlicher gestimmt, wendete er und brachte mich zur Paddington Station, wo er mir abermals versicherte, daß er nichts gesehen und nichts gehört habe und sich in nichts hineinziehen lassen würde.

Ich bezahlte ihn einfach, ließ ihn fahren und merkte mir seine Zulassungsnummer allenfalls aus Gewohnheit, nicht weil ich mir davon etwas versprach.

Als Teil meiner Standardausrüstung trug ich ein Mobiltelefon am Gürtel, und auf dem Weg in den hohen, luftigen Bahnhof tippte ich die Nummer des Mannes ein, dem ich am meisten auf der Welt vertraute. Konteradmiral a.D. Charles Roland, der Vater meiner Exfrau, meldete sich zu meiner großen Erleichterung nach dem zweiten Klingeln.

»Charles«, sagte ich. Meine Stimme kippte über, ohne daß ich es wollte.

Stille, dann: »Bist du das, Sid?«

»Kann ich... vorbeikommen?«

»Natürlich. Wo bist du?«

»Paddington. Ich nehme Bahn und Taxi.«

Er sagte ruhig: »Komm durch die Seitentür. Sie ist nicht abgeschlossen«, und legte auf.

Ich lächelte: Das war Charles, immer zuverlässig, ohne viel Worte. Als kühler, reservierter Mensch war er zwar nicht wie ein Vater zu mir und alles andere als nachsichtig, gab mir aber dennoch die Gewißheit, daß ihm an meinem Tun und Lassen sehr viel lag, und bot mir Halt und Unterstützung an, wenn ich sie brauchte. So wie ich sie jetzt gerade brauchte, aus verschiedenen mehr oder weniger zwingenden Gründen.

Da mitten am Tag weniger Züge nach Oxford fuhren, wurde es vier, bis das Oxforder Taxi den Weg zu Charles' weitläufigem altem Haus in Aynsford zurückgelegt hatte und mich vor der Seitentür absetzte. Ich bezahlte ungeschickt den Fahrer – mein Arm war inzwischen steif geworden – und betrat erleichtert den Riesenbau, den ich letztlich als mein Zuhause ansah, Fixpunkt in meinem mitunter ganz schön turbulenten Leben.

Charles saß wie so oft in dem großen Ledersessel, den ich unbequem hart fand, der aber ihm, dem Kompromißverächter, für sein schmales Hinterteil gerade richtig erschien. Irgendwann einmal hatte ich einen der weicheren, aber immer noch recht spartanischen alten Brokatsessel aus dem Wohnzimmer in das kleinere, von ihm »Offiziersmesse« genannte Zimmer gestellt, in dem wir immer saßen, wenn wir unter uns waren. Dort stand auch sein Schreibtisch, dort verwahrte er seine Angelfliegen, seine Bücher über die Seefahrt, seine unbezahlbare Sammlung historischer Orchesteraufnahmen und das speziell für ihn gefertigte Grammophon mit dem reibungsfrei laufenden Plattenteller, ein blitzendes Wunderding aus Marmor und Stahl, auf dem er sie abspielte. An den dunkelgrünen Wänden hingen Großaufnahmen von den Schiffen, die er befehligt hatte, sowie kleinere Fotos von Schiffskameraden, und vor kurzem hatte er auch ein Gemälde von mir als Jockey beim Sprung über ein Hindernis auf der Rennbahn von Cheltenham aufgehängt, ein Bild, das die Kraft und Energie, die man zum Rennreiten brauchte, genauestens einfing und das jahrelang weniger auffällig im Eßzimmer gehangen hatte.

Über dem schweren Goldrahmen war eine Beleuchtung angebracht, und als ich an diesem Nachmittag hereinkam, brannte sie.

Er legte das Buch, in dem er las, mit den Seiten nach unten auf seinen Schoß und musterte mich mit unbewegter Miene. Wie üblich verriet sein Gesichtsausdruck mir nichts.

Ich konnte die Gedanken anderer oft ziemlich gut lesen, aber seine kaum jemals.

»Hallo«, sagte ich.

Ich hörte, wie er Luft holte und sie langsam durch die Nase wieder ausstieß. Er musterte mich geschlagene fünf Sekunden lang, dann zeigte er auf das Tablett mit Getränken und Gläsern, das auf dem Tisch unter meinem Bild stand.

»Trink was«, sagte er knapp. Keine Einladung; ein Befehl.

»Es ist erst vier.«

»Egal. Was hast du gegessen heute?«

Ich schwieg, und das war ihm Antwort genug.

»Nichts«, meinte er nickend. »Das hab ich mir gedacht. Du siehst schmal aus. Daran ist dieser verfluchte Fall schuld. Ich dachte, du müßtest heute am Gericht sein.«

»Die Verhandlung ist auf morgen vertagt worden.«

»Nimm dir was zu trinken.«

Gehorsam ging ich zum Tisch hinüber und sah mir die Flaschen an. Altmodisch, wie er war, hatte er Brandy und Sherry in Karaffen umgefüllt. Der Scotch – Famous Grouse, seine Leibmarke – war noch in der Flasche mit dem Schraubverschluß. Ich würde Scotch nehmen müssen, dachte ich und war mir noch nicht einmal sicher, ob ich mir den selbst einschenken konnte.

Ich warf einen Blick auf mein Bild. Damals, vor sechs Jahren, hatte ich zwei Hände gehabt. Damals war ich britischer Champion der Hindernisjockeys gewesen: gesund, unversehrt und wohl auch fanatisch. Ein Horrorsturz hatte dazu geführt, daß der scharfe Huf eines Pferdes mir die linke Hand halb abriß – das Ende einer Laufbahn und, wenn man es so nennen konnte, die Geburt einer anderen: die schwere, sich über zwei Jahre hinziehende Geburt eines Detektivs, während deren ich dem nachtrauerte, was ich verloren hatte, und dahintrieb wie ein steuerloses Wrack, das zwar nicht unterging, aber dennoch nicht seetüchtig war. Ich schämte mich dieser zwei Jahre. Sie endeten damit, daß ein brutaler Schurke mir die unbrauchbare Hand endgültig zerschlug und dadurch meine Lebensgeister so weit weckte, daß ich mir eine neue Hand zulegte – eine myoelektrische Prothese, die Nervenimpulse aus meinem Unterarmstumpf umsetzte und so lebensecht aussah und funktionierte, daß die Leute sie oft gar nicht als künstlich wahrnahmen.

Im Augenblick hatte ich das Problem, daß sich ihr Daumen nicht weit genug von den Fingern abspreizen ließ, um die schwere Glaskaraffe mit dem Brandy zu ergreifen, und daß auch meine rechte Hand nicht sonderlich zu gebrauchen war. Bevor ich noch Alkohol auf Charles' Perserteppich schüttete, gab ich es lieber auf und setzte mich in den Goldbrokatsessel.

»Was ist los?« fragte Charles unvermittelt. »Weshalb bist du gekommen? Warum nimmst du dir nichts zu trinken?«

Nach einem Zögern sagte ich dumpf, in dem Bewußtsein, daß es ihm weh tun würde: »Ginnie Quint hat sich umgebracht.«

»Was?«

»Heute morgen«, sagte ich. »Sie ist aus einem Fenster im sechzehnten Stock gesprungen.«

Sein feinknochiges Gesicht erstarrte, und er sah gleich viel älter aus. Ein Schatten legte sich auf die freundlichen Augen, als wären sie in ihre Höhlen zurückgetreten.

Charles hatte Ginnie Quint seit mindestens dreißig Jahren gekannt; er hatte sie gemocht und war oft Gast in ihrem Haus gewesen.

Auch ich hatte lebhafte Erinnerungen an sie. An eine freundliche, füllige, mütterliche Frau, die in ihrer Rolle als Dame eines großen Hauses aufging, mit ihrem Reichtum nicht angab, aus Überzeugung in mehreren karikativen Einrichtungen tätig war und sich am Ruhm und am Erfolg ihres prominenten, gutaussehenden einzigen Sohnes freute, der allseits beliebt war.

Ihr Sohn Ellis, den ich vor Gericht gebracht hatte.

Ginnie hatte mich, als wir uns zuletzt begegnet waren, mit ungläubiger Verachtung angestarrt und mich gefragt, wie in aller Welt ich dazu käme, ausgerechnet Ellis vernichten zu wollen, der mich als Freund ansah, mich mochte, mir oft sein Wohlwollen erwiesen hatte und der sein Leben in meine Hände gelegt haben würde.

Ich hatte ihren Wutanfall über mich ergehen lassen, ohne mich zu rechtfertigen. Ich wußte genau, was sie empfand. Unglauben, Abwehr und Zorn... Der Gedanke an das, was er getan hatte, war ihr so gräßlich, daß sie die Möglichkeit seiner Schuld von vornherein ausschloß, wie es fast alle anderen auch taten, nur daß der Vorwurf sie ins Herz traf.

Die meisten Leute meinten, ich sei im Irrtum und hätte nicht Ellis, sondern mir selbst das Leben ruiniert. Auch Charles hatte zunächst zweifelnd gefragt: »Sid, bist du sicher?«

Ja, hatte ich geantwortet. Und wie verzweifelt hatte ich nach einem Ausweg – irgendeinem Ausweg – gesucht, denn mir war völlig klar, was ich mir einhandelte, wenn ich konsequent blieb. Und es war dann mindestens so schlimm gekommen, wie ich befürchtet hatte, ja in mancher Hinsicht schlimmer. Nachdem die Bombe geplatzt war und ein Verbrechen aufgeklärt zu sein schien, das halb England nach dem Kopf des Täters hatte schreien lassen (aber nicht nach *Ellis'* Kopf, um Gottes willen, das war doch undenkbar!), danach also gab es den ersten Gerichtstermin, die Anordnung der Untersuchungshaft (ein *Skandal*, natürlich hätte er gleich gegen Kaution freigelassen werden müssen!), und danach schwieg die Presse über den Fall, wie das britische Gesetz es bei noch nicht entschiedenen Rechtssachen verlangt.

Nach diesem Gesetz darf zwischen Haftanordnung und Prozeß die Beweislage nicht öffentlich erörtert werden. Hinter den Kulissen konnte weiter ermittelt und eine Strategie für die Prozeßführung ausgearbeitet werden, doch weder potentielle Geschworene noch der Mann auf der Straße durften Einzelheiten darüber erfahren. Mangels Informationen war die öffentliche Meinung dann auch im »Ellis ist unschuldig«-Stadium steckengeblieben, und ich wurde seit nunmehr drei Monaten mit Dreck beworfen.

Ellis nämlich war ein Märchenprinz, ein Held. Ellis Quint, ehemals bester Amateurreiter über die Hindernisse, war am Fernsehhimmel auferstanden als Komet, ein strahlender, lachender, stets glänzend aufgelegter Unterhalter, dessen Sportquiz Millionen anschauten; er war der König der Talkmaster, das Kindern gepriesene Vorbild, der funkelnde Stern, dessen Auftritte Land und Leute regelmäßig froher stimmten und der sowohl Würdenträger wie auch Träger schirmverkehrt aufgesetzter Baseballmützen ansprach. Unternehmer rissen sich darum, ihn als Werber für ihre Produkte zu gewinnen, und jeder zweite Jugendliche Englands präsentierte sich wie er als harter Bursche in Jeans und aufgestylten Reitstiefeln nach Jockeyart. Und diesen Mann, diesen *Leitstern*, wollte ich auslöschen.

Niemand widersprach dem Kolumnisten, der in einer Boulevardzeitung geschrieben hatte: »Grün vor Neid versucht der einst hochgeschätzte Sid Halley ein Talent zu demontieren, an das er nicht im Traum heranreicht...« Über ganze Spalten ging die Mär vom »gehässigen Kleingeist, der seine eigenen Schwächen zu kompensieren versucht«. Ich hatte Charles von all dem nichts gesagt, aber er wußte es von anderen.

Das Telefon an meinem Gürtel summte plötzlich, und ich nahm es ab.

»Sid... Sid...«

Die Frau am anderen Ende weinte.

»Sind Sie zu Hause?« fragte ich.

»Nein... im Krankenhaus.«

»Sagen Sie mir die Nummer, und ich rufe gleich zurück.«

Ich hörte Gemurmel im Hintergrund, dann kam jemand anders an den Apparat, sachlich, beherrscht, las eine Nummer vor und wiederholte sie langsam. Ich tippte die Zahlen in mein Handy, so daß sie auf der kleinen Anzeige erschienen.

»Gut«, sagte ich und ließ mir die Nummer noch einmal bestätigen. »Legen Sie bitte auf.« Dann fragte ich Charles: »Darf ich dein Telefon benutzen?«

Er winkte nonchalant zum Schreibtisch hin, und ich tippte die Nummer in seinen Apparat, um die Verbindung wiederherzustellen.

Die sachliche Stimme meldete sich sofort.

»Ist Mrs. Ferns noch da?« sagte ich. »Hier ist Sid Halley.«

»Bleiben Sie dran.«

Linda Ferns drängte ihre Tränen zurück. »Sid... Rachels Zustand hat sich verschlechtert. Sie fragt nach Ihnen. Können Sie zu ihr kommen? Bitte.«

»Wie ernst ist es?«

»Ihre Temperatur steigt und steigt.« Ein Schluchzen unterbrach sie. »Sprechen Sie mit Schwester Grant.«

Ich sprach mit der sachlichen Stimme, Schwester Grant.

»Wie ernst ist es mit Rachel?«

»Sie fragt dauernd nach Ihnen. Wann können Sie sie besuchen?«

»Morgen.«

»Geht es nicht heute abend?«

Ich sagte: »Steht es so schlimm?«

Einen Augenblick war es still, weil sie wegen Linda, die bei ihr war, nicht frei sprechen konnte.

»Kommen Sie heute abend«, wiederholte sie.

Heute abend. Du guter Gott. Die neunjährige Rachel Ferns lag zweihundertfünfzig Kilometer entfernt in einem Krankenhaus in Kent. Todkrank, wie es sich jetzt anhörte.

»Versprechen Sie ihr«, sagte ich, »daß ich morgen komme.« Ich erklärte, wo ich war. »Morgen früh muß ich in Reading am Gericht sein, aber sobald ich da fertig bin, komme ich Rachel besuchen. Sie kann sich darauf verlassen. Ich komme bestimmt. Sagen Sie ihr, daß ich ihr sechs Perücken mitbringe und einen Engelbarsch.«

Die sachliche Stimme versicherte: »Ich sage es ihr«, und fügte dann hinzu: »Ist es wahr, daß die Mutter von Ellis

Quint sich umgebracht hat? Mrs. Ferns sagt, jemand, der es im Radio gehört hat, habe es ihr erzählt. Sie möchte wissen, ob es stimmt.«

»Es stimmt.«

»Kommen Sie, sobald Sie können«, sagte die Schwester und hängte ein.

Ich legte den Hörer auf. Charles sagte: »Die Kleine?«

»Es hört sich an, als ob sie stirbt.«

»Du wußtest, daß das kommen würde.«

»Für die Eltern wird es darum nicht leichter.« Ich setzte mich langsam wieder in den Goldbrokatsessel. »Ich würde ja heute abend fahren, wenn sie damit zu retten wäre, aber...« Ich brach ab, da ich nicht weiterwußte, denn wie hätte ich erklären sollen, warum ich nicht fuhr? Nicht fahren konnte. Nur gefahren wäre, wenn ich ihr die Rettung hätte bringen können, die es nicht gab, so sehnlich man es sich auch wünschte.

Charles sagte knapp: »Du bist doch gerade erst angekommen.«

»Ja.«

»Was enthältst du mir denn sonst noch vor?«

Ich schaute ihn an.

»Ich kenne dich zu gut, Sid«, sagte er. »Es ist nicht nur Ginnie. Das hättest du mir auch am Telefon erzählen können.« Er schwieg. »Mir kommt es vor, als seist du aus dem üblichen Grund gekommen.« Er hielt wieder inne, aber ich sagte nichts. »Weil du Schutz suchst«, sagte er.

Ich setzte mich anders hin. »Bin ich so durchsichtig?«

»Schutz wovor?« fragte er. »Was ist passiert... wenn es so dringend ist?«

Ich seufzte. Ich sagte so ruhig wie möglich: »Gordon Quint hat versucht, mich umzubringen.«

Gordon Quint war Ginnies Mann. Ellis war ihr Sohn.

Charles verschlug es die Sprache; er saß da mit offenem Mund, und das wollte bei ihm etwas heißen.

Nach einer Weile sagte ich: »Als sie vertagt hatten, bin ich per Bahn und Taxi nach Hause gefahren. Gordon Quint hat am Pont Square auf mich gewartet. Gott weiß, wie lange er schon dort war, seit wann er gewartet hatte, aber jedenfalls hat er mir mit einer Eisenstange aufgelauert.« Ich schluckte. »Er wollte sie mir an den Kopf schlagen, aber ich konnte irgendwie ausweichen, und so traf er die Schulter. Er holte noch mal aus... Na ja, meine Roboterhand ist nicht ohne. Ich habe ihn damit am Arm gepackt, mein schwer erarbeitetes Judo an ihm praktiziert und ihn auf den Rücken geworfen... und er schrie immer nur, ich hätte Ginnie umgebracht... ich hätte sie umgebracht.«

»Sid.«

»Er war halb verrückt... wirklich durchgedreht... Er sagte, ich hätte seine ganze Familie auf dem Gewissen. Ich hätte ihnen allen das Leben ruiniert... Dafür würde ich sterben... er würde mich schon kriegen... Dich krieg ich... Ich glaube nicht, daß er wußte, was er da sagte, es ist so aus ihm rausgeplatzt.«

Charles sagte benommen: »Und was hast du gemacht?«

»Der Taxifahrer war noch dort, er saß da wie betäubt, also bin ich wieder eingestiegen.«

»Du bist wieder...? Ja, aber... was war mit Gordon?«

»Den ließ ich da liegen – auf dem Gehsteig. Er schwor mir Rache und rappelte sich schon wieder auf und... schwang die Eisenstange. Ich, ehm... ich möchte heute lieber nicht nach Hause fahren, wenn ich hierbleiben kann.«

Charles sagte leise: »Natürlich. Das weißt du doch. Du hast mir selbst schon gesagt, hier sei dein Zuhause.«

»Ja.«

»Dann handle auch danach.«

Ich handelte danach, sonst wäre ich gar nicht zu ihm gefahren. Charles und seine Zuverlässigkeit, seine Bestimmtheit, hatten mich schon früher vor dem Zusammenbruch bewahrt, und eigenartigerweise war durch das Scheitern meiner Ehe mit seiner Tochter Jenny und durch unsere Scheidung mein Vertrauen in ihn nicht verlorengegangen, sondern gestärkt worden.

Aynsford bedeutete mir eine Atempause. Ich würde schon beizeiten zurückfahren und die Bombe Gordon Quint entschärfen; ich würde unter Eid vor Gericht aussagen und einen Mann in seine Bestandteile zerlegen; ich würde Linda Ferns in den Arm nehmen und, wenn es noch ging, Rachel zum Lachen bringen; aber heute nacht wollte ich mich bei Charles in meinem gewohnten Zimmer ausschlafen, damit der versiegte Brunnen innerer Widerstandskraft sich wieder füllen konnte.

Charles sagte: »Hat Gordon dich, ehm... mit dem Eisen verletzt?«

»Eine Prellung oder so.«

»Deine Prellungen kenne ich.«

Ich seufzte wieder. »Ich glaube, er hat mir... einen Knochen gebrochen. Am Arm.«

Sein Blick ging sofort zu meinem linken Arm, dem mit der Prothese.

»Nein«, sagte ich, »am anderen.«

Entgeistert sagte er: »Am *rechten* Arm?«

»Ja, schon. Aber nur die Elle, das ist der Unterarmknochen auf der Seite, wo der kleine Finger liegt. Zum Glück nicht auch die Speiche. Der Speichenknochen wirkt jetzt als natürliche Schiene.«

»Aber Sid...«

»Besser als mein Schädel. Ich hatte die Wahl.«

»Wie kannst du dich darüber lustig machen?«

»Ja, nicht wahr? Ist doch wirklich zum Heulen.« Ich lächelte ungezwungen. »Gräm dich nicht so, Charles. Das heilt schon. Beim Rennreiten habe ich mir denselben Knochen schon mal schlimmer gebrochen.«

»Aber da hattest du noch zwei Hände.«

»Ja, das stimmt. Wärst du also so gut und würdest mir aus der verdammt schweren Brandykaraffe einen kräftigen schmerzstillenden Schluck in ein Glas gießen?«

Wortlos stand er auf und kam meinem Wunsch nach. Ich dankte ihm. Er nickte. Ende der Transaktion.

Als er sich wieder hingesetzt hatte, sagte er: »Der Taxifahrer war also Zeuge.«

»Der Taxifahrer will damit nichts zu tun haben.«

»Wenn er's aber gesehen hat... Er muß doch gehört haben...«

»Er sei blind und taub, hat er betont.« Ich trank genüßlich das pure Feuerwasser. »Mir ist das auch ganz recht so.«

»Aber Sid... «

»Hör mal«, argumentierte ich, »was soll ich denn machen? Anzeige erstatten? Klagen? Gordon Quint ist normalerweise ein besonnener, biederer Bürger um die Sechzig.

Er ist nicht irgendein Totschläger. Zudem ist er ein alter Freund von dir, und auch ich war schon bei ihm zu Gast. Aber er haßt mich dafür, daß ich seinem heißgeliebten Ellis am Zeug flicke, und jetzt hört er auch noch, daß Ginnie sich umgebracht hat, weil sie nicht ertragen konnte, was auf sie zukam. Was meinst du also, wie Gordon zumute ist?« Ich schwieg. »Ich bin bloß froh, daß er mir nicht den Hirnkasten eingeschlagen hat. Und damit du's weißt, das freut mich für ihn genauso wie für mich.«

Charles schüttelte resigniert den Kopf.

»Kummer kann gefährlich sein«, sagte ich.

Das konnte er nicht bestreiten. Tödliche Rache war so alt wie die Menschheit.

Wir saßen in stiller Eintracht beieinander. Ich trank Brandy und fühlte mich schon besser. Knoten der Anspannung lösten sich in meinem Bauch. Ich versprach mir, nahm mir vor, gelobte, in Zukunft keine allzu gefährlichen Gauner mehr zu jagen – aber ich hatte solche Vorsätze schon öfter gefaßt und mich nie daran gehalten.

Warum ich es machte, fragte ich mich längst nicht mehr. Es gab tausend andere Möglichkeiten, sich die Zeit zu vertreiben und seine Brötchen zu verdienen. Andere Exjockeys wurden Trainer oder Kommentatoren oder übernahmen amtliche Funktionen im Rennsport; nur mich drängte es anscheinend, in den verborgenen Randzonen herumzupaddeln und die Sorgen und Zweifel von Leuten auszuräumen, die aus irgendeinem Grund nicht die Polizei oder die Rennsportbehörden bemühen wollten.

Es war ein Bedarf vorhanden, den ich mit meiner Arbeit deckte, sonst hätte ich wohl untätig herumgesessen und

Däumchen gedreht. Aber selbst im derzeitigen Klima der allgemeinen Ächtung wurden mir mehr Aufträge angeboten, als ich annehmen konnte.

Für die meisten Ermittlungen brauchte ich weniger als eine Woche, besonders wenn es darum ging, jemandes Solidität und Kreditwürdigkeit zu überprüfen. Buchmacher kamen gern zu mir, bevor sie neue Kontokorrentkunden annahmen, und Trainer engagierten mich, um sicherzugehen, daß sie für diesen und jenen neuen Besitzer teure Zweijährige ersteigern konnten, ohne nachher mit billigen Ausreden abgespeist zu werden und mit einem Berg von Schulden dazustehen. Ich hatte alle möglichen Geschäftsvorhaben überprüft und viele Leute vor Betrügern bewahrt, ich hatte flüchtige Schuldner und Diebe aller Art ertappt und einfallsreichen Schurken böse Kopfschmerzen bereitet.

Manche Leute hatten sich vor Freude und Erleichterung an meiner Schulter ausgeweint, andere hatten mir gedroht oder Prügel verabreicht, um mich loszuwerden. Linda Ferns würde mich umarmen, Gordon Quint würde mich hassen, und zwei andere Fälle, die ich zur Zeit etwas vernachlässigte, standen noch offen. Warum also gab ich es nicht auf und verlegte mich auf ein ruhiges, ungefährliches Leben in der Finanzplanung, von der ich auch etwas verstand? Ich spürte die Wirkung der Eisenstange vom Nacken bis zu den Fingern... und wußte die Antwort nicht.

Das Handy an meinem Gürtel summte, ich nahm wieder ab, und am Apparat war der Rechtsanwalt, der mich am Gericht auf dem Gang angesprochen hatte.

»Sid, hier ist Davis Tatum. Ich habe Neuigkeiten für Sie«, sagte er.

»Geben Sie mir Ihre Nummer, und ich rufe Sie zurück.«

»Hm? Oh, auch gut.« Er gab mir seine Nummer zum Mittippen durch, und ich benutzte wieder den Apparat auf Charles' Schreibtisch, um das Gespräch fortzusetzen.

»Sid«, Tatum kam wie gewöhnlich gleich zur Sache, »Ellis Quint zieht den Antrag auf Freispruch zurück und bekennt sich jetzt schuldig, macht aber verminderte Zurechnungsfähigkeit geltend. Nach dem deutlichen Mißtrauensvotum seiner Mutter hat die Verteidigung anscheinend Fracksausen bekommen.«

»Himmel«, sagte ich.

Tatum lachte leise. Ich sah sein wabbelndes Doppelkinn vor mir. »Die Verhandlung wird jetzt um eine Woche vertagt, damit psychiatrische Gutachten eingeholt werden können. Mit anderen Worten, Sie brauchen morgen nicht zu erscheinen.«

»Gut.«

»Ich hoffe aber, Sie kommen trotzdem.«

»Wie soll ich das verstehen?«

»Es gibt Arbeit für Sie.«

»Was für Arbeit?«

»Ermittlungen natürlich. Was sonst? Ich würde Sie gern unter vier Augen sprechen.«

»Gut«, sagte ich, »aber irgendwann morgen muß ich in Kent das Kind besuchen, Rachel Ferns. Sie ist wieder im Krankenhaus, und es hört sich gar nicht gut an.«

»Verdammt.«

»Tja.«

»Wo sind Sie?« fragte er. »Die Presse sucht Sie.«

»Die kann ruhig einen Tag warten.«

»Ich habe den Leuten von *The Pump* gesagt, nachdem die so über Sie hergefallen sind, wäre es ein Wunder, wenn Sie noch ein Wort mit ihnen reden.«

»Herzlichen Dank«, meinte ich lächelnd.

Er lachte leise. »Was morgen angeht ...«

»Ich fahre morgen früh nach Kent«, sagte ich. »Wie lange ich dableibe, weiß ich noch nicht, das hängt von Rachel ab. Sagen wir, um fünf in London? Wäre Ihnen das recht? Dann haben Sie Feierabend.«

»Gut, und wo? Nicht in meinem Büro. Bei Ihnen? Nein, besser nicht, wenn *The Pump* Sie im Visier hat.«

»Was halten Sie von der Bar neben dem Restaurant im zweiten Stock des Hotels Le Meridien am Piccadilly?«

»Die kenne ich nicht.«

»Um so besser.«

»Wenn ich umdisponieren muß«, sagte er, »erreiche ich Sie dann weiterhin über Ihr Handy?«

»Immer.«

»Gut. Also bis morgen.«

Ich legte Charles' Hörer auf und setzte mich wieder in den Brokatsessel. Charles sah auf das Mobiltelefon, das ich diesmal neben mein Glas auf den Tisch gelegt hatte, und stellte die naheliegende Frage.

»Wieso rufst du zurück? Warum sprichst du nicht einfach?«

»Weil«, sagte ich, »den Apparat jemand abhört.«

»Er wird *abgehört*?«

Ich erklärte ihm, daß bei der offenen Funkübertragung jeder, der sich damit auskannte und technisch versiert war, Gespräche belauschen konnte, die ihn nichts angingen.

Charles sagte: »Und woher weißt du, daß du belauscht wirst?«

»Das sehe ich an Kleinigkeiten, die die Leute neuerdings über mich wissen, obwohl ich sie ihnen nicht erzählt habe.«

»Wer steckt dahinter?«

»Ich weiß es nicht genau. Meinen Computer hat auch jemand übers Telefon angezapft, und auch da weiß ich nicht, wer. Es ist für den Fachmann heutzutage erschreckend einfach, Paßwörter auszuknobeln und Geheimdateien zu lesen.«

Er sagte mit einem Anflug von Gereiztheit: »Computer sind mir zu hoch.«

»Ich mußte mich da auch erst einarbeiten«, erwiderte ich lächelnd. »Schon etwas anderes, als wenn man in Plumpton bei Regenwetter über die Hürden geht.«

»Was du nicht alles tust.«

»Ich wünschte, ich würde noch Rennen reiten.«

»Ja, ich weiß. Aber der Spaß ginge doch auf jeden Fall jetzt bald zu Ende. Wie alt bist du? Vierunddreißig?«

Ich nickte. Fünfunddreißig fast schon.

»Die wenigsten guten Hindernisjockeys halten sich länger.«

»Du bist so herrlich direkt, Charles.«

»Und mit dem, was du machst, nützt du der Allgemeinheit mehr.«

Charles neigte dazu, mich aufzumuntern, wenn er meinte, ich hätte es nötig. Mir war es ein Rätsel, wie er das merkte. Er hatte einmal gesagt, mein Gesicht sei dann wie eine Wand. Wenn ich die Welt aussperrte und mich in mich selbst zurückzöge, stünden die Dinge schlecht. Vielleicht hatte er recht damit. Der innere Rückzug ersparte mir den äußeren, und diese Technik hatte ich wohl fast von Geburt an gelernt.

Jenny, meine geliebte frühere Frau, hatte gesagt, sie könne damit nicht leben. Sie hatte sich gewünscht, ich würde das Rennreiten aufgeben und mir eine weichere Schale zulegen, und als ich darauf nicht eingehen wollte oder konnte, hatten wir uns im Bösen getrennt. Seit kurzem war sie wieder verheiratet, und diesmal hatte sie sich nicht ein dünnes, dunkelhaariges, risikofreudiges Bündel von Komplexen angelacht, sondern einen Mann nach ihren Bedürfnissen, älter und ruhiger, einen gutmütigen, unkomplizierten Menschen mit einem Adelstitel. Aus Jenny, der hadernden, unglücklichen Mrs. Halley, war eine abgeklärte Lady Wingham geworden. Ein Foto von ihr und dem strahlenden, gutaussehenden Sir Anthony stand im Silberrahmen neben dem Telefon auf Charles' Schreibtisch.

»Wie geht's Jenny?« fragte ich höflich.

»Bestens«, erwiderte Charles ausdruckslos.

»Gut.«

»Er ist ein Langweiler, verglichen mit dir«, bemerkte Charles.

»So was kannst du doch nicht sagen.«

»In meinem Haus sage ich verdammt noch mal, was ich will.«

In Harmonie und gegenseitiger Wertschätzung verbrachten wir einen ruhigen Abend, gestört nur durch fünf weitere Anrufe auf meinem Funktelefon, von Leuten, die mehr oder minder herrisch zu wissen verlangten, wo Sid Halley zu erreichen sei.

Ich sagte jedesmal: »Sie sprechen mit dem Auftragsdienst. Hinterlassen Sie bitte Ihre Nummer, und wir geben Ihre Nachricht weiter.«

Alle Anrufer arbeiteten offenbar für Zeitungen, was mich besonders stutzig machte.

»Ich weiß nicht, woher die alle meine Nummer haben«, erklärte ich Charles. »Die steht in keinem Telefonbuch. Ich gebe Sie nur Leuten, für die ich arbeite, damit sie mich Tag und Nacht erreichen können, und gegebenenfalls anderen, deren Anrufe ich nicht verpassen möchte. Ich sage immer dazu, daß es eine Geheimnummer ist und nur für den persönlichen Gebrauch. Ich verteile die Nummer nicht per Geschäftskarte, und sie steht nicht auf meinem Briefpapier. Oft leite ich Anrufe von dem Apparat in meiner Wohnung auf das Handy um, aber dazu kam ich heute nicht, weil Gordon Quint mich draußen angefallen hat und ich nicht reinkonnte. Wie kommt also die halbe Londoner Journaille zu der Nummer?«

»Wie willst du das rausfinden?« fragte Charles.

»Hm... man sollte vielleicht Sid Halley darauf ansetzen.«

Charles lachte. Mir war trotzdem unbehaglich zumute. Jemand hörte mich ab, und jetzt hatte jemand die Nummer herumgereicht. Nicht, daß meine Telefongespräche streng geheim gewesen wären; ich hatte mir die inoffizielle Nummer eigentlich nur zugelegt, damit der Apparat nicht bei jeder unpassenden Gelegenheit summte, aber jetzt hatte ich den Eindruck, daß mich jemand vorsätzlich bedrängte. Er zapfte meinen Computer an, wenn da auch weiter nichts zu holen war, denn ich kannte viele Abwehrmittel. Er griff mich auf elektronischem Weg an. Rückte mir auf die Pelle.

Jetzt reichte es. Fünf Zeitungen waren zuviel. Sid Halley würde sich effektiv mit seinem eigenen Fall beschäftigen müssen.

Charles' seit langem im Haus wohnende Wirtschafterin Mrs. Cross mit ihren Sommersprossen und dem sonnigen Gemüt kochte uns ein schlichtes Abendessen und umhegte mich wie eine Glucke. Manchmal fand ich sie zwar ein wenig erdrückend, aber zum Geburtstag bekam sie immer eine Karte von mir.

Ich ging früh zu Bett und sah, daß Mrs. Cross wie gewohnt das schöne warme Licht in meinem Zimmer angelassen und einen frischen Schlafanzug und flauschige Handtücher bereitgelegt hatte.

Schade, daß die Sorgen des Tages sich so leicht nicht schlafen legen ließen.

Ich zog mich aus, putzte mir die Zähne und nahm vorsichtig die künstliche Hand ab. Mein linker Arm endete unnütz zehn Zentimeter unter dem Ellbogen; ein vertrauter Zustand, aber nach wie vor ein herber Verlust.

Mein rechter Arm schmerzte jetzt heftig, sobald ich ihn bewegte.

Verdammt noch mal, dachte ich.

2

Der Morgen brachte wenig Besserung.

Gelegentlich nahm ich einen Londoner Autoverleih mit Chauffeurdienst in Anspruch, um Menschen oder Sachen vor neugierigen Blicken geschützt zu transportieren, und so rief ich, als ich mit zwei defekten Armen aufwachte, von Charles' sicherem Telefon aus meine Freunde bei Tele-Drive an.

»Bob?« sagte ich. »Ich muß von oberhalb Oxford nach Canterbury in Kent. Unterwegs müßte ich ein paarmal kurz anhalten. Und irgendwann am Nachmittag zurück nach London. Kann das so kurzfristig jemand übernehmen?«

»Geben Sie mir die Adresse«, sagte er nur. »Wir sind auf dem Weg.«

Ich frühstückte mit Charles. Das heißt, wir setzten uns ins Eßzimmer, wo Mrs. Cross auf ihre altmodische Art den Tisch mit Toast, Kaffee, Frühstücksflocken und warmgestelltem Rührei gedeckt hatte.

Für Charles begann kein Tag ohne Rührei. Er aß es auf Toast und sah zu, wie ich linkshändig meinen Kaffee trank. Als alter Freund wußte er, daß ich Aufhebens nicht leiden konnte, und unterließ es, von Eisenstangen und Schlagwirkungen zu sprechen.

Er las eine großformatige Tageszeitung, die, wie er mir

zeigte, ausführlich, aber taktvoll über den Tod von Ginnie Quint berichtete. Ihr freundliches, so lebhaft lächelndes Gesicht erstreckte sich über zwei Spalten. Ich mied es bewußt, mir vorzustellen, wie sie nach ihrem Sprung aus dem sechzehnten Stock ausgesehen haben mochte.

Charles las vor: »›Freunden zufolge war sie deprimiert wegen des bevorstehenden Prozesses gegen ihren Sohn. Von Gordon, ihrem Mann, war noch keine Stellungnahme zu bekommen.‹ Mit anderen Worten, die Presse hat ihn nicht finden können.«

Im Mediendschungel zu bestehende Zerreißprobe, dachte ich, die moderne Art der Folter.

»Ernstlich, Sid«, sagte Charles in seinem ruhigsten, höflichsten Ton, »war Gordons Wut auf dich ein Aussetzer oder, ehm... krankhaft?«

»Ernstlich«, griff ich seine Wendung auf, »ich weiß es nicht.« Ich seufzte. »Es ist wohl noch zu früh, um diese Frage zu beantworten. Gordon weiß es wahrscheinlich selbst nicht.«

»Paß bloß auf, Sid.«

»Sicher.« Ich ließ die flüchtigen Eindrücke an mir vorbeiziehen, die ich in den Sekunden der Gewalt am Pont Square erlebt hatte. »Ich weiß nicht, wo Ginnie sich aus dem Fenster gestürzt hat«, sagte ich, »aber ich glaube nicht, daß Gordon bei ihr war. Ich meine, als er mich anfiel, hatte er Räuberzivil an. Werktagskleidung: Dreck an den Stiefeln, Cordhosen, alte Tweedjacke, offenes blaues Hemd. Er kam nicht aus einem 16-Etagen-Hotel. Und die Stange, mit der er mich geschlagen hat... das war nicht einfach ein Stück Metall, sondern ein anderthalb Meter langes Winkeleisen, wie man es zum Einzäunen verwendet. Ich habe die Löcher gesehen, durch die der Draht gezogen wird.«

Gordon Quint war ein Grundbesitzer, der bei der Verwaltung seines großen Gutes gern mit anfaßte. Er fuhr Traktoren, mähte Unkraut an Bachufern, besserte zusammen mit seinen Leuten die Grundstücksbegrenzungen aus, legte Schafhürden an und lichtete Waldstücke, ebensosehr aus Freude am körperlichen Einsatz wie an ordentlich getaner Arbeit.

Ich wußte auch, daß er sehr von sich eingenommen war und von allen – auch von Ginnie – Respekt erwartete. Er gefiel sich in der Rolle des großzügigen Gastgebers, des seine Gäste an Bedeutung fraglos überragenden Hausherrn.

Der Mann, den ich am Pont Square gesehen hatte, war ganz unvornehm wild, verletzt, empört und auf merkwürdige Weise authentischer gewesen als der Gordon, den ich von vorher kannte; aber solange ich nicht genau wußte, wie sein inneres Gleichgewicht sich nach der Explosion wieder einpendelte, würde ich mich von Zaunpfählen und anderem landwirtschaftlichem Gerät, das er möglicherweise bei sich trug, fernhalten.

Ich sagte Charles, daß jemand von TeleDrive kommen und mich abholen würde. Da er die Brauen hochzog, erklärte ich ihm, ich könne die Fahrtkosten absetzen. Und als was? Als Geschäftsunkosten, sagte ich.

»Bezahlt dich Mrs. Ferns?« fragte Charles mit unbeteiligter Stimme.

»Jetzt nicht mehr.«

»Wer denn überhaupt?« Er wollte, daß ich Geld verdiente. Ich verdiente auch, aber er glaubte nicht recht daran.

»Ich verhungere schon nicht«, sagte ich, meinen Kaffee trinkend. »Hast du mal Pilzsuppe, schaumig gerührt mit drei, vier Eiern probiert? In die Pfanne, und fertig ist das Pilzomelett.«

»Ekelhaft«, sagte Charles.

»Man ißt anders, wenn man allein lebt.«

»Du brauchst wieder eine Frau«, sagte Charles. »Was ist mit der, die in Oxford mit Jenny zusammengewohnt hat?«

»Louise McInnes?«

»Ja. Ich dachte, du hättest eine Liebelei mit ihr.«

Niemand hatte mehr ›Liebeleien‹. Charles' Ausdrucksweise war wirklich von gestern. Aber wenn man es jetzt auch vielleicht anders nannte, der Sinn blieb derselbe.

»Ein Sommerspaß. Mit dem ersten Frost war er vorbei.«

»Wieso?«

»Was sie für mich empfand, war mehr Neugier als Liebe.«

Das verstand er völlig. Jenny hatte ihrer Freundin so vieles und so Vertrauliches, meist Abträgliches über mich erzählt, daß es die Freundin, wie mir rückblickend klarwurde, vor allem gereizt hatte, das Gehörte selbst zu überprüfen. Wir hatten uns leicht gefunden und leicht wieder getrennt. Es war eine schöne Zeit gewesen, aber nichts weiter.

Als der Wagen kam, dankte ich Charles für die gewährte Zuflucht.

»Gern geschehen«, sagte er und nickte.

Wir trennten uns wie üblich, ohne uns anzufassen. Es stand alles in den Augen.

Ich ließ mich von dem Fahrer durch die labyrinthische Einkaufszone von Kingston in Surrey kutschieren, bis ich in einem Faschingsgeschäft sechs Partyperücken gefunden und in einer Zoohandlung einen Engelbarsch in einem Plastikgefäß erstanden hatte, und so bewaffnet traf ich schließlich in der Kinderkrebsstation ein, auf der Rachel Ferns lag.

Linda begrüßte mich mit tränenglitzernden Augen, aber ihre Tochter lebte noch. Auf Grund einer jener unvorhersagbaren Launen, die Leukämie zu einem solchen Wechselbad von Hoffnung und Verzweiflung werden lassen, ging es Rachel sogar wieder etwas besser. Sie war wach, saß halb im Bett und freute sich, daß ich da war.

»Hast du den Engelbarsch mitgebracht?« fragte sie zur Begrüßung.

Ich hielt den Plastikeimer hoch, der an meiner Plastikhand baumelte. Linda ergriff ihn, nahm den wasserdicht schließenden Deckel ab und zeigte ihrer Tochter den schwarz-silbernen Fisch, der forsch im Innern schwamm.

Rachel entspannte sich. »Ich werde ihn Sid nennen«, sagte sie. Ihren Fotos nach war sie einmal ein lebhaftes, hübsches blondes Kind gewesen; jetzt schien sie nur noch aus großen Augen in einem kahlen Kopf zu bestehen. Mattigkeit und Blutarmut hatten sie erschreckend hinfällig werden lassen.

Als ihre Mutter mich engagiert hatte, um einen Anschlag auf Rachels Pony aufzuklären, war die Krankheit vorübergehend zurückgegangen – der Drache eingeschlafen. Rachel wuchs mir ans Herz, und ich schenkte ihr ein beleuchtetes Aquarium mit Luftzufuhr, Wasserpflanzen, versunkenem Schloß, Sand und buntbeschuppten, schwimmenden tropischen Bewohnern. Linda weinte. Rachel brachte Stunden damit zu, die Gewohnheiten ihrer neuen Freunde kennenzulernen, der Ungeselligen und dessen, der alle anderen herumscheuchte. Die Hälfte der Fische hieß Sid.

Das Aquarium stand bei den Ferns zu Hause im Wohnzimmer, und es schien jetzt fraglich, ob Rachel den neuen Sid je im Kreis seiner Genossen sehen würde.

Dort in dem gemütlichen, mittelgroßen Wohnzimmer mit den teuren, aber nicht zu teuren modernen Sofas, den Glastischen und den Tiffanylampen aus Buntglas hatte ich meine Klienten Linda und Rachel Ferns kennengelernt.

Es waren keine Bücher in dem Zimmer, nur ein paar Zeitschriften über Kleidermode und Pferde. Glänzende rot und beige gestreifte Vorhänge; geometrisch gemusterter Teppich in hellen Braun- und Grautönen; Blumendrucke an blaßrosa Wänden. Zusammen wirkte das Ganze ein wenig uneinheitlich und ließ auf impulsive Bewohner ohne stark ausgeprägte Persönlichkeit schließen. Die Ferns waren vermutlich kein alter Geldadel, aber offenbar sehr vermögend.

Linda Ferns hatte mich am Telefon gebeten vorbeizukommen. Fünf oder sechs Ponys in ihrem Bezirk seien von Vandalen mißhandelt worden, darunter auch das Pony ihrer Tochter Rachel. Die Polizei habe die Täter nicht ermittelt, und jetzt seien Monate vergangen, ihre Tochter sei noch immer sehr unglücklich, und ich möchte doch bitte, bitte sehen, ob ich helfen könne.

»Man hat mir gesagt, Sie seien meine einzige Hoffnung. Ich gebe alles dafür, wenn Sie Rachel helfen. Sie hat so schreckliche Alpträume. Bitte!«

Ich nannte mein Honorar.

»Soviel Sie wollen«, sagte sie.

Sie hatte mir, bevor ich in das ausgedehnte Dorf hinter Canterbury kam, nichts davon gesagt, daß Rachel todkrank war.

Als ich der großäugigen, kahlköpfigen schlanken Tochter schließlich gegenüberstand, schüttelte sie mir ernst die Hand.

»Sind Sie wirklich Sid Halley?« fragte sie.

Ich nickte.

»Mami hat gesagt, Sie würden kommen. Papa meinte, Sie arbeiten nicht für Kinder.«

»Manchmal schon.«

»Meine Haare wachsen wieder«, sagte sie; und ich sah dann auch den feinen, dünnen blonden Flaum auf der hellen Kopfhaut.

»Das freut mich.«

Sie nickte. »Ziemlich oft trage ich eine Perücke, aber das juckt. Stört es Sie, wenn ich keine aufhabe?«

»Überhaupt nicht.«

»Ich habe Leukämie«, sagte sie ruhig.

»Ach so.«

Sie musterte mein Gesicht; ein weit über sein Alter gereiftes Kind, wie alle so jung Erkrankten, die ich kannte.

»Sie finden doch raus, wer Silverboy umgebracht hat, ja?«

»Ich will es versuchen«, sagte ich. »Wie ist er gestorben?«

»Nein, nein«, unterbrach Linda. »Fragen Sie sie das nicht. Ich sage es Ihnen. Sie regt sich sonst auf. Sagen Sie nur, daß Sie sie kriegen, die Schweine. Und Rachel, jetzt schnapp dir Pegotty und fahr ihn durch den Garten, damit er sich die Blumen ansehen kann.«

Pegotty entpuppte sich als ein zufriedenes, in einem Kinderwagen festgeschnalltes Baby. Rachel schob ihn ohne Widerrede nach draußen, und bald darauf sah man durchs Fenster, wie sie ihm aus nächster Nähe eine Azalee vorführte.

Linda Ferns schaute zu und weinte die ersten von vielen Tränen.

»Sie braucht eine Knochenmarktransplantation«, sagte sie, bemüht, ihr Schluchzen zu unterdrücken. »Man sollte meinen, das wäre einfach, aber bis jetzt hat sich kein genetisch passender Spender gefunden, nicht mal im internationalen Verzeichnis der Anthony-Nolan-Stiftung.«

Ich sagte hilflos: »Das tut mir leid.«

»Ihr Vater und ich sind geschieden«, sagte Linda. »Wir haben uns vor fünf Jahren scheiden lassen, und er hat wieder geheiratet.« Sie sprach ohne Bitterkeit. »So geht es nun mal.«

»Ja«, sagte ich.

Ich war Anfang Juni bei den Ferns zu Hause, zu Beginn eines nach Ferien und Rosen duftenden Sommers, einer Zeit, die zum Träumen einlud, fern von Angst und Schrecken.

»Eine Bande von Vandalen –«, sagte Linda und bebte vor Zorn am ganzen Körper, »sie haben überall in Kent Ponys massakriert... besonders hier in der Gegend... Kinder kamen auf die Koppel, um nach ihren geliebten Ponys zu sehen, und sie waren verstümmelt. Wie krank muß einer sein, der einem harmlosen armen Pony, das keinem je etwas getan hat, die Augen aussticht? Drei Ponys hier bei uns waren geblendet, und anderen hatten sie Messer hinten reingesteckt.« Sie zwinkerte ihre Tränen weg. »Rachel war außer sich. Im Umkreis von Kilometern haben die Kinder nur noch geheult. Und die Polizei konnte nicht einen Fall aufklären.«

»Wurde Silverboy geblendet?« fragte ich.

»Nein… nein… Es war schlimmer… Rachel hat ihn gefunden, draußen auf der Koppel…« Linda schluchzte laut. »Rachel wollte in einem provisorischen Stall schlafen… einem Unterstand eigentlich. Sie wollte Silverboy da anbinden und neben ihm schlafen. Das habe ich ihr nicht erlaubt. Sie ist schon fast drei Jahre krank. Es ist eine furchtbare Krankheit, und ich komme mir so hilflos vor…« Sie zog ein Papiertuch aus einer halbleeren Schachtel und wischte sich die Augen. »Immer wieder sagt sie mir, daß es nicht meine Schuld war, aber ich weiß, daß sie meint, wenn ich sie da hätte schlafen lassen, wäre Silverboy noch am Leben.«

»Was ist mit ihm passiert?« fragte ich, ohne zu drängen.

Linda schüttelte unglücklich den Kopf, konnte es mir noch nicht sagen. Sie war eine gutaussehende Frau um die Dreißig, schlanke Figur, gepflegtes blondes Haar, eine bewundernswerte Umsetzung der Illustriertentips für Schönheit und Gesundheit. Nur das Fehlen von Glanz in ihren Augen und die gelegentlich auftretenden nervösen Gesichtszuckungen deuteten auf den Leidensdruck hin, dem sie seit langem ausgesetzt war.

»Sie ging auf die Koppel«, sagte sie schließlich, »obwohl es bitterkalt war und anfing zu regnen… Es war im Februar… Sie schaute immer nach, ob seine Tränke voll war, ob das Wasser sauber und auch nicht vereist war… Ich hatte darauf bestanden, daß sie sich warm anzieht, Schal, Handschuhe und eine ganz dicke Wollmütze… und sie kam schreiend… *schreiend* heimgelaufen…«

Ich wartete, während Linda mit ihren unerträglichen Erinnerungen rang.

Sie sagte nüchtern: »Rachel hat seinen Fuß gefunden.«

Einen Moment lang war es völlig still, eine Stille, in der vielleicht die Fassungslosigkeit, das Grauen jenes Morgens nachklang.

»Es stand in allen Zeitungen«, sagte Linda.

Ich verlagerte mein Gewicht und nickte. Vor Monaten hatte ich von den geblendeten Ponys in Kent gelesen. Ich war mit den Gedanken woanders gewesen, hatte Namen und Einzelheiten nicht richtig aufgenommen, nicht registriert, daß eines der Ponys einen Fuß verloren hatte.

»Nach Ihrem Anruf«, sagte ich, »habe ich festgestellt, daß landesweit, nicht nur hier in Kent, noch ungefähr ein halbes Dutzend Pferde und Ponys auf der Weide von Vandalen malträtiert worden sind.«

Sie sagte unglücklich: »Ich habe eine Meldung über ein Pferd in Lancashire gesehen, aber die Zeitung weggeworfen, damit Rachel das nicht liest. Immer wenn sie etwas an Silverboy erinnert, hat sie eine Woche lang Alpträume. Sie wacht schluchzend auf. Sie kommt zu mir ins Bett und zittert und heult. Bitte finden Sie heraus, warum... finden Sie heraus, *wer*... Sie ist so krank... und jetzt, wo sie gerade in Remission ist, kann sie zwar halbwegs normal leben, aber das hält mit ziemlicher Sicherheit nicht an. Die Ärzte sagen, sie braucht die Transplantation.«

Ich sagte: »Kennt Rachel eins von den anderen Kindern, deren Ponys mißhandelt worden sind?«

Linda schüttelte den Kopf. »Die meisten waren vom Ponyclub, glaube ich – Rachel hat sich zu schlecht gefühlt, um dem Club beizutreten. Sie hatte Silverboy gern – er war ein Geschenk ihres Vaters –, aber sie konnte gerade nur im Sattel sitzen, während wir sie herumführten. Er war ein liebes, ruhiges Pony, ein bildhübscher Grauer mit einer rauchgrau abgesetzten Mähne. Rachel hat ihn Silverboy genannt, aber der Name auf seinem Pedigree war viel vornehmer. Sie brauchte etwas zum Gernhaben, verstehen Sie, und sie hatte sich das Pony so sehr gewünscht.«

Ich fragte: »Haben Sie noch irgendwelche Zeitungsberichte über Silverboy und die anderen mißhandelten Ponys? Wenn ja, könnte ich die mal sehen?«

»Ja«, erwiderte sie zweifelnd, »aber ich wüßte nicht, was die bringen sollten. Der Polizei haben sie auch nichts genützt.«

»Sie wären ein Anfang«, sagte ich.

»Also gut.« Sie ging aus dem Zimmer und kam bald darauf mit einem kleinen blauen Koffer zurück, der etwa so groß war wie die Handkoffer, die man im Flugzeug unterm Sitz verstauen kann. »Da ist alles drin«, sagte sie und gab ihn mir, »auch die Aufzeichnung einer Fernsehsendung, an der Rachel und ich teilgenommen haben. Verlieren Sie die bitte nicht! Wir zeigen sie zwar keinem, aber ich will nicht, daß sie wegkommt.« Sie blinzelte Tränen fort. »Es war eigentlich das einzig Gute, was uns passiert ist. Ellis Quint hat die Kinder besucht, und er war unheimlich lieb zu ihnen. Rachel mochte ihn sehr. Er war so verständnisvoll.«

»Ich kenne ihn ganz gut«, sagte ich. »Wenn einer die Kinder trösten konnte, dann er.«

»Ein wirklich netter Mann«, sagte Linda.

Ich nahm den blauen Koffer voll kleiner Tragödien mit

nach London und vertiefte mich stundenlang in die empörenden schriftlichen Berichte von Tierquälereien, deren blutige Realität die tierlieben Kinder, die sie entdeckten, zutiefst verstört haben mußte.

Das zwanzigminütige Videoband zeigte Ellis Quint in Hochform: der sanfte, mitfühlende Freund, der unerträglichem Kummer abhilft; der umsichtige, fürsorgliche Moderator, der die Polizei anhält, diese Verbrechen nicht weniger ernst zu nehmen als Morde. Wie gut er es verstand, sein Engagement zu dosieren, dachte ich. Er legte die Arme um Rachel und redete ganz sachlich mit ihr, und erst am Ende der Sendung, als die Kinder schon aus dem Bild waren, sagte er, daß der Verlust des Ponys für sie nur ein weiterer unerträglicher Schlag sei in einem leidgeprüften Leben.

In der Sendung hatte Rachel eine hübsche blonde Perücke getragen, mit der sie aussah wie vor der Chemotherapie. Als dramatischen Schlußpunkt hatte Ellis ein paar Sekunden lang ein Foto der kahlen, verletzlichen Rachel gezeigt: unmöglich, davon nicht betroffen zu sein.

Ich hatte die Sendung nicht gesehen, als sie ausgestrahlt wurde. Im März, auf den das Band datiert war, hatte ich in Amerika die Spur eines flüchtigen Besitzers verfolgt, der einen Berg offener Trainingsrechnungen hinterlassen hatte. Aber auch sonst verpaßte ich Ellis' Sendung häufig: Er präsentierte seine 20-Minuten-Beiträge zweimal wöchentlich im Rahmen eines einstündigen Sportnachrichten-Medleys und war so oft auf dem Bildschirm zu sehen, daß seine Auftritte nicht noch eigens angekündigt wurden.

Als ich Ellis wieder einmal auf der Rennbahn traf, erzählte ich ihm, daß Linda Ferns mich engagiert hatte, und fragte ihn, ob er zum Fall der in Kent verstümmelten Ponys noch etwas Neues erfahren habe.

»Mein lieber Sid«, meinte er lächelnd, »das Ganze liegt doch Monate zurück, oder nicht?«

»Die Ponys wurden im Januar und Februar überfallen, und deine Sendung wurde im März ausgestrahlt.«

»Und jetzt haben wir Juni, stimmt's?« Er schüttelte den Kopf, weder bekümmert noch überrascht. »Du weißt doch, wie das bei mir geht, ich habe *Rechercheure*, die für mich Storys ausgraben. Das Fernsehen ist unersättlich. Natürlich hätte ich davon gehört, wenn sich mit den Ponys noch was ergeben hätte, und wir hätten einen zweiten Beitrag gemacht, aber mir ist nichts zu Ohren gekommen.«

Ich sagte: »Rachel Ferns, das leukämiekranke Kind, hat immer noch Alpträume.«

»Armes Mädchen.«

»Sie sagt, du warst sehr freundlich.«

»Tja...« Er zog in einer selbstverachtenden Gebärde den Kopf ein, »das ist ja auch nicht schwer. Die Sendung hat mir ganz fantastische Einschaltquoten gebracht.« Er hielt inne. »Sid, weißt du irgendwas über den Buchmacher-Schmiergeldskandal, den ich nächste Woche aufgreifen soll?«

»Überhaupt nichts«, bedauerte ich. »Aber um auf die Verstümmelungen zurückzukommen, Ellis, seid ihr den anderen Anschlägen auf Pferde im Land mal nachgegangen?«

Er runzelte leicht die Stirn und schüttelte den Kopf. »Die Rechercheure meinten, es reicht, wenn man die nebenbei erwähnt. Das waren Nachäffer. Ich meine, das gab nicht annähernd so viel her wie die Story mit den Kindern.« Er grinste. »An den anderen Sachen hing kein Herzblut.«

»Du bist ein Zyniker«, sagte ich.

»Sind wir das nicht alle?«

Wir waren seit Jahren gut befreundet, Ellis und ich. Wir waren in Rennen gegeneinander angetreten, er als begnadeter Amateur, ich als engagierter Profi, beide aber Feuer und Flamme und ganz davon überzeugt, daß es eine durchaus annehmbare Form der Nachmittagsgestaltung sei, auf einem halbwilden Zehnzentnerpferd mit fünzig Stundenkilometern schwierige Hindernisse zu überfliegen.

Obwohl ich eigentlich annahm, daß auch ich die Vandalen, die nach drei oder vier Monaten Polizeiarbeit und nach Ellis Quints Sendung immer noch frei herumliefen, nicht finden würde, wollte ich alles Erdenkliche tun für mein Geld und ging das Problem nach Krebsart von der Seite an, indem ich statt der Ponybesitzer die Reporter befragte, die in den Zeitungen darüber berichtet hatten.

Ich rief sie systematisch an, zuerst die Lokalredaktionen in Kent, dann die namentlich genannten Reporter der Londoner Tageszeitungen, und erhielt fast immer die gleiche Auskunft: Die Story kam von einem Pressedienst, der alle Zeitungen mit Kurznachrichten versorgte. Weiterverfolgung und Auslegung waren Sache der jeweiligen Redaktion.

Von den Zeitungen in Linda Ferns' Koffer war *The Pump* diejenige, die sich am stärksten über die Quälereien empörte, und nach ungefähr einem halben Dutzend Anrufen spürte ich den Mann auf, der mit seinem zornlodernden Kommentar förmlich Löcher in die Seite gebrannt hatte – Kevin Mills, den Herzschmerz-Chefreporter von *The Pump*.

»Ein Bier?« sagte er auf meine Einladung hin. »Na, warum nicht?«

Wir trafen uns in einem Pub (schön anonyme Umgebung), und er sagte mir, daß er wegen dieser Geschichte persönlich nach Kent gefahren war. Er hatte sämtliche Kinder und ihre Eltern befragt sowie eine erboste Dame, die einem Zweig des Ponyclubs vorstand, und er war der Polizei auf die Nerven gefallen, bis sie ihn hinausgeworfen hatte.

»Nichts«, sagte er und kippte einen doppelten Gin-Tonic. »Keiner hat was gesehen. Die Ponys standen alle auf der Weide, und alle wurden zwischen Sonnenuntergang und Tagesanbruch angegriffen – im Januar und Februar eine ziemlich lange Zeitspanne –, so daß die Vandalen in aller Ruhe zuschlagen und Leine ziehen konnten.«

»Aber dunkel war's«, sagte ich.

Er schüttelte den Kopf. »Alle sind in klaren Nächten überfallen worden, mehr oder weniger bei Vollmond.«

»Wissen Sie noch, wie viele?«

»Im Januar insgesamt vier. Zwei wurden geblendet. Zwei waren Stuten, die hatten ausgefranste Stichwunden in... na ja, in ihren ›Geburtskanälen‹, wie unser zimperlicher Redakteur mir das in die Feder diktiert hat.«

»Und im Februar?«

»Eins geblendet, noch zwei tranchierte Stuten, ein abgeschnittener Fuß. Den hat so ein armes kleines Mädchen an der Tränke von ihrem Pony gefunden. Ellis Quint hat eine tolle Sendung darüber gebracht. Haben Sie die nicht gesehen?«

»Ich war in Amerika, aber inzwischen habe ich davon gehört.«

»Für die Sendung gab's die ganze Woche Voranzeigen. Fast ganz England hat sie gesehen. Die hat riesig eingeschlagen. Das Pony war das letzte in Kent, soviel ich weiß. Die Polizei glaubt, es war ein Haufen Dorfgorillas, die Schiß gekriegt haben, weil es so einen Wirbel gab. Und außerdem haben die Leute ihre Ponys nicht mehr auf unbewachte Weiden gebracht.«

Ich bestellte ihm noch einen Doppelten. Er war mittleren Alters, hatte eine Stirnglatze und einen ganz schön dicken Bauch. Er wischte sich den struppigen Schnurrbart am Handrücken ab und sagte, in seinem Reporterleben habe er so viele Eltern von vergewaltigten und ermordeten Mädchen interviewt, daß die Ponys dagegen fast eine Erholung gewesen seien.

Ich fragte ihn nach den Nachahmungstätern, die sich später außerhalb von Kent an Vollblutpferden vergriffen hatten.

»Nachahmer?« wiederholte er. »Das sagt man so.«

»Aber?« hakte ich ein.

Er trank, überlegte, vertraute sich mir an.

»Die anderen Fälle«, sagte er, »kommen ja nicht so massiert vor wie in Kent, obwohl ich vielleicht auch nicht von allen gehört habe. Soviel ich weiß, sind etwa fünf ganz junge Pferde – Fohlen und Jährlinge – mißhandelt worden, die meisten so schlimm, daß sie eingeschläfert werden mußten, aber keins war geblendet. Einem hatten sie die Nase abgehackt. Es waren keine Stuten dabei. Aber...«

Er zögerte. Ich nahm an, er hatte gewisse Fakten parat, war sich aber nicht sicher, wie ich darauf reagieren würde.

»Erzählen Sie.«

»Na ja, da waren noch drei Zweijährige, und die hatten alle einen Fuß ab.«

Ich empfand denselben Ekel, der ihm im Gesicht stand.

»Einer im März«, sagte er. »Einer im April. Einer vorigen Monat.«

»Doch nicht etwa bei Vollmond?« sagte ich langsam.

»Nicht direkt. Nur in mondhellen Nächten.«

»Aber wieso haben Sie nichts darüber geschrieben?«

»Ich werde zu schweren Katastrophen geschickt«, sagte er geduldig. »Flugzeugabstürze, Massensterben, immer wieder Unfälle und Morde. Ein Knallkopf, der durch die Gegend fährt und hin und wieder einem Pferd den Fuß absäbelt, hat für mich nicht höchste Priorität, aber vielleicht komme ich darauf zurück. Der Pressedienst hat es noch nicht mitgekriegt, aber ich lese gern Provinzzeitungen. Alte Gewohnheit. Hier und da eine Notiz über Tierquäler, mehr war es nicht. Passiert ja dauernd. Pferde, Schafe, Hunde – irgendwelche Irren vergreifen sich dran. Aber bei Licht besehen sollte ich, wenn diesen Monat wieder was kommt, unbedingt eine Breitseite darauf abfeuern. Laufen Sie also jetzt damit zu keiner anderen Zeitung. Ich will das exklusiv.«

»Kein Sterbenswort«, versprach ich, »wenn ...«

Er fragte argwöhnisch: »Wenn was?«

»Wenn Sie mir eine Liste der Leute geben könnten, deren Vollblüter massakriert worden sind.«

Er sagte vorsichtig: »Das kostet aber.«

»Bitte«, sagte ich, und wir einigten uns auf einen Preis und darauf, daß er von jeder Story, auf die ich stieß, als erster hören würde.

Er hielt sich an die Abmachung, indem er mir noch am gleichen Nachmittag durch einen Motorradkurier einen geschlossenen braunen Briefumschlag bringen ließ, der Fotokopien mehrerer unscheinbarer Ausschnitte aus Lokalzeitungen von Liverpool, Reading, Shrewsbury, Manchester, Birmingham und York enthielt. Da in den Meldungen jeweils die Namen und ungefähren Adressen der Besitzer der malträtierten Vollblüter vermerkt waren, setzte ich mich ins Auto und fuhr zu ihnen.

Als ich vier Tage später wieder nach Kent zu Linda Ferns kam, hatte ich für mein Leben genug über menschliche Unmenschlichkeit im Umgang mit Pferden erfahren. Einige der beigebrachten Verletzungen, darunter die abgehackte Nase, entzogen sich jedem Verständnis und waren Willkürakte, denen kein Schema zugrunde lag. Aber zwischen den abgetrennten Füßen der drei Zweijährigen bestand ein Zusammenhang.

»Ich fand seinen Fuß neben dem Wassertrog auf der Weide«, sagte eine Frau und verdrehte die Augen bei der Erinnerung. »Ich konnte es nicht fassen. Nur einen Fuß. Ehrlich gesagt, mir kam das Frühstück hoch. Es war wirklich ein feiner Zweijähriger.« Sie schluckte. »Er stand nicht in der Nähe von seinem Fuß. Es war sein rechter Vorderfuß. Der Hengst war auf drei Beinen wegspaziert, und er graste. Er fraß, als wäre nichts gewesen. Er schien keinen Schmerz zu spüren.«

»Was haben Sie getan?« fragte ich.

»Ich habe den Tierarzt gerufen. Er kam … und er hat *mir* was zur Beruhigung gegeben. Er sagte, ich hätte das nötiger als der Hengst. Er hat sich um alles gekümmert.«

»War der Hengst versichert?«

Sie nahm die Frage nicht übel. Wahrscheinlich hatte man sie ihr schon ein dutzendmal gestellt. Er sei nicht versichert gewesen, sagte sie. Sie hätten ihn selbst gezogen. Später im

Jahr hätte er Rennen laufen sollen. Sie seien beim Pferderennen in Cheltenham gewesen, sie hätten auf den Sieger des Gold Cup gesetzt, ein Glückstag, und am Morgen darauf...

Ich bat sie um Namen und Anschrift des Tierarztes und besuchte ihn zu Hause.

»Wie wurde der Fuß abgetrennt?« fragte ich.

Er legte die Stirn in Falten. »Ich weiß es nicht genau. Ein glatter Schnitt. Der Hengst hat kaum geblutet. Etwa ein Meter von dem Fuß entfernt war eine kleine Blutlache und weiter nichts. Der Hengst ließ mich ganz an sich rankommen. Er sah ruhig und normal aus, nur daß das rechte Vorderbein am Fesselkopf aufhörte.

»Kann es eine Axt gewesen sein?«

Er zögerte. »Ich würde eher sagen, eine Machete. Bloß ein Schlag, schnell und sauber. Wer das gemacht hat, wußte, wo er hinlangen muß, oder er hat einfach Glück gehabt.«

»Haben Sie das der Polizei erzählt?«

»Klar. Ein Sergeant von der Kriminalpolizei kam rüber. Er hat auch gekotzt. Dann habe ich den Abdecker gerufen und den Hengst eingeschläfert. Verdammte Tierquäler. *Denen* würde ich mal gern einen Fuß abschneiden, könnten die sehen, ob ihnen das Leben mit einem Stumpf gefällt.« Plötzlich fiel ihm meine amputierte Hand ein, und er stockte und wurde vor Verlegenheit rot. Über das Gerichtsverfahren wegen meiner Hand war damals viel berichtet worden. Die Leute wußten, was passiert war. Inzwischen zuckte ich nicht mehr jedesmal zusammen, wenn davon gesprochen wurde.

»Schon gut«, sagte ich nur.

»Es tut mir leid. Meine große Klappe...«

»Glauben Sie, daß ein Tierarzt den Fuß abgeschnitten hat? Ein Fachmann? Mit einem Skalpell vielleicht? Ist der Hengst örtlich betäubt worden?«

Er sagte nervös: »Darüber weiß ich nichts. Ich würde nur sagen, wer das getan hat, war den Umgang mit Pferden gewöhnt. Der Hengst lief ja frei auf der Weide herum, wenn auch mit Halfter.«

Ich suchte den Sergeant auf, der, darauf angesprochen, aussah, als müsse er sich noch einmal übergeben.

»Ich bekomme viele Verletzte zu sehen. Auch Tote«, sagte er, »aber das war was anderes. Hirnlos. Da hat sich mir doch der Magen umgedreht.«

Die Polizei habe die Täter nicht gefunden. Es sei ein Einzelfall gewesen, keine Serientat. Der einzige eingegangene Hinweis betraf einen blauen Landrover, der über den Feldweg, der zur Weide des Hengstes führte, davongefahren war; und Landrover gab es auf dem Land in Mengen. Der Fall war zwar nicht zu den Akten gelegt, wurde aber auch nicht mehr aktiv untersucht. Der Hengst und sein Fuß waren längst in die Leimfabrik gekommen.

»Gibt es Fotos?« fragte ich.

Der Sergeant erwiderte, die Fotos seien Polizeisache und der breiten Öffentlichkeit nicht zugänglich.

»Ich weiß ja, wer Sie sind«, räumte er ein, »aber für uns gehören Sie trotzdem zur Öffentlichkeit. Tut mir leid.«

Die Besitzerin des Hengstes sagte auf Befragen, sie sei zu aufgebracht gewesen, um Fotos haben zu wollen.

Ich fuhr weiter in den Norden, nach Lancashire, wo ich auf noch heftigere Entrüstung stieß. Ein harter, angesehener Großbauer, ein massiger, großmäuliger Kerl, machte lauthals und wutschnaubend dem Gefühl erlittenen Unrechts Luft, brüllte mir ins Gesicht, besprühte mich mit Speichel, fuchtelte mit dem gestreckten Zeigefinger herum und reckte in einer klassisch aggressiven Pose das Kinn vor.

»Der beste Hengst, den ich je hatte«, bellte er. »Hat mich einen Batzen Geld gekostet, aber er war gut. Zucht, Körperbau, alles. Und schnell, sage ich Ihnen. In der Woche drauf sollte er nach Newmarket.« Er nannte einen renommierten Trainer, der keinesfalls Schrott angenommen haben würde. »Gut war der«, wiederholte der Farmer. »Und da fragt mich die verdammte Polizei, ob ich ihn wegen der Versicherung kaltgemacht habe. Also wirklich! Und ich sage, er war nicht versichert. Und sie sagen, ich könnte aber nicht *beweisen*, daß er nicht versichert war. Haben Sie das gewußt? Haben Sie gewußt, daß man beweisen kann, *daß* etwas versichert ist, aber nicht, daß es *nicht* versichert ist? Wußten Sie das?«

Ich sagte, ich hätte davon gehört.

»Ich habe ihnen die Tür gewiesen. Die wollten nicht rauskriegen, wer meinem Hengst den Fuß abgeschnitten hat, die wollten nur nachweisen, daß ich es war. Mir ging vielleicht der Hut hoch...« Ihm fehlten die Worte. Ich hatte viele Leute kennengelernt, die zu Unrecht beschuldigt worden waren, sie hätten Feuer gelegt, Kinder mißbraucht, Diebstahl begangen oder Schmiergeld kassiert, und inzwischen kannte ich die bebende Stimme aufrichtig empörter Unschuld. Ich wäre jede Wette eingegangen, daß der wütende Farmer seinem Hengst nicht den Fuß abgeschnitten hatte, und das sagte ich ihm auch. Sein Zorn schlug ein wenig in Überraschung um. »Sie glauben mir also?«

»Aber ja.« Ich nickte. »Die Frage ist: Wer wußte, daß Sie so einen guten, schnellen Hengst gekauft hatten und daß er bei Ihnen auf der Weide stand?«

»Wer das wußte?« Er sah plötzlich schuldbewußt aus, als sei ihm eine unangenehme Wahrheit wieder in den Sinn gekommen. »Ich hatte ein bißchen angegeben. Das halbe Land hat es gewußt. Und am Tag vor dem Grand National hatte ich in Aintree mit ihm geprahlt. Da war ich bei so einem Sponsorenessen – Topline Foods war das –, und in der Nacht ist ihm auch nichts passiert. Ich war am Morgen bei ihm. Und in der Nacht darauf, nach dem National, ist er verstümmelt worden.«

Er hatte – aus Mißtrauen gegenüber der Polizei – selbst Farbfotos gemacht, und er zeigte sie mir bereitwillig.

»Der rechte Vorderfuß«, sagte er und zeigte auf eine Großaufnahme des abgetrennten Hufs. »Direkt unterm Fesselkopf abgeschnitten. Fast durch das Gelenk durch. Man sieht das Weiße von den Knochen.«

Die Fotos zitterten in meiner Hand. Es half nichts, daß ich mein linkes Handgelenk in einem ganz ähnlichen Zustand gesehen hatte. Ich sagte: »Was meinte Ihr Tierarzt dazu?«

»Dasselbe wie ich.«

Ich sprach mit dem Tierarzt. Ein Schlag, meinte er. Ein einziger. Keine Fehlversuche. Glatt durchgehauen an der schwächsten Stelle des Beins.

»Mit welcher Waffe?«

Er wußte es nicht.

Ich fuhr weiter nach Yorkshire, wo knapp einen Monat vorher, zur Zeit des Spring Meetings in York, ein dunkelbrauner zweijähriger Hengst in einer mondhellen Nacht um seinen rechten Vorderfuß gebracht worden war. Ein einziger Schlag. Keine Versicherung. Sich erbrechende, aufgebrachte Besitzer. Keine Anhaltspunkte.

Diese Besitzer, ein auf Haltung bedachtes Ehepaar mit altmodischen Umgangsformen und traditionellen, unveränderlichen Wertvorstellungen, waren ebenso verblüfft wie angewidert von der abgründigen Bosheit, die dazu gehörte, ohne ersichtlichen Grund etwas Schönes zu zerstören, in diesem Fall das hervorragende Laufvermögen eines schnellen, edlen jungen Pferdes.

»Warum?« fragten sie mich beharrlich. »Warum begeht jemand eine so sinnlose Gemeinheit?«

Ich wußte keine Antwort. Ich hielt sie nur dazu an, zu reden, ihren Schmerz und die Trauer über ihren Verlust hinauszulassen. Ich brachte sie zum Reden, und ich hörte zu.

Die Frau sagte: »Es war so eine schöne Woche für uns. Während des Spring Meetings in York haben wir immer Gäste... Sie sehen ja selbst, wie groß das Haus ist... da wohnen also immer sechs oder acht Freunde bei uns, und wir stellen Aushilfspersonal ein und geben eine Party – einfach herrlich –, und dieses Jahr spielte auch das Wetter mit, und alle haben sich bestens amüsiert.«

»Ja, wirklich«, sagte der Mann nickend.

»Auch der liebe Ellis Quint war unser Gast«, lächelte die Hausherrin, »und er hat mit seiner beschwingten Art für Stimmung gesorgt, es war, als hätten wir die ganze Woche durchgelacht. Er machte Aufnahmen von den Renntagen für seine Fernsehsendung, und da durften wir alle hinter die Kulissen schauen, das war auch mal interessant. Und dann... in der ersten Nacht, nachdem unsere Gäste alle wieder fort waren... da...«

»Jenkins hat es uns gesagt – Jenkins, unser Pferdepfleger –, er kam, als wir beim Frühstück saßen, und sagte, daß unser Hengst... unser Hengst...«

»Wir haben drei Zuchtstuten«, sagte seine Frau. »Wir freuen uns am Anblick der Fohlen und der Jährlinge, wenn sie frei auf der Koppel laufen, verstehen Sie... und die Jährlinge verkaufen wir gewöhnlich, aber dieser Hengst war so schön, daß wir ihn behalten haben, und er sollte bald in Training gehen... Alle unsere Gäste bewunderten ihn.«

»Jenkins hat ihn glänzend eingeritten.«

»Jenkins weinte«, sagte die Frau. »Jenkins! Ein alter Kämpe, zäh wie Leder, weinte!«

Ihr Mann sagte mit Mühe: »Jenkins hat den Fuß beim Gatter gefunden, neben der Tränke.«

Seine Frau erzählte weiter. »Jenkins sagte uns, daß Ellis ein paar Monate vorher eine Sendung über den abgetrennten Fuß eines Ponys gemacht hatte, mit lauter am Boden zerstörten Kindern. Also haben wir Ellis von unserem Hengst geschrieben, und Ellis rief sofort an und sagte, wie schrecklich das für uns sei. Er hätte nicht netter sein können. Der liebe Ellis. Aber tun konnte er natürlich auch nichts, außer sein Mitgefühl aussprechen.«

»Ja«, stimmte ich zu und war nur ein ganz klein wenig überrascht, daß Ellis nichts von dem Hengst in York gesagt hatte, als wir uns weniger als eine Woche zuvor über Rachel Ferns unterhalten hatten.

3

Wieder in London, traf ich mich gegen Mittag mit Kevin Mills, dem Reporter von *The Pump*, in der gleichen Kneipe wie beim ersten Mal.

»Es ist Zeit für die Breitseite«, sagte ich.

Er schwenkte seinen doppelten Gin. »Was haben Sie herausgefunden?«

Ich ergänzte das Muster, auf das er mich mit seiner Geschichte von den Zweijährigen im Mondschein selbst hingewiesen hatte. Ein Schlag mit einer Machete oder etwas Ähnlichem. Immer der rechte Vorderfuß. Immer in der Nähe einer Tränke. Keine Versicherung. Und immer gleich nach großen Renntagen in der Region: dem Gold Cup Festival in Cheltenham, dem Grand National in Liverpool, dem Spring Meeting in York.

»Und übermorgen, am Samstag«, stellte ich fest, »haben wir das Derby.«

Er setzte langsam sein Glas ab und schwieg eine volle Minute, ehe er sagte: »Was ist mit dem Pony von der Kleinen?«

Ich zuckte resigniert die Achseln. »Das war der erste Fall, von dem wir wissen.«

»Und er paßt nicht ins Schema. Erstens: kein zweijähriger Hengst, hm? Und kein großer Renntag, hm?«

»Der abgetrennte Fuß war neben der Tränke. Der rechte Vorderfuß. Der Mond im richtigen Viertel. Ein Schlag. Keine Versicherung.«

Er runzelte nachdenklich die Stirn. »Sagen wir so«, meinte er schließlich, »es ist eine *Warnung* wert. Ich bin nicht im Sportressort, wie Sie wissen, aber irgendwo im Blatt bringe ich die Losung schon unter. ›Lassen Sie Ihre Zweijährigen während der Renntage von Epsom und danach nicht unbeaufsichtigt auf der Weide stehen.‹ Ich glaube, mehr kann ich nicht tun.«

»Vielleicht reicht es schon.«

»Ja. Wenn alle Junghengstbesitzer *The Pump* lesen.«

»Die ganze Rennbahn wird davon reden. Dafür sorge ich schon.«

»Am Derbytag?« Er sah skeptisch drein. »Auf jeden Fall ist es besser als nichts.« Er trank wieder einen Schluck. »Das einzig Richtige wäre, den Scheißkerl auf frischer Tat zu ertappen.«

Düster dachten wir darüber nach, wie aussichtslos das war. Auf den Britischen Inseln wurden jährlich um die fünfzehntausend Vollblutfohlen geboren. Etwa die Hälfte waren Hengste. Viele von den jetzt Zweijährigen standen zwar schon für Flachrennen im Training und waren in Ställen sicher aufgehoben, aber dennoch wurde eine Unzahl unbeaufsichtigt im Freien gehalten. Außerdem wuchsen die Jährlinge so schnell heran, daß man sie im Juni nachts bereits für Zweijährige halten konnte.

Vor einem resoluten Tierquäler war nichts sicher.

Kevin Mills ging, um seinen Beitrag zu schreiben, und ich fuhr weiter nach Kent zu meinen Klienten.

»Haben Sie rausbekommen, wer es war?« fragte Linda.

»Noch nicht.«

Wir saßen wieder am Wohnzimmerfenster, schauten zu, wie Rachel den Kinderwagen mit Pegotty auf dem Rasen herumlenkte, und ich erzählte ihr von den drei Hengsten und ihren niedergeschmetterten Besitzern.

»Noch drei«, wiederholte Linda dumpf. »März, April und Mai? Und Silverboy im Februar?«

»Genau.«

»Und was ist jetzt? Jetzt haben wir... Juni.«

Ich erklärte ihr, daß in *The Pump* eine Warnung erscheinen würde.

»Von den drei anderen erzähle ich Rachel mal nichts«, sagte Linda. »Sie wacht ja so schon immer schreiend auf.«

»Ich habe mich noch nach weiteren mißhandelten Pferden in England erkundigt«, sagte ich, »aber die wurden auf jeweils unterschiedliche Art verletzt. Ich glaube... na ja, daß da mehrere verschiedene Leute am Werk waren. Und ich glaube nicht, daß die Rohlinge, von denen die Ponys hier in der Gegend geblendet oder zusammengestochen worden sind, etwas mit Silverboy zu tun gehabt haben.«

Linda widersprach. »Aber die müssen das gewesen sein! Es gibt doch hier nicht zwei so brutale Banden.«

»Ich glaube schon.«

Wieder den Tränen nah, beobachtete sie Rachel und Pegotty. Rachel kitzelte das Baby, um es zum Lachen zu bringen.

»Ich würde alles tun, um meiner Tochter zu helfen«, sagte Linda. »Der Arzt meinte, sie müßte schon mehrere Schwestern haben, dann hätte eine mit dem richtigen Gewebefaktor dabeisein können. Joe, Rachels Vater, ist Eurasier. Da scheint es um so schwieriger, eine genetische Entsprechung zu finden. Deshalb wollte ich das Baby. Ich habe Pegotty vor fünf Monaten geboren.« Sie wischte sich die Augen. »Joe hat eine neue Frau, und er wollte nicht mehr mit mir schlafen, selbst für Rachel nicht. Er hat Samen gespendet, und ich habe mich künstlich befruchten lassen, und es klappte auf Anhieb. Das nahm ich als gutes Omen... Der Junge kam auf die Welt... aber er entspricht Rachel nicht. Es bestand überhaupt nur eine Chance von eins zu vier, daß er die richtigen Zellen und Antigene hat... Ich habe gehofft und gebetet... aber umsonst.« Sie schluckte; es schnürte ihr die Kehle zu. »Jetzt habe ich also Pegotty... so nennen wir ihn, obwohl er eigentlich Peter heißt... aber Joe nimmt ihn nicht an... und es ist immer noch kein Spender für Rachel in Sicht, und mir bleibt kaum die Zeit, es noch mit einem anderen Baby zu versuchen... und da macht Joe auch nicht mehr mit. Seine Frau ist dagegen, und er wollte ja schon beim ersten Mal nicht.«

»Das tut mir sehr leid«, sagte ich.

»Joes Frau regt sich darüber auf, daß er für Pegotty Unterhalt zahlen muß... und jetzt ist sie selbst schwanger.«

Das Leben, dachte ich, bringt endlose Komplikationen und Tücken mit sich.

»Joe ist kein Knauser«, sagte Linda. »Er liebt Rachel und hat ihr das Pony geschenkt, und er sorgt gut für uns, aber seine Frau sagt, ich könnte auch sechs Kinder kriegen, ohne daß eins korrespondiert...« Ihre Stimme zitterte und stockte, und nach einer Pause sagte sie: »Ich weiß nicht, warum ich Sie mit all dem belaste. Sie sind ein so aufmerksamer Zuhörer.«

»Und interessiert.«

Sie nickte, schnüffelte und putzte sich die Nase. »Gehen Sie mal raus zu Rachel. Ich habe ihr gesagt, daß Sie heute wiederkommen. Sie kann Sie gut leiden.«

Gehorsam ging ich in den Garten und gab Rachel feierlich die Hand, dann setzten wir uns auf eine Gartenbank wie zwei alte Kumpel.

Es war zwar noch warm, aber nach dem sonnigen Junianfang wurden die Tage jetzt grauer und feuchter; gut für Rosen vielleicht, aber nicht für das Derby.

Ich entschuldigte mich dafür, daß ich noch nicht wußte, wer Silverboy auf dem Gewissen hatte.

»Aber Sie kriegen es doch raus?«

»Ich hoffe es«, sagte ich.

Sie nickte. »Ich habe Papa gestern noch gesagt, daß ich fest daran glaube.«

»So?«

»Mhm. Er hat mich im Auto mitgenommen. Das macht er manchmal, wenn Didi nach London einkaufen fährt.«

»Ist Didi seine Frau?«

Rachel krauste die Nase und verzog das Gesicht, aber sie sprach kein Urteil aus. Sie sagte: »Papa sagt, Ihnen hat jemand die Hand abgehauen, genau wie Silverboy.« Sie betrachtete mich ernst und wartete auf meine Bestätigung.

»Ehm«, sagte ich, aus der Fassung gebracht, »nicht ganz wie Silverboy.«

»Papa sagt, der Mann, der das war, ist ins Gefängnis gekommen, aber jetzt auf Bewährung wieder draußen.«

»Weißt du, was ›auf Bewährung‹ heißt?« fragte ich neugierig.

»Ja. Papa hat's mir erklärt.«

»Dein Papa weiß viel.«

»Ja, aber stimmt es, daß Ihnen jemand die Hand abgehauen hat?«

»Ist das für dich wichtig?«

»Das ist für mich wichtig«, sagte sie. »Gestern abend im Bett habe ich daran gedacht. Ich träume so schlecht. Ich habe versucht wachzubleiben, damit ich nicht einschlafe und träume, wie Ihnen die Hand abgehauen wird.«

Sie gab sich erwachsen und ruhig, aber ich spürte blanke Hysterie unter der Oberfläche, und so überwand ich meine eingefleischte Abneigung, darüber zu reden, und erzählte ihr kurz, was geschehen war.

»Ich war ein Jockey«, begann ich.

»Ja, ich weiß. Papa hat gesagt, Sie waren jahrelang der beste.«

»Nun, eines Tages ist mein Pferd in einem Rennen gestürzt, und während ich am Boden lag, landete ein anderes Pferd beim Aufsprung direkt auf meinem Handgelenk und, ehm... sprengte es auseinander. Man hat es zwar zusammengeflickt, aber viel anzufangen war mit der Hand nicht mehr. Ich konnte nicht mehr Jockey sein und verlegte mich auf das, was ich jetzt mache, nämlich Sachen herausfinden, zum Beispiel, wer Silverboy verletzt hat.«

Sie nickte.

»Nun, ich habe dann etwas herausgefunden, was ein ganz abscheulicher Mensch verbergen wollte, und er hat mir auf die schlimme Hand geschlagen und sie noch mal gebrochen, und weil die Ärzte sie dann nicht mehr flicken konnten, habe ich mir überlegt, daß ich mit einer brauchbaren

Plastikhand besser bedient bin als mit der unbrauchbaren alten.«

»Dann hat er sie also gar nicht... nicht wirklich abgehauen. Nicht mit der Axt oder so?«

»Nein. Du brauchst also auch nicht davon zu träumen.«

Sie lächelte wie erleichtert und legte, da sie links von mir saß, vorsichtig, aber ohne zu zögern, ihre rechte Hand auf das Ersatzteil. Sie streichelte die feste, gefühllose Plastikhaut und sah mir erstaunt in die Augen.

»Die ist gar nicht warm«, sagte sie.

»Na ja, kalt aber auch nicht.«

Rachel lachte ganz vergnügt. »Und wie funktioniert sie?«

»Ich sage ihr, was sie tun soll«, erwiderte ich einfach. »Ich sende ein Signal vom Gehirn durch den Arm, zum Beispiel Daumen abspreizen, Daumen an die Finger legen oder zugreifen, und das Signal erreicht hochempfindliche Empfänger, sogenannte Elektroden, die in dem Kunststoff sind und an meiner Haut anliegen.« Ich wartete, aber sie sagte nicht, daß ihr etwas unverständlich sei. »Mein richtiger Arm hört ungefähr hier auf« – ich zeigte mit dem Finger –, »und der Plastikarm geht um den Ellbogen herum. Die Elektroden liegen da oben im Unterarm, an meiner Haut. Sie spüren die Bewegungen in meinen Muskeln. Darauf reagieren sie.«

»Ist der Plastikarm festgeschnürt oder so?«

»Nein. Er liegt nur ganz fest an, weil er genau paßt. Er ist für mich maßgefertigt worden.«

Wie alle Kinder nahm sie Wunder als selbstverständlich hin, während mich die Vorstellung einer durch Nervenimpulse gesteuerten Mechanik immer noch verblüffte, obwohl ich den falschen Arm seit fast drei Jahren trug.

»Es sind drei Elektroden«, sagte ich. »Eine zum Öffnen der Hand, eine zum Schließen und eine, um das Handgelenk zu drehen.«

»Funktionieren Elektroden mit Strom?« Es verwirrte sie. »Ich meine, Sie sind doch nicht an so was wie eine Steckdose angeschlossen, oder?«

»Du bist ein kluges Mädchen«, sagte ich ihr. »Die Hand wird mit Spezialbatterien betrieben, die man von außen einfach einschiebt; sie sitzen etwas höher als meine Uhr. Aufladen tue ich die Batterien mit einem Ladegerät, und das wird wirklich an eine Steckdose angeschlossen.«

Sie sah mich abschätzend an. »Es ist bestimmt eine große Hilfe, die Hand zu haben.«

»Sie ist prima.«

»Ellis Quint hat meinem Papa erzählt, man würde nur merken, daß sie aus Plastik ist, wenn man sie anfaßt.«

Ich fragte überrascht: »Dein Papa kennt Ellis Quint?«

Sie nickte gelassen. »Sie spielen in derselben Halle Squash. Er war Papa auch beim Kauf von Silverboy behilflich. Als er dann erfuhr, daß es in seiner Sendung ausgerechnet um Silverboy ging, hat ihm das sehr, sehr leid getan.«

»Ja, das ist selbstverständlich.«

»Ich wünschte…«, begann sie und blickte auf meine Hand nieder, »ich wünschte, Silverboy hätte einen neuen Fuß bekommen können… mit Elektroden und einer Batterie.«

Ich sagte nüchtern: »Man hätte ihm vielleicht einen künstlichen Fuß anpassen können, aber traben, galoppieren und springen hätte er trotzdem nicht mehr können. So als Hinkebein wäre er doch auch nicht glücklich gewesen.«

Sie strich mit ihren Fingern über die Kunststoffinger, zweifelnd.

Ich fragte: »Wo hattet ihr Silverboy stehen?«

»Hinter dem Zaun da, wo der Garten aufhört.« Sie wies hin. »Von hier aus kann man es wegen der Bäume nicht sehen. Wir müssen durchs Haus gehen und den Feldweg runter.«

»Zeigst du es mir?«

Einen Moment lang schien sie davor zurückzuscheuen, doch dann sagte sie: »Ich bringe Sie hin, wenn ich dabei Ihre Hand halten darf.«

»Natürlich.« Ich stand auf und streckte meinen echten, warmen, gesunden Arm aus.

»Nein...« Sie schüttelte im Aufstehen den Kopf. »Ich meine, darf ich die Hand halten, in der Sie kein Gefühl haben?«

Es schien ihr wichtig zu sein, daß ich nicht unversehrt war, daß ich von daher wohl Verständnis hatte für eine Kranke, für jemand ohne Haare.

Ich sagte leichthin: »Du kannst dir aussuchen, welche Hand du halten willst.«

Sie nickte, schob dann Pegotty ins Haus und sagte Linda sachlich, daß sie mit mir auf die Weide gehen und mir zeigen wollte, wo Silverboy gewohnt hatte. Linda warf mir einen verstörten Blick zu, ließ uns aber gehen, und so gingen wir, kahlköpfiges Kind und einhändiger Mann, ein seltsames Gespann, den kurzen Feldweg hinunter und lehnten uns an seinem Ende an ein aus fünf Latten gezimmertes Gatter.

Die Koppel war eine saftige Wiese von etwa einem halben Hektar, mit kräftig wachsendem, unbeweidetem Gras.

Nicht weit von uns stand ein verzinkter Wassertrog, den man aus einem hochgezogenen Leitungsrohr mit einem normalen Hahn füllen konnte. Wie auf allen Weiden war der Boden um die Tränke zerstampft, und das Gras wuchs spärlicher.

»Ich will nicht reingehen«, sagte Rachel und wandte den Kopf ab.

»Das brauchen wir auch nicht.«

»Sein Fuß war neben der Tränke«, stieß sie hervor. »Ich meine… man konnte Blut sehen… und weiße Knochen.«

»Sprich nicht davon.« Ich zog sie weg und ging mit ihr über den Feldweg zurück; vielleicht hätte ich sie nicht darum bitten dürfen, mir den Unglücksort zu zeigen?

Sie umfaßte meine fühllose Hand mit beiden Händen und zwang mich, langsamer zu gehen.

»Ist nicht schlimm«, sagte sie. »Es ist ja lange her. Inzwischen geht es, wenn ich wach bin.«

»Gut.«

»Ich gehe nur nicht gern schlafen.«

Die Verzweiflung in diesem Satz war ein offener Appell, auf den man eingehen mußte.

Ich blieb stehen, bevor wir zur Haustür kamen. Ich sagte: »Normalerweise erzähle ich das keinem, aber dir erzähle ich's jetzt. Meine Hand bringt mir noch heute manchmal böse Träume. Ich träume, daß ich beidhändig klatschen kann. Ich träume, daß ich noch ein Jockey bin. Ich träume von meinem zerschmetterten Handgelenk. Gegen Alpträume kann man nichts machen. Sie sind einfach schlimm. Ich weiß nicht, wie man sie abstellen soll. Aber man wacht immer wieder auf.«

»Und dann hat man Leukämie… oder einen Plastikarm.«

»Das Leben ist beschissen«, sagte ich.

Sie hielt sich die Hand vor den Mund und kicherte aus plötzlich gelöster Anspannung. »Bei Mami darf ich das nicht sagen.«

»Sag es in dein Kopfkissen.«

»Tun Sie das?«

»Ziemlich oft.«

Wir gingen ins Haus, und Rachel fuhr Pegotty wieder in den Garten. Ich blieb mit Linda im Wohnzimmer und beobachtete sie durchs Fenster.

»Hat es ihr nichts ausgemacht?« fragte Linda besorgt.

»Sie ist ein sehr tapferes Kind.«

Linda weinte.

Ich sagte: »Haben Sie in der Nacht, als Silverboy verletzt wurde, irgend etwas gehört?«

»Das fragt mich jeder. Ich hätte es doch längst gesagt.«

»Keinen Automotor?«

»Die Polizei meinte, sie müßten an der Straße gehalten haben und zu Fuß den Feldweg runtergegangen sein. Mein Schlafzimmerfenster geht nicht auf den Weg und das von Rachel auch nicht. Aber der Weg führt nirgends hin außer zu der Weide. Sie haben ja gesehen, es ist eigentlich nur ein Pfad, und am Gatter hört er auf.«

»Konnte man Silverboy von der Straße aus sehen?«

»Ja, das hat die Polizei auch gefragt. Man konnte ihn sehen, wenn er zur Tränke kam. Wenn man genau hinschaut, sieht man den Wassertrog von der Straße aus. Die Polizei meint, die Rowdys müßten halb Kent nach unbeaufsichtigten Ponys wie Silverboy abgesucht haben. Egal, wie Sie das mit den Zweijährigen sehen, Silverboy kann nur Rowdys zum Opfer gefallen sein. Warum fragen Sie nicht die Polizei?«

»Wenn Sie mit der Polizei ganz einer Meinung wären, hätten Sie mich nicht um Hilfe gebeten.«

»Joe rief gerade an«, bekannte sie jammernd, »und er meint, daß ich mit Ihnen Geld verschwende.«

»Aha.«

»Ich weiß nicht, was ich denken soll.«

Ich sagte: »Sie bezahlen mich pro Tag, plus Spesen. Wenn Sie wollen, höre ich sofort auf.«

»Nein. Ja. Ich weiß nicht.« Sie wischte sich unentschlossen die Augen ab und sagte: »Rachel träumt, daß Silverboy auf der Weide steht und wunderschön im Mondlicht glänzt. Er leuchtet, sagt sie. Und eine dunkle Schar von Monsterwesen schleimt den Weg hinunter – ›schleimt‹ ist ihr Wort dafür –, und diese gestaltlosen Ungeheuer wollen Silverboy umbringen. Sie sagt, sie will schnell zu ihm laufen und ihn warnen, aber sie kommt nicht an den Monstern vorbei, die sie wie mit Fäden umspinnen. Sie kommt nicht durch, und sie sind vor ihr bei Silverboy und verdunkeln sein Licht, und alle Haare fallen ihm aus, und sie wacht auf und schreit. Es ist immer der gleiche Alptraum. Ich dachte, wenn Sie herausbekommen könnten, wer dem armen Tier den Fuß abgeschnitten hat, bekämen die Monster Namen und Gesichter und würden in der Zeitung stehen; dann wüßte Rachel, wer sie sind, und würde sie sich nicht mehr als schleimiges Geklump ohne Augen vorstellen, das sie nicht vorbeiläßt.«

Nach einer Pause sagte ich: »Geben Sie mir noch eine Woche.«

Sie wandte sich abrupt von mir ab, ging zum Schreibtisch und schrieb mir einen Scheck. »Für zwei Wochen, diese und die kommende.«

Ich sah auf den Betrag. »Das ist mehr, als wir vereinbart haben.«

»Joe kann sagen, was er will, ich möchte, daß Sie es weiter versuchen.«

Ich gab ihr zögernd ein Küßchen auf die Wange. Sie lächelte, die Augen noch immer dunkel und naß. »Für Rachel ist mir kein Geld zuviel«, sagte sie.

Während ich ohne Eile nach London fuhr, dachte ich an den zynischen alten Expolizisten, der mir die Grundlagen der Ermittlungsarbeit beigebracht hatte. »Es gibt zwei eherne Regeln in dem Geschäft«, meinte er. »Erstens, glauben Sie niemals, was Klienten Ihnen erzählen, und gehen Sie immer davon aus, daß Sie mehr von ihnen hätten erfahren können, wenn Sie die richtigen Fragen gestellt hätten. Und zweitens, lassen Sie sich nie gefühlsmäßig auf Klienten ein.«

Schön und gut, solange der Klient nicht ein aufgewecktes, ehrliches Kind von neun Jahren war, das einen aussichtslosen Kampf gegen eine wachsende Flut von Lymphoblasten führte.

Ich kaufte auf dem Heimweg ein Currygericht zum Mitnehmen und verzehrte es, bevor ich den Abend darauf verwandte, überfällige Schreibarbeit zu erledigen.

Die Einsätze selbst gefielen mir viel besser, aber die zahlende Klientel verlangte und hatte Anspruch auf einen detaillierten Bericht über die für sie geleistete Arbeit, vorzugsweise mit Ergebnissen, die in ihrem Interesse lagen.

Zusammen mit dem Arbeitsbericht schickte ich auch meine Endabrechnung mit den einzeln aufgeführten Spesen und dazugehörigen Belegen. Ich verhielt mich fast immer fair, auch gegenüber Klienten, die ich nicht leiden konnte: Es waren Fälle bekannt von Detektiven, die sieben Tage Arbeit berechnet hatten für einen Auftrag, den sie mit etwas gutem Willen in drei hätten erledigen können. Diesen Ruf wollte ich mir nicht einfangen. Schnelligkeit hatte in meinem neuen Beruf den gleichen Stellenwert wie in meinem alten.

Neben Bad und Küche bestand meine freundliche (und offen gesagt teure) Wohnung aus drei Räumen: Schlafzimmer, großes, sonniges Wohnzimmer und ein kleineres drittes Zimmer, das ich als Büro benutzte. Ich hatte keine Sekretärin oder Schreibhilfe; niemand las die von mir aufgedeckten Geheimnisse außer dem Klienten und mir selbst, und was der Klient mit den Informationen, für die er gezahlt hatte, anfing, war normalerweise seine Sache. Viele Leute wandten sich aus Gründen der Diskretion an mich, und Diskretion bekamen sie auch.

Ich fragte meinen Anrufbeantworter ab – lauter uninteressante Nachrichten –, tippte einen Bericht in meinen sicheren PC, druckte ihn aus und machte ihn postfertig. Für Berichte und alles Persönliche benutzte ich ein Computersystem, das an keine Telefonleitung angeschlossen war. So konnte es niemand anzapfen, und als Diebstahlschutz verwandte ich außerdem unentschlüsselbare Paßwörter. Auf mein zweites System, das über Modem an die große weite Welt der Daten und Informationen angeschlossen war, waren theoretisch Zugriffe möglich. Jeder Naseweis konnte sich das, was dort gespeichert war, zu Gemüte führen.

Zum Thema Geheimhaltung hatte mein zynischer Mentor gemeint: »Lassen Sie Ihre rechte Hand niemals wissen, was die linke tut. Ehm...«, fügte er hinzu, »hoppla. Entschuldigung, Sid.«

»Dafür geben Sie einen aus.«

»Und«, so riet er mir später am Kneipentisch, »hinterlegen Sie Sicherungskopien von vertraulichen Ermittlungsergebnissen in einem Bankfach, und entfernen Sie die Informationen aus dem Datensystem in Ihrem Büro. Mit zufällig gewählten Paßwörtern, die Sie wöchentlich wechseln, sollten Ihre Daten für die laufende Arbeit hinreichend geschützt sein, aber sobald Sie fertig sind, sollten Sie die Sicherungskopie zur Bank bringen und die Daten auf dem Bürocomputer löschen.«

»In Ordnung.«

»Denken Sie immer daran«, sagte er mir, »daß die Leute, die Sie überprüfen, mit so ziemlich allen Mitteln versuchen werden, Sie zu bremsen.«

Damit hatte er recht gehabt.

»Denken Sie immer daran, daß Sie nicht so geschützt sind wie die Polizei. Sie müssen sich selber schützen. Sie müssen vorsichtig sein.«

»Vielleicht sollte ich mir eine andere Arbeit suchen.«

»Nein, Sid«, sagte er ernst, »Sie haben Talent. Wenn Sie auf das hören, was ich sage, kommen Sie schon zurecht.«

Er hatte mich in den zwei Jahren nach dem Abbruch meiner Rennsportkarriere geschult – damals tat ich sonst wenig mehr, als daß ich ab und zu in die alte Radnor-Detektei hineinschneite, und seit fast drei Jahren hielt ich mich jetzt weitgehend an seinen Rat. Aber er war tot und Radnor auch, und ich mußte mich selbst konsultieren, ein unberechenbares, nicht immer allzu ergiebiges Vorgehen.

Ich konnte Rachel zu trösten versuchen, indem ich ihr sagte, daß auch ich bös träumte, aber ich hätte ihr nie erzählen können, wie lebhaft und wie grimmig die Träume mitunter waren. Als ich an diesem Abend den Arm abgenommen, mich geduscht und innerlich ruhig ins Bett gelegt hatte, dachte ich beim Einschlafen an das Kind, und nach Mitternacht stieg ich in den vertrauten Kerker hinab.

Es war immer dasselbe.

Ich träumte, ich sei in einem großen schwarzen Raum und irgendwelche Leute wollten mir beide Hände abschneiden.

Beide.

Sie ließen mich warten, aber sie waren auf dem Weg… es gab kein Entrinnen. Ich erwachte wie immer mit klopfendem Herzen, schweißnaß, von Entsetzen geschüttelt, und begriff dann hellauf erleichtert, daß es nicht stimmte, daß ich wohlbehalten in meinem Bett lag – worauf mir einfiel, daß einmal tatsächlich nicht viel gefehlt hatte, und ein Schurke hätte mir die verbliebene Hand weggeschossen. Als ich wach genug war, um mir darüber klarzuwerden, daß die derzeitige Lage halb so schlimm war, sank ich beruhigt wieder in Schlaf, und in derselben Nacht kehrte der ganze abscheuliche Alptraum noch einmal wieder… und noch einmal.

Ich zwang mich, vollständig aufzuwachen – mich im Bett aufzurichten, aus dem Bett zu steigen und dem klaren Bewußtsein die Zügel zu übergeben. Ich ging unter die Dusche und ließ kaltes Wasser durch meine Haare und an meinem Körper hinab laufen. Ich zog einen Frotteemantel über, schenkte mir ein Glas Milch ein und setzte mich im Wohnzimmer bei voller Beleuchtung in einen Sessel.

Ich schaute dahin, wo einmal die linke Hand gewesen war, schaute auf die kräftige, gesunde rechte Hand, die das Glas hielt, und gestand mir ein, daß mich nicht nur im Schlaf, sondern auch im Wachen oft ununterdrückbar heftig die lähmende Angst quälte, eines Tages könnten wirklich beide Hände weg sein. Es kam darauf an, die Angst nicht zu zeigen, ihr nicht nachzugeben, nicht zuzulassen, daß sie mein Leben beherrschte.

Sinnlos die Überlegung, daß ich mir meine Ängste selbst zuzuschreiben hatte. Ich war aus freien Stücken Jockey geworden. Ebenso aus freien Stücken jagte ich gewalttätige Gauner. Jetzt war ich gerade hinter jemandem her, der einem Pferd mit einem Schlag den Fuß abtrennen konnte.

Mein Gegenstück zum rechten Vorderfuß hielt ein Glas Milch.

Ich mußte übergeschnappt sein.

Andererseits gab es Leute wie Rachel Ferns.

Auf die eine oder andere Weise hatte ich viele Qualen überstanden, und einen Großteil davon hätte ich vermeiden können, wäre ich nicht so dickköpfig. Ich wußte inzwischen, daß ich mich durchbeißen würde, egal was kam. Aber dieses Kind hatte alle Haare verloren und den Fuß ihres geliebten Ponys gefunden, und sie traf keine Schuld daran. Eine Neunjährige konnte unter solchen Schlägen unmöglich ruhig schlafen.

O Gott, Rachel, dachte ich, ich würde deine Nachtmahre für dich träumen, wenn ich könnte.

Am Morgen fertigte ich eine fünfspaltige Arbeitsanalyse zum Pony der Ferns und zu den drei Zweijährigen an. Es war eine einfache, in Kästchen unterteilte Tabelle. Oben auf die Seite schrieb ich von links nach rechts: Faktoren, Ferns, Cheltenham, Aintree, York, und in die linke Spalte, Faktoren, trug ich untereinander ein: ›Datum‹, ›Besitzer‹, ›Rennausschreibung‹, ›Motiv‹ und schließlich ›Wer kannte Aufenthalt des Opfers?‹. Ich stellte fest, daß mir zwar Antworten auf die letzte Frage einfielen, daß es mir aber widerstrebte, sie einzutragen, und nach einigem Zaudern rief ich die Redaktion von *The Pump* an und bestand darauf, mit Kevin Mills zu sprechen.

»Sid«, sagte er herzlich, »die Warnung steht morgen drin. Sie haben Ihr Bestes getan. Regen Sie sich ab.«

»Wunderbar«, sagte ich, »aber könnten Sie noch was für mich tun? Gewisse Fragen würden harmlos daherkommen, wenn sie *The Pump* stellt, wenn sie aber direkt von mir kämen, könnten sie ungeahnte Wellen schlagen.«

»Welche Fragen?«

»Zum Beispiel die nach der Gästeliste von Topline Foods bei dem Sponsorenlunch in Aintree am Tag vor dem Grand National.«

»Wozu, um Himmels willen?«

»Fragen Sie das für mich?«

Er sagte: »Was haben Sie vor?«

»Die Story gehört noch Ihnen. Exklusiv.«

»Weiß der Geier, warum ich Ihnen vertraue.«

»Es zahlt sich aus«, sagte ich lächelnd.

»Das sollte es auch!« Er legte krachend den Hörer auf, doch ich wußte, er würde mir den Gefallen tun.

Es war Freitag morgen. In Epsom fand an diesem Tag der Coronation Cup statt und außerdem das Oaks, die Stutenprüfung für den Derbyjahrgang. Es regnete leicht: eine schwache Warmfront, so schien es, weichte langsam aber sicher Südengland auf.

Rennbahnen zogen mich immer noch an, als wäre ich durch eine elastische Schnur damit verbunden, doch ehe ich losfuhr, rief ich die Frau an, deren jungem Hengst in der Nacht nach dem Cheltenham Gold Cup der Fuß amputiert worden war.

»Entschuldigen Sie, daß ich Sie noch einmal behellige, aber dürfte ich Ihnen noch ein paar Fragen stellen?«

»Wenn Sie die Dreckskerle dann zu fassen kriegen.«

»Nun, stand der Zweijährige allein auf der Weide?«

»Ja. Es war nur eine Koppel. Abgezäunt natürlich. Wir hatten ihn auf der Koppel, die am nächsten zum Haus liegt, das macht uns gerade so wütend. Zwei alte Reitpferde standen auf der Weide dahinter, aber die haben die Rowdys nicht angerührt.«

»Und«, fragte ich sachlich, »wie viele Leute wußten, daß an den Hengst ranzukommen war? Und wie leicht war an ihn heranzukommen?«

»Sid«, rief sie aus, »glauben Sie bloß nicht, wir hätten uns darüber nicht den Kopf zerbrochen. Das Dumme ist, daß alle unsere Bekannten Bescheid wußten. Wir waren begeistert von seinen Möglichkeiten. Und in Cheltenham haben wir uns dann nach *Trainern* umgehört. Der alte Gunners, der früher für uns trainiert hat, ist ja gestorben, und der Assistent, der den Stall übernommen hat, ist uns zu eingebildet, deshalb haben wir uns eben erkundigt.«

»Verstehe. Und hatten Sie sich für einen Trainer entschieden?«

»Ja, schon, aber jetzt...«

»Es ist ein Jammer«, sagte ich mitfühlend. »Für wen hatten Sie sich entschieden?«

Sie nannte einen Spitzenmann. »Mehrere Leute meinten, mit ihm könnten wir nicht fehlgehen.«

»Mhm.« Ich seufzte im stillen und fragte allgemein: »Was hat Ihnen denn am Gold Cup besonders gefallen?«

»Die Queen kam«, erwiderte sie prompt. »Ich hatte dicke, warme Stiefel an und bin beim Knicksen beinah drüber gestolpert.« Sie lachte. »Ach ja, und Sie wissen doch, daß Sie dort in der Ruhmeshalle verewigt sind?«

»Wirklich eine Ehre«, sagte ich. »Ich habe auch einen gravierten Glaspokal bekommen, den ich von meinem Platz aus auf der anderen Seite des Zimmers sehen kann.«

»Nun, wir standen vor der Fotodokumentation zu Ihrem Leben, die da präsentiert wird, und lasen die Bildunterschriften, da blieb der gute Ellis Quint neben uns stehen, legte mir den Arm um die Schultern und meinte, unser Sid sei alles in allem schon ein prima Kerl.«

Ach du Scheiße, dachte ich.

Ihr warmes Lächeln kam mit durch die Leitung. »Wir kennen Ellis natürlich seit Jahren. Er ist in Amateurrennen für uns geritten. Jetzt nach dem Gold Cup hat er uns mal wieder auf ein Glas besucht. So ein schöner Tag.« Sie seufzte. »Und da kommen diese *Dreckskerle*... Sie kriegen sie, nicht wahr, Sid?«

»Wenn ich kann«, sagte ich.

Ich ließ eine ganze Menge Kästen in meiner Tabelle frei

und fuhr nach Epsom, so düster gestimmt wie der Himmel. Die Bars auf der Rennbahn waren überfüllt. Regenschirme tropften. Die kräftigen Farben der Sommerkleider steckten unter eher tristen Regenmänteln, und nur die Geranien sahen fröhlich aus.

Vor dem Dreiviertelmeilenrennen für zweijährige Hengste ging ich zum Führring und betrachtete nachdenklich all die unbeschwert aufsetzenden Vorderfüße. Die dünnen jungen Knochen dieser Vorderbeine trugen Neunzentnerkörper bei Sprintgeschwindigkeiten von über sechzig Stundenkilometern vorwärts. Ich hatte überwiegend die älteren, reiferen Hindernispferde geritten, nicht ganz so schnell, zehn Zentner schwer, die einen Kurs von vier Meilen mit insgesamt dreißig Hindernissen gehen konnten, und auch das auf Beinen, die kaum dicker waren als ein kräftiges menschliches Handgelenk.

Anatomisch besteht das Vorderbein eines Pferdes von der Schulter abwärts aus Vorarm, Knie, Röhrbein, Fesselgelenk (auch Fesselkopf genannt), Fesselbein und Huf. Auf dem Farbfoto des wütenden Farmers aus Lancashire hatte man gesehen, daß die Amputation genau an der schmalsten Stelle des ganzen Beins erfolgt war, direkt unter dem Fesselgelenk, wo das Fesselbein begann. Genaugenommen war der Fuß mitsamt der Fessel abgetrennt worden.

Pferde haben ein sehr feines Gespür für Gefahr und sind leicht zu ängstigen. Junge Pferde halten selten still. Und doch war es jeweils mit einem einzigen Schnitt passiert. *Wieso* hatten die armen Tiere alle stillgehalten, während es geschah? Nicht eines hatte seinen Besitzer durch Angstlaute alarmiert.

Ich ging auf die Tribüne und sah zu, wie die Zweijährigen links auf der Anhöhe starteten, wie sie, einem Spatzenschwarm ähnlich, herabstießen und um Tattenham Corner gingen, wie der Sieger sich von den Verlierern absetzte auf der nicht ganz einfachen Geraden, deren Neigung ein Pferd an die Rails drängen konnte, wenn sein Jockey unerfahren war.

Ich sah zu, und ich seufzte. Fünf lange Jahre war es her, seit ich mein letztes Rennen bestritten hatte. Würde ich jemals aufhören, der Vergangenheit nachzutrauern?

»Warum so nachdenklich, Sid, mein Junge?« fragte ein älterer Trainer und packte mich am Ellbogen. »Einen Scotch mit Soda für Ihre Gedanken!« Er lotste mich um die Ecke zur nächsten Bar, und ich ging widerspruchslos mit ihm, da ich durch zufällige Begegnungen dieser Art nicht selten zu Aufträgen kam. Er war bekannt für seinen Pferdeverstand und berüchtigt für seinen Geiz.

»Sie sollen sauteuer sein, wie man hört«, begann er gutmütig und reichte mir ein Glas. »Wieviel nehmen Sie für einen Tag?«

Ich sagte es ihm.

»Ein Schweinegeld. Tun Sie's umsonst, aus alter Freundschaft.«

Ich lächelte. »Trainieren Sie Pferde umsonst?«

»Das ist was anderes.«

»Und hätten Sie mich gebeten, umsonst für Sie Rennen zu reiten?«

»Na, also schön. Sie kriegen Ihr verdammtes Honorar. Die Sache ist die: Ich glaube, daß man mich verladen will, und darüber sollen Sie mir Klarheit verschaffen.«

Offenbar hatte er eine glühende Empfehlung von dem derzeitigen Arbeitgeber eines Chauffeurs/Faktotums/Hausdieners erhalten, der sich auf eine Annonce hin bei ihm beworben hatte. Nun wollte er wissen, ob es sich lohnte, den Mann zu einem Einstellungsgespräch zu laden.

»Ich habe die Frau – die Arbeitgeberin – auf den Brief hin angerufen«, sagte er, »um die Referenz zu überprüfen. Sie hätte sich nicht vorteilhafter über den Mann äußern können, aber… ich weiß nicht… es war mir zu vorteilhaft, wenn Sie verstehen, was ich meine.«

»Sie meinen, sie wäre vielleicht froh, ihn loszuwerden?«

»Gut erkannt, Sid. Genau das meine ich.«

Er gab mir das an Lob schwer zu überbietende Empfehlungsschreiben.

»Kein Problem«, sagte ich, als ich es gelesen hatte. »Ein Tagessatz plus Reisespesen. Ich rufe Sie an und schicke Ihnen einen schriftlichen Bericht.«

»Sie sehen immer noch wie ein Jockey aus«, meinte er. »Ohne Pferd sind Sie bloß viel teurer.«

Ich lächelte, steckte den Brief ein, trank seinen Scotch und beglückwünschte ihn zu seinen jüngsten Siegern, um ihn aufzumuntern, bevor ich ihm sein Geld abnahm.

Den Rest des Tages wanderte ich zufrieden, aber ergebnislos herum, schlief dann erfreulich alptraumfrei und stellte beim Erwachen am sonnigen, trockenen Morgen des Derbytages fest, daß mein Freund, der *Pump*-Reporter, wirklich seine Arbeit getan hatte.

»Sperren Sie Ihre Hengste ein«, empfahl er in der Zeitung. »Schon mal von Fußfetischisten gehört? Dieser hier schlägt alles.«

Er stellte in kurzen Absätzen die Übereinstimmungen im »Fall der vier abgetrennten Fesseln« heraus und wies darauf hin, daß in der kommenden Nacht nach dem Derby – dem größten aller Rennen – gegen drei Uhr früh der Mond so hell scheinen würde, daß Taschenlampen überflüssig wären. Alle zweijährigen Hengste sollten, wie Aschenputtel, ab Mitternacht unbedingt unter Dach sein. »Und«, schloß er effektvoll, »falls Sie jemanden mit einer Machete über die Weiden schleichen sehen, verständigen Sie bitte Privatdetektiv und Exjockey Sid Halley, von dem die vorliegenden Informationen stammen und der über die eigens eingerichtete Hotline von *The Pump* zu erreichen ist. Rufen Sie *The Pump* an! Retten Sie die Hengste! Halley, bitte kommen!«

Ich konnte mir nicht vorstellen, wie er den Schlußakkord samt beigefügter Telefonnummer an einem Redakteur vorbeigeschleust hatte, jedenfalls hätte ich mir über die Verbreitung der Warnung auf der Rennbahn keine Sorgen zu machen brauchen. Den ganzen Nachmittag redete mit mir niemand über etwas anderes.

Ich rief *The Pump* selbst an und erreichte schließlich jemanden, der mir mitteilte, Kevin Mills habe leider zu einem Eisenbahnunglück fahren müssen.

»Verdammt«, sagte ich. »Und wie wollen Sie jetzt die Anrufe wegen der Hengste an mich weiterleiten? Ich habe das nicht arrangiert. Wie soll das laufen?«

»Bleiben Sie dran.«

Ich blieb dran. Eine andere Stimme kam an den Apparat.

»Da Kevin nicht erreichbar ist, leiten wir alle Halley-Hotline-Anrufe an diese Nummer weiter«, sagte er und las mir meine Privatnummer vom Pont Square vor.

»Wo steckt Ihr verdammter Mills? Ich drehe ihm den Hals um!«

»Bei dem Zugunglück. Ehe er losfuhr, hat er uns die Nummer gegeben, damit wir Sie erreichen können. Er sagte, Sie wollten sofort Bescheid wissen, wenn etwas mit einem Hengst ist.«

Das stimmte schon – aber verdammt und zugenäht, dachte ich, das hätte ich besser regeln können, wenn er mir einen Ton gesagt hätte.

Ich schaute dem Derby unaufmerksam zu. Ein Außenseiter gewann.

Ellis zog mich wegen des Artikels in *The Pump* auf.

»Hotline Halley«, meinte er, klopfte mir lachend auf die Schulter, groß und ausgesprochen herzlich, und wischte meine ungläubigen Zweifel an ihm gleich wieder weg. »Es ist ein Riesenzufall, Sid, aber ich habe einen von diesen Hengsten selbst gesehen. Natürlich lebend. Ich hielt mich bei Freunden in York auf, und kaum waren wir heimgefahren, vergriff sich jemand an ihrem Pferd. So liebe Leute. Das hatten die nicht vedient.«

»Das hat keiner verdient.«

»Stimmt.«

»Am rätselhaftesten ist das Motiv«, sagte ich. »Ich habe mit allen Besitzern gesprochen. Keiner von den Hengsten war versichert. Und Rachel Ferns' Pony natürlich auch nicht.«

Er sagte interessiert: »Dachtest du, es sei Versicherungsbetrug?«

»Drängt sich doch auf, oder nicht? Theoretisch ist es möglich, ein Pferd zu versichern und die Kohle zu kassieren, ohne daß der Besitzer etwas davon ahnt. Wäre nicht das erste Mal. Aber wenn das hier der Fall ist, bekommt vielleicht ein Versicherungsmensch den *Pump*-Artikel zu Gesicht und macht sich einen Reim drauf. So gesehen«, schloß ich langsam, »könnte ich eigentlich an alle in Frage kommenden Versicherungen eine *Pump* von heute schicken, damit sie informiert sind, und sie gleichzeitig um Auskunft bitten.«

»Gute Idee«, sagte er. »Ersetzen Versicherungen und so weiter dir jetzt wirklich den Rennsport? Klingt nach ziemlich müden Zeiten gegenüber früher.«

»Ersetzt ihn dir das Fernsehen?«

»Kein bißchen.« Er lachte. »Gefahr macht süchtig, meinst du nicht? Der einzige gefährliche Job beim Fernsehen sind Kriegsreportagen, und ist dir mal aufgefallen, daß immer die gleiche kleine Clique von Reportern da im Brennpunkt steht, um mit ernster, engagierter Miene von diesem oder jenem aktuellen Scharmützel zu berichten, während zum Beweis für ihren Löwenmut Kugeln vorbeipfeifen und im Hintergrund Gesteinssplitter fliegen?«

»Du bist neidisch«, sagte ich und lächelte.

»Beliebt zu sein ist ganz nett, aber manchmal ödet mich das Leben als gefeierter Plaudermeister furchtbar an. Sehnst du dich nicht nach Tempo?«

»Tag für Tag«, sagte ich.

»Du bist so ungefähr der einzige, der mich versteht. Der begreift, daß Ruhm kein Ersatz für Gefahr ist.«

»Es kommt darauf an, was auf dem Spiel steht.«

Hände, dachte ich. Hände konnten auf dem Spiel stehen.

»Viel Glück, Hotline«, sagte Ellis.

Das Glück war auf seiten der Besitzer zweijähriger Hengste. Mein Anrufbeantworter arbeitete den ganzen Tag und die halbe Nacht im Akkord, doch es waren größtenteils Anrufe von Leuten, die den schönen Schauder und das Gruseln liebten. Der Mond schien auf friedliche Weiden, und weder Hengstfohlen noch Zweijährige noch Kinderponys büßten einen Fuß ein.

In den darauffolgenden Tagen ließen Spannung und Interesse nach und schliefen ein. Erst zwölf Tage nach dem Derby, in der letzten Nacht von Royal Ascot, erwachten wieder Angst und Schrecken.

4

Am Montag nach dem Derby machte ich mich an die auf einen Tag veranschlagte Durchleuchtung der übertriebenen Referenz und fand, ohne mit der Arbeitgeberin selbst zu sprechen (denn das hätte nun wirklich nichts gebracht), genug heraus, um dem knickrigen Trainer am Telefon einen guten Rat geben zu können.

»Sie will ihn loswerden, ohne sich eine Klage wegen ungerechtfertigter Kündigung einzufangen«, sagte ich. »Er klaut ihr kleinere Sachen im Haus, die dann durch mehrere Hände gehen und im nächsten Antiquitätenladen wieder auftauchen. Sie kann nicht nachweisen, daß es ihr Eigentum ist. Der Antiquitätenhändler beteuert seine Unschuld. Anscheinend hat die Dame dem Hausdiener gesagt, daß sie ihn nicht verklagt, wenn er schaut, daß er wegkommt. Ihre Referenz gehört zur Abmachung. Der Hausdiener ist Stammkunde im Wettbüro des Ortes und setzt große Summen auf Pferde. Möchten Sie ihn einstellen?«

»Na, und ob!«

»In dem Bericht, den ich Ihnen schicke«, sagte ich ihm, »wird nur stehen: ›Klärung von Fragen zur Personaleinstellung.‹ Das können Sie von der Steuer absetzen.«

Er lachte trocken. »Wenn Sie mal eine Empfehlung brauchen«, sagte er vergnügt, »schreibe ich Ihnen eine beeidigte.«

»Man kann nie wissen«, sagte ich. »Vielen Dank.«

Ich hatte den Trainer spätabends auf der Heimfahrt, vom Parkplatz einer Tankstelle an der Schnellstraße aus angerufen, doch erst als ich zum Pont Square kam, verdüsterte sich der Tag auch im übertragenen Sinn. Ein zweiseitiges Fax wartete in meinem Gerät, und während ich im Wohnzimmer stand und es las, lösten sich alle Gedanken an ein gemütliches Glas Scotch in Unglauben auf, und mir wurde ganz elend.

Das Fax kam von Kevin Mills. »Ich weiß nicht, weshalb Sie so eine Liste der Edlen und Gerechten haben wollen«, schrieb er, »aber wie auch immer – weil ich es versprochen habe, schicke ich Ihnen hier die Aufstellung der Lunchgäste von Topline Foods in Aintree am Tag vor dem Grand National.«

Die Liste enthielt wie erwartet den Namen des aufgebrachten Farmers aus Lancashire, aber was mir aufs Gemüt schlug, war der Name, der sie eröffnete.

»Ehrengast«, hieß es da, »Ellis Quint.«

Sämtliche Zweifel, die ich verscheucht hatte, meldeten sich um so lauter, um so heftiger zurück. Selbstironie und alle anderen Abwehrmechanismen unter der Sonne folgten ihnen auf dem Fuß.

Ich wollte und *konnte* einfach nicht glauben, daß Ellis in der Lage war, das Pony eines Kindes und drei junge Rennpferde zu verstümmeln und damit letztlich zu töten. Nicht Ellis! Nein! Das war unmöglich.

Sicher gab es eine Menge anderer Leute, die herausbekommen haben konnten, wo diese vier schutzlosen, unbeaufsichtigten Tiere zu finden waren. Auf so ein dummes, zufälliges Zusammentreffen durfte man doch nichts geben. Dennoch holte ich meine Arbeitsanalyse aus der Schublade und schrieb in die »Wer kannte Aufenthalt des Opfers«-Spalte jeweils winzig klein, als wäre es dann halb so schlimm, die undenkbaren Worte Ellis Quint.

Die Motiv-Kästchen waren immer noch leer. Es gab kein nachvollziehbares Motiv. Warum stach jemand Ponys die Augen aus? Warum lauerte jemand Unbekannten auf und schrieb anonyme Schmähbriefe? Warum wurden Kinder gequält und getötet und ihre Schreie auf Band aufgenommen?

Ich schrieb »Selbstbestätigung«, aber das schien mir zu schwach. Geisteskrankheit? Wahnsinn? Der ununterdrückbare Ausbruch einer triebhaften Lust nach sinnloser, gewalttätiger Zerstörung?

Das paßte nicht zu dem Ellis, den ich kannte. Gegen den ich Rennen geritten und mit dem ich gelacht hatte und den ich seit Jahren als guten Freund betrachtete. Man konnte jemand nicht so gut kennen und dennoch keine Ahnung haben, mit wem man es zu tun hatte.

Oder?

Nein.

Unabweisliche Gedanken hielten mich die ganze Nacht wach, und am Morgen schickte ich Linda Ferns ihren uneingelösten Scheck zurück.

»Ich bin nicht weitergekommen«, schrieb ich. »Es tut mir außerordentlich leid.«

Zwei Tage später flatterte mir der Scheck wieder ins Haus.

»Lieber Sid«, antwortete Linda, »behalten Sie das Geld. Ich weiß, daß Sie die Rowdys eines Tages kriegen. Ich weiß nicht, was Sie Rachel gesagt haben, aber sie fühlt sich viel besser und hat seit Ihrem Besuch vorige Woche nicht mehr schlecht geträumt. Schon dafür gehören Sie doppelt bezahlt. Ihre Linda Ferns.«

Ich legte den Scheck zum Unerledigten, erledigte Schreibarbeit und ging wie gewohnt zum Judo-Training.

Das Judo, das ich ausübte, war die sanfte Kunst der Selbstverteidigung durch Ausweichen und Umlenken der Angriffskraft des Gegners, so daß er selbst zu Fall kam. Judo war Rhythmus, Hebelkraft und Tempo, manchmal eine Frage des Drucks auf die richtigen Stellen und in der Form, wie ich es lernte, immer eine leise Angelegenheit. Die Schreie und Tritte des Karate, die betont aggressiven Schläge auf die Matte entsprachen meinem Wesen so wenig wie meinen Bedürfnissen. Mir ging es nicht um körperliche Überlegenheit. Wenn ich konnte, mied ich Raufereien. Als mittelgroßes Leichtgewicht mit nur anderthalb Armen wollte ich in erster Linie überleben.

Geistesabwesend absolvierte ich die Übungen. Sie waren bestenfalls eine moralische Stütze. Es gab zu viele Gefahren, die sich nicht dadurch beseitigen ließen, daß man einen Angreifer über die Schulter aufs Kreuz werfen konnte.

Ellis ging mir nicht aus dem Kopf.

Ich lag falsch. Natürlich lag ich falsch.

Sein Gesicht war überall bekannt. Er würde nicht riskieren, daß man ihn bei Nacht mit einer Machete oder etwas Ähnlichem um Wiesen und Weiden herumschleichen sah.

Aber es langweilte ihn, berühmt zu sein. Ruhm sei kein Ersatz für Gefahr, hatte er gesagt. Was er erreicht hatte, war ihm zu wenig.

Trotzdem… er *konnte* es nicht gewesen sein.

In der zweiten Woche nach dem Derby fuhr ich zu dem viertägigen Rennereignis von Royal Ascot, wanderte in einem Cutaway umher und bewunderte die Pferde mit ihrem glänzenden Fell und die ausgefallenen Hüte der Damen. Ich hätte es genießen sollen wie sonst auch. Statt dessen kam mir das Ganze wie Blendwerk vor, hinter dem sich ein Abgrund verbarg.

Ellis war natürlich jeden Tag dort; und natürlich sprach er mich an.

»Wie geht's, Hotline?«

»Die Hotline schweigt.«

»Na siehst du«, sagte er mit wohlwollender Ironie, »du hast deinen Fußabschneider in die Flucht geschlagen.«

»Hoffentlich endgültig.«

»Und wenn er nicht anders kann?« sagte Ellis.

Ich wandte den Kopf, sah ihm in die Augen. »Dann schnappe ich ihn«, sagte ich.

Er lächelte und wandte den Blick ab. »Darin bist du bekanntlich ein As, aber ich wette –«

»Nein«, unterbrach ich ihn. »Wette nicht darauf. Das bringt Unglück.«

Jemand kam von der anderen Seite zu ihm und nahm seine Aufmerksamkeit in Anspruch. Er klopfte mir auf die Schulter, sagte mit der gewohnten Zuneigung: »Bis dann, Sid«, und ließ sich abschleppen; und ich konnte nicht, wollte nicht glauben, daß er mir gesagt hatte, *warum*, wenn auch nicht, wie.

»Und wenn er nicht anders kann?«

Konnten Zwänge zu sinnlos brutalen Handlungen führen?

Nein...

Doch, und es passierte häufig.

Aber nicht bei Ellis. Nein, nicht bei Ellis.

Alibis, dachte ich auf der Suche nach einer annehmbaren Lösung. Irgendwie würde ich herausfinden, wo sich Ellis in den Nächten, als die Pferde überfallen wurden, aufgehalten hatte. Ich würde mich selbst davon überzeugen, daß Ellis es nicht gewesen sein konnte, würde frohen Herzens wieder zum Ausgangspunkt zurückkehren und zugeben, daß ich völlig im dunkeln tappte; ich würde Lindas Rowdys niemals finden und erleichtert einen Fehlschlag verbuchen.

Am Morgen nach dem Ascot Gold Cup wachte ich schlaftrunken um halb sechs auf, nahm den Hörer meines klingelnden Telefons ab und hörte eine aufgeregte hohe Frauenstimme sagen: »Ich möchte gern Sid Halley sprechen.«

»Am Apparat«, und ich setzte mich im Bett auf und sah mit zusammengekniffenen Augen auf die Uhr.

»Bitte?«

»Sie sprechen mit Sid Halley.« Ich unterdrückte ein Gähnen. Halb sechs!

»Aber ich habe doch *The Pump* angerufen und die Hotline verlangt!«

Ich sagte geduldig: »Die Hotline-Anrufe werden direkt an mich weitergeleitet. Sie sprechen also mit Sid Halley. Wie kann ich Ihnen helfen?«

»Gott«, sagte sie, anscheinend völlig durcheinandergebracht. »Wir haben einen Hengst mit einem abgetrennten Fuß.«

Ich schnappte nach Luft und sagte: »Wo sind Sie?«

»Zu Hause. Ach so, in Berkshire.«

»Wo genau?«

»Combe Bassett, südlich von Hungerford.«

»Und, ehm…«, ich wollte fragen: »Wie stehen die Aktien?«, merkte aber, daß das taktlos gewesen wäre. »Was tun Sie jetzt?«

»Wir sind alle auf. Die einen heulen, die anderen brüllen herum.«

»Und der Tierarzt?«

»Den habe ich gerade angerufen. Er ist unterwegs.«

»Und die Polizei?«

»Schickt jemand. Aber wir dachten, Sie sollten wir am besten auch verständigen.«

»Ja«, sagte ich. »Wenn es Ihnen recht ist, komme ich gleich.«

»Deshalb rufe ich ja an.«

»Gut. Und Ihr Name? Ihre Adresse?«

»Betty Bracken, Manor House, Combe Bassett«, gab sie stockend durch, als müßte sie sich erst darauf besinnen.

»Bitten Sie den Tierarzt«, sagte ich, »den Hengst und seinen Fuß nicht abholen zu lassen, ehe ich da bin.«

»Ich rede mit ihm«, stieß sie hervor. »*Wieso*, um Gottes willen? Wieso unser Hengst?«

»In einer Stunde bin ich bei Ihnen«, sagte ich.

Und wenn er nicht anders kann…

Aber es gehörte so viel Planung dazu. So viel Heimlichkeit. Es war so wahnsinnig riskant. Irgendwann würde ihn jemand sehen.

Laß es nicht Ellis sein, dachte ich. Jemand anders ist das arme Schwein, das sein wildgewordenes Unterbewußtsein da umtreibt. Ellis könnte so ein schändliches Verlangen immer noch zügeln, wenn er es verspürte.

Laß es nicht Ellis sein.

Wer es auch war, man mußte ihm Einhalt gebieten, und wenn ich konnte, würde ich das tun.

Ich rasierte mich im Wagen (einem Mercedes), den batteriebetriebenen Rasierer in der batteriebetriebenen Hand, und legte die 130 Kilometer nach Südwest-Berkshire auf der relativ leeren M4 in ziemlich kurzer Zeit zurück – die Tachonadel zitterte in kaum jemals erreichten Regionen.

Es war ein herrlicher Tag Mitte Juni, klar und frisch. Ich rollte durch das Tor von Combe Bassett Manor, hielt auf der Zufahrt an und betrat um halb sieben ein offenes Haus, in dem Trubel, Geschrei und allgemeines Zähneknirschen herrschten.

Die Anruferin trat auf mich zu, sobald sie mich erblickte, und nicht nur ihre in der Luft fuchtelnden Arme deuteten darauf hin, daß sie in einem Zustand heller Aufregung war.

»Sid Halley? Gott sei Dank. Bringen Sie das Volk mal zur Vernunft.«

Das Volk bestand aus zwei uniformierten Polizisten und einer gemischten Gesellschaft von – wie sich später herausstellte – Familienangehörigen, Nachbarn, Wanderern und einem halben Dutzend Hunden.

»Wo ist der Hengst?« fragte ich. »Und wo ist sein Fuß?«

»Auf der Weide. Der Tierarzt ist bei ihm. Ich habe ihm gesagt, was Sie wollten, aber das ist ein Schotte, der alles besser weiß. Fragt sich, ob er wartet, der alte Zankteufel. Er –«

»Zeigen Sie mir den Weg«, unterbrach ich ihren Redefluß.

Sie blinzelte. »Was? Ach so, ja. Hier entlang.«

Mit raschen Schritten führte sie mich durch die uneinheitlich gestrichenen rückwärtigen Gänge des großen Hauses, das mich an Aynsford erinnerte oder überhaupt an Häuser, die für Dienstboten mitkonzipiert sind. Wir kamen an einem Jagdzimmer, einem Blumenzimmer und einer Garderobe (mit Reihen grüner Gummistiefel) vorbei und gelangten durch die Hintertür schließlich auf einen Hof voller Mülltonnen. Von dort führte sie mich gleich weiter durch eine Gartentür aus grüngestrichenem Holz, einen heckengesäumten Grasweg entlang und durch ein Gittertor am anderen Ende. Ich dachte schon, das ginge immer so weiter, da kamen wir zu einem mit Fahrzeugen vollgestellten Weg und einem Koppelzaun, an dem ungefähr zehn Leute lehnten.

Meine Führerin war lang, dünn, überdreht, vermutlich um die Fünfzig und trug alte Kordhosen und einen graubraunolivfarbenen Pullover. Das angegraute Haar fiel ihr strubbelig in die hohe Stirn. Es kümmerte sie jetzt offensichtlich nicht, wie sie aussah, aber ich hatte stark den Eindruck, daß die Frau überhaupt wenig aufs Aussehen gab.

Sie genoß Respekt. Die Männer, die am Koppelzaun lehnten, strafften sich und schlugen förmlich die Hacken zusammen. »Morgen, Mrs. Bracken.«

Sie nickte mechanisch und schleuste mich durch das breite Gittertor, das einer der Männer für sie aufstieß.

Auf der Weide, vielleicht dreißig Schritte entfernt, standen noch zwei Männer, eine maskulin wirkende Frau und ein ruhiger, passiver Hengst mit drei Füßen. Alle außer dem Hengst zeigten die Mimik und Körpersprache der Ungeduld.

Einer der Männer, weißhaarig, mit schwarzgerahmter Brille, machte zwei Schritte auf uns zu.

»Also, Mrs. Bracken, ich habe Ihrem Wunsch entsprochen, aber es wird höchste Zeit, daß man den Ärmsten von seinem Leiden erlöst. Und Sie dürften Sid Halley sein«, sagte er, wie von luftiger Bergeshöhe herabschauend. »Was wollen Sie schon machen?« Sein Händedruck war flüchtig, als hielte er nichts von dem Brauch.

Er hatte einen starken schottischen Akzent und trat befehlshaberisch auf. Der Mann hinter ihm, äußerlich unscheinbar, äußerst zurückhaltend, begnügte sich ganz mit der Rolle des stummen Zuschauers.

Ich ging zu dem Hengst und sah, daß er ein Strickhalfter trug, an dem ihn die Frau festhielt, wie sie es scheinbar gewohnt war. Das junge Pferd betrachtete mich furchtlos mit ruhigen, glänzenden Augen. Ich strich ihm mit der Hand über die Nase und redete leise mit ihm. Er hob den Kopf gegen den Druck und senkte ihn wieder, als ob er zur Begrüßung nickte. Ich ließ ihn mit den schwarzen Lippen über meine Fingerknöchel fahren, streichelte ihn und tätschelte ihm den Hals. Sein Fell war trocken: kein Schmerz, keine Angst, keine Not.

»Ist er betäubt?« fragte ich.

»Dazu müßte ich erst das Blut untersuchen«, sagte der Schotte.

»Was Sie doch sicher vorhaben?«

»Sicher.«

Dem anderen Mann und der Frau war anzusehen, daß bisher niemand eine Blutprobe in Erwägung gezogen hatte.

Ich ging um den Kopf des Hengstes herum und hockte

mich hin, um mir das rechte Vorderbein genauer anzusehen. Als ich mit der Hand an der Rückseite entlangstrich, fühlte sich die Partie, die normalerweise durch die Hauptsehne gespannt ist wie ein Bogen, weich und nachgiebig an. Der Fesselkopf war noch nicht einmal blutig, sondern sauber. Ich beugte das Knie des Hengstes und sah mir den Stumpf an. Es war eine glatte Schnittfläche, Fell, Fleisch, die weißen Knochenenden unzersplittert, als hätte ein erfahrener Koch mit dem Hackmesser gearbeitet.

Der Hengst zuckte mit dem Knie und befreite sich aus meinem Griff.

Ich stand auf.

»Und?« fragte der Schotte herausfordernd.

»Wo ist sein Fuß?«

»Da drüben, hinter der Tränke.« Er schwieg und fügte, als ich mich von ihm abwandte, plötzlich hinzu: »Gefunden wurde er da nicht. Ich habe ihn dahin getan, damit ihn nicht jeder sieht. Die Wanderer haben ihn entdeckt.«

»Wanderer?«

»Ja.«

Mrs. Bracken, die zu uns gestoßen war, erläuterte. »Jedes Jahr an einem Samstag im Juni treten die hiesigen Wandervereine in voller Stärke an und laufen sämtliche Wege in der Gegend ab, damit sie von Rechts wegen der Allgemeinheit zugänglich bleiben.«

»Wenn sie auf den Wegen blieben«, meinte der Schotte streng, »hätte ja auch niemand was dagegen.«

Mrs. Bracken stimmte ihm zu. »Sie kommen mit ihren Kindern, Hunden und ihren Picknicks und führen sich auf, als ob ihnen das Land gehöre.«

»Aber… zu welcher unmöglichen Zeit haben sie denn den Fuß von Ihrem Pferd gefunden?«

»Sie brechen kurz nach Tagesanbruch auf«, erwiderte Mrs. Bracken mürrisch. »Mitte Juni ist das mehr oder weniger um halb fünf in der Frühe. Sie versammeln sich vor fünf, noch in der Kälte, und gehen als erstes über mein Land, und um Viertel nach fünf haben sie an meine Tür gehämmert. Drei von den Kindern hatten hysterische Anfälle, und ein Mann mit Bart und Pferdeschwanz schrie, die Oberschicht sei schuld. Was für eine Oberschicht? Einer von den Wanderern hat erst die Presse verständigt und dann einen fanatischen Tierschützer, und ein Auto voll Aktivisten erschien mit ›Fort mit dem Rennsport‹-Transparenten.« Sie verdrehte die Augen. »Ich kann nicht mehr«, sagte sie. »Es ist schlimm genug, daß ich meinen fabelhaften Hengst verliere. Aber diese Leute machen einen Zirkus daraus.«

Was so lächerlich aussieht, ist bitterer Ernst, dachte ich flüchtig und ging zu der Tränke, um mir den Fuß anzusehen, der dahinter lag. Ringsumher waren Futterwürfel verstreut. Ohne viel Gefühlsregung zu erwarten, bückte ich mich und hob den Fuß auf.

Ich hatte die anderen abgetrennten Füße nicht gesehen. Einige der geschilderten Reaktionen waren mir sogar übertrieben vorgekommen. Aber der Anblick dieses jämmerlichen, ungewohnten, seltsam verlassenen Häufleins von Knochen, Knorpel und zerfetzten Blutgefäßen, dieses vergeudeten Wunders an anatomischer Eleganz, rief in mir ähnliche Wut und Trauer hervor wie bei den Besitzern.

Der Huf war beschlagen; er trug ein kleines, leichtes Eisen, wie es Jungtieren angepaßt wird, um ihre Vorderfüße auf der Weide zu schützen. Das Eisen war mit zehn kleinen Nägeln an den Huf geheftet. Die Zivilisation hatte dem Fuß des Pferdes Schutz geboten, Unnatur hatte ihn abgehackt.

Ich hatte Pferde immer geliebt; es war schwer, die Vertrautheit zu erklären, die zwischen Pferden und denen, die sie pflegten oder sie ritten, entstand. Pferde lebten in einer Parallelwelt, sprachen eine parallele Sprache, waren gebündelter Instinkt, kannten die menschliche Wahrnehmung von Güte oder Schuld nicht und ließen doch auf einer geheimnisvollen geistigen Ebene jenseits von Zähmung und Zähmbarkeit ein Einswerden zu. In Rennpferden lebte der große Gott Pan. Wer ihm den Fuß abschnitt, tat es auf eigene Gefahr.

Ernüchtert legte ich den Huf wieder auf die Erde, nahm mein Mobiltelefon vom Gürtel, schlug in einem kleinen Adreßbuch eine Nummer nach und rief einen befreundeten Tierarzt an, der in einer Pferdeklinik in Lambourn als Chirurg arbeitete.

»Bill?« sagte ich. »Hier ist Sid Halley.«

»Geh schlafen«, sagte er.

»Wach auf. Es ist zehn vor sieben, und ich bin in Berkshire und habe den abgetrennten rechten Vorderfuß eines zweijährigen Hengstes vor mir.«

»Himmel.« Er wurde hellwach.

»Ich möchte, daß du ihn dir mal ansiehst. Was schlägst du vor?«

»Wie lange ist er schon ab? Könnte er sich noch annähen lassen?«

»Er ist seit mindestens drei Stunden ab, würde ich sagen, wenn nicht länger. Die Achillessehne ist nicht mehr zu sehen. Sie hat sich im Bein zusammengezogen. Der Schnitt geht durch das Fesselgelenk.«

»Glatt durch, wie die anderen?«

Ich zögerte. »Ich habe die anderen nicht gesehen.«

»Aber etwas beschäftigt dich?«

»Ich möchte, daß du es dir ansiehst«, sagte ich.

Bill Ruskin und ich hatten schon öfter zusammen Rätsel gelöst, und uns verband eine anspruchslose, auf Vertrauen gründende Freundschaft, die Zeiten, in denen wir nichts voneinander hörten, schadlos überstand.

»In welcher Verfassung ist der Hengst sonst?«

»Ruhig. Keine sichtlichen Schmerzen.«

»Ist der Besitzer reich?«

»Es sieht so aus.«

»Frag, ob er den Hengst – und natürlich seinen Fuß – hierherbringen lassen will.«

»Sie«, sagte ich. »Ich frage sie.«

Mrs. Bracken starrte mich wie hypnotisiert an, als ich den Vorschlag an sie weitergab, und sagte leise: »Ja.«

Bill sagte: »Das Bein muß steril verbunden werden. Dann verbindest du den Fuß, packst ihn in eine Plastiktüte und steckst ihn in einen Eimer mit Eiswürfeln. Ist er sauber?«

»Ein paar wandernde Frühaufsteher haben ihn gefunden.«

Er stöhnte. »Ich schicke eine Pferde-Ambulanz«, sagte er. »Wohin?«

Ich erklärte, wo ich war, und fügte hinzu: »Der Tierarzt hier, ein Schotte, dringt darauf, den Hengst sofort einzuschläfern. Sprich mit Engelszungen.«

»Gib ihn mir.«

Ich ging wieder zu der Gruppe mit dem Hengst zurück, erklärte dem Tierarzt, mit wem er sprechen würde, und gab ihm mein Handy. Der Schotte blickte finster drein. Mrs. Bracken sagte immer wieder: »Auf jeden Fall, auf jeden Fall.« Bill redete.

»Also gut«, sagte der Schotte schließlich frostig, »aber es ist Ihnen doch hoffentlich klar, Mrs. Bracken, daß der Hengst niemals Rennen laufen kann, selbst wenn es gelingen sollte, ihm den Fuß wieder anzunähen, was sehr, sehr fraglich ist.«

Sie sagte einfach: »Ich möchte ihn nicht verlieren. Es ist den Versuch wert.«

Der Schotte klappte seine Ärztetasche auf, verband mit – das mußte man ihm lassen – geübten Handgriffen das verletzte Bein und verschnürte den Fuß zu einem ordentlichen Bündel. Die Zaungäste schauten interessiert zu. Die maskuline Frau, die das Halfter hielt, wischte ein paar Tränen von ihren wettergegerbten Backen, während sie ihrem Schützling gut zuredete, und schließlich kehrten Mrs. Bracken und ich in das immer noch von Lärm erfüllte Haus zurück. Die Wanderer erkundeten offenbar das gesamte Erdgeschoß und schienen geneigt, auch im ersten Stock ihr Glück zu suchen. Mrs. Bracken griff sich verzweifelt an den Kopf und sagte: »Würden Sie bitte alle gehen«, aber es war zu leise, um anzuschlagen.

»Können Sie die Leute nicht verscheuchen?« bat ich einen der Polizisten, und schließlich leerte sich das große, in Hellgrau und Gold gehaltene Wohnzimmer bis auf fünf oder sechs Personen, drei Hunde und eine Vielzahl von Plastikbechern, die Wasserringe auf antike, blank geputzte Abstellflächen malten. Mrs. Bracken ging wie schlafwandelnd umher und las Plastikbecher auf, bloß um sie woanders wieder hinzustellen. Ordnungsliebend, wie ich war, konnte ich das nicht mit ansehen, sondern schnappte mir einen Papierkorb, lief hinter ihr her, nahm ihr die Becher aus den Fingern und sammelte sie ein.

Sie sah mich wie abwesend an. Sie sagte: »Ich habe eine Viertelmillion für den Hengst bezahlt.«

»Ist er versichert?«

»Nein. Meinen Schmuck versichere ich ja auch nicht.«

»Sind Sie denn krankenversichert?«

»Aber ich bitte Sie.«

Sie schaute blicklos im Zimmer umher. Fünf Leute saßen noch in den Sesseln, erboten sich aber nicht, mit Rat oder Tat zu helfen.

»Würde jemand Tee machen?« fragte sie.

Niemand rührte sich.

Sie sagte zu mir, als würde das alles erklären: »Esther fängt erst um acht an.«

»Mhm«, sagte ich. »Nun… ehm, mit wem habe ich die Ehre?«

»Ach du liebe Zeit! Wie unhöflich von mir! Das ist mein Mann.« Ihr Blick fiel liebevoll auf einen kahlköpfigen alten Herrn, der aussah, als bekäme er überhaupt nicht mit, was um ihn herum vorging. »Er ist taub, der Gute.«

»Ach so.«

»Und das ist meine Tante, sie wohnt die meiste Zeit hier.«

Auch die Tante war alt und, wie sich zeigte, ungefällig und egoistisch.

»Unsere Mieter.« Mrs. Bracken deutete auf ein stur dasitzendes Ehepaar. »Sie bewohnen einen Teil des Hauses. Und mein Neffe.«

Trotz ihrer guten Kinderstube war es ihr nicht möglich, den Neffen ohne einen Anflug von Gereiztheit in Gesicht und Stimme vorzustellen. Es war ein Teenager mit schlaffen Lippen und schlechter Haltung.

Keiner von diesem verlorenen Haufen sah aus, als wäre er mitschuldig an der schweren Mißhandlung eines harmlosen Tieres, nicht einmal der dubiose Junge, der mich eindringlich ansah, wie um meine Aufmerksamkeit auf sich zu lenken – fast so, dachte ich flüchtig, als wollte er mir etwas durch Gedankenübertragung mitteilen. Es war mehr als ein interessiertes Mustern, ließ jedoch weder Mißbilligung noch Furcht erkennen.

Ich sagte zu Mrs. Bracken: »Wenn Sie mir verraten, wo die Küche ist, mache ich Ihnen Tee.«

»Aber Sie haben doch nur eine Hand.«

»Ich kann zwar nicht den Mount Everest bezwingen, aber Tee kochen kann ich«, versicherte ich ihr.

Ihre Augen blinzelten kurz belustigt auf, was den morgendlichen Schrecken etwas daraus vertrieb. »Ich gehe mit Ihnen«, sagte sie.

Die Küche war wie das ganze Haus groß angelegt und zum Bekochen einer Kompanie geeignet. Wir brühten ohne Schwierigkeiten Tee in einer Kanne auf und tranken ihn aus Bechern an einem blankgeputzten langen Holztisch.

»Sie sind anders, als ich erwartet hatte«, meinte sie. »Sie sind gemütlich.«

Ich mochte sie; Klientin hin oder her.

»Sie sind anders, als mein Bruder gesagt hat«, fuhr sie fort.

»Er ist der auf der Weide beim Tierarzt, das ging vorhin etwas unter. Er meinte, ich solle Sie anrufen. Er hat nicht gesagt, daß Sie so umgänglich sind, er sagte, Sie seien stahlhart. Ich hätte Sie mit ihm bekannt machen sollen, aber Sie sehen ja, was hier los ist... Jedenfalls bin ich schrecklich auf ihn angewiesen. Er wohnt im Nachbarort. Er kam gleich her, als ich ihn wachgeklingelt hatte.«

»Ist er«, fragte ich mit unbeteiligter Stimme, »der Vater Ihres Neffen?«

»Guter Gott, nein. Mein Neffe... Jonathan...« Sie unterbrach sich und schüttelte den Kopf. »Über Jonathan erzähle ich nichts.«

»Versuchen Sie's.«

»Er ist der Sohn unserer Schwester. Fünfzehn. Er hat Ärger mit der Polizei bekommen – eine Strafe auf Bewährung – und ist von der Schule geflogen. Sein Stiefvater kann ihn nicht ausstehen. Weil meine Schwester mit ihrer Weisheit am Ende war, sagte ich, er könnte eine Weile hierherkommen. Es bringt aber nichts. Ich komme nicht an ihn ran.« Sie sah plötzlich wieder erschrocken aus. »Sie glauben doch nicht, daß er was mit dem Hengst zu tun hat?«

»Nein, nein. Was für Ärger gab es denn? Drogen?«

Sie seufzte und schüttelte den Kopf. »Er war mit zwei anderen Jungen zusammen. Sie haben ein Auto geknackt und es zu Schrott gefahren. Jonathan saß hinten. Der Junge, der gefahren ist, war auch erst fünfzehn und hat sich den Hals gebrochen. Querschnittgelähmt. Eine Spritztour nannten sie das. Schöner Spaß! Gestohlen hatten sie den Wagen. Und Jonathan empfindet keine Reue. Er kann wirklich ein Dickschädel sein. Aber der Hengst... doch nicht so was?«

»Nein«, versicherte ich ihr, »bestimmt nicht.« Ich trank heißen Tee und fragte: »Ist es hier allgemein bekannt, daß Sie den tollen Hengst da auf der Weide haben?«

Sie nickte. »Eva, die ihn versorgt, redet von nichts anderem. Das ganze Dorf weiß es. Deswegen sind ja auch so viele Leute hier. Die halbe männliche Dorfbevölkerung und die Wanderer. Obwohl es noch so früh ist.«

»Und Ihre Freunde?« tippte ich an.

Sie nickte düster. »Alle wissen es. Ich habe ihn letztes Jahr im Oktober auf der großen Jährlingsauktion gekauft. Seine Zucht ist traumhaft. Er war spät geboren – Ende April –, und er soll... er *sollte* nächste Woche in Training gehen. O Gott!«

»Es tut mir so leid«, sagte ich. Aber es half nichts; ich zwang mich, die unvermeidliche Frage zu stellen: »Wer von Ihren Freunden hat den Hengst denn an Ort und Stelle bewundert?«

Sie war alles andere als dumm und wurde heftig. »Von denen, die hier waren, kann es keiner gewesen sein! Leute wie Lord und Lady Dexter? Natürlich nicht! Gordon und Ginnie Quint und der liebe Ellis? Daß ich nicht lache. Obwohl es sein könnte«, fuhr sie unschlüssig fort, »daß sie Dritten von ihm erzählt haben. Es war ja kein Geheimnis. Wie gesagt, seit der Auktion wußte alle Welt, daß er hier war.«

»Verstehe«, sagte ich.

Ellis.

Wir tranken den Tee und kehrten ins Wohnzimmer zurück. Jonathan, der Neffe, starrte mich wiederum unverwandt an. Um meinen Eindruck zu prüfen, winkte ich kurz entschlossen mit dem Kopf in Richtung Tür und ging darauf zu; und fast ohne zu zögern stand er auf und folgte mir.

Ich ging aus dem Wohnzimmer, über den Flur und durch die immer noch weit geöffnete Haustür hinaus auf die Einfahrt.

»Sid Halley«, rief er hinter mir her.

Ich drehte mich um. Er blieb vier Schritte entfernt stehen, noch immer nicht ganz entschlossen. Sein Akzent und seine äußere Erscheinung deuteten auf teure Schulen, Geld und Privilegien. Sein Mund und sein Benehmen verrieten den Flegel.

»Was weißt du?« fragte ich.

»He! Moment mal! Was soll das heißen?«

Ich sagte ohne Nachdruck: »Du möchtest mir doch was erzählen, oder?«

»Nicht daß ich wüßte. Wie kommen Sie darauf?«

Ich hatte diesen eindringlichen, zum Bersten gespannten Gesichtsausdruck schon zu oft gesehen, um mich darin zu täuschen. Er wußte etwas, das er weitergeben mußte; nur sein Widerspruchsgeist hatte ihn bisher schweigen lassen.

Ich appellierte nicht an sein besseres Ich, denn mir war nicht klar, ob er eins hatte; statt dessen mutmaßte ich: »Warst du letzte Nacht vor vier Uhr wach?«

Er starrte mich böse an, ohne zu antworten.

Ich versuchte es noch einmal. »Du bist ungern gefällig, nicht wahr? Keiner soll dir nachsagen, daß du dich gut benimmst – bloß das nicht. Sag mir, was du weißt, und ich ziehe über dich her, soviel du willst. Deinem Ruf als Querkopf tut das keinen Abbruch.«

»Scheiß drauf«, sagte er.

Ich wartete.

»Sie würde mich umbringen«, sagte er. »Nein, schlimmer, sie würde mich heimschicken.«

»Mrs. Bracken?«

Er nickte. »Meine Tante Betty.«

»Was hast du getan?«

Er gebrauchte ein paar starke angelsächsische Wörter, um mich mit seiner Männlichkeit zu beeindrucken. Armselig im Grunde. Bedauerlich.

»Sie hat so verpißte Regeln«, sagte er. »Um halb zwölf habe ich abends im Haus zu sein.«

»Und gestern abend«, vermutete ich, »warst du es nicht?«

»Ich habe Bewährung«, sagte er. »Hat sie Ihnen das erzählt?«

»Ja.«

Er kam zwei Schritte näher heran, auf normale Gesprächsdistanz. »Wenn sie wüßte, daß ich noch mal raus bin«, sagte er, »könnte ich eine Jugendstrafe bekommen.«

»Wenn sie dich verpfeifen würde, meinst du?«

Er nickte. »Aber... Scheiß drauf... einem Pferd den Fuß abschneiden...«

Vielleicht hatte er doch irgendwo ein besseres Ich. Autos stehlen war okay, Rennpferde verstümmeln nicht. Er hätte auch keine Ponys geblendet: von so einem miesen Schlag war er nicht.

»Erzählst du mir alles, wenn ich mit deiner Tante rede?« fragte ich.

»Sie soll Ihnen versprechen, daß sie Archie nichts sagt. Der ist noch schlimmer.«

»Ehm«, sagte ich, »wer ist Archie?«

»Mein Onkel. Der Bruder von Tante Betty. Der ist das Establishment, Mann. Die herrschende Klasse.«

Ich versprach nichts. Ich sagte: »Nun mal raus mit der Sprache.«

»In drei Wochen werde ich sechzehn.« Er spannte auf meine Reaktion, aber er hatte mich nur verwirrt. Soweit ich wußte, galt das Jugendstrafrecht, bis man achtzehn war. Er würde nicht in ein Erwachsenengefängnis kommen.

Jonathan merkte, daß ich nicht verstand. Er sagte ungeduldig: »Verführung Minderjähriger gilt nur für Mädchen unter 16, nicht für junge Männer.«

»Ist das wahr?«

»*Sie* behauptet es.«

»Deine Tante Betty?« Ich kam nicht mehr mit.

»Ach, Quatsch. Die Frau im Dorf.«

»Oh … ach so.«

»Ihr Mann ist Fernfahrer. Der bleibt nächtelang weg. Er würde mich umbringen. Dagegen wäre die Jugendstrafe ein Zuckerlecken.«

»Schwierig«, meinte ich.

»Sie will mich, verstehen Sie? Ich hatte das noch nie gemacht. Ich habe ihr in der Kneipe einen Gin ausgegeben.« Was mit fünfzehn auf jeden Fall ungesetzlich war.

»Du kamst also, ehm … letzte Nacht aus dem Dorf zurück«, sagte ich. »Wann genau?«

»Es war dunkel. Kurz vor Tagesanbruch. Vorher war der Mond heller gewesen, aber ich bin spät weg. Jetzt mußte ich rennen. Sie – Tante Betty – wacht mit dem ersten Hahnenschrei auf. Sie läßt vor sechs die Hunde raus.« Seine aufgeregte Schilderung hörte sich wahr an.

Ich dachte nach und sagte: »Hast du Wanderer gesehen?«

»Nein. Ich war früher dran als die.«

Ich hielt die Luft an. Um die nächste Frage kam ich nicht herum, und mir bangte vor der Antwort.

»Ja, und wen hast du gesehen?«

»Nicht ›wen‹ – ›was‹.« Er schwieg und überdachte seine Lage. »Ich bin nicht ins Dorf gegangen. Das streite ich ab.«

Ich nickte. »Du warst unruhig. Konntest nicht einschlafen. Du bist an die frische Luft gegangen.«

Er sagte erleichtert: »Ja, klar – so war's.«

»Und was hast du gesehen?«

»Einen Landrover.«

Nicht wen – was. Ich sagte teils erleichtert, teils enttäuscht: »Das ist ja nicht gerade ungewöhnlich auf dem Land.«

»Nein, aber es war nicht Tante Bettys Landrover. Er war viel neuer und nicht grün, sondern blau. Er stand auf dem Feldweg, nicht weit vom Gatter. Es saß keiner drin. Ich habe mir nichts weiter dabei gedacht. Von dem Feldweg geht ein Weg zum Haus ab. Da laufe ich immer lang. Das ist kilometerweit von Tante Bettys Zimmer weg.«

»Durch den Hof mit den vielen Mülleimern?« fragte ich.

Er staunte Bauklötzer. Ich erklärte nicht, daß seine Tante dort mit mir entlanggegangen war. Ich sagte: »Könnte der Wagen nicht einem Wanderer gehört haben?«

Er sagte mürrisch: »Ich weiß nicht, warum ich Ihnen überhaupt was erzählt habe.«

Ich fragte: »Was ist dir an dem Landrover noch aufgefallen, außer der Farbe?«

»Nichts. Ich sage ja schon, mir ging es eher darum, unbemerkt wieder ins Haus zu kommen.«

Ich überlegte ein wenig und sagte: »Wie nah warst du an dem Wagen dran?«

»Ich hatte die Finger dran. Ich habe ihn erst gesehen, als ich fast draufgeknallt wäre. Wie gesagt, ich lief ja den Weg lang. Es war noch dunkel, und ich habe vor allem auf den Boden gesehen.«

»Stand er frontal zu dir, oder bist du hinten auf ihn draufgelaufen?«

»Frontal. Ein bißchen Mondlicht hat sich in der Windschutzscheibe gespiegelt. Das habe ich zuerst gesehen, die Spiegelung.«

»Welchen Teil hast du angefaßt?«

»Die Motorhaube.« Dann fügte er hinzu, als sei er darüber erstaunt, wieviel er noch wußte: »Sie war ziemlich heiß.«

»Hast du das Nummernschild gesehen?«

»Mit so was hab ich mich nicht aufgehalten.«

»Was hast du sonst noch gesehen?«

»Gar nichts.«

»Woher willst du wissen, daß keiner drin war? Es könnte ja sein, daß zwei da drin geknutscht haben.«

»War aber nicht so. Ich hab durchs Fenster gesehen.«

»Offenes oder geschlossenes Fenster?«

»Offen.« Wieder überraschte er sich selbst. »Ich habe im Vorbeilaufen schnell reingesehen. Keine Leute, bloß ein Haufen Geräte hinter den Vordersitzen.«

»Was für Geräte?«

»Verdammt, woher soll ich das wissen? An einem standen die Griffe hoch. Wie bei einem Rasenmäher. Hab nicht drauf geachtet. Ich hatte es eilig. Ich wollte nicht, daß mich einer sieht.«

»Klar«, räumte ich ein. »Steckte der Zündschlüssel?«

»Was?« Er war in einem Nerv getroffen. »Ich bin doch nicht damit gefahren.«

»Warum nicht?«

»Ich klaue nicht jedes Auto, das ich sehe. Allein schon gar nicht.«

»Allein macht es keinen Spaß?«

»Nicht so viel.«

»Der Schlüssel hat also gesteckt?«

»Kann schon sein. Ja.«

»War es ein einzelner oder ein Bund?«

»Weiß ich nicht mehr.«

»War ein Schlüsselring dran?«

»Also wirklich!«

»Denk mal scharf nach.«

Er sagte widerstrebend: »Na ja, ich achte auf Zündschlüssel.«

»Ja.«

»Es war also ein Schlüsselbund. Ein Bund mit einem Kettchen, an dem ein silbernes Hufeisen hing. So ein kleines. Ein ganz normaler Schlüsselring.«

Wir starrten uns kurz an.

Er sagte: »Ich habe mir nichts dabei gedacht.«

»Klar«, räumte ich ein. »Warum auch? Aber gehen wir noch mal zurück. Hast du, als du die Hand auf die Motorhaube legtest, auf die Windschutzscheibe gesehen?«

»Muß ich wohl.«

»War da was drauf?«

»Nein. Was meinen Sie?«

»Hatte das Auto eine Steuerplakette?«

»Ist doch stark anzunehmen, oder?« sagte er.

»Nun, hatte es sonst noch was? Zum Beispiel einen Aufkleber wie ›Rettet die Tiger‹?«

»Nein.«

»Schließ die Augen und denk zurück«, drängte ich ihn. »Du läufst. Man soll dich nicht sehen. Du stößt beinah mit einem Landrover zusammen. Dein Gesicht ist ganz nah an der Windschutzscheibe –«

»Ein roter Drachen war dran«, unterbrach er. »Ein roter Kreis mit so einem Drachen. Nicht sehr groß. Eins von diesen Abziehbildern, die auf Glas haften.«

»Gut«, sagte ich. »Sonst noch was?«

Zum erstenmal dachte er konzentriert darüber nach, aber ihm fiel nichts mehr ein.

»Ich habe nichts mit der Polizei zu tun«, sagte ich, »und ich denke nicht dran, dir deine Bewährung zu verpatzen oder dich bei deiner Tante zu verpfeifen, aber ich würde gern schriftlich festhalten, was du mir erzählt hast. Würdest du es dann unterschreiben, wenn alles stimmt?«

»Das weiß ich nicht. Ich weiß nicht, warum ich Ihnen das erzählt habe.«

»Es ist vielleicht sehr wichtig. Vielleicht auch ganz unwichtig. Aber ich möchte den Kerl kriegen…« Gott steh mir bei, dachte ich. Es muß sein.

»Das würde ich auch gern.« Es war ihm ernst damit. Vielleicht bestand doch noch Hoffnung für ihn.

Er drehte sich auf dem Absatz um und ging rasch wieder allein ins Haus, vermutlich, weil er nicht in auch nur halbwegs respektabler Begleitung gesehen werden wollte. Ich ging langsam hinterher. Jonathan war nicht ins Wohnzimmer zurückgekehrt, wo die Mieter noch wie festgewurzelt saßen, die schwierige alte Tante sich beklagte, so früh geweckt worden zu sein, der taube Gatte in kurzen Abständen regelmäßig »Hä?« machte und Betty Bracken ins Leere starrte. Nur die drei Hunde, die jetzt mit auf den Vorderpfoten ruhenden Köpfen dalagen, schienen ganz beieinander zu sein.

Ich sagte zu Mrs. Bracken: »Haben Sie zufällig eine Schreibmaschine?«

Sie sagte gleichgültig: »Im Büro steht eine.«

»Ehm...«

»Ich zeige es Ihnen.« Sie stand auf und führte mich in ein sauberes kleines Hinterzimmer, das zwar für Büroarbeiten ausgerüstet war, aber den Eindruck vermittelte, als würde es kaum genutzt.

»Ich weiß hier nicht so Bescheid«, sagte Betty Bracken frei heraus. »Wir lassen einmal die Woche eine Teilzeitsekretärin kommen. Bedienen Sie sich.«

Sie quittierte mein Dankeschön mit einem Nicken und ließ mich allein, und ich fand eine mit einer Hülle abgedeckte Schreibmaschine, die einsatzbereit angeschlossen war.

Ich schrieb:

Da ich Einschlafschwierigkeiten hatte, machte ich auf dem Gelände von Combe Bassett Manor gegen halb vier Uhr morgens (am Soundsovielten) einen kurzen Spaziergang. Auf dem Feldweg zur hausnahen Koppel kam ich an einem Landrover vorbei, der dort nicht weit vom Gatter stand. Das Fahrzeug war blau. Ich habe nicht nach dem Kennzeichen geschaut. Der Motor war noch heiß, als ich im Vorbeigehen an die Haube faßte. Ein Schlüssel steckte in der Zündung. Es war einer von mehreren an einem Schlüsselring mit einem Kettchen, an dem ein silbernes Hufeisen hing. Niemand saß in dem Fahrzeug. Hinter den Vordersitzen lagen verschiedene Geräte, aber die habe ich mir nicht genau angesehen. An der Windschutzscheibe, innen, fiel mir ein kleines Abziehbild von einem roten Drachen in einem roten Kreis auf. Dann setzte ich meinen Weg fort und kehrte ins Haus zurück.

Unter einer anderen Plastikhülle entdeckte ich einen Kopierer, und so verließ ich das Büro mit drei Bogen Papier und begab mich auf die Suche nach Jonathan, den ich in der Küche aufstöberte, wo er ein improvisiertes Frühstück zu sich nahm. Den Löffel in der Luft, ließ er seine Getreideflocken warten, während er las, was ich geschrieben hatte. Wortlos zückte ich einen Kugelschreiber und hielt ihn ihm hin.

Er zögerte, zuckte die Achseln und unterschrieb das erste Blatt mit Schleifen und Schnörkel.

»Wozu *drei*?« fragte er argwöhnisch und schob die Kopien von sich.

»Einmal für dich«, sagte ich ruhig. »Einmal für meine Unterlagen. Einmal für die laufende Beweisaufnahme, damit sich das Netz verdichtet, in das unser Schurke gehen soll.«

»Ach so.« Er überlegte. »Also gut.« Er unterschrieb die

beiden anderen Blätter, und ich überließ ihm eins. Wie es schien, war er von seinem Bürgersinn recht angetan. Flockenlöffelnd las er die bearbeitete Fassung seiner Aussage noch einmal durch, als ich ging.

Auf der Suche nach Mrs. Bracken schaute ich erneut ins Wohnzimmer und fragte, ob mir jemand sagen könne, wohin sie gegangen sei. Weder die Tante noch die Mieter noch der Gehörlose antworteten.

Ich kehrte durch die rückwärtigen Gänge und den Hof mit den Mülleimern zu der Koppel zurück, und dort beobachteten Mrs. Bracken, die Zaungäste, der schottische Tierarzt und ihr Bruder gerade die Ankunft der Pferde-Ambulanz, die so nah wie möglich an den Hengst heranfuhr.

Die Pferde-Ambulanz bestand aus einem schmalen, tiefliegenden Anhänger, gezogen von einem Range Rover. Der Fahrer und der ihn begleitende Pfleger waren den Umgang mit kranken und verletzten Pferden gewohnt, und beschwichtigt von der fürsorglichen Eva, die leise mit ihm sprach, schwankte der arme Junghengst mit dem Kopf nickend mühsam die sanft geneigte Rampe hinauf in die wartende Box.

»O Gott, o Gott«, sagte Mrs. Bracken leise neben mir. »Mein armer, lieber kleiner Kerl… Wie konnten sie ihm das antun?«

Ich schüttelte den Kopf. Rachel Ferns' Pony und vier erstklassige Hengste… Wer brachte so etwas fertig?

Der Hengst wurde in den Anhänger gesperrt, der Eimer mit dem Fuß eingeladen, und so machte sich die Pferde-Ambulanz auf die vielleicht vergebliche 20-Kilometer-Fahrt nach Lambourn.

Der schottische Tierarzt tätschelte Betty Bracken mitfühlend den Arm, wünschte ihr alles Gute für den Hengst, holte seinen Wagen aus der Fahrzeugreihe am Weg und fuhr davon.

Ich griff zu meinem Handy und rief die *Pump*-Redaktion an, die mich an einen Zeitungsmann weiterleitete, der daheim in seinen vier Wänden in Surrey tobte.

Kevin Mills schrie: »Wo zum Teufel stecken Sie? Anscheinend läuft jeder, der die Hotline anruft, auf Ihrem Anrufbeantworter auf, der sagt, Sie rufen zurück. Ungefähr fünfzig Leute sind das inzwischen. Einer redet wirrer als der andere.«

»Das sind die Wanderer«, sagte ich.

»Was?«

Ich erklärte es.

»Eigentlich ist heute mein freier Tag«, brummte er. »Können wir uns im üblichen Pub treffen, und wann? Um fünf?«

»Besser um sieben«, schlug ich vor.

»Daß es keine *Pump*-Exklusivstory mehr ist, können Sie sich wohl denken«, meinte er. »Aber würden Sie sich weiterhin für mich allein aufheben? Mich vertraulich informieren?«

»Abgemacht.«

Ich beendete das Gespräch und sagte Betty Bracken, sie solle sich auf Besuch von den Medien gefaßt machen.

»O nein!«

»Ihr Hengst war einer zuviel.«

»Archie!« Mit hilfesuchender Gebärde wandte sie sich zu ihrem Bruder, und wohl zum tausendsten Mal in ihrem Leben half er ihr mit Trost und effizienten Lösungen.

»Meine liebe Betty«, meinte er, »wenn dir vor der Presse graut, bleib einfach nicht hier.«

»Aber...«, zauderte sie.

»Ich würde keine Zeit verlieren«, sagte ich.

Der Bruder warf mir einen abschätzenden Blick zu. Er selbst war mittelgroß, schlank, grauhaarig, ein Durchschnittsmensch. Nur seine Augen waren bemerkenswert: braun, klar und wach. Ich hatte das unangenehme Gefühl, daß er seiner Schwester nicht aufs Geratewohl gesagt hatte, sie solle mich anrufen, sondern sehr gut über mich informiert war.

»Wir kennen uns noch nicht«, sagte er höflich zu mir. »Ich bin Bettys Bruder. Archie Kirk.«

Ich sagte: »Guten Tag«, und gab ihm die Hand.

5

Betty Bracken, Archie Kirk und ich kehrten, wiederum die Mülleimer umschiffend, zum Haus zurück. Archie Kirks Wagen stand vor dem Eingang des Gutshauses, nicht weit von meinem.

Da die Gutsherrin sich weigerte, ohne ihren Mann zu fahren, wurde der verständnislose, immer noch »Hä?« sagende alte Herr behutsam durch die Diele nach draußen geführt und in einen uralten Daimler gesetzt, der wie kaum ein zweites Gefährt die konservative Gesinnung gewisser Kreise der etablierten Gesellschaft spiegelte.

Mein milchkaffeebrauner Mercedes stand dahinter. Und was, dachte ich streng, sagte der über mich aus? Gutsituiert, nüchtern, einer, der mehr auf Zuverlässigkeit als auf Prunk gibt? Stimmte haargenau, besonders das letzte. Dazu kam natürlich auch eine Vorliebe für Geschwindigkeit.

Betty bugsierte ihren Liebsten auf die Rückbank des Daimlers, setzte sich neben ihn und tätschelte ihn sanft. Berührungen hatten wohl die Sprache als Mittel der Verständigung zwischen ihnen ersetzt. Archie Kirk übernahm als geborener Befehlshaber das Steuer und sagte mir, als er losfuhr, nur kurz noch: »Geben Sie mir Bescheid.«

Ich nickte mechanisch. Bescheid *worüber*? Vermutlich über alles, was ich herausbekam.

Ich ging zurück ins Wohnzimmer. Die sturen Mieter waren aufgestanden und entschlossen sich gerade zur Rückkehr in den eigenen Flügel. Die Hunde dösten. Die mürrische Tante verlangte mürrisch nach Esther. Esther, ab acht im Dienst und keine Sekunde vorher, ohne Rücksicht auf Wanderer, die Polizei oder was immer, erschien grimmigen Angesichts an der Küchentür, eine kleine kraushaarige Arbeiterin, die ihre Rechte kannte.

Ich ließ die beiden streitsüchtigen Frauen das unter sich ausfechten und suchte wieder Jonathan. Was für ein Haushalt. Sollte die Presse damit glücklich werden! Da ich Jonathan nirgends finden konnte, mußte ich darauf hoffen, daß er sich in seiner Ungehobeltheit ohnehin von neugierigen Reportern mit Mikrophonen fernhalten würde. Mit dem Landrover, den er gesehen hatte, konnte die Machete zu dem Hengst gekommen sein, und ich wollte den Wagen finden, bevor der Fahrer merkte, daß er gut daran tat, ihn zu verstecken.

Am wichtigsten aber war mir der Hengst selbst. Ich setzte mich ins Auto und fuhr in nördlicher Richtung nach Lambourn, wobei ich überlegte, wie ich es am besten mit der Polizei halten sollte. Ich hatte unterschiedliche Erfahrungen mit ihr gemacht, teils gute, teils üble. Die Polizei hielt im allgemeinen nichts von freiberuflichen Ermittlern wie mir und konnte sich absolut querstellen, wenn ich ihrer Meinung nach an etwas rührte, das allein ihre Sache war. Hin und wieder, wenn ich auf Rechtsbrüche stieß, die nicht ungeahndet bleiben durften, akzeptierte sie aber meine Zuarbeit. Ich machte einen Bogen um ihre empfindlichen Bereiche und auch um die der internen Sicherheitsdienste des Jockey-

Clubs und der Britischen Rennsportbehörde. Außerdem mied ich es sorgfältig, mir Verdienste an der Lösung von irgendwelchen Drei-Pfeifen-Fällen zuzuschreiben. Oder auch von Ein-Pfeifen-Fällen, die eines Sherlock Holmes kaum würdig waren.

Was den Jockey-Club betraf, so rangierte ich dort irgendwo zwischen Duftstoff des Monats und Stinktier, je nach dem gerade amtierenden vorsitzenden Verwaltungsdirektor. Auch die Qualität meiner Zusammenarbeit mit der Polizei hing stark davon ab, an welchen Beamten ich jeweils geriet und wieviel privaten Streß der zu dem Zeitpunkt mit sich herumtrug.

Außerdem wurde die Beweiserhebung in Strafsachen durch immer mehr Vorschriften erschwert. Geschworene glaubten nichts mehr unbesehen der Polizei. Um als Beweismittel in einem Prozeß zugelassen zu werden, mußte ein Gegenstand etikettiert, numeriert, quittiert und sein Weg in den Gerichtssaal lückenlos dokumentiert sein. Man konnte nicht etwa eine Machete schwingen und sagen: »Die habe ich im Landrover von X gefunden, also hat X dem Hengst auch den Fuß abgehackt.« An eine Verurteilung ist dann noch lange nicht zu denken, brauchte man doch nur schon einen extra Durchsuchungsbefehl, um nachschauen zu dürfen, ob in dem Landrover eine Machete war; und einem Sid Halley wurde kein Durchsuchungsbefehl ausgestellt, mitunter nicht einmal der Polizei.

Die Polizei als Ganzes war in selbständige Bezirkseinheiten wie die Thames Valley Police untergliedert, die Verbrechen in ihrem Zuständigkeitsbereich aufklärten, aber weniger darauf achteten, was anderswo geschah. Wenn in

Lancashire ein Hengst verstümmelt wurde, erfuhr man das in Yorkshire noch lange nicht. An diesem langsamen Informationsfluß lag es auch, wenn etwa Serienvergewaltiger erst nach Jahren geschnappt wurden. Jemand, der serienmäßig Pferde verstümmelte, war unter Umständen gar nicht zentral erfaßt.

Als ich die letzte Steigung vor Lambourn hinaufzuckelte, bemerkte ich ein klopfendes Geräusch im Wagen und fuhr mit düsteren Gedanken an kaputte Stoßdämpfer und überschätzte Zuverlässigkeit an den Straßenrand, aber als der Wagen stand, ging das Klopfen weiter. Lunte riechend stieg ich aus, ging nach hinten und öffnete nicht ohne Mühe den Kofferraum. Etwas stimmte mit dem Schloß nicht.

Jonathan lag zusammengerollt im Innern. Er hatte sich einen Schuh ausgezogen und bearbeitete die milchkaffeebraune Karosserie damit. Als ich den Deckel hochklappte, hörte er auf zu klopfen und sah mich trotzig an.

»Was zum Teufel machst du da?« fragte ich scharf.

Blöde Frage. Er sah auf seinen Schuh. Ich setzte neu an: »Steig aus.«

Er kletterte ins Freie und zog ohne ein Wort der Entschuldigung gelassen wieder seinen Schuh an. Ich knallte im zweiten Anlauf den Kofferraum zu und setzte mich wieder ans Steuer. Er ging auf die Beifahrerseite, fand die Tür dort verriegelt und klopfte ans Fenster, um mich darauf aufmerksam zu machen. Ich startete, ließ das elektrisch gesteuerte Fenster ein wenig herunter und rief ihm zu: »Bis Lambourn sind's nur fünf Kilometer.«

»Nein. He! Sie können mich doch hier nicht stehenlassen!«

Wetten, daß, dachte ich und fuhr auf der verlassenen Landstraße weiter. Ich sah im Rückspiegel, wie er mir entschlossen nachsetzte. Ich fuhr langsam, jedoch schneller, als er laufen konnte. Er blieb trotzdem hinter mir.

Nach anderthalb Kilometern entzog mich eine Biegung seinem Blickfeld. Ich bremste und hielt an. Er kam um die Kurve, sah mich, zog einen Spurt an und rannte diesmal auf die Fahrerseite. Ich hatte die Tür verriegelt, aber das Fenster eine Handbreit geöffnet.

»Was soll denn das?« wollte er wissen.

»Was soll was?«

»Daß Sie mich so rennen lassen.«

»Du hast mein Kofferraumschloß kaputtgemacht.«

»Was?« Er sah perplex aus. »Ich habe bloß draufgehauen. Ich hatte ja keinen Schlüssel.« Kein Schlüssel; draufhauen. Klarer Fall offenbar.

»Und wer bezahlt mir die Reparatur?« fragte ich.

Als fehle ihm das Verständnis für so schmalspuriges Denken, sagte er gereizt: »Was hat denn das damit zu tun?«

»Womit?«

»Mit dem Hengst.«

Resigniert beugte ich mich vor und entriegelte die Beifahrertür. Er ging hinüber und stieg neben mir ein. Mir fiel auf, daß er kaum außer Atem war.

Jonathans Haarschnitt, dachte ich, war ein schlagendes Indiz für seine jugendliche Unsicherheit, für seinen Wunsch, zu schockieren oder wenigstens aufzufallen. Er hatte sich offenbar in Heimarbeit mit einem in Wasserstoffperoxid oder so etwas getauchten Kamm aufs Geratewohl Strähnen ins Haar gebleicht. Die Matte, dicht und glatt, war in der Mitte gescheitelt, fiel beiderseits auf die Wangen hinunter und bildete einen Vorhang auf den Schläfen. Von einem Ohr über den Hinterkopf zum anderen war das Haar in einer geraden Linie abgeschnitten. Unterhalb der Linie war der Kopf kahlgeschoren. Für mich sah das häßlich aus, aber ich war auch keine fünfzehn.

Weltweit dient die Haartracht ja als Ausdruck der Individualität. Männer mit Glatzen und Zopf, Männer mit geflochtenem Bart, Frauen mit am Hinterkopf streng aufgestecktem Haar, sie alle sagen: »Das bin *ich*, und ich bin *anders.*« Zur Zeit von Charles I., als lang wallendes Männerhaar normal war, ließen die rebellischen Söhne ihre Locken sausen, um fortan Rundköpfe zu sein. Archie Kirks graue Haare waren kurz, gepflegt und ordentlich. Meine dunklen Haare hätten sich zu mädchenhaften Locken geringelt, wenn ich sie hätte wachsen lassen. Ein Haarschnitt war immer noch der untrüglichste Hinweis auf die Persönlichkeit.

Ich fragte Jonathan: »Ist dir noch was eingefallen?«

»Eigentlich nicht.«

»Warum hast du dich dann im Kofferraum versteckt?«

»Jetzt hören Sie schon auf. Was soll ich denn den ganzen Tag in dieser Gruft von einem Haus anfangen? Die Tante treibt mich mit ihrem Gezeter zum Wahnsinn, und selbst Karl Marx hätte Esther den Hals umgedreht.«

So ganz unrecht hatte er wahrscheinlich nicht.

Ich fuhr nachdenklich die letzte Anhöhe hinunter nach Lambourn.

»Erzähl mir von Archie Kirk, deinem Onkel«, sagte ich.

»Was denn?«

»Das mußt du wissen. Was macht er zum Beispiel?«

»Er arbeitet für die Regierung.«

»Als was?«

»Irgendwas im öffentlichen Dienst. Sterbenslangweilig.«

Langweilig, dachte ich, paßte ganz und gar nicht zu dem Ausdruck, den ich in Archie Kirks Augen gesehen hatte.

»Wo wohnt er?« fragte ich.

»In Shelley Green, ein paar Kilometer weg von Tante Betty. Sie steigt auf keine Leiter, wenn er sie nicht festhält.«

In Lambourn angekommen, nahmen wir die Abzweigung, die zur Pferdeklinik führte. So langsam ich gefahren war, die Pferde-Ambulanz war noch langsamer gewesen. Der Hengst wurde gerade erst ausgeladen.

Aus Jonathans Stielaugen schloß ich, daß er das durchgetrennte Bein hier zum erstenmal zu Gesicht bekam, auch wenn er jetzt nur einen Wundverband sehen konnte.

Ich sagte zu ihm: »Wenn du eine halbe Stunde auf mich warten willst, kannst du das machen. Sonst bist du auf dich gestellt. Solltest du aber versuchen, einen Wagen zu klauen, sorge ich persönlich dafür, daß deine Bewährung flötengeht.«

»He, nun lassen Sie's mal gut sein.«

»Dir geht's gut genug. Halbe Stunde. Okay?«

Er blickte mich finster an. Ich ging zu Bill Ruskin, der im weißen Kittel die Ankunft seines Patienten beobachtete. Er sagte abwesend: »Tag, Sid«, ließ sich den Eimer mit dem Fuß geben und ging dann vor mir her in ein kleines Labor mit lauter Waagen, Meßgeräten und Mikroskopen.

Er wickelte den Fuß aus, stellte ihn auf den Tisch und sah ihn abschätzend an.

»Gute, saubere Arbeit.«

»Da ist nichts Gutes dran.«

»Der Hengst hat wahrscheinlich kaum was gespürt.«

»Wie ist das gemacht worden?« fragte ich.

»Hm.« Er überlegte. »Es gibt keine andere Stelle am Bein, wo sich der Fuß amputieren ließe, ohne daß man den Knochen durchsägt. Ich zweifle, ob man einen Hieb mit einem schweren Messer so genau führen kann. Und das auch noch mehrmals, bei verschiedenen Tieren, nicht wahr?«

Ich nickte.

»Tja, also was wir hier sehen, könnte das Werk einer Geflügelschere sein.«

»Geflügelschere?« rief ich aus. »Meinst du die Dinger, mit denen man Enten und Fasane zerlegt?«

»Etwas in der Richtung, ja.«

»Aber so eine Schere ist doch viel zu klein dafür.«

Er schürzte die Lippen. »Und ein Jagdmesser? So eins, mit dem man in den Bergen das Wild ausweidet?«

»Himmel.«

»Aber da sind Druckstellen. Alles in allem tippe ich immer noch auf eine schwere Geflügelschere. Wie hat er den Hengst dazu gebracht, daß er stillhält?«

»Auf dem Boden waren Futterwürfel.«

Er nickte verdrießlich. »Schleimling.«

»Es gibt kein Wort dafür.«

Er sah sich das rohe, rotweiße Ende der Fessel genau an. »Selbst wenn ich den Fuß wieder drankriege, wird der Hengst niemals Rennen laufen.«

»Das weiß die Besitzerin. Sie möchte ihn am Leben erhalten.«

»Da sollte sie lieber die Versicherung kassieren.«

»Er ist nicht versichert. Eine Viertelmillion zum Fenster rausgeworfen. Aber das Geld kümmert sie nicht. Sie hat Schuldgefühle.«

Er verstand; er erlebte das oft. Schließlich sagte er: »Ich versuche es. Viel Hoffnung habe ich aber nicht.«

»Fotografierst du das so, wie es ist?«

Er sah auf den Fuß. »Ja, klar. Fotos, Röntgenaufnahmen, Blutuntersuchung, Mikrochirurgie, es soll an nichts fehlen. Ich lege ihm die Narkose, sobald es geht. Der Fuß ist schon so lange ab...« Er schüttelte den Kopf. »Ich versuch's.«

»Ruf mich über Funk an.« Ich gab ihm die Nummer. »Jederzeit.«

»Bis dann, Sid. Und fang das Dreckschwein.«

Er hastete mit dem Fuß davon, und ich ging zurück zu meinem Wagen, wo Jonathan mich nicht nur erwartete, sondern aufgeregt herumhüpfte.

»Was ist los?« fragte ich.

»Der Range Rover mit dem Anhänger, der den Hengst hergebracht hat...«

»Was ist damit?«

»Der hat einen roten Drachen an der Windschutzscheibe!«

»Was? Ich denke, es war ein blauer Wagen –«

»Jaja, ich habe doch nicht den Wagen vom Tierarzt an der Weide gesehen, aber der hat auch ein Drachenbildchen an der Scheibe. Nicht genau dasselbe, glaube ich, aber jedenfalls einen roten Drachen.«

Ich schaute mich um, doch die Pferde-Ambulanz war nicht mehr zu sehen.

»Die sind weg«, sagte er, »aber ich habe das Abziehbild von nahem gesehen, und es standen Buchstaben drauf.« Der Triumph in seiner Stimme war wohl gerechtfertigt.

»Laß hören«, sagte ich. »Was für Buchstaben?«

»Wollen Sie mich nicht erst beglückwünschen?«

»Glückwunsch. Was für Buchstaben?«

»E. S. M. Sie waren in dem roten Kreis eingeschnitzt. Leerstellen, nicht aufgedruckt.« Er wußte nicht, ob ich verstand.

»Schon klar«, versicherte ich ihm.

Ich ging noch einmal in die Klinik und fragte Bill, wo er seinen Range Rover gekauft habe.

»Der Händler hier hat ihn uns über eine Firma in Oxford besorgt.«

»Wofür steht E. S. M.?«

»Das wissen die Götter.«

»Die kann ich nicht fragen. Wie heißt denn der Range-Rover-Lieferant in Oxford?«

Er lachte und überlegte kurz. *»English Sporting Motors.* Du liebe Zeit.«

»Kannst du mir von jemand dort den Namen geben? Wer war dein Ansprechpartner?«

Gereizt sagte er: »Also Sid, ich wollte mir gerade die Hände waschen, damit ich dem Hengst vielleicht seinen Fuß wieder annähen kann.«

»Und ich will den Dreckskerl schnappen, der ihn ihm abgehackt hat. Und es kann sein, daß er mit einem Landrover unterwegs war, der von English Sporting Motors stammt.«

Er sagte entgeistert: »Himmel!« und steuerte auch schon auf das von Aktenschränken bevölkerte Archiv der Klinik zu. Ohne viel Zeit zu verlieren, förderte er die Kopie einer quittierten Rechnung zutage, schüttelte aber den Kopf.

»Vielleicht kann dir Ted James im Ort weiterhelfen. An ihn habe ich gezahlt. Er hat direkt mit Oxford verhandelt. Du müßtest Ted James fragen.«

Ich dankte ihm, schnappte Jonathan, fuhr in den kleinen Ort Lambourn und machte Ted James ausfindig, dem ein guter Kunde wie Bill Ruskin offenbar einigen Einsatz wert war.

»Kein Problem«, versicherte er mir. »Fragen Sie in Oxford nach Roger Brook. Soll ich ihn anrufen?«

»Ja, bitte.«

»Auf geht's.« Er sprach kurz am Telefon und erstattete mir Bericht. »Er hat viel zu tun. Ja, samstags blüht das Geschäft. Er hilft Ihnen, wenn's nicht zu lange dauert.«

Der Morgen schien sich bereits eine Ewigkeit hinzuziehen, aber es war noch keine elf, als ich im teppichbelegten Verkaufsbüro von English Sporting Motors mit dem untersetzten aalglatten und aufgeblasenen Roger Brook sprach.

Roger Brook spitzte die Lippen und schüttelte den Kopf; die Firma pflegte keine Auskünfte über ihre Kunden zu erteilen.

Ich sagte kleinlaut: »Ich möchte aber die Polizei nicht belästigen...«

»Nun...«

»Und natürlich bekämen Sie eine Vergütung für Ihre Mühe.«

Eine Vergütung war im Unterschied zu Schmiergeld annehmbar. Im Laufe der Jahre hatte ich schon eine Menge vergütet.

Immerhin stellte sich heraus, daß die roten Drachen-Abziehbilder jedes Jahr ein wenig anders gestaltet wurden – eben *moderner*, Sie verstehen?

Ich holte Jonathan von draußen rein, damit ihm Roger Brook die alten und neuen Drachenlogos zeigen konnte, und Jonathan griff auf Anhieb dasjenige heraus, das laut Roger Brook zum vorigen Jahr gehörte.

»Gut«, sagte ich zufrieden. »Wie viele blaue Landrover haben Sie denn in dem Jahr verkauft? Ich meine, wer sind die eigentlichen Käufer, nicht die Mittelsleute wie Ted James?«

Seinem verblüfften Schweigen half das Versprechen einer höheren Vergütung ab. »Unsere Miss Denver« half mit einem Computerausdruck. Unsere Miss Denver bekam einen Kuß von mir. Roger Brook ließ sich sein Entgelt würdevoll in bar auszahlen, und Jonathan und ich kehrten mit zweihundertelf Adressen von Leuten, die seinerzeit einen blauen Landrover erstanden hatten, zu meinem Mercedes zurück.

Jonathan wollte die Liste lesen, als ich damit fertig war. Da ich fand, daß er es sich verdient hatte, gab ich sie ihm. Er sah enttäuscht aus, als er am Ende anlangte, und ich wies ihn nicht auf den Namen hin, bei dem sich mein Zwerchfell zusammengezogen hatte.

Einer der Landrover war an Twyford Lower Farms geliefert worden.

Ich hatte in Twyford Lower Farms schon zu Mittag gegessen. Das Gut gehörte Gordon Quint.

Samstag mittag. Wir saßen in meinem Wagen draußen vor English Sporting Motors, und Jonathan fragte zapplig: »Was jetzt?«

Ich sagte: »Geh einen Hamburger essen und sei in zwanzig Minuten wieder hier.«

Er hatte kein Geld. Ich gab ihm welches. »Zwanzig Minuten.«

Er versprach nichts, kam aber drei Minuten vor der Zeit zurück. Ich hatte inzwischen sehr unangenehme Gedanken gewälzt und überlegte, wie ich vorgehen sollte, und als er, nach Fritten und rohen Zwiebeln riechend, neben mir einstieg, fuhr ich wieder los nach Süden, in Richtung Combe Bassett.

»Wohin fahren wir?«

»Zu deiner Tante Betty.«

»He, Mann! Die ist doch nicht zu Hause. Die ist bei Archie.«

»Dann fahren wir zu Archie. Du zeigst mir den Weg.«

Es gefiel ihm zwar nicht, aber er machte keinen Versuch, an einer der drei Ampeln, die uns aufhielten, als wir aus Oxford hinausfuhren, von Bord zu springen. Schließlich gelangten wir zu einem Haus, das achtmal kleiner war als Combe Bassett Manor; ein unbekümmert modernes Haus, das ganz und gar nicht meinen Erwartungen entsprach.

»Bist du sicher, daß es hier ist?« fragte ich zweifelnd.

»Die Höhle des Wolfs. Irrtum ausgeschlossen. Er wird mich nicht sehen wollen.«

Ich stieg aus und drückte auf die hochmoderne Klingel neben der verglasten Veranda. Die Frau, die daraufhin zur Tür kam, war klein und hutzelig wie ein vertrockneter Apfel und trug ein ärmelloses Strandkleid in Blau und Mauve.

»Ehm …«, sagte ich zu ihrem fragenden Gesicht, »Archie Kirk?«

Ihr Blick ging an mir vorbei zu dem in meinem Wagen sitzenden Jonathan, worauf sie die Lippen zusammenkniff, da sie prompt zu einem falschen Schluß gelangt war. Sie verschwand und kam mit Archie wieder, der ungnädig sagte: »Was will *er* denn hier?«

»Hätten Sie eine halbe Stunde Zeit für mich?« fragte ich.

»Was hat Jonathan angestellt?«

»Er war außerordentlich hilfsbereit. Ich möchte Sie um einen Rat bitten.«

»Hilfsbereit!«

»Ja. Könnten Sie Ihr Mißfallen eine halbe Stunde zurückstellen, bis Sie mich angehört haben?«

Er musterte mich wie schon einmal mit den wachen, aufmerksamen braunen Augen. Kam offensichtlich zu einem Entschluß.

»Treten Sie ein«, sagte er und hielt mir die Haustür auf.

»Jonathan hat Angst vor Ihnen«, erklärte ich ihm. »Er würde es nicht zugeben, aber es ist so. Dürfte ich Sie bitten, ihn nicht wie gewohnt abzukanzeln? Würden Sie ihn hereinbitten und ihn in Ruhe lassen?«

»Sie wissen nicht, was Sie verlangen.«

»Doch«, sagte ich.

»Niemand wagt es, so mit mir zu reden.« Er war jedoch nur leicht beleidigt.

Ich lächelte ihn an. »Vielleicht niemand, der Sie kennt. Aber ich kenne Sie erst seit heute morgen.«

»Und ich«, sagte er, »habe schon von Ihrer Menschenkenntnis gehört.«

Ich empfand, wie bei anderen Begegnungen mit Leuten seines Schlages, plötzlich eine tiefe innere Befriedigung. Zugleich wußte ich auch, daß ich an der richtigen Adresse war.

Archie Kirk kam zur Tür heraus, war mit drei Schritten bei meinem Wagen und sagte durchs Fenster: »Jonathan, komm bitte ins Haus.«

Jonathan blickte an ihm vorbei zu mir. Ich winkte ihm wie schon einmal auffordernd mit dem Kopf, und er verließ die sichere Zuflucht und kam zum Haus,wenn auch zögernd und mit versteinertem Gesicht.

Archie Kirk führte uns durch eine bescheidene Diele in ein mittelgroßes Wohnzimmer, in dem Betty Bracken, ihr Mann und die kleine Frau, die auf mein Klingeln zur Tür gekommen war, in Sesseln saßen und Kaffee tranken.

Die Atmosphäre des Zimmers war geprägt von alter Eiche und Büchern; ein Raum für dunkle Winterabende, für Lampenlicht und Kaminfeuer, nicht abgestimmt auf sonnenhellen Juni. Keines der drei Gesichter, die uns anblickten, konnte auf den schwierigen Jungen freundlich wirken.

Die kleine Frau stellte sich als Archies Frau vor, stand auf und bot mir Kaffee an. »Und, ehm... Jonathan... Coca Cola?«

Jonathan folgte ihr nach nebenan in die Küche, als habe er eine Gnadenfrist bekommen, und ich teilte Betty Bracken mit, daß ihr Hengst gerade operiert werde und daß wir bald Näheres über ihn erfahren würden. Sie freute sich schon richtig; zu früh, wie ich befürchtete.

Ich sagte beiläufig zu Archie: »Kann ich Sie unter vier Augen sprechen?«, und ohne Fragen zu stellen, sagte er: »Hier lang« und ging mit mir in einen kleinen angrenzenden Raum, wiederum bestehend aus alter Eiche und Büchern, den er als sein Arbeitszimmer bezeichnete.

»Was gibt's?« fragte er.

»Ich brauche einen Polizeibeamten«, sagte ich.

Er warf mir einen langen, geraden Blick zu und bedeutete mir, auf einem der beiden Eichenstühle neben dem mit Papieren übersäten Schreibtisch Platz zu nehmen, während er sich auf den anderen setzte.

Ich erzählte ihm von Jonathans nächtlichem Ausflug (die harmlose Version) und unserer zu dem Oxforder Autohändler führenden Spürarbeit, den Landrover betreffend. Ich sagte ihm, daß ich vielleicht wisse, wo der Landrover jetzt sei, daß ich aber keinen Durchsuchungsbefehl für ihn bekommen könne. Eine erfolgreiche Strafverfolgung sei nur möglich auf der Grundlage einwandfreier, nicht manipulierter Beweismittel. Um sie zu beschaffen, benötigte ich einen Polizisten, aber einen, der zuhören und kooperieren könne; es dürfe keiner sein, der sich für was Besseres hielt oder der seine Arbeit schlampig ausführe.

»Ich dachte, Sie kennen vielleicht jemanden«, schloß ich. »Ich weiß nicht, wen ich sonst fragen soll, denn im Moment geht es nur weiter, wenn man sich sozusagen bäuchlings an die MG-Stellung heranpirscht.«

Er lehnte sich auf seinen Stuhl zurück und starrte mich ausdruckslos an, während die Daten verarbeitet wurden.

Schließlich sagte er: »Betty hat ja heute früh die Ortspolizei verständigt, aber...«, er zögerte, »die hat nicht so einen langen Arm, wie Sie ihn brauchen.« Er überlegte noch ein wenig, griff dann zu einem Adreßbuch, schlug eine Nummer nach und führte ein Telefongespräch.

»Norman, hier ist Archie Kirk.«

Wer immer Norman war, er schien abgeneigt.

»Es ist sehr, sehr wichtig«, sagte Archie.

Norman gab, wenn auch widerstrebend, offenbar nach und erklärte, wo er zu finden war.

»Hoffentlich liegen Sie richtig«, sagte Archie zu mir, als er aufgelegt hatte. »Ich hatte eine Menge gut bei ihm, das ist jetzt so ziemlich alles hinüber.«

»Wer ist der Mann?«

»Kriminalinspektor Norman Picton von der Thames Valley Police.«

»Hervorragend«, sagte ich.

»Heute ist sein freier Tag. Er ist am Baggersee. Ein kluger und ehrgeiziger junger Mann. Und ich«, fügte er gedehnt hinzu, »bin Richter, und ich kann selbst einen Durchsuchungsbefehl ausstellen, wenn er das mit seinem Chef abklärt.«

Ich war sprachlos, was ihn ein wenig belustigte.

»Wußten Sie das nicht?« fragte er.

Ich schüttelte den Kopf, fand aber auch wieder Worte. »Jonathan sagte, Sie seien Beamter im öffentlichen Dienst.«

»Das auch«, stimmte er zu. »Wie haben Sie den jungen Flegel denn zum Sprechen gebracht?«

»Ehm…«, sagte ich. »Was macht Inspektor Picton am Baggersee?«

»Er fährt Wasserski«, sagte Archie.

Da waren Sportboote, Kinder, Kälteschutzanzüge, Picknicks. Ein Clubhaus stand inmitten einer zerrupften Wiese, und Menschen glitten an Seilen über das glänzende Wasser.

Archie parkte seinen Daimler am Ende einer Wagenreihe, und ich, wieder mit Jonathan auf dem Beifahrersitz, parkte meinen Mercedes daneben. Wir waren übereingekommen, beide Wagen zu nehmen, damit ich nachher gleich weiter nach London fahren konnte; Jonathan sollte mit Archie zurückfahren, der die Brackens abholen und alle wieder nach Combe Bassett bringen würde. Der Junge hatte sich für diese Abmachung zwar nicht erwärmt, mich aber wohl oder übel begleitet, da er es doch weniger schlimm fand, als den ganzen Nachmittag in Archies tantenverseuchtem Haus herumzuhängen.

Am See angelangt, beobachtete er die harmlose sportliche Betätigung um uns herum, aber nicht spöttisch, sondern halbwegs interessiert. Auf der kurzen Fahrt von Archies Haus hierher hatte er drei mürrische Fragen gestellt, von denen ich zwei beantworten konnte.

Erstens: »Das ist der beste Tag seit langem. Wie kommt es, daß bei Ihnen alles so schnell geht?«

Antwort nicht möglich.

Und zweitens: »Haben Sie jemals was gestohlen?«

»Schokolade«, sagte ich.

Und drittens: »Stört es Sie, daß Sie nur eine Hand haben?«

Ich sagte kalt: »Ja.«

Er sah mir überrascht ins Gesicht, und ich begriff, daß er ein Nein erwartet hatte. Wahrscheinlich war er noch nicht alt genug, um zu wissen, daß man so eine Frage nicht stellte; vielleicht hätte er sie aber auch trotzdem gestellt.

Als wir am Wasserski-Club ausstiegen, fragte ich: »Kannst du schwimmen?«

»Ich bitte Sie.«

»Dann schwimm mir aus den Augen.«

»Verdammt«, sagte er und lachte sogar.

Archie hatte inzwischen in einer der übers Wasser schießenden Gestalten den Mann erkannt, dessentwegen wir gekommen waren. Wir warteten eine ganze Weile, bis der athletische Läufer im blauen Kälteschutzanzug mit roten Streifen an Armen und Beinen die Zugleine losließ und freihändig und elegant zu einem abgeschrägten Landeplatz am Ufer segelte. Er stieg grinsend von seinen Skiern, wohl wissend, daß er ein beträchtliches Können zur Schau gestellt hatte, und gab, naß wie er war, Archie die Hand.

»Entschuldigen Sie, daß ich Sie habe warten lassen«, sagte er, »aber ich dachte mir, wenn Sie erst hier sind, ist der Tag für mich gelaufen.«

In seiner Stimme mit ihrem leichten Berkshire-Tonfall lag Selbstvertrauen und ungezwungene Autorität.

Archie sagte förmlich: »Norman, das ist Sid Halley.«

Ich nahm die angebotene Hand, die nicht nur naß, sondern auch kalt war. Dabei wurde ich ähnlich eingehend und prüfend gemustert wie bereits von Archie – und ich hatte keine Ahnung, was in dem Polizisten vorging.

»Also«, sagte er schließlich entschieden, »ich zieh mir was an.«

Wir schauten ihm nach, wie er klatschnaß und vorsichtig, weil barfuß, mit seinen Skiern unterm Arm davonging. Nach kaum fünf Minuten stellte er sich in Jeans, Strandschuhen, offenem Hemd und Pullover wieder ein, die dunklen Haare noch feucht und struppig, ungekämmt.

»So«, meinte er zu mir, »dann erzählen Sie mal.«

»Ehm...« Ich zögerte. »Könnte Jonathan, der Neffe von Mr. Kirk, vielleicht eine Runde Motorboot fahren?«

Er und Archie blickten zu Jonathan hinüber, der sich nicht weit entfernt gegen meinen Wagen lümmelte. Jonathan machte sich das Leben nicht leicht, dachte ich; jeder aufsässige Ruck des autoritätsfeindlichen Haarschopfs ging auf Selbstzerstörung aus.

»Er verdient keine Fahrt mit dem Motorboot«, wandte Archie ein.

»Ich möchte nicht, daß er mit anhört, was ich sage.«

»Das ist was anderes«, entschied Norman Picton. »Ich regle das.«

Jonathan ließ sich schlecht gelaunt von Norman Pictons Frau in Norman Pictons Boot um den See fahren, begleitet von Norman Pictons Sohn. Wir sahen zu, wie das Boot vorbeidröhnte und Jonathans gesträhnte Matte im Wind flatterte.

»Er ist unentschlossen«, sagte ich fürbittend zu Archie. »Es steckt viel Gutes in ihm.«

»Mit der Ansicht stehen Sie aber allein.«

»Er sucht nach einer Möglichkeit, wie er umkehren kann, ohne das Gesicht zu verlieren.«

Beide Männer musterten mich wieder abschätzend und schüttelten die Köpfe.

Ich zog Jonathans unterschriebene Aussage aus der Tasche: »Was halten Sie denn hiervon?«

Erst las Picton, dann Archie.

Archie sagte ungläubig: »Der kriegt doch das Maul nicht auf. Das hat er im Leben nicht erzählt.«

»Ich habe ihm Fragen gestellt«, erklärte ich. »Und das

sind seine Antworten. Er ist mit mir zu dem Landrover-Händler in Oxford gefahren, der auf jeden Wagen, den er verkauft, das Abziehbild mit dem roten Drachen klebt. Und ohne Jonathan wüßten wir weder, daß der Landrover auf dem Feldweg stand, noch, wem er wahrscheinlich gehört und wo er jetzt wahrscheinlich ist. Deshalb bin ich wirklich der Meinung, daß Jonathan seine Rundfahrt auf dem See verdient hat.«

»Wofür genau wollen Sie den Durchsuchungsbefehl?« fragte Picton. »Der wird nur ausgestellt, wenn ein triftiger Grund vorliegt oder wenn zumindest eine nachvollziehbare Möglichkeit oder Wahrscheinlichkeit besteht, daß sich etwas Fallrelevantes findet.«

»Nun«, sagte ich, »Jonathan hat die Hand auf die Motorhaube des Fahrzeugs gelegt, das direkt neben dem Gatter der Weide stand, auf der Betty Brackens Hengst seinen Fuß verloren hat. Wenn Sie einen bestimmten Landrover untersuchen und Jonathans Handabdruck auf der Motorhaube finden, wäre dann hinreichend bewiesen, daß es das richtige Fahrzeug ist?«

Picton sagte: »Ja.«

»Wenn also Jonathan hier am See zurückbleibt«, meinte ich ohne Nachdruck, »während Ihre Leute den Landrover auf Fingerspuren prüfen, wäre doch auszuschließen, daß er den Wagen heute nachmittag statt in der vergangenen Nacht angefaßt hat.«

»Von Ihnen habe ich schon gehört«, sagte Picton.

»Meinen Sie nicht auch«, fragte ich, »daß es gut wäre, die Motorhaube einzustäuben, bevor es regnet? Oder bevor jemand den Wagen waschen läßt?«

»Wo steht er?« fragte Picton knapp.

Ich zog den Computerausdruck von English Sporting Motors hervor und zeigte darauf. »Da«, sagte ich. »Der ist es.«

Picton las die Anschrift leise; Archie laut.

»Die kenne ich. Sie sind völlig schief gewickelt. Da war ich schon zu Gast. Das sind Freunde von Betty.«

»Von mir auch«, sagte ich.

Meine Stimme klang traurig, was Archie merkte.

»Um wen geht es?« fragte Picton.

»Gordon Quint«, sagte Archie. »Das ist Blödsinn.«

»Wer ist Gordon Quint?« hakte Picton nach.

»Der Vater von Ellis Quint«, sagte Archie. »Und von *dem* haben Sie doch bestimmt schon gehört.«

Picton nickte. Ellis war ihm ein Begriff.

»Es könnte ja sein«, meinte ich zögernd, »daß sich jemand den Landrover für die Nacht ausgeliehen hat.«

»Sie glauben aber nicht daran«, bemerkte Picton.

»Ich wünschte, ich könnte.«

»Aber wo ist die Verbindung?« fragte Picton. »Es muß schon etwas mehr sein. Daß Twyford Lower Farms Ltd. einen blauen Landrover vom betreffenden Baujahr besitzt, genügt nicht. Wir dürfen den Wagen nur auf Handabdrücke prüfen, wenn wir guten Grund zu der Annahme haben, daß es der und kein anderer ist, den wir suchen.«

Archie sagte nachdenklich: »Durchsuchungsbefehle sind auch schon mit fadenscheinigeren Begründungen ausgestellt worden.«

Er und Picton gingen ein Stück weg, Profis, die Abstand zwischen sich und Sid Jedermann legten. Ich dachte bei mir, wenn sie es ablehnten, der Spur nachzugehen, wäre das eigentlich eine Erleichterung. Ich wäre aus dem Schneider. Aber vielleicht kam dann im nächsten Monat der nächste Hengst... und die krankhafte Besessenheit wuchs und gedieh mit jedem Streich.

Sie kamen wieder und fragten, wieso ich den Namen Quint mit der Tat in Verbindung brachte. Ich sprach von meinem Schaubild. Nicht schlüssig, befand Archie, und ich gab ihm recht.

Picton rekapitulierte, was ich soeben erzählt hatte. »Rachels Pony wurde von ihrem Vater Joe auf Empfehlung von Ellis Quint gekauft?«

Ich sagte: »Und Ellis hat eine Sendung über Rachel und das Pony, das seinen Fuß verlor, gemacht.«

»Die habe ich gesehen«, sagte Picton.

Sie mochten so wenig daran glauben wie ich. Ein ziemlich langes, unentschlossenes Schweigen trat ein.

Jonathan kam sichtlich zufrieden von seiner rasenden Seerundfahrt zurück, und Norman Picton ging prompt ins Clubhaus und kam mit einer Dose Coke wieder, die er Jonathan in die Hand drückte. Jonathan nahm sie zum Öffnen in die linke und zum Trinken in die rechte Hand. Die leere Dose nahm ihm Norman ganz nebenbei ab, achtete aber darauf, sie nur am Rand anzufassen, und fragte ihn, ob er Lust habe, nach der Bootsfahrt auch mal selbst Wasserski zu fahren.

Jonathan, schon im Begriff, begeistert »Ja!« auszurufen, besann sich auf seine angestammte Unleidlichkeit und sagte: »Von mir aus. Ehe Sie sich den Mund fusselig reden.«

»Na also«, sagte Picton vergnügt. »Meine Frau fährt.

Mein Sohn gibt auf die Leine acht. Badehose und Kälteschutzanzug finden wir schon für dich.«

Er führte Jonathan von dannen. Archie sah mit verschlossener Miene zu.

»Geben Sie ihm eine Chance«, meinte ich leise. »Eine Aufgabe, die ihn fordert.«

»Ab in die Kolonien, damit aus ihm ein Mann wird?«

»Spötter«, lächelte ich. »Aber vorzeiten hat das oft funktioniert. Er ist intelligent und langweilt sich, und noch ist er nicht völlig auf der schiefen Bahn.«

»Sie wären ein miserabler und viel zu milder Richter.«

»Da haben Sie wahrscheinlich recht.«

Picton kam wieder und sagte: »Der Junge bleibt hier, bis ich zurück bin, also fahren wir am besten gleich los. Wir nehmen zwei Wagen, meinen und den von Mr. Halley. Dann kann er jederzeit weiter nach London. Ihr Wagen bleibt hier, Archie. Einverstanden?«

Archie sagte, er sei nicht sicher, ob sich Jonathan nicht damit absetzen würde.

»Ohne seine Kumpel macht ihm das keinen Spaß«, sagte ich.

Archie starrte mich an. »Der Junge redet doch sonst nicht.«

»Suchen Sie eine gefährliche Beschäftigung für ihn.«

Picton, der zuhörte, sagte: »Zum Beispiel?«

»Zum Beispiel«, sagte ich unvorbereitet, »na ja... auf einer Bohrinsel. So für zwei Jahre. Sagen Sie ihm, er soll Tagebuch führen. Er soll schreiben.«

»Gütiger Gott«, meinte Archie kopfschüttelnd, »der würde das Ding in Brand stecken.«

Er schloß seinen Wagen ab, steckte die Schlüssel ein, setzte sich neben mich auf den Beifahrersitz, und wir fuhren hinter Norman Picton her nach Newbury, zu seiner Dienststelle.

Ich blieb vor der Polizeistation im Wagen sitzen, während Archie und Picton das Team organisierten: den Fotografen, den Spurensicherer, den Konstabler, der als Protokollant für Inspektor Picton fungieren sollte.

Ich saß da in der Nachmittagssonne, die durch die Windschutzscheibe fiel, und wünschte, ich wäre sonstwo, unterwegs in einer anderen Sache.

Die Schurken, die ich bisher gefaßt hatte, waren nie Leute gewesen, die ich kannte. Oder die ich – dem mußte man ins Auge sehen – gekannt zu haben glaubte. Meistens hatte ich Genugtuung empfunden, manchmal Erleichterung, hin und wieder auch Bedauern, aber nie auch nur annähernd eine so ausweglose Verzweiflung.

Ellis liebte man. Mich würde man hassen.

Dem Haß konnte ich nicht ausweichen. Konnte ich ihn ertragen?

Im Grunde blieb mir keine Wahl.

Archie und Picton kamen mit ihrer zielbewußten Truppe aus der Polizeistation.

Archie sagte, als er neben mir einstieg, der Durchsuchungsbefehl sei unterschrieben, der Polizeikommissar habe das Unternehmen abgesegnet und wir könnten uns getrost nach Twyford Lower Farms in Bewegung setzen.

Ich rührte mich nicht, ließ den Motor nicht an.

»Was ist los?« fragte Archie und sah mir ins Gesicht.

Ich sagte gequält: »Ellis ist mein Freund.«

6

Ginnie Quint, angetan mit einem breiten Strohhut, Arbeitshandschuhen und grauer Latzhose, war im Garten und führte einen aussichtslosen Kampf gegen das Unkraut in den Blumenbeeten vor dem stattlichen Haupthaus von Twyford Lower Farms.

»Tag, lieber Sid!« begrüßte sie mich herzlich, streckte im Aufstehen die schmutzig behandschuhten Hände von sich und hielt mir ihre weiche Wange zu einem Küßchen hin. »Was für eine nette Überraschung. Aber weißt du, Ellis ist nicht hier. Er ist zum Pferderennen, dann wollte er in die Wohnung am Regent's Park. Da wirst du ihn finden.«

Sie schaute verblüfft über meine Schulter auf Norman Picton und Co., die gerade aus ihrem Wagen stiegen.

»Wen hast du denn da mitgebracht, Sid?« Dann hellte ihre Miene sich für einen Augenblick auf, und sie rief: »Das ist ja Archie Kirk! Tag, mein Lieber. Schön, Sie zu sehen.«

Norman Picton, der nichts von Archies oder meinem sozialgeschichtlichen Ballast mit sich herumtrug, kam recht unsanft zur Sache.

»Madam, ich bin Kriminalinspektor Picton von der Thames Valley Police. Ich darf annehmen, daß Sie einen blauen Landrover besitzen, und dafür habe ich einen Durchsuchungsbefehl.«

Ginnie sagte verblüfft: »Es ist doch kein Geheimnis, daß wir einen Landrover haben. Natürlich haben wir einen. Es ist wohl besser, Sie reden mit meinem Mann. Sid... Archie... was hat das alles zu bedeuten?«

»Es könnte sein«, sagte ich unglücklich, »daß sich letzte Nacht jemand euren Landrover geborgt und ehm... eine Straftat begangen hat.«

»Dürfte ich den Landrover bitte sehen, Madam«, beharrte Picton.

»Der wird auf dem Hof stehen«, sagte Ginnie. »Mein Mann kann ihn Ihnen zeigen.«

Unabwendbar kam, was kommen mußte. Gordon, der aus dem Haus herbeistürmte, um die Sache in die Hand zu nehmen, konnte gegen den ordnungsgemäß ausgestellten Durchsuchungsbefehl zwar protestieren, aber nichts ausrichten. Die Polizeibeamten gingen an die Arbeit, fotografierten, suchten Fingerspuren und lösten Proben staubiger Erde aus den Reifenprofilen. Jeder Vorgang wurde von dem Protokollanten sorgfältig dokumentiert.

Der Durchsuchungsbefehl erstreckte sich offenbar auch auf die Geräte und alles andere hinter den Vordersitzen. Die beiden hochstehenden Griffe, die Jonathan einem Rasenmäher zugeordnet hatte, gehörten tatsächlich zu einem Rasenmäher – einem leichten Elektromodell. Außerdem waren da etwa ein Dutzend gewinkelter Eisenstangen zum Einzäunen, eine Rolle Zaundraht und das Werkzeug, das man brauchte, um den Draht durch die Pfosten zu ziehen. Da war ein angebrochener Sack mit Futterwürfeln. Eine zusammengerollte Lederschürze, wie Hufschmiede sie tragen. Ferner zwei Spaten, eine schwere vierzackige Gabel und, in Sackleinwand gewickelt, ein großes, machetenähnliches Messer.

Die Klinge war blank, scharf und geölt.

Gordon knurrte auf Befragen gereizt, ein guter Handwerker pflege sein Werkzeug. Demonstrativ hielt er einen Lappen und eine Kanne Öl hoch. Und wozu das Messer? Um Gräben zu säubern, Waldstücke auszuholzen, für alles, was auf den Weiden anfiel.

Hinter den Zaunpfosten lag ein zweites, längeres Sackleinenbündel. Ich zeigte wortlos darauf, und Norman Picton zog es hervor und wickelte es aus.

Es war ein Gerät mit einem Schneidmaul aus zwei geschliffenen Metallbacken an gut ein Meter langen Griffen aus einst lackiertem Holz.

»Astschere«, erklärte Gordon. »Damit schneidet man im Wald kleinere Äste ab. Man muß ja die jungen Bäume stutzen, sonst gibt es ein unnützes Gewirr, in dem nichts wächst.«

Er nahm Picton die Schere aus den Händen, um ihm vorzuführen, wie sie funktionierte. Beim Öffnen der langen Griffe gingen die Schneidbacken vorn auseinander; scharfes, blank geöltes Metall, das einen acht Zentimeter dicken Ast fassen konnte. Gordon drückte die Griffe mit einer kräftigen, raschen Bewegung zusammen, und das Schneidmaul schnappte zu.

»Sehr nützlich«, nickte Gordon, während er die Schere wieder einwickelte.

Archie, Picton und ich sagten nichts.

Mir war ein wenig übel.

Archie ging schweigend davon, und Gordon, der nicht begriff, wieso, legte das Sackleinenbündel wieder in den Landrover, ging hinter ihm her und sagte verwirrt: »Archie! Was ist los?«

Picton wandte sich an mich: »Nun?«

»Tja«, sagte ich schluckend, »was ist, wenn Sie die Schere auseinandernehmen? Sie sieht zwar sauber aus, aber zwischen den Schneiden ... Ein einziger Tropfen Blut im Scharnier oder ein Haar würde doch schon reichen, oder?«

»Die Schere paßt also ins Bild?«

Ich nickte schwach. »Mr. Kirk hat genau wie ich das Bein des Hengstes gesehen. Und er hat den Fuß gesehen.« Ich schluckte noch einmal. »Eine Astschere. Mein Gott.«

»Es war doch nur ein Pferd«, wandte er ein.

»Manche Menschen haben ihre Pferde so lieb wie ihre Kinder«, sagte ich. »Wenn nun jemand Ihrem Sohn den Fuß abschneiden würde?«

Er machte große Augen. Ich sagte trocken: »Betty Bracken ist die fünfte trauernde Besitzerin, die ich in den letzten drei Wochen kennengelernt habe. Der Kummer steckt an.«

»Meinem Sohn«, sagte er gedehnt, »ist der Hund überfahren worden. Danach hat er uns riesige Sorgen gemacht ... kaum noch sein Essen angerührt ...« Er brach ab und meinte: »Sie und Archie stehen der Sache zu nah.«

»Und die britische Öffentlichkeit«, erinnerte ich ihn, »hat Tränen geweint über die von Terroristen verstümmelten Kavalleriepferde im Hydepark.«

Er war alt genug, um sich an das Blutbad zu entsinnen, den gezielten Bombenanschlag auf harmlose Paradepferde, der damals tagelang in den Nachrichten gebracht wurde und dazu führte, daß der wie durch ein Wunder am Leben gebliebene Sefton mit Orden bedacht und zum Helden gekürt wurde.

Diesmal würde die britische Öffentlichkeit zwar die Tat verdammen, aber keinen Augenblick daran glauben, daß ein nationales Idol sie begangen hatte. Terroristen, ja. Vandalen, ja. Idol… *nein.*

Picton und ich folgten Archie und Gordon und kehrten zu Ginnie zurück, die noch im Vorgarten war.

»Ich verstehe das nicht«, meinte Ginnie in klagendem Ton. »Wenn Sie sagen, der Landrover sei vielleicht gestohlen und zu einer Straftat benutzt worden – zu was für einer Straftat denn?«

Gordon wartete nicht erst auf Pictons Erklärung.

»Das dreht sich immer um Raubzüge«, sagte er gelassen. »Wo ist die Bande denn damit hin?«

Statt zu antworten, fragte Norman Picton, ob Gordon Quint gewöhnlich den Zündschlüssel steckenlasse.

»Natürlich nicht«, sagte Gordon beleidigt. »Aber Kleinigkeiten wie ein fehlender Zündschlüssel halten doch einen erprobten Dieb nicht auf.«

»Wenn Sie nun zufällig doch den Schlüssel vergessen hätten – was ich nicht glaube, Sir, bitte werden Sie nicht böse –, aber wenn jemand Ihren Schlüssel hätte finden und benutzen können, wäre der dann an einem Schlüsselring mit Silberkettchen und einem silbernen Hufeisen gewesen?«

»Aber nein«, mischte sich Ginnie völlig arglos ein. »Das ist der Schlüsselring von Ellis. Und das Hufeisen ist nicht aus Silber, es ist Weißgold. Ich habe es voriges Jahr zu Weihnachten extra für ihn anfertigen lassen.«

Ich brachte Archie Kirk zurück nach Newbury. In dem Wagen vor uns saßen die vier Polizeibeamten mit einer Reihe gut verpackter, genau bezeichneter Gegenstände, für die Gordon Quint Empfangsbestätigungen erhalten hatte.

Astschere in Sackleinen. Machete desgleichen. Ölgetränkter Lappen und Ölkanne. Futterwürfelprobe. Polaroids von rotem Drachenlogo. Zahlreiche auf Folie übertragene Fingerabdrücke, darunter der deutliche Innenflächenabdruck einer rechten Hand, der von der Motorhaube des Landrovers stammte und nach einer ersten Untersuchung genau mit Jonathans rechtem Handabdruck auf der Coladose vom See übereinstimmte.

»Es gibt keinen Zweifel, daß bei meiner Schwester oben der Landrover von Quints stand«, sagte Archie. »Es gibt keinen Zweifel, daß Ellis' Schlüssel in der Zündung steckte. Aber es gibt keinen Beweis dafür, daß Ellis selbst auch nur in der Nähe war.«

»Nein«, stimmte ich zu. »Niemand hat ihn gesehen.«

»Hat Norman Sie gebeten, einen Bericht zu schreiben?«

»Ja.«

»Er wird Ihren Bericht und Jonathans Aussage zusammen mit seinen eigenen Erkenntnissen der Staatsanwaltschaft übergeben. Danach liegt es bei ihr.«

»Mhm.«

Nach einer Pause sagte Archie, wie um mich zu trösten: »Sie haben etwas Unerhörtes vollbracht.«

»Es ist mir zuwider.«

»Aber das hält Sie nicht auf.«

Und wenn er nicht anders kann…? Und wenn auch ich nicht anders konnte?

Als wir uns auf der Polizeiwache verabschiedeten, sagte Archie: »Sid... ich darf doch Sid zu Ihnen sagen? Und ich bin natürlich Archie, das ist klar... Ich kann mir schon vorstellen, was Sie mitmachen. Nur damit Sie das wissen.«

»Ich, ehm... danke«, sagte ich. »Wenn Sie noch einen Moment warten, rufe ich in der Pferdeklinik an und höre nach, wie es dem Hengst geht.«

Sein Gesicht hellte sich auf, aber die Neuigkeit war eher mäßig.

»Ich habe die Sehne wieder angenäht«, berichtete Bill. »Und ich habe ein paar Blutgefäße neu verbunden, damit der Fuß wieder hinreichend durchblutet wird. Nerven sind immer heikel. Ich habe mein möglichstes getan, und wenn es keine Enzündung gibt, könnte der Fuß erhalten bleiben. Das ganze Bein liegt jetzt in Gips. Der Hengst ist halb bei Bewußtsein. Er liegt in Schlingen. Aber du weißt, wie unsicher das alles ist. Pferde erholen sich nicht so leicht wie Menschen. Für die Rennbahn taugt er natürlich nicht mehr, aber für die Zucht... Er soll ja erstklassige Linien haben. Wohlgemerkt, versprechen kann ich überhaupt nichts.«

»Du bist spitze«, sagte ich.

»Das zu hören«, er lachte leise, »ist immer wieder schön.«

Ich sagte: »Ein Polizist wird vorbeikommen und Haare und Blut von dem Hengst abholen.«

»Gut. Fangt das Schwein«, sagte er.

Ich fuhr unfreiwillig langsam in dichtem Verkehr nach London. Erst eine halbe Stunde nach der vereinbarten Zeit kam ich zu der Kneipe, wo ich mich mit Kevin Mills von *The Pump* treffen wollte, und er war nicht da. Keine Halbglatze, kein Schmerbauch, kein bierschaumgesprenkelter Hängeschnurrbart, kein weltverdrossener Zynismus.

Ohne Bedauern stiefelte ich müde zur Theke, bestellte einen Whisky und goß so viel Londoner Leitungswasser hinzu, daß den Brenner der Schlag gerührt hätte.

Ich wollte nichts weiter als mein leichtes Sedativum austrinken, nach Hause fahren, eine Kleinigkeit essen und schlafen. Schlafen, dachte ich gähnend, hatte jetzt absoluten Vorrang.

Eine Frauenstimme an meinem Ohr warf diese Pläne über den Haufen: »Sind Sie Sid Halley?« sagte sie.

Ich drehte mich zögernd um. Sie hatte glänzendes, schwarzes, schulterlanges Haar, leuchtend hellblaue Augen und dunkelrot bemalte Lippen mit klaren Konturen. Die von Natur aus makellose Haut, matt überpudert, schimmerte wie Porzellan. Schwarze Brauenbögen und Wimpern gaben ihrem Gesicht etwas Strenges, ein Eindruck, dem ihr Auftreten entsprach. Sie trug Schwarz im Juni. Ich sah mich außerstande, von ihrem Gesicht auf zehn Jahre genau zu schätzen, wie alt sie war, aber die manikürten Hände mit den roten Nägeln sagten: nicht über dreißig.

»Ich bin von *The Pump*«, sagte sie. »Mein Kollege Kevin Mills mußte zu einer Vergewaltigung.«

Ich sagte unbestimmt: »Oh.«

»Ich bin India Cathcart«, stellte sie sich vor.

»Oh«, sagte ich genauso unbestimmt noch einmal, aber ich kannte ihren Namen, ihren Ruf und ihre Schreibe. Sie war eine vielbeachtete Kolumnistin, bekannt als unbarmherzige Interviewerin und bilderstürmende Nemesis, eine schonungslose Enthüllerin allzu menschlicher Geheimnisse.

Es hieß, sie habe immer ein Taschenmesser bei sich, um ihre Kugelschreiber anzuspitzen. Außerdem war sie humorvoll, und wie alle *Pump*-Süchtigen verschlang ich ihre Beiträge und lachte, selbst wenn es zum Heulen war.

Allerdings lag mir nichts daran, ihr jetzt oder überhaupt jemals vor die Flinte zu laufen.

»Ich wollte unsere Exklusivstory hören«, sagte sie.

»Ach so. Es gibt leider keine.«

»Sie hatten es doch versprochen.«

»Ich hatte es gehofft«, gab ich zu.

»Und Sie sind den ganzen Tag nicht ans Telefon gegangen.«

Ich nahm mein Handy vom Gürtel und betrachtete es mit gespielter Verwunderung. Dann, als würde mir alles klar: »Es ist abgeschaltet!«

Sie sagte kühl: »Stellen Sie sich nicht dümmer, als Sie sind.«

Darauf schien es keine Antwort zu geben, deshalb bemühte ich mich auch um keine.

»Wir haben versucht, Sie zu erreichen. Wo waren Sie?«

»Bei Freunden«, sagte ich.

»Ich war in Combe Bassett. Und was finde ich da? Keinen Hengst, weder mit noch ohne Fuß. Keinen Sid Halley. Keine schluchzende Hengstbesitzerin. Ich finde eine komische alte Keifmühle, die mir sagt, daß alle zu Archie gefahren sind.«

Ich schaute sie gütig an. Ein gütiges Gesicht machen konnte ich ganz gut.

»Also fahre ich nach Shelley Green«, berichtete India Cathcart sichtlich empört weiter, »und was finde ich dort?«

»Was denn?«

»Ich finde fast ein halbes Dutzend anderer Zeitungsleute, diverse Fotografen, eine Mrs. Archibald Kirk und einen schwerhörigen Opa, der ›Hä‹ sagt.«

»Ja, und dann?«

»Mrs. Kirk gibt sich erstaunt und hilfsbereit und lügt mich an. Sie sagt, sie weiß nicht, wo die Leute sind. Nach drei Stunden bin ich wieder zurück nach Combe Bassett, um Wanderer zu suchen.«

»Haben Sie welche gefunden?«

»Sie waren dreißig Kilometer marschiert und über einen Zauntritt auf eine Weide mit einem Stier geklettert. Eine Gruppe von ihnen ist in panischem Schrecken durch eine Hecke geflüchtet, und die anderen erwägen jetzt, den Farmer anzuzeigen, weil er in der Nähe eines öffentlichen Weges ein gefährliches Tier frei laufen läßt. Ein Mann mit Pferdeschwanz will auch Mrs. Bracken anzeigen, weil sie ihren Hengst nicht im Stall gehalten und dadurch eine Amputation verhindert hat, die einen hysterischen Anfall bei seiner Tochter auslöste.«

»Das Leben ist eine einzige Farce«, sagte ich.

Ein Fehler. Sie stürzte sich darauf. »Ist das Ihre Ansicht über Tierquälerei?«

»Nein.«

»Ihre Meinung über Wanderer?«

»Wanderwege sind wichtig«, sagte ich.

Sie blickte an mir vorbei zum Barmann. »Einen Sprudel mit Eis und Zitrone bitte.«

Sie bezahlte ihr Getränk selbst, als komme gar nichts anderes in Frage. Ich hätte gern gewußt, ob ihre herausfordernde Art unbewußt war und auf Gewohnheit beruhte oder ob sie sie auf ihr jeweiliges Gegenüber abstimmte. Nicht selten gewann ich Aufschluß über den Charakter von Leuten, indem ich beobachtete, wie sie sich mit Dritten unterhielten, und ihr Benehmen verglich.

»Sie spielen nicht fair«, hielt sie mir, über die Zitronenscheibe auf dem Rand ihres Glases blickend, vor. »Die *Pump*-Hotline hat Sie nach Combe Bassett geführt. Kevin sagt, Sie zahlen Ihre Schulden. Also zahlen Sie.«

»Die Hotline war seine Idee. Gar nicht schlecht, außer daß es hundertmal falschen Alarm gab. Heute abend kann ich Ihnen aber nichts erzählen.«

»Von wegen kann. Sie wollen nicht.«

»Das ist oft dasselbe.«

»Bitte keine Philosophie!«

»Ich lese Ihre Seite immer wieder gern«, sagte ich.

»Aber Sie möchten nicht darin vorkommen?«

»Das liegt bei Ihnen.«

Sie reckte das Kinn vor. »Einflußreiche Männer *bitten* mich, nicht zu schreiben, was ich weiß.«

Ich wollte sie nicht völlig gegen mich aufbringen, und da ich auf das flüchtige Vergnügen der Frotzelei verzichten konnte, begnügte ich mich damit, ihr mein gütiges Gesicht zu zeigen.

Sie fragte unvermittelt: »Sind Sie verheiratet?«

»Geschieden.«

»Kinder?«

Ich schüttelte den Kopf. »Und Sie?«

Sie war eher daran gewöhnt, Fragen zu stellen, als sie zu beantworten. Erst nach einem merklichen Zögern sagte sie: »Auch geschieden. Auch keine Kinder.«

Ich trank meinen Scotch aus. »Sagen Sie Kevin, es tut mir sehr leid, daß ich ihm seine vertraulichen Informationen nicht geben kann. Ich rede am Montag mit ihm.«

»Das ist mir zu wenig.«

»Nun ja... mehr kann ich nicht tun.«

»*Bezahlt* Sie jemand?« wollte sie wissen. »Eine andere Zeitung?«

Ich schüttelte den Kopf. »Vielleicht Montag«, sagte ich. Ich stellte mein leeres Glas auf die Theke. »Auf Wiedersehen.«

»Warten Sie!« Sie warf mir einen geraden Blick zu, nicht plump oder aggressiv feministisch, sondern so, als hielte sie es für überflüssig, Punkte in einer Schlacht zu sammeln, die von der Generation vor ihr gewonnen worden war. Ich dachte bei mir, daß India Cathcart wohl nicht von mir verlangt hätte, für meine Ehe das aufzugeben, was ich am besten konnte. Ich hatte ein liebendes, sanftes Mädchen geheiratet und sie verbittert: der schlimmste und kläglichste Fehlschlag meines Lebens.

India Cathcart sagte: »Haben Sie Hunger? Ich habe den ganzen Tag noch nichts gegessen. Mein Spesenkonto reicht für zwei.«

Man konnte es schlechter treffen. Ich führte mir kurz die Möglichkeit vor Augen, quer über ihre Spalte zerpflückt zu werden, und entschied, daß Vorsicht wie alles andere ihre Grenzen hatte. Vorsichtig Risiken eingehen – ein ausgezeichneter Leitsatz.

»Ihr Restaurant oder meins?« sagte ich lächelnd und merkte an dem winzigen Aufblitzen von Triumph in ihren Augen, daß sie glaubte, den Zwanzigpfünder im Netz und schon so gut wie an Land gezogen zu haben.

Wir aßen in einem lauten, hell erleuchteten und überfüllten großen Laden mit schwarzen Spiegeln, der offensichtlich in war bei allen Leuten, die in waren. Indias Wahl. Indias Reich. Einige Schranzenhände schnellten ihr entgegen, während wir einem lispelnden jungen Ober zu einem zentral stehenden Tisch folgten. India Cathcart grüßte im Vorbeigehen und zog mich wie einen Kometenschweif (den Halleyschen?) hinter sich her, ohne mich mit jemandem bekannt zu machen. Die Speisekarte war darauf angelegt, Staunen hervorzurufen, doch aus alter Gewohnheit bestellte ich recht einfache Sachen, die man gut mit einer Hand bewältigen konnte. Brunnenkressecreme, dann Curry-Ente mit gebackener Banane. India nahm junge Auberginen in Öl mit Pesto, gefolgt von einem Berg gerösteter Froschschenkel, die sie ungehemmt mit den Fingern aß.

Das beste an dem Restaurant war, daß der Geräuschpegel vertrauliche Gespräche unmöglich machte: Alles, was jemand sagte, konnte der Nachbartisch mit anhören.

»Zu Betty Bracken«, sagte India laut, und ihre Zähne schimmerten über einem kräuterbestreuten Schenkel; »war sie in Tränen aufgelöst?«

»Ich habe keine Tränen gesehen.«

»Wieviel war der Hengst wert?«

Ich aß eine Bananenscheibe und fand, sie hatten zuviel Karamel dran. »Das weiß niemand«, sagte ich.

»Ich weiß von Kevin, daß er eine Viertelmillion gekostet hat. Sie weichen doch bloß aus.«

»Was er gekostet hat und was er wert ist, ist zweierlei. Er hätte vielleicht das Derby gewonnen. Dann wäre er Millionen wert gewesen. Man weiß es nicht.«

»Spielen Sie immer mit Worten?«

»Ziemlich oft«, nickte ich. »Wie Sie auch.«

»Auf welcher Schule waren Sie?«

»Fragen Sie Kevin«, sagte ich lächelnd.

»Ich habe von Kevin mehr über Sie gehört, als Ihnen lieb sein kann.«

»Zum Beispiel?«

»Zum Beispiel, daß man leicht auf Ihre friedliche Fassade reinfällt. Daß Sie Nerven wie Drahtseile haben. Daß Sie empfindlich sind, weil Ihnen eine Hand fehlt. Und so weiter.«

Zum Teufel mit Kevin, dachte ich. Ich sagte: »Wie sind die Froschschenkel?«

»Zäh.«

»Wenn schon«, sagte ich. »Sie haben scharfe Zähne.«

Sie schaltete im Innern sichtlich von herablassend auf unsicher, und ich begann sie zu mögen.

Auf eigene Gefahr natürlich.

Nach dem Curry und den Fröschen tranken wir schwarzen Kaffee und schätzten uns zwischendurch mit den Augen ab. Sie sah mich vermutlich in Form von Adjektiven und Absätzen. Ich wußte jetzt, wie die Lästerspezialistin beim Abendessen aussah.

Unvermeidlich fragte ich mich auch, wie sie im Bett aussah; und da man es gemeinhin meidet, sich an eine potentielle Kobra zu kuscheln, unternahm ich nicht den leisesten Versuch, es herauszufinden.

Wie es schien, nahm sie die Zurückhaltung als selbstverständlich hin. Sie hielt mich wie versprochen mit einer Firmenkreditkarte von *The Pump* frei und zählte ausdrücklich darauf, daß ich mich am Montag mit Exklusivinformationen für Kevin revanchierte.

Ich versprach es ihr, obwohl ich wußte, daß es nicht gehen würde, und erbot mich, sie nach Hause zu fahren.

»Sie wissen ja gar nicht, wo ich wohne!«

»Egal«, sagte ich.

»Danke. Aber es fährt ein Bus.«

Ich drängte sie nicht. Wir trennten uns auf dem Gehsteig vor dem Restaurant. Kein Kuß. Kein Händedruck. Ein Nicken von ihr. Dann drehte sie sich um und ging, ohne zurückzuschauen – und nicht eine Sekunde erwartete ich Gnade von ihr.

Am Sonntagmorgen holte ich Lindas kleinen blauen Koffer hervor und las noch einmal die Zeitungsausschnitte, die sich auf die verstümmelten Ponys in Kent bezogen.

Ich spielte noch einmal die Videoaufnahmen von Ellis' 20-Minuten-Sendung über die kleinen Pferdebesitzer ab und sah sie jetzt mit anderen, angewiderten Augen.

Er wirkte auf dem Bildschirm unverändert freundlich, charismatisch, versiert. Teilnahmsvoll legte er die Arme um Rachel. Sein markantes Gesicht spiegelte Mitleid und Empörung. Ponys die Augen auszustechen, einem Pony den Fuß abzuschneiden, sagte er, das seien ebenso schwere Verbrechen wie Mord.

Ellis, dachte ich, wie konntest du?

Und wenn er nicht anders kann?

Ich ließ das Band noch einmal laufen, um noch mehr Einzelheiten zu erfassen, und achtete genau auf den Wortlaut dessen, was er sagte.

Alles war perfekt inszeniert. In der Aufnahme, in der er den versammelten Kindern sein Mitgefühl aussprach, hatte er sie in einer Sattelkammer auf Heuballen gruppiert; alle trugen Reithosen, zwei oder drei trugen Reitkappen aus schwarzem Samt. Er selbst saß leger zwischen ihnen auf dem Boden, in einem dunklen Jogginganzug mit offenem Kragen, eine Schirmmütze weit zurückgeschoben auf dem Kopf, eine Sonnenbrille in der Tasche. Einige Kinder weinten. Er reichte ihnen sein Taschentuch und half ihnen, mit ihrem Kummer fertig zu werden.

Wenn er direkt in die Kamera sprach, benutzte er Wendungen, die dem Grauen, das die Kinder verfolgte, sehr anschaulich Gestalt verliehen: »Leere, zerstochene Höhlen, aus denen das Augenlicht rausläuft« und »ein stolzes, reinrassiges Pony, das silbern im Mondlicht glänzt«.

Nur sein fürsorglicher Tonfall machte die Bilder erträglich.

»Ein Pony, das silbern im Mondlicht glänzt.« Das wiederkehrende Motiv von Rachels Alptraum.

»Im Mondlicht.« Er hatte das Pony im Mondlicht gesehen.

Ich spielte das Band zum drittenmal ab und hörte mit geschlossenen Augen zu, nicht abgelenkt von dem vertrauten Gesicht oder von Rachel in Ellis' tröstender Umarmung.

Er sagte: »Ein silbernes Pony trottet vertrauensvoll über die Weide, angelockt von einer Handvoll Futterwürfeln.«

Das konnte er eigentlich nicht wissen.

Er hätte es wissen können, wenn jemand von den Ferns es angesprochen hätte.

Aber die Ferns wären nicht auf die Idee gekommen. Sie

hatten Silverboy nicht mit Futterwürfeln gefüttert. Der Todesengel, der bei Nacht gekommen war, hatte die Futterwürfel mitgebracht.

Ellis würde natürlich behaupten, er habe es erfunden, und wenn es stimmte, sei das lediglich ein Zufall. Ich spulte das Band zurück und starrte eine Zeitlang ins Leere. Ellis würde auf alles eine Antwort haben. Man würde Ellis glauben.

Am Nachmittag schrieb ich einen langen, ausführlichen Bericht für Norman Picton: keine erfreuliche Beschäftigung.

Montag früh fuhr ich nach Newbury, da er mich ausdrücklich darum gebeten hatte, und übergab das Resultat dem Inspektor persönlich.

»Haben Sie darüber mit jemand gesprochen?« fragte er.

»Nein.«

»Auch nicht mit Quint?«

»Mit ihm schon gar nicht. Aber...«, ich zögerte, »die Familie steht eng zusammen. Am Samstagabend oder gestern dürften Ginnie und Gordon Ellis erzählt haben, daß Sie und ich und Archie an dem Landrover herumgeschnüffelt und daß Sie die Astschere mitgenommen haben. Sie werden davon ausgehen müssen, daß Ellis weiß, daß die Jagd läuft.«

Er nickte unmutig. »Und da Ellis Quint offiziell im Raum London wohnt, können wir vom Thames-Valley-Bezirk unsere Ermittlungen nicht fortführen...«

»Sie meinen, Sie können ihn nicht aufs Revier am Regent's Park zitieren und ihm unangenehme Fragen stellen wie: Wo waren Sie Samstag um drei Uhr früh?«

»Genau. Wir können ihn nicht selbst fragen.«

»Ich dachte, diese Unterteilung sei aufgehoben?«

»Alles braucht seine Zeit.«

Ich ließ ihn mit seinen Problemen allein und brach auf nach Kent. Da ich Rachel Ferns mit einem Geschenk aufmuntern wollte, fuhr ich über Kingston, parkte im Zentrum des labyrinthischen Vororts, ging durch die Ladenstraßen und suchte in den Schaufenstern nach einer Anregung.

Ein Fenster voll umeinander purzelnder Hündchen ließ mich innehalten; vielleicht brauchte Rachel ein Tier zum Liebhaben, als Ersatz für das Pony. Und vielleicht wäre Linda gar nicht erfreut, wenn sie einen heranwachsenden Quälgeist, der die Möbel verschmutzte und anknabberte, zur Reinlichkeit erziehen müßte. Ich trat aber doch in die Zoohandlung ein, und so kam es, daß ich bei Linda Ferns mit einem Aquarium, Wasserpflanzen, Minischloßruinen, einer Elektropumpe, Glühbirnen, Fischfutter, Ratgeber, Gebrauchsanweisung und drei geschlossenen Eimern voll tropischer Fische vorfuhr.

Rachel erwartete mich am Eingangstor.

»Du kommst eine halbe Stunde zu spät«, hielt sie mir vor. »Du wolltest um zwölf hier sein.«

»Hast du schon mal von der M 25 gehört?«

»Alle schieben die Schuld auf die Autobahn.«

»Na ja, es tut mir leid.«

Ihr kahler Kopf schockierte mich noch immer. Sonst sah sie ganz gesund aus mit ihren durch Steroide gerundeten Wangen. Sie trug ein loses Strandkleid und klobige Turnschuhe an steckendünnen Beinen. Es war verrückt, ein fremdes Kind derart zu lieben, aber zum erstenmal konnte ich mir wirklich vorstellen, selbst auch Vater zu sein.

Jenny hatte keine Kinder gewollt, mit der Begründung, daß jeder Renntag sie zur Witwe machen konnte, und damals war es mir gleichgültig gewesen. Wenn ich je wieder heiratete, dachte ich, als ich Rachel ins Haus folgte, würde ich mir eine Tochter wünschen.

Linda begrüßte mich mit einem strahlenden Lächeln, gab mir ein Küßchen und bot mir als Aperitiv einen Gin-Tonic an. Der Tisch war schon gedeckt. Sie trug dampfende Nudeln auf.

»Rachel hat zwei Stunden draußen auf Sie gewartet!« sagte sie. »Mir ist schleierhaft, was Sie mit dem Kind angestellt haben.«

»Wie geht es denn?«

»Gut.« Sie wandte sich jäh ab, wie immer war sie nahe am Weinen. »Nehmen Sie noch einen Gin. Sie sagten, Sie hätten Neuigkeiten für mich.«

»Später. Nach dem Essen. Und ich habe auch für Rachel was mitgebracht.«

Das Aquarium erwies sich als voller Erfolg. Rachel war bezaubert, Linda interessiert und hilfsbereit. »Gott sei Dank, daß Sie ihr keinen Hund mitgebracht haben«, sagte sie. »Ich kann es nicht ausstehen, wenn mir dauernd Viehzeug vor den Füßen herumturnt. Joe durfte ihr auch keinen Hund schenken. Deshalb hat sie sich das Pony gewünscht.«

Die quirligen Fische schwammen munter durch die gotischen Ruinen, Sauerstoff und Licht taten ihr Werk, die Wasserpflanzen reckten sich in die Höhe. Rachel streute Fischfutter und sah ihren neuen Freunden beim Fressen zu. Der Zoohändler hatte mich überredet, ein größeres Aquarium zu nehmen, als ich eigentlich wollte, und zweifellos hatte er damit recht gehabt. Rachels blasses Gesicht strahlte. Pegotty sah sich das Ganze mit großen Augen und offenem Mund von seiner Wippe aus an. Linda ging mit mir in den Garten.

»Etwas Neues in Sachen Transplantation?« fragte ich.

»Das hätte ich Ihnen doch gleich gesagt.«

Wir setzten uns auf die Bank. Die Rosen blühten. Es war ein schöner Tag, herzzerreißend.

Linda sagte unglücklich: »Bei einer akuten lymphatischen Leukämie, wie Rachel sie hat, führt Chemotherapie fast immer zur Remission. In über neunzig Prozent der Fälle. Bei sieben von zehn Kindern verschwinden die Symptome ganz, und nach fünf Jahren kann man sie als endgültig geheilt betrachten. Und Mädchen haben eher Aussicht darauf als Jungs, ist das nicht seltsam? Aber bei dreißig Prozent der Kinder kommt die Krankheit zurück.«

Sie schwieg.

»Und bei Rachel ist sie zurückgekommen?«

»Oh, Sid!«

»Erzählen Sie.«

Sie versuchte es, und die Tränen flossen, während sie sprach. »Bei Rachel ist die Krankheit nach weniger als zwei Jahren wiedergekommen, und das ist nicht gut. Ihre Haare fingen gerade an zu wachsen, aber durch die Medikamente sind sie wieder ausgefallen. Jetzt ist sie erneut in Remission, und das zeigt, wie gut die Ärzte sind; ein zweites Mal schafft man das nicht leicht. Aber ich sehe ihnen an, was los ist, und sie empfehlen Knochenmarkverpflanzung nur als letztes Mittel, denn nur jede zweite ist erfolgreich. Ich rede immer so, als wäre eine Transplantation die sichere Rettung für sie, aber das ist fraglich. Wenn sie einen geeigneten Spender fänden, würden sie Rachels eigenes Knochenmark durch Bestrahlung zerstören – eine Tortur, bei der die Kinder tierisch leiden – und flüssiges neues Mark für das alte abgestorbene in die Blutbahn bringen, in der Hoffnung, daß es seinen Weg in die Knochen findet und anfängt, gesundes Blut zu produzieren, und ziemlich oft klappt das auch ... Manchmal kann ein Kind durch so eine Transplantation sogar eine andere Blutgruppe bekommen. Es ist schon erstaunlich. Rachel hat jetzt Blutgruppe A, bekommt aber vielleicht Blutgruppe 0 oder wer weiß was. Die können so viel machen heute. Eines Tages werden sie vielleicht jeden heilen können, aber ach ...«

Ich legte ihr den Arm um die Schultern, während sie schluchzte. So viel Schreckliches war endgültig. Das Paradies verloren.

Ich wartete, bis ihr Weinkrampf vorbei war, dann teilte ich ihr mit, daß ich jetzt wußte, wer Silverboy verstümmelt und um sein Leben gebracht hatte.

»Sie werden es nicht gern hören«, sagte ich, »und das Beste wäre wohl, Sie würden dafür sorgen, daß Rachel es nicht erfährt. Liest sie Zeitung?«

»Nur die *Peanuts.*«

»Und die Nachrichten im Fernsehen?«

»Sie mag nichts über hungerleidende Kinder hören.« Linda sah mich besorgt an. »Ich wollte ja eigentlich, daß sie erfährt, wer Silverboy getötet hat. Dafür bezahle ich Sie doch.«

Ich zog einen Briefumschlag hervor, der ihren vielgereisten, jetzt in vier Teile zerrissenen Scheck enthielt, und legte ihn in ihre Hände.

»Mir gefällt nicht, was ich herausgefunden habe, und ich möchte von Ihnen kein Geld dafür. Linda... es tut mir überaus leid... aber Ellis Quint hat Silverboy den Fuß abgeschnitten.«

Sie sprang auf, verärgert, wie vor den Kopf geschlagen; das Ungeheuerliche, was ich gesagt hatte, ließ sie buchstäblich erzittern.

Ich hätte es ihr behutsamer beibringen sollen, dachte ich, aber gesagt werden mußte es.

»Wie können Sie so etwas behaupten?« fragte sie. »Wie *können* Sie nur? Sie sind doch völlig schiefgewickelt. Er brächte das nie und nimmer fertig. Sie sind ja nicht bei Trost.«

Auch ich stand auf. »Linda...«

»Kein Wort mehr. Ich höre nicht zu. Ihnen nicht! Er ist so nett. Sie spinnen wirklich. Und natürlich sage ich Rachel nicht, was Sie ihm da anhängen wollen, denn es würde sie aufregen, und Sie haben unrecht. Sie waren zwar gut zu ihr... und auch zu mir... aber ich hätte sie nicht hierhergebeten, wenn ich geahnt hätte, daß Sie so etwas in die Welt setzen. Also bitte... gehen Sie. Gehen Sie bloß weg.«

Ich zuckte leicht die Achseln. Sie reagierte zwar extrem, aber ihre Nerven lagen ja immer blank. Ich verstand sie, auch wenn das wenig nützte.

Ich sagte überredend: »Linda, hören Sie mir zu.«

»Nein!«

Ich sagte: »Ellis ist seit Jahren mein Freund. Das alles ist auch für mich schrecklich.«

Sie hielt sich die Ohren zu, kehrte mir den Rücken zu und schrie: »Gehen Sie! Gehen Sie!«

Ich sagte betreten: »Dann rufen Sie mich an« und erhielt keine Antwort.

Ich berührte sie an der Schulter. Sie riß sich los und lief ein ganzes Stück den Rasen hinunter, und nach einer Weile machte ich kehrt und ging wieder ins Haus.

»Weint Mami?« fragte Rachel, aus dem Fenster schauend. »Ich habe sie schreien gehört.«

»Sie hat sich aufgeregt.« Ich lächelte, obwohl mir nicht danach war. »Das gibt sich wieder. Mit den Fischen alles klar?«

»Super.« Sie kniete sich hin und schaute in die nasse kleine Welt.

»Ich muß jetzt gehen«, sagte ich.

»Tschüs dann.« Sie schien sicher zu sein, daß ich wiederkommen würde. Es war ein vorübergehender Abschied zwischen Freunden. Sie sah auf die Fische und wandte nicht den Kopf.

»Tschüs«, sagte ich und fuhr geknickt nach London in dem Bewußtsein, daß Lindas Zurückweisung erst eine Kostprobe war: der Anfang des Unglaubens.

Am Pont Square klingelte das Telefon, als ich meine Wohnungstür öffnete, und klingelte weiter, während ich mir Eiswasser aus einer Kanne im Kühlschrank einschenkte, und klingelte, während ich meinen Durst nach dem heißen Nachmittag stillte, und klingelte, während ich die Batterie an meinem linken Arm austauschte.

Schließlich nahm ich den Hörer ab.

Berkshire-Akzent drang mir ins Ohr, eine Stimme, die nicht Schmähungen, sondern Informationen bereithielt. Norman Picton, Kriminalinspektor, Thames Valley Police.

»Sie haben das Neuste ja wohl gehört.«

»Was denn?«

»Leben Sie mit dem Kopf im Sand? Haben Sie kein Radio?«

»Was ist passiert?«

»Ellis Quint ist in Untersuchungshaft«, sagte er.

»Er ist *was*?«

»Na ja, fast; er ist quasi in Untersuchungshaft. Er liegt unter Bewachung im Krankenhaus.«

»Norman«, sagte ich verwirrt. »Erzählen Sie mal der Reihe nach.«

»Gut.« Er schlug einen übertrieben geduldigen Ton an, als spräche er mit einem Kind. »Heute morgen sind zwei Zivilbeamte der Metropolitan Police zur Wohnung von Ellis Quint am Regent's Park gefahren, um ihn fürs Protokoll zu fragen, wo er am frühen Samstagmorgen gewesen war. Er kam gerade aus dem Gebäude, als sie den Haupteingang erreichten, und da sie ihn vom Sehen kannten, traten sie auf ihn zu, sagten, wer sie waren, und zeigten ihre Marken vor. Im selben Moment«, Picton räusperte sich, schien aber außerstande, den umständlichen Polizeijargon aus seiner Schilderung zu verbannen, »... im selben Moment stieß Mr. Ellis Quint einen der Beamten so heftig aus dem Weg, daß der Beamte auf die Fahrbahn geriet und von einem herankommenden Fahrzeug erfaßt wurde. Mr. Quint selbst lief bei dem Versuch, die Fahrbahn zu überqueren und sich den Polizeibeamten zu entziehen, in den Verkehr hinein. Ein Bus, der ihm ausweichen wollte, geriet ins Schleudern. Er streifte Mr. Quint und warf ihn zu Boden. Mr. Quint war benommen und leicht verletzt. Er wurde ins Krankenhaus gebracht, wo er sich jetzt in einem bewachten Raum befindet, während der Vorfall untersucht wird.«

Ich sagte: »Lesen Sie von einem schriftlichen Bericht ab?«

»So ist es.«

»Und wie wäre es mit einer Beurteilung in unverblümten Worten?«

»Ich bin im Büro. Ich bin nicht allein.«

»Okay«, sagte ich. »Hat Ellis den Kopf verloren, oder dachte er, es sei ein Überfall?«

Picton lachte fast. »Ich würde sagen, das erste. Seine Anwälte werden sagen, das zweite. Aber wissen Sie, was? Als im Krankenhaus seine Taschen geleert wurden, fand man einen dicken Batzen Bargeld – und seinen Paß.«

»Nein!«

»Das ist nicht ungesetzlich.«

»Was sagt er dazu?«

»Bis jetzt hat er noch gar nichts gesagt.«

»Wie geht's dem Beamten, den er gestoßen hat?«

»Beinbruch. Der hat Glück gehabt.«

»Und… wenn Ellis wieder klar im Kopf ist?«

»Das liegt bei der Met. Sie können ihn zweiundsiebzig Stunden festhalten, während sie an einer Anschuldigung arbeiten. Aber sicher ist das nicht. Bei den Verbindungen, die er hat, wird er schnell wieder draußen sein.«

»Was ist aus meinem Bericht geworden?«

»Der ist an die zuständigen Stellen gegangen.«

Auch so ein Gummibegriff. Wer hätte jemals »zuständige Stelle« als Berufsbezeichnung angegeben?

»Danke für Ihren Anruf«, sagte ich.

»Melden Sie sich.« Es klang wie ein Befehl.

Ich legte auf und fand ein handschriftliches Gekritzel von Kevin Mills auf *Pump*-Schreibpapier in meinem Faxgerät.

Da stand kurz und bündig:

»Sid, Sie sind ein Scheißkerl.«

7

Die ganze Woche ging es rund, nur ein Brief von Linda am Donnerstagmorgen überraschte angenehm. Ungleichmäßig schräge Handschrift. Sprunghaft. Ein hin und her gerissener Mensch.

Lieber Sid,
es tut mir leid, wie ich mit Ihnen geredet habe. Ich glaube zwar immer noch nicht, daß Ellis Quint imstande gewesen wäre, Silverboy den Fuß abzuschneiden, aber mir ist eingefallen, daß ich, als er wegen der Fernsehsendung hier war, gestaunt habe, wie gut er über alles Bescheid wußte. Ich meine Sachen, die nicht in der Zeitung standen, zum Beispiel, daß Silverboy gern Futterwürfel fraß. Wir hatten ihn nie damit gefüttert, wie konnte er das also wissen, wir wußten es ja selbst nicht; das hat mich schon beschäftigt, aber dann dachte ich, Joe hat ja Ellis gefragt, wo er ein Pony kaufen soll, da wußte Ellis vielleicht dies und das von früher, unter anderem auch, daß Silverboy bei den Vorbesitzern Futterwürfel bekommen hat.
Jedenfalls wird mir jetzt klar, wie Sie sich in Ellis so täuschen konnten, und es war auch sehr nett, daß Sie Rachel das Aquarium mitgebracht haben, ich kann sie

gar nicht losreißen davon. Sie fragt dauernd, wann Sie wiederkommen, und wie die Dinge liegen, möchte ich ihr ungern sagen, Sie kämen überhaupt nicht mehr. Wenn Sie uns also wieder besuchen, werden Sie von mir nicht zu hören bekommen, daß Sie Ellis unrecht tun. Ich bitte Sie Rachel zuliebe.

Wir sind froh, daß Ellis heute nicht unter den gräßlichen Bus gekommen ist.

Ihre
Linda Ferns

Ich antwortete ihr gleich, bedankte mich für den Brief, nahm ihre Einladung an und schrieb, ich würde sie bald anrufen.

Am Dienstag wurde Ellis der fahrlässigen Körperverletzung beschuldigt, weil er einen vermeintlichen Angreifer durch sein Abwehrverhalten der Gefahr ausgesetzt hatte, von Autos überrollt zu werden, und kam »für die Dauer der Ermittlungen« auf freien Fuß.

Norman Picton resümierte enttäuscht: »Das einzige halbwegs Gute daran ist, daß sie seinen Paß kassiert haben. Seine Anwälte zeigen jedem Polizisten, der ihnen über den Weg läuft, den Stinkefinger und schreien, es sei ein Skandal.«

»Wo ist Ellis jetzt?«

»Sehen Sie sich vor. Ihr Bericht liegt mittlerweile bei der Staatsanwaltschaft, zusammen mit meinem.«

»Soll das heißen, Sie wissen nicht, wo Ellis ist?«

»Er ist wahrscheinlich in England oder irgendwo sonst, wo er ohne Paß hinkann. Vor Gericht hat er behauptet, er habe den Paß bei sich gehabt, weil er eine Sportsendung in Australien plane und sich dafür noch ein Visum hätte besorgen müssen.«

»Man darf seine Intelligenz nicht unterschätzen«, sagte ich.

»Und er sollte immer an Ihre denken.«

»Er und ich kennen uns nur zu gut.«

Am Mittwochnachmittag erschien Ellis in seinem gewohnten Fernsehstudio, als ginge alles seinen normalen Gang, und wurde im Anschluß an eine Sportquiz-Aufzeichnung mit Publikum von drei uniformierten Polizeibeamten unauffällig festgenommen. Ellis verbrachte die Nacht in Haft, und am Donnerstag wurde er beschuldigt, den Fuß eines Hengstes, genau gesagt den rechten Vorderfuß eines teuren zweijährigen Vollblüters aus dem Besitz von Mrs. Elizabeth Bracken, wohnhaft in Combe Bassett Manor in Berkshire, abgetrennt zu haben. Zur lautstarken Empörung des größten Teils der Nation ordneten die Richter eine Haftfortdauer von sieben Tagen für Ellis an, eine Vorsichtsmaßnahme, die in der Regel getroffen wird, wenn jemand unter Mordanklage steht.

Norman Picton rief mich privat zu Hause an.

»Was ich Ihnen nun erzähle, haben Sie nie gehört«, sagte er. »Verstanden?«

»Es fällt auf taube Ohren.«

»Es würde mich den Job kosten.«

»Schon klar«, sagte ich. »Ich rede nicht.«

»Nein«, sagte er. »Das glaube ich Ihnen.«

»Norman?«

»So was spricht sich herum. Ich habe mir das Protokoll der Gerichtsverhandlung gegen den Mann angesehen, der Ihnen die Hand zerschmettert hat. Ihm haben Sie auch nicht gesagt, was er wissen wollte, hm?«

»Nein... na ja... jeder ist ab und zu ein Narr.«

»Narr ist gut. Aber jetzt spitzen Sie die tauben Ohren. Die sieben Tage Haftfortdauer für Ellis Quint sind angeordnet worden, weil er nach der Festnahme versucht hat, sich in seiner Zelle mit der Krawatte zu erhängen.«

»Das ist nicht wahr!«

»Niemand hat ihm Schlips und Gürtel abgenommen, weil er Ellis Quint ist. Niemand auf der Wache hat etwas auf die Beschuldigung gegeben. Jetzt ist der Teufel los. Die hohen Tiere reichen den Plumpsack rum wie auf einer Kinderparty. Es darf auf gar keinen Fall etwas davon durchsickern, Sid...«

»Versprochen«, sagte ich.

»Nächste Woche werden sie die U-Haft um weitere sieben Tage verlängern, teils, um ihn vom Selbstmord abzuhalten und teils, weil...« Er zögerte an der Schwelle zum unbedingten Vertrauen – seine ganze Laufbahn stand auf dem Spiel.

»Sie haben mein Wort«, versicherte ich ihm noch einmal. »Und wenn ich weiß, was Sie geheimhalten wollen, weiß ich doch auch, worüber ich in der Öffentlichkeit keine Vermutungen anstellen sollte, oder?«

»Gott«, sagte er, und die Hälfte seiner Angst löste sich in Luft auf, »also... im Scharnier der Astschere ist Pferdeblut, und an dem Öllappen sind Pferdeblut und Pferdehaare, und an dem Sackleinen auch. Sie haben in der Klinik in Lambourn Proben von dem Hengst besorgt und alles zum DNS-Vergleich eingeschickt. Das Ergebnis kommt nächste Woche.«

»Weiß Ellis das?«

»Ich nehme an, daß er deshalb den schnellen Abgang machen wollte. Die Krawatte war übrigens von Hermes, mit Hufeisen-Design. Der Knoten, den er gebunden hatte, ging auf, weil die Krawatte aus reiner, glatter Seide war.«

»Meine Güte...«

»Ich denke nie dran, daß er Ihr Freund ist. Jedenfalls haben seine Anwälte ihn bearbeitet. Es sind sechs Stück. Er spielt jetzt die unbekümmerte Berühmtheit, Sid, und er bedauert *Sie*, weil Sie ihm das alles zutrauen. Seine Anwälte verlangen Beweise dafür, daß Ellis persönlich jemals bei Nacht in Combe Bassett war, und wir werden den Nachweis verlangen, daß er es nicht war. Seine Anwälte wissen, daß wir die Sache fallenlassen müssen, wenn sie für eine von den anderen Amputationen ein glaubwürdiges Alibi präsentieren können, aber bis jetzt haben sie das nicht geschafft. Es ist aber noch früh. Die werden graben und graben, verlassen Sie sich drauf.«

»Ja.«

»Von den Landrover-Beweisen kommt nichts in die Presse, weil im Moment der Haftanordnung die Geheimhaltungspflicht in Kraft getreten ist. Uns nützt das etwas, aber Sie als Sid Halley können sich in den Medien erst nach dem Prozeß rechtfertigen.«

»Wenn überhaupt.«

»Bei Geschworenengerichten weiß man nie genau, wie sie entscheiden.«

»Und Justitia kann sehr blind sein.«

»Bei der Polizei halten einige Sie jetzt schon für übergeschnappt. Sie sagen, Ellis sei viel zu bekannt. Man würde ihn doch überall erkennen, wo er auftaucht; wenn ihn also keiner erkannt habe, sei das an sich schon der Beweis, daß er nicht dort war.«

»Mhm«, sagte ich. »Darüber habe ich auch schon nachgedacht. Haben Sie am Wochenende dienstfrei?«

»An diesem nicht. Geht's Montag?«

»Ich will sehen, ob ich was mit Archie organisieren kann... und mit Jonathan.«

»Da fällt mir ein –«, sagte Norman, »daß der Landrover in Combe Bassett war, steht zwar fest, aber wenn Jonathan in den Zeugenstand käme, wäre er ein gefundenes Fressen für Ellis' Anwälte. Bewährung wegen Autodiebstahls! Ja, was ist denn das für ein Zeuge?«

»Soviel ich weiß, darf die Jury über einen Zeugen nichts erfahren. Ich habe einmal am Old Bailey erlebt, wie ein edel gewandeter und gefönter Schönling von sechsundzwanzig Jahren als Zeuge ausgesagt und das Blaue vom Himmel gelogen hat, und die Jury durfte nicht davon in Kenntnis gesetzt werden, daß der Mann wegen Betrugs saß und geradewegs von der Zelle zum Friseur und zur Kleiderkammer und von da zum Gericht gebracht worden war. Die Jury fand ihn reizend. So ist das mit Geschworenen.«

»Halten Sie nichts von Geschworenengerichten?«

»Ich hielte mehr davon, wenn sie besser informiert wären. Wie soll eine Jury über Haft oder Freiheit entscheiden, wenn die Fakten ihr zur Hälfte vorenthalten werden? *Jeder* Beweis sollte zulässig sein.«

»Sie sind naiv.«

»Ich bin Sid Jedermann, stimmt's? Das Gesetz tut alles, um beim geringsten Zweifel für den Angeklagten zu entscheiden. Das *Opfer* eines Mordes wird nie als Zeuge gehört. Der Hengst in Lambourn kann nicht sprechen. Tiere sind noch unproblematischere Opfer. Tut mir leid, aber es widert mich an, was aus Ellis geworden ist.«

Er sagte nüchtern: »Im Zeugenstand arbeiten Emotionen gegen Sie.«

»Keine Sorge. Vor Gericht bin ich ein Eisblock.«

»Davon habe ich gehört.«

»Sie haben mir viel zu viel gehört.«

Er lachte. »Das liegt am Internet der alten Schulverbindungen«, sagte er. »Wenn man das Paßwort hat, tut sich eine ganz neue Welt auf.«

»Wie heißt das Paßwort?«

»Das kann ich Ihnen nicht sagen.«

»Ärgern Sie mich nicht. Wie heißt das Paßwort?«

»Archie«, sagte er.

Ich schwieg geschlagene zehn Sekunden, während ich an Archies Augen dachte, an ihre Klarheit, ihren wissenden Ausdruck, als ich ihn kennengelernt hatte. Archie wußte über mich mehr als ich über ihn.

Ich fragte: »Welche Funktion hat Archie im Staatsdienst?«

»Ich glaube«, sagte Norman belustigt, »er ist Ihnen ziemlich ähnlich, Sid. Worüber er einem nichts erzählen will, darüber schweigt er.«

»Wo erreiche ich Sie am Montag?«

»Auf der Polizeistation. Sagen Sie, Sie sind John Paul Jones.«

Kevin Mills beherrschte die Freitagstitelseite von *The Pump* – aber diesmal nicht mit einem Beitrag über die sexuellen Fehltritte von Kabinettsministern, sondern mit einer geballten Ladung gegen mich. »*The Pump*«, erinnerte er die Leser, »hatte einen heißen Draht zu Sid Halley eingerichtet, damit Übergriffe gegen Jungpferde gemeldet werden konnten. Besitzern wurde empfohlen, ihre Stalltüren abzuschließen, und das taten sie auch nach dem Derby mit großem Erfolg. *The Pump* lehnt jede Verantwortung dafür ab, daß Sid Halley jetzt lächerlicherweise Ellis Quint als den Besessenen hinstellt, der wehrlose Pferde quält. Ellis Quint, der Vollblüter schon seit seinem steilen Aufstieg zum besten Amateurreiter des Landes liebt und selbst geliebt wird als ein Held, der nach alter Sportsmannsart Gefahren meistert, wie sie kommen ...«

So ging das weiter.

»Lesen Sie dazu ›Die Analyse‹ auf S. 10 und India Cathcart, S. 15.«

Egal, wie schlimm, man mußte wissen, woran man war. Ich las den Leitartikel – »Darf sich ein Exjockey als Spürhund alles erlauben?« (Antwort: Nein, natürlich nicht!) – und stählte mich zu guter Letzt für den Beitrag von India Cathcart.

Sid Halley, beifallsgewohnter Exchampion, hat innerhalb kurzer Zeit seinen Beruf, seine Frau und seine linke Hand verloren und mit ansehen müssen, wie sein Freund zum Superstar und zur im ganzen Land gefeierten Berühmtheit wurde, wo er das alles doch so gerne selbst geworden wäre. Wem will dieser armselige kleine

Mann etwas vormachen? Er ist kein Ellis Quint. Er ist einer von gestern, der heute ein Problem mit sich selbst hat und deshalb antritt, das zu zerstören, worauf er neidisch ist.

Soweit die Einleitung. Im nächsten Absatz wurden schonungslos, aber unzutreffend die Gründe dargelegt, die jemand dazu brachten, der Schnellste sein zu wollen (wobei unbeachtet blieb, daß es bei Ellis dann vermutlich der gleiche Machtgier erzeugende Minderwertigkeitskomplex war).

Mein rücksichtsloser Siegeswille hatte laut India Cathcart alles Gute in meinem Leben zerstört. Jetzt ziele besagter Siegeswille darauf ab, das Leben meines Freundes Ellis Quint zu zerstören. Das sei verrückt gewordener Ehrgeiz.

The Pump werde das nicht mitmachen. Sid Halley sei ein Ungeziefer, das zerquetscht gehöre. *The Pump* werde es richten. Der Halley-Mythos sei gestorben.

Zum Teufel mit ihr, dachte ich und betrank mich zum erstenmal seit achtzehn Jahren.

Am Samstagmorgen, als ich stöhnend mit dickem Kopf durch die Wohnung strich, fand ich eine Nachricht in meinem Faxgerät.

Handschriftliches Gekritzel, *Pump*-Schreibpapier wie gehabt... Kevin Mills.

Tut mir leid, Sid, aber Sie haben sich das selbst eingebrockt. Sie sind immer noch ein Scheißkerl.

Den größten Teil des Sonntags lauschte ich Stimmen, die meinem Anrufbeantworter die gleiche Meinung anvertrauten.

Zwei Anrufe waren tröstlich.

Einer kam von Charles Roland, meinem Exschwiegervater. »Sid, wenn du in Schwierigkeiten bist, bleibt dir immer Aynsford«, und der zweite kam von Archie Kirk: »Ich bin zu Hause. Norman Picton sagt, Sie wollten mich sprechen.«

Zwei verwandte Geister, dachte ich froh. Zwei Männer mit kühlem, sachlichem Verstand, die zuhörten, bevor sie urteilten.

Ich rief Charles zurück, der erleichtert schien, daß ich mich normal anhörte.

»Mir geht's gut«, sagte ich.

»Aber Ellis ist ein Ritter in glänzender Rüstung.«

»Ja.«

»Bist du dir sicher, Sid?«

»Absolut.«

»Aber Ginnie… und Gordon… das sind *Freunde*.«

»Tja«, sagte ich, »was würdest du machen, wenn *ich* hinginge und einem Pferd den Fuß abschnitte?«

»Das würdest du nicht tun!«

»Nein.«

Ich seufzte. Da lag das Problem. Ellis traute es auch niemand zu.

»Sid, komm jederzeit«, sagte Charles.

»Du bist mein Fels«, sagte ich, um einen leichten Ton bemüht. »Wenn's brennt, komme ich.«

»Gut.«

Ich rief Archie an und fragte, ob Jonathan noch bei Betty Bracken wohne.

Archie sagte: »Ich habe mit Norman gesprochen. Jonathan ist jetzt wasserskisüchtig und verbringt jeden Tag am See. Das kostet Betty einen rechten Batzen, aber sie meint, wenn er dafür aus dem Haus ist, ist es ihr das wert. Er ist auch morgen am See. Sollen wir uns da treffen?«

Wir machten eine Zeit aus und trafen uns.

Als wir ankamen, war Jonathan auf dem Wasser.

»Das ist er«, sagte Norman und zeigte auf ihn.

Die fliegende Gestalt im roten Kälteschutzanzug fuhr auf eine Rampe, hob ab, machte einen Salto und landete gekonnt auf ihren zwei Brettern im Wasser.

»Das«, sagte Archie ungläubig, »ist Jonathan?«

»Er ist ein Naturtalent«, meinte Norman. »Ich komme ja fast jeden Tag hierher. Nicht nur, daß er ausgezeichnet die Balance hält, er kennt auch keine Angst.«

Archie und ich beobachteten stumm, wie sich Jonathan dem Ufer näherte, die Leine losließ und ruhig, mit fast so elegantem Schwung wie Norman selbst, den schrägen Landeplatz hinaufglitt.

Jonathan grinste. Das gesträhnte Haar wehte ihm naß aus der Stirn. Jonathan, wie verwandelt, sah überglücklich aus.

Die Freude wurde von Argwohn überschattet, als er Archies verblüfftes, ausdrucksloses Gesicht sah. Ich holte eine Leinensporttasche aus dem Wagen, hielt sie ihm hin und bat ihn, sie mitzunehmen, wenn er sich umziehen gehe.

»Mhm«, sagte er. »Okay.« Er nahm sie an sich und ging barfuß, die Skier geschultert, zu den Kabinen.

»Unglaublich«, sagte Archie, »aber er kann ja nicht auf Skiern durchs Leben sausen.«

»Es ist ein Anfang«, sagte Norman.

Nachdem wir einige Minuten dort gestanden und über Ellis geredet hatten, näherte sich uns ein Mann im dunkelblauen Trainingsanzug, mit schwarzen Turnschuhen und marineblauer Baseballmütze, eine Sonnenbrille im Gesicht und in der Hand einen Zettel. Er kam bis auf fünf Meter an uns heran und blieb stehen.

»Ja?« fragte Norman den Ankömmling verwirrt. »Wünschen Sie etwas?«

Ich sagte: »Nimm die Mütze und die Brille ab.«

Er nahm sie ab. Jonathans Haare fielen in ihrer gewohnt extravaganten Fasson nach vorn, und seine Augen blickten mich an. Ich winkte ihm kurz mit dem Kopf, und er kam ganz zu uns und gab Norman den Zettel.

Archie war ausnahmsweise doch einmal aus der Fassung geraten. Norman las vor, was ich auf den Zettel geschrieben hatte.

»Jonathan, wir machen ein Experiment. Zieh bitte die Sachen an, die du in der Tasche findest. Zieh den Schirm der Baseballmütze tief in die Stirn, damit dein Gesicht verdeckt wird. Setz die Sonnenbrille auf. Nimm den Zettel, komm auf mich zu, bleib ein paar Schritte entfernt stehen und schweig. Okay? Danke – Sid.«

Norman ließ den Zettel sinken, betrachtete Jonathan und sagte: »Verdammt noch mal.«

»War es das?« fragte mich Jonathan.

»Perfekt«, sagte ich.

»Kann ich mich jetzt anziehen?«

Ich nickte, und er ging lässig davon.

»Er sah völlig verändert aus«, meinte Archie, immer noch verwundert. »Ich habe ihn überhaupt nicht erkannt.«

Ich sagte zu Norman: »Haben Sie sich das Band von Ellis' Sendung angesehen, das ich mit meinem Bericht eingereicht habe?«

»Das mit den zwanzig Aufklebern ›Eigentum von Mrs. Linda Ferns‹? Ja.«

»Als Ellis da mit den Kindern am Boden saß«, sagte ich, »hatte er einen dunklen Trainingsanzug mit offenem Kragen an. Er trug eine Schirmmütze, die er aus der Stirn geschoben hatte. Er sah jung aus. Jungenhaft. Die Kinder sprachen auf ihn an… sie haben ihn angefaßt… ihn gemocht. In seiner Brusttasche steckte eine Sonnenbrille.«

Nach einer Pause sagte Norman: »Ausgeschlossen. Er würde das doch nicht im Fernsehen tragen, wenn er in dem Aufzug das Pony verstümmelt hätte.«

»Und ob. Er hätte einen Riesenspaß dabei gehabt. Nichts reizt ihn mehr, als etwas zu riskieren.«

»Eine Baseballmütze«, meinte Archie nachdenklich, »verändert völlig die Kopfform.«

Ich nickte. »Mit Baseballmütze und Sportkleidung kann jeder Prominente unerkannt herumlaufen.«

»Nur können wir ihm das nicht nachweisen«, sagte Norman.

Jonathan kam umgezogen zurück und brachte seinen angestammten halb höhnischen Gesichtsausdruck mit. Archie sah sofort wieder genervt aus.

»Wir sind nicht auf der Straße nach Damaskus«, bemerkte ich leise.

»Hol Sie der Teufel, Sid.« Archie starrte mich böse an, mußte dann aber lachen.

»Wovon reden Sie?« fragte Norman.

»Paulus wurde auf der Straße nach Damaskus aus heiterem Himmel bekehrt«, erklärte Archie. »Sid meint, ich soll keine wunderbaren Heilungen am Baggersee erwarten.«

Jonathan, der nicht hinhörte, gab mir die Sporttasche. »Nicht schlecht«, meinte er. »Keiner hat mich erkannt.«

»Nicht auf die Entfernung.«

»Es war trotzdem riskant«, wandte Norman ein.

»Wie gesagt«, betonte ich, »um das Risiko geht es gerade.«

»Es ergibt keinen Sinn.«

»Einem Pferd den Fuß abzuschneiden ergibt auch keinen. Die Hälfte dessen, was der Mensch tut, ergibt keinen Sinn. Der Sinn liegt im Auge des Betrachters.«

Ich fuhr zurück nach London.

Mein Anrufbeantworter hatte so viele Anrufe gespeichert, daß das Band abgelaufen war.

In dem Gros der Schmähungen machten zwei Anrufe besonders deutlich, wie sehr ich die Gemüter erregt hatte. Die Besitzer der zuerst verletzten Hengste teilten Linda Ferns' felsenfeste Überzeugung.

Die Dame aus Cheltenham: »Wie kann man nur so töricht sein? Ellis ist vollkommen unschuldig. Ich hätte nicht gedacht, daß Sie neidisch auf ihn sind, aber es steht in allen Zeitungen. Tut mir leid, Sid, Sie sind hier nicht mehr willkommen.«

Der wütende Farmer aus Lancashire: »Sie sind ein

Schwachkopf, wissen Sie das? Ellis Quint! Also wirklich. Als Jockey waren Sie ganz gut. Schminken Sie sich bloß wieder den Sherlock Holmes ab. Sie können einem leid tun, Junge.«

Ich schaltete die Krittelstimmen ab, doch sie hallten in meinem Kopf nach.

Die Presse hatte sich mehr oder weniger einhellig *The Pump* angeschlossen. Konterfeis eines blendend aussehenden Ellis lächelten selbstbewußt von jedem Zeitungsstand. Für das Pressetribunal war Ellis Quint der zu Unrecht verfolgte unschuldige Held, Sid Halley der krumme, neidzerfressene Wadenbeißer.

Ich hatte gewußt, daß es schlimm werden würde; und doch spürte ich den Drang, mit dem Kopf gegen die Wand zu rennen. Als normaler Mensch hatte ich eben keine Nerven wie Drahtseile, egal, was andere dachten. Ich saß da mit geschlossenen Augen in Vogel-Strauß-Manier.

Der Dienstag lief ähnlich. Ich lief noch immer nicht gegen die Wand. Aber fast.

Am Mittwoch wurde Ellis wieder den Richtern vorgeführt, und diesmal ließen sie ihn gegen Kaution frei.

Norman rief an.

»Taube Ohren?« sagte er. »Wie schon mal?«

»Stocktaub«, versicherte ich ihm.

»Die Sache war vorher abgesprochen. Nur zwei Minuten am Gericht. Anderer Termin als angekündigt. Die Presse kam erst, als es vorbei war. Ellis hat sie als freier Mann begrüßt, mit einem breiten Lächeln.«

»Mist.«

Norman sagte: »Seine Anwälte wissen, wo es langgeht. Unsinn, zu glauben, daß ein so ausgeglichener Mensch versucht hätte, sich umzubringen – irgendwie hat sich sein Schlips verfangen, aber er hat ihn losgekriegt. Der Polizist, den er gestoßen hat, hat sich nicht ordnungsgemäß ausgewiesen und läuft jetzt wohlbehalten mit einem Gipsbein wieder herum. Der Hengst, den Ellis überfallen haben soll, lebt und erholt sich bestens. Da Kaution sogar in Mordfällen gewährt wird, braucht man den eines ungleich geringeren Vergehens beschuldigten Ellis Quint nicht länger festzuhalten. Und frei war er.«

»Kommt es noch zum Prozeß?«

»So, wie es jetzt steht, ja. Seine Anwälte haben um einen baldigen Verhandlungstermin ersucht, damit er die unerfreuliche Geschichte hinter sich bringen kann. Er wird sich natürlich für unschuldig erklären. Seine Anwälte beglückwünschen sich jetzt schon. Und... ich glaube, irgendwo hat in dem Fall ein großes Tier die Finger drin.«

»Ein großes Tier? Wer denn?«

»Weiß ich nicht. Nur so ein Gefühl.«

»Könnte es Ellis' Vater sein?«

»Nein, nein. Ganz was anderes. Ich denke einfach... seit unsere beiden Berichte bei der Staatsanwaltschaft eingegangen sind, ist ein neuer Faktor im Spiel. Vielleicht politisch. Läßt sich schwer einkreisen. Nicht direkt, daß was vertuscht wird. Dafür war der Rummel schon zu groß; es ist mehr, daß der Spieß umgedreht wird. Als ob jemand in einflußreicher Position versuchte, Sie nicht nur durch die Presse ganz massiv in Mißkredit, man muß schon sagen, in Verruf zu bringen.«

»Herzlichen Dank.«

»Im Ernst, Sid, passen Sie auf sich auf.«

Ich war also auf einen gegen mich gerichteten Vernichtungsschlag gefaßt, aber wie sich herausstellte, lief das Ganze subtiler und zog sich lange hin.

Ellis nahm seine Fernseharbeit wieder auf, als wäre nichts geschehen, und begann Scherze über Sid Halley einzuflechten – »Sid Halley? Mein sogenannter Freund! Wußten Sie, daß er aus Halifax kommt? Aber daß er *solche* Faxen macht...«

Und: »Halley? Der halleyziniert am hellichten Tag.« Und die älteren Witzchen, die ich gewohnt war, »halley-hallo« und »halleyluja«.

Zum Schreien.

Wenn ich – seltener als früher – zum Pferderennen ging, kehrte man mir entweder den Rücken oder lachte, und ich war mir nicht sicher, was davon mir mehr mißfiel.

Bald ging ich nur noch zu Hindernisrennen, da ich wußte, daß es Ellis eher zu den schicken Meetings auf der Flachen zog. Unglücklich gestand ich mir auch ein, daß eine gewisse Feigheit dabei war, wenn ich ihm aus dem Weg ging. Ich verachtete mich dafür. Dennoch scheute ich die direkte Konfrontation mit ihm, und ich wußte wirklich nicht, ob meine zunehmende Aversion gegen das, was er getan hatte, dahintersteckte oder die Angst – die Gewißheit –, daß er mich öffentlich zum Gespött machen würde.

Er benahm sich, als werde es nie einen Prozeß geben; als würden unangenehme Einzelheiten wie Landrover, Astschere und das positive Ergebnis des DNS-Vergleichs, das den Hengst der Brackens mit der Schere in Verbindung brachte, bei keiner öffentlichen Verhandlung ans Licht kommen.

Norman, Archie und Charles Roland befürchteten, Ellis' Anwälte könnten trotz der verfahrenstechnischen Sorgfalt, mit der wir vorgegangen waren, erreichen, daß der Landrover als Beweismittel nicht anerkannt wurde. Ellis' Anwälte wurden laut Norman von einem unsichtbaren Hintermann gelenkt und wohl auch bezahlt, und neuerdings gehörte noch ein weiterer Verteidiger dazu, dessen Niederlagenquote für die letzten sieben Jahre bei Null lag.

Überraschenderweise bekam ich trotz der anhaltenden allgemeinen Beschimpfung weiter Aufträge. Allerdings klangen die Anfragen oft halbherzig und unsicher – »Ob Sie nun recht haben mit Ellis Quint oder bloß stur sind...« und »Auch wenn Sie bei Ellis Quint voll danebenliegen...« Der springende Punkt schien zu sein, daß ein Detektiv gebraucht wurde und daß sonst niemand zu haben war.

Auch gut. Ich löste kleinere Rätsel, überprüfte hier eine Kreditwürdigkeit, dort einen Leumund, fand geklaute Pferde, fing diverse Diebe, alles wie gehabt.

Der Juli begann mit sintflutartigen Regenfällen, die Hochwasser brachten und den Rennbahnbesuchern die Schuhe ruinierten, und in den Vollmondnächten wurde kein Hengst überfallen, vielleicht weil sie naß und windig waren und pechschwarz bewölkt.

Die Presse verlor schließlich das Interesse an der täglichen Tracht Prügel für Sid Halley, und Ellis Quints Sendung ging in die Sommerpause. Ich fuhr ein paarmal nach Kent, brachte Rachel neue Fische mit, spielte Dame mit ihr auf dem Fußboden. Weder Linda noch ich erwähnten Ellis. Sie umarmte mich jedesmal zum Abschied und fragte mich, wann ich wiederkäme. Rachel, sagte sie, habe keine Alpträume mehr. Das sei Schnee von gestern.

Der August ging so leise, wie er gekommen war. Kein Hengst wurde überfallen. Die Hotline erkaltete. India Cathcart schoß sich auf die Geliebte eines Kabinettsmitglieds ein, hatte aber dennoch jeden Freitag einen Seitenhieb auf mich parat. Ich flog für zwei Wochen nach Amerika, ritt Pferde in den Tetonbergen von Wyoming und atmete den Frieden des weiten Himmels und der Wälder.

Im September wurde an einem frühherbstlich taubeladenen Samstagmorgen nach einer stillen englischen Mondnacht ein Hengst mit einem abgetrennten Fuß entdeckt.

Angewidert hörte ich die Rundfunkmeldung in der Küche, während ich Kaffee kochte.

Die Hörer würden sich erinnern, sagte der Sprecher sachlich, daß Ellis Quint im Juni von Exjockey Sid Halley einer Tierquälerei genau der gleichen Art bezichtigt worden sei. Den neuen Vorfall tue Quint mit einem Lachen ab; er habe von nichts gewußt.

Es gab zwar keine Hotline-Anrufe von *The Pump*, aber Norman Picton brachte die Leitung zum Glühen.

»Haben Sie's gehört?« wollte er wissen.

»Ja. Aber keine Einzelheiten.«

»Diesmal war es ein Jährling. Offenbar stehen im Moment nicht viele Zweijährige auf der Weide, aber Hunderte von Jährlingen.«

»Ja«, stimmte ich zu. »Die Jährlingsauktionen gehen los.«

»Der fragliche Junghengst hat Leuten aus der Gegend von Northampton gehört. Sie sind außer sich. Der Tierarzt hat den Hengst von seinem Leiden erlöst. Aber jetzt kommt's. Die Anwälte von Ellis Quint haben bereits erklärt, daß er ein Alibi hat.«

Ich stand stumm in meinem Wohnzimmer und sah hinaus auf die friedliche Anlage.

»Sid?«

»Mhm.«

»Das Alibi müssen Sie knacken. Sonst werden Sie geknackt.«

»Mhm.«

»Sagen Sie was dazu, verdammt!«

»Ihr könnt es doch knacken. Die Polizei.«

»Von wegen. Die wird sich kein Bein ausreißen. Die kauft ihm das Alibi ab, wenn es nur einigermaßen glaubhaft klingt.«

»Glauben Sie denn, glauben Sie *ernstlich*«, fragte ich dumpf, »ein hochangesehener Prozeßanwalt würde stillschweigend die Verstümmelung – die Tötung – eines Pferdes durch seinen Klienten oder durch einen bezahlten Handlanger dulden, um die Anklage im Fall eines *anderen* Pferdes ins Wanken zu bringen?«

»So gesagt, nein.«

»Ich auch nicht.«

»Also hat Ellis Quint das selbst eingefädelt, und was er eingefädelt hat, können Sie auseinanderdröseln.«

»Er hat Wochen – über zwei Monate – Zeit zum Planen gehabt.«

»Sid«, sagte er, »Sie werden sich doch nicht geschlagen geben.«

Wenn *er* ein so langes, gnadenloses Sperrfeuer systematischer Verunglimpfung über sich hätte ergehen lassen müssen, dachte ich nur, dann könnte er mir vielleicht nachfühlen, daß ich zwar nicht restlos kapituliert hatte, aber doch kampfmüde war bis auf die Knochen.

»Die Polizei von Northampton«, sagte ich, »wird mich nicht gerade mit offenen Armen empfangen.«

»Das hat Sie doch noch nie gestört.«

Ich seufzte. »Können *Sie* bei den Kollegen in Northampton nachhören, was er als Alibi angibt?«

»Kinderspiel. Ich rufe Sie wieder an.«

Ich legte den Hörer auf und ging zum Fenster hinüber. Der kleine Platz sah ruhig und sicher aus, die Anlage mit ihren Bäumen und dem Gitterzaun war eine schattige Enklave, in der Generationen von Kindern aus gutbürgerlichem Haus gespielt hatten, während die Kindermädchen den neuesten Klatsch austauschten. Ich hatte meine Kindheit in den engen Straßen Liverpools zugebracht, ohne Vater, der schon tot war, und mit einer krebskranken Mutter. Ich bedauerte nicht, daß ich aus ärmlichen Verhältnissen stammte. So hatte ich gelernt, unabhängig zu sein und zu überleben. Vielleicht war mir die Gartenanlage wegen der engen Straßen besonders lieb. Ich fragte mich, wie wohl die Kinder, die hier in Geborgenheit aufgewachsen waren, zu Ellis Quint stehen würden. Vielleicht konnte ich noch von ihnen lernen. Ellis war ein solches Kind gewesen.

Norman rief am späteren Vormittag wieder an.

»Ihr Freund«, sagte er, »hat den Abend angeblich auf einem Tanzfest in Shropshire verbracht, gut hundertfünfzig Kilometer nordwestlich von dem Hengst. Unzählige Bekannte können seine Anwesenheit bezeugen, einschließlich der Gastgeberin, einer Herzogin. Es war ein Fest zum einundzwanzigsten Geburtstag des Erben.«

»Verdammt.«

»Ein auffallenderes oder stichhaltigeres Alibi hätte er sich kaum aussuchen können.«

»Und irgendein armes Luder wird schwören, daß sie sich ihm im Morgengrauen hingegeben hat.«

»Wieso Morgengrauen?«

»Das ist die Zeit für so was.«

»Woher wissen Sie das?«

»Egal«, sagte ich.

»Sie sind ein schlechter Junge, Sid.«

So lange her, dachte ich. Vor Jenny. Sommertänze, Tau, nasses Gras, Kichern und Leidenschaft. So lange her, so unschuldig.

Das Leben ist beschissen, dachte ich.

»Sid«, sagte die Stimme von Norman, »ist Ihnen klar, daß der Prozeß am Montag in zwei Wochen losgeht?«

»Das ist mir klar.«

»Dann nichts wie ran an dieses Alibi.«

»Wird gemacht, Herr Kriminalinspektor.«

Er lachte. »Damit der Scheißkerl wieder hinter Gitter kommt.«

Am Dienstag darauf fuhr ich nach Shropshire zu der Herzogin, für die ich in meinem früheren Leben Sieger geritten hatte. Sie besaß sogar ein Gemälde von mir auf ihrem Lieblingspferd, aber ich war nicht mehr ihr Lieblingsjockey.

»Ja, *natürlich* war Ellis die ganze Nacht hier«, bekräftigte sie. Klein und dünn, führte sie mich nach einer recht kühlen Begrüßung durch die mit Rüstungen bestückte Diele ihres zugigen alten Hauses ins Wohnzimmer, wo sie offenbar bis eben noch vor dem Fernseher gesessen und Jagdrennen geschaut hatte.

Die Haustür hatte mir ein arthritischer alter Diener geöffnet, der sogleich davongehinkt war, um nachzuschauen, ob Ihro Gnaden daheim sei. Ihro Gnaden war in dem offensichtlichen Bestreben, mich schnellstens loszuwerden, herbeigeeilt, hatte dann aber eingelenkt, da ihr einstiges Wohlwollen wie eine abgelegte, aber noch vertraute Gewohnheit wieder in ihr aufstieg.

Ein 3-Meilen-Jagdrennen endete gerade, Seite an Seite trieben die Jockeys auf den letzten Metern ihre müden, abgekämpften Tiere an, und der Sieg fiel an das Pferd mit dem niedrigsten Gewicht.

Die Herzogin stellte leiser, damit wir uns besser unterhalten konnten.

»Ich kann es nicht fassen, Sid«, sagte sie, »daß Sie Ellis so etwas Ekelhaftes vorwerfen. Ich weiß, daß Sie und Ellis seit Jahren befreundet sind. Alle wissen das. Ich finde zwar, daß er im Fernsehen etwas gemein zu Ihnen war, aber das haben Sie sich selbst eingebrockt, nicht wahr?«

»Er war aber hier …?« fragte ich.

»Natürlich. Die ganze Nacht. Erst nach fünf sind die Leute gegangen. Die Band spielte noch … wir haben gemeinsam gefrühstückt …«

»Wann fing das Fest an?« fragte ich.

»Wann es anfing? Der Einladung nach um zehn. Aber Sie kennen ja die Leute. Die meisten kamen erst um elf oder um

Mitternacht. Um halb vier haben wir das Feuerwerk steigen lassen, weil für später Regen angekündigt war, aber Gott sei Dank blieb es die ganze Nacht schön.«

»Hat Ellis sich verabschiedet, als er gegangen ist?«

»Mein lieber Sid, in der Nacht auf vergangenen Samstag waren über dreihundert Leute hier. *Franchement:* ein voller Erfolg.«

»Ganz genau wissen Sie also nicht, wann Ellis gegangen ist?«

»Zuletzt habe ich ihn gesehen, wie er einen Eightsome mit der staksigen jungen Raven hingelegt hat. Hören Sie auf damit, Sid. Ich habe Sie jetzt um der alten Zeiten willen empfangen, aber Sie tun sich doch nichts Gutes, oder?«

»Wahrscheinlich nicht.«

Sie tätschelte meine Hand. »Ich werde nie so tun, als würde ich Sie nicht kennen, auf der Rennbahn und auch sonst.«

»Danke«, sagte ich.

»Gut. Seien Sie so lieb und gehen Sie allein hinaus. Den armen alten Stone plagt neuerdings so eine üble Gicht.« Sie stellte den Fernseher für das nächste Rennen wieder lauter, und ich ging.

Die staksige junge Raven, die mit Ellis den schottischen Achter getanzt hatte, entpuppte sich als die dritte Tochter eines Grafen. Sie selbst war nach Griechenland geflogen, um Ferien auf einer Jacht zu machen, aber ihre Schwester (die zweite Tochter) war sich ganz sicher, daß Ellis danach noch mit zig Leuten getanzt habe und daß ich, Sid Halley, ja wohl ein ziemlicher Idiot sei.

Ich fuhr zu Miss Richardson und Mrs. Bethany, den gemeinsamen Besitzerinnen des Windward-Gestüts, wo der zuletzt verstümmelte Junghengst herkam, und zu meiner Bestürzung traf ich dort auch Ginnie Quint an.

Alle drei Frauen saßen im Gestütsbüro, einem für sich stehenden Neubau aus altrosa Ziegeln neben dem weitläufigen eingeschossigen Wohnhaus. Ein Pfleger, der einen Jährling an der Doppellonge arbeitete, hatte mich uninteressiert dorthin verwiesen, und ich war nicht im mindesten auf einen Tornado vorbereitet, als ich ausstieg, um meine unerfreuliche Mission zu erfüllen.

Ich klopfte an und trat ein, wie das bei solchen Büros üblich ist, und sah das übliche Durcheinander von Arbeitstischen, Computern, Kopierern, Wandtafeln und Papierbergen vor mir.

Da ich vorab ein wenig recherchiert hatte, erkannte ich in der großen, massigen, dominierenden Gestalt mit der Tweedjacke, den abgewetzten Cordhosen und den drahtigen, kurzgeschnittenen grauen Locken unschwer Miss Richardson. Fünfzig, dachte ich; hält nichts von Männern. Mrs. Bethany, eine kleinere, weniger imposante Ausgabe von Miss Richardson, war angeblich diejenige, die nachts aufblieb, wenn die Stuten fohlten, und deren einfühlsame Pferdeliebe das ganze Unternehmen trug.

Den Frauen gehörten weder die beiden (syndikatisierten) Deckhengste des Gestüts noch irgendeine der Stuten: Windward war ein Mittelding zwischen Mietstall und Entbindungsstation. Sie konnten sich die schlechte Reklame eines verstümmelten Jährlings nicht leisten.

Ginnie Quint, die hinter einem der Schreibtische saß,

sprang heftig auf, sowie ich an der Tür erschien, und überschüttete mich mit einem Strom angestauter verbaler Lava, die mich verbrannte, mich lähmte, meine Füße an den Boden und meine trockene Zunge an den Gaumen schweißte.

»Er hat dir *vertraut.* Er hätte sein *Leben* für dich gegeben.«

Ich merkte, daß Miss Richardson und Mrs. Bethany verblüfft zuhörten, da sie nicht wußten, wer ich war und womit ich einen solchen Angriff verdient hatte; aber ich sah nur Ginnie, deren jahrelange Zuneigung in Haß umgeschlagen war.

»Du willst vor Gericht gehen und deinen besten Freund ins Gefängnis bringen... ihn zerstören – fertigmachen – ihn zugrunde richten. Du willst ihn *verraten*! Du bist es ja nicht wert zu leben!«

Die Erregung verzerrte, entstellte ihre sanften Züge. Sie spuckte die Worte heraus.

Ihr eigener Sohn hatte das fertiggebracht. Ihr vergötterter Goldjunge. Er hatte aus mir endgültig den Verräter gemacht, von dem der Kuß kommen würde.

Ich sagte nichts. Klarer denn je erkannte ich, daß jeder Widerstand sinnlos war; das bittere alte Lied. An die Verfahrensgrundsätze gebunden, hatte ich mich von Anfang an nicht verteidigen können, zumal die Presse sich auf meine empörten Einsprüche nur so stürzte und sie als »Gejammer« und »kindisches Verhalten« abtat in der Art von »Herr Lehrer, er hat mich gehauen« und »das darf er nicht, ich habe ihn zuerst gehauen«.

Eine kurze Anfrage bei einem Rechtsanwalt hatte ergeben, daß man eine einzelne Zeitung vielleicht mit Erfolg hätte verklagen können, daß aber an eine Klage gegen alle nicht zu denken war. Ellis' Scherze galten nicht als beleidigende Äußerungen, und da ich als Detektiv noch immer Aufträge bekam, konnte ich leider auch nicht nachweisen, daß die Kritik mir finanziell geschadet hatte.

»Beißen Sie die Zähne zusammen«, hatte er mir empfohlen – ich hatte ihn für einen Rat bezahlt, den ich mir selber täglich gratis gab.

Da keine Aussicht darauf bestand, daß Ginnie mir zuhören würde, und da es für ein Gespräch mit Miss Richardson und Mrs. Bethany nur besser sein konnte, wenn ich ein andermal wiederkam, wandte ich mich unglücklich zum Gehen, fand aber den Weg nach draußen von zwei stämmigen Neuankömmlingen versperrt, die den Gestütsinhaberinnen schon als Polizeibeamte bekannt waren.

»Sergeant Smith noch mal, Madam«, sagte einer von ihnen zu Miss Richardson.

Sie nickte. »Ja, Sergeant?«

»Wir haben in einem Heckenversteck bei der Weide, auf der es Ihr Pferd erwischt hat, etwas gefunden.«

Niemand stieß sich an meiner Anwesenheit, und so blieb ich still und wie gebannt in dem Büro.

Sergeant Smith legte ein langes, schmales Bündel auf einen der Schreibtische. »Könnten Sie uns sagen, Madam, ob das *Ihnen* gehört?«

Die Frage klang beinah feindselig: anklägerisch. Er erwartete offenbar ein Ja zu hören.

»Was ist es denn?« fragte Miss Richardson, keineswegs bestürzt oder schuldbewußt.

»Dies, Madam«, sagte der Sergeant mit einem triumphierenden Unterton und schlug das schmutzige Tuch zurück, in dem ein Gerät mit zwei langen Holzgriffen und einem schweren Schneidmaul lag.

Eine Astschere.

Miss Richardson und Mrs. Bethany betrachteten sie ungerührt. Ginnie Quint jedoch wurde langsam bleich und fiel in Ohnmacht.

8

Jetzt war es also Oktober, und die Bäume weinten gelbe Blätter.

Und ich saß mit einer superflauschigen orangen Clownsperücke und einer roten Pappnase am Fußende von Rachel Ferns' Bett und brachte kranke Kinder zum Lachen, obwohl ich innerlich alles andere als fröhlich war.

»Hast du dir am Arm weh getan?« fragte Rachel auf einmal.

»Gestoßen«, sagte ich.

Sie nickte. Linda sah erstaunt drein. Rachel sagte: »Wenn einem was weh tut, sieht man das an den Augen.«

Für eine Neunjährige wußte sie viel zu viel über Schmerzen. Ich sagte: »Besser, ich geh mal, bevor du müde wirst.«

Sie lächelte, widersprach mir aber nicht. Sie hatte wie die anderen Kinder, die ich mit Perücken versorgt hatte, nur sehr kurze Energieschübe. Zehn Minuten Besuch waren das Äußerste.

Ich nahm die Clownsperücke ab und küßte Rachel auf die Stirn. »Tschüs«, sagte ich.

»Kommst du wieder?«

»Natürlich.«

Sie seufzte zufrieden; sie wußte es ja. Linda ging mit mir von der Station zum Klinikeingang.

»Es ist… *furchtbar*«, sagte sie an der Treppe draußen. Kühle Luft. Der kommende Frost.

Ich nahm sie in die Arme. Beide Arme. Drückte sie an mich.

»Rachel fragt die ganze Zeit nach Ihnen«, sagte sie. »Joe schmust mit ihr und weint. Sie schmust mit ihm, um ihn zu trösten. Sie ist Papis kleines Mädchen. Sie liebt ihn. Aber Sie… Sie sind ihr *Freund.* Sie bringen sie zum Lachen, nicht zum Weinen. Nach Ihnen fragt sie dauernd – nicht nach Joe.«

»Ich werde kommen, sooft ich kann.«

Sie schluchzte leise an meiner Schulter und schluckte. »Die arme Mrs. Quint.«

»Mhm«, sagte ich.

»Ich habe Rachel nichts von Ellis erzählt…«

»Nein. Bloß nicht«, sagte ich.

»Ich war hundsgemein zu Ihnen.«

»Ach, woher denn.«

»Die Zeitungen haben so schreckliche Sachen über Sie geschrieben.« Linda zitterte in meinen Armen. »Ich wußte, daß Sie so nicht sind… Ich habe Joe gesagt, ich müßte Ihnen das mit Ellis glauben, und er meint, ich sei blöd.«

»Kümmern Sie sich um Rachel, alles andere ist unwichtig.«

Sie ging wieder in die Klinik, und ich fuhr mit dem Tele-Drive-Wagen niedergedrückt heim nach London.

Obwohl ich eine ganze Stunde vor der Zeit zurückkam, entschied ich mich gegen den Pont Square und fuhr, Gordon Quints Überfalls eingedenk, gleich zu der Hotelbar am Piccadilly, wo ich mit dem Anwalt Davis Tatum verabredet war.

Mit einem Lächeln, das Millionen wert war, sorgte die französische Chefin des Restaurants dafür, daß mir ein Kaffee und ein Sandwich nach nebenan in die kleine Bar gebracht wurden, während ich auf meinen Bekannten wartete. Die Bar sah überhaupt so aus, als sei sie nur als Treffpunkt fürs Mittagessen gedacht. Sechs Tische, ein Barmann, der auch die Getränke brachte; ruhige Atmosphäre. Das Restaurant selbst, große Fenster und Grünpflanzen, war von Tageslicht erfüllt und von der lärmenden Verkehrsader Mayfair unten so weit abgeschirmt, daß man friedlich und ungestört speisen konnte.

Ich saß an meinem Ecktisch in der Bar mit dem Rücken zum Eingang, aber es kamen kaum Leute; die meisten gingen jetzt, nachdem sie ausgiebig getafelt und geplaudert hatten. Ich nahm ein paar Ibuprofen und faßte mich in Geduld. Bei meiner Arbeit wartete ich mitunter ja auch Stunden darauf, daß Räuber aus ihren Höhlen hervorkamen.

Davis Tatum kam mit Verspätung und war außer Atem, da er offenbar die Treppe genommen hatte, statt auf den Lift zu warten.

Ich hörte ihn hinter mir keuchen, dann kam er auch schon in Sicht und ließ seine massigen Ein-Meter-neunzig auf den Stuhl mir gegenüber sinken.

Er beugte sich vor und streckte mir die Hand zum Gruß entgegen. Ich drückte sie nur schwach, worauf er zwar die Augenbrauen hochzog, aber nichts sagte.

Bei ihm verband sich ein überaus beweglicher Verstand mit einem ganz und gar nicht dazu passenden Körper. Er hatte dicke Backen, ein Doppelkinn, in Speck gebettete Augen und einen kleinen Mund. Dunkles, glattes Haar, weder grau noch gelichtet. Anliegende Ohren, einen Hals wie ein Gewichtheber, und sein anthrazitgrauer Nadelstreifenanzug spannte sich über dem mächtigen Bauch. Ich konnte mir vorstellen, daß er einige seiner Körperteile nur schwer zu Gesicht bekam. Vom Gehirnkasten abgesehen, hatte es die Natur nicht gut mit ihm gemeint.

»Um es gleich zu sagen«, begann er, »ich habe schlechte Neuigkeiten, und wahrscheinlich dürfte ich jetzt gar nicht mit Ihnen reden, je nachdem, wie man den *Archbold* auslegt.«

»*Archbold* ist der Knigge für Prozeßanwälte?«

»Mehr oder weniger.«

»Wie lautet denn die schlechte Neuigkeit?« fragte ich. Viel Gutes hatte es ja nicht gegeben.

»Ellis Quint hat sein Schuldbekenntnis widerrufen und erklärt sich wieder für unschuldig.«

»Widerrufen?« fuhr ich auf. »Wie kann man denn ein Geständnis widerrufen?«

»Ohne weiteres.« Er seufzte. »Quint sagt, er war gestern wegen des Todes seiner Mutter durcheinander, und was er über sein Schuldbewußtsein gesagt habe, sei mißverstanden worden. Mit anderen Worten, seine Anwälte sind über den Schreck hinweg und haben umdisponiert. Offenbar wissen sie, daß Sie Ellis Quints Alibi für die Nacht des Überfalls auf den letzten Hengst in Northampton bis jetzt nicht knacken konnten; deshalb glauben sie, daß das Bracken-Hengst-Verfahren trotz des Landrovers und der Indizien eingestellt wird, und wollen statt psychiatrischer Behandlung jetzt Freispruch in allen Punkten beantragen, und so leid es mir für Sie tut, wahrscheinlich kriegen sie den auch durch.«

Er brauchte mir nicht zu sagen, daß mein Ruf endgültig hinüber war, wenn Ellis unangekratzt aus der Sache hervorging.

»Und *Archbold*?«

»Wenn ich der für den Fall zuständige Staatsanwalt wäre, könnte man mich dafür, daß ich mit einem Zeugen wie Ihnen rede, von der Anwaltsliste streichen. Wie Sie wissen, vertritt ein Kollege von mir die Anklage gegen Ellis Quint. Ich habe seine Rechtsdarstellung gesehen und den Fall mit ihm besprochen. Es ist völlig in Ordnung, wenn ich mit Ihnen rede, obwohl es vielleicht nicht jeder für klug hielte.«

Ich lächelte. »Tschüs dann.«

»Einen Fall, in dem ich Sie als Zeuge zu befragen hätte, dürfte ich nicht mit Ihnen besprechen. Aber ich werde Sie ja nicht befragen. Außerdem können wir hier über sonstwas plaudern. Zum Beispiel über die Golfpartie von neulich.«

»Ich spiele kein Golf.«

»Stellen Sie sich nicht dumm, mein Lieber. Sie sind doch ein wacher Kopf.«

»Wir bleiben beim Thema?«

Seine Augen glitzerten hinter den Speckfalten. »Ich habe auch den Bericht gesehen, den Sie an die Anklagebehörde geschickt haben. Dann kam ich zufällig mit einem Bekannten ins Gespräch. Ich sagte, Ihr Bericht habe mich überrascht, er sei so eingehend, so durchdacht und schlüssig. Er meinte, das brauche mich nicht zu wundern. Sie hätten selbst die Führungsriege des Jockey-Clubs schon dazu gebracht, Ihnen mit ungeteilter Aufmerksamkeit zuzuhören. Vor etwa einem Jahr hätten Sie zwei große Rennsportskandale gleichzeitig bereinigt. Das hat man Ihnen nicht vergessen.«

»Mai vor einem Jahr«, sagte ich. »Hat er das gemeint?«

»Ich nehme es an. Er sagte, damals hätten Sie noch einen Mitarbeiter gehabt. Bei dem, was Sie für mich tun sollen, wäre vielleicht jemand nötig, der Ihnen die Lauferei abnimmt. Haben Sie Ihren Partner nicht mehr?«

»Chico Barnes?«

Er nickte. »So was, ja.«

»Der hat geheiratet«, sagte ich knapp. »Seiner Frau gefällt nicht, was ich mache, darum hat er aufgehört. Jetzt ist er Judolehrer. Wir sehen uns noch – er gibt mir fast jede Woche Judounterricht, aber sonst kann ich ihn nicht um Hilfe angehen.«

»Schade.«

»Ja. Er war gut. Unterhaltsam und gescheit.«

»Und er ist *rausgeschreckt* worden. Deshalb hat er aufgehört.«

Ich hielt innerlich ganz still. Ich sagte: »Was meinen Sie damit?«

»Ich habe gehört«, sagte er, die Augen unverwandt auf meinem Gesicht, »daß man ihn mit einer Art dünner Kette gepeitscht hat, damit er Ihnen nicht mehr hilft. Damit er die Finger von jeder Detektivarbeit läßt. Und es hat gewirkt.«

»Er hat geheiratet«, sagte ich.

Davis Tatum lehnte sich zurück; der Stuhl knarrte unter seinem Gewicht.

»Ich habe gehört«, sagte er, »daß Ihnen die gleiche Behandlung zuteil geworden ist und daß Sie, dazu befragt, vor den hohen Herren des Jockey-Clubs Ihr Hemd ausziehen mußten. Die meinten, so etwas hätten sie noch nie gesehen. Ihr ganzer Oberkörper einschließlich der Arme voll blauer

Flecke, übersät mit bösen roten Striemen. Und während Ihr Hemd das noch alles verbarg, hätten Sie seelenruhig erklärt, wie und warum Sie angegriffen worden seien und daß einer der Ihren es veranlaßt habe und ein Schurke sei. Sie haben eins von den hohen Tieren abserviert.«

»Wer hat Ihnen das alles erzählt?«

»Man hört so was eben.«

Mir gingen Schimpfwörter durch den Kopf, die sich nicht wiedergeben lassen. Die sechs Männer, die mich damals ohne Hemd gesehen hatten, waren sich einig gewesen, daß sie nie darüber sprechen wollten. Sie hatten die von mir aufgedeckten Machenschaften in den eigenen Reihen für sich behalten wollen; und nichts hatte ich so sehr begrüßt wie diese Diskretion. Es war schlimm genug gewesen damals. Ich wollte nicht ständig daran erinnert werden.

»*Wo* hört man so etwas?« fragte ich.

»Seien Sie kein Kindskopf, Sid. In den Clubs... im Buck, im Turf, im RAC, im Garrick... von so was spricht man eben.«

»Wird davon... viel gesprochen? Wie oft haben Sie die Geschichte gehört?«

Er zögerte, als befrage er eine innere Instanz, und sagte dann: »Einmal.«

»Wer hat es Ihnen erzählt?«

»Ich habe mein Wort gegeben.«

»Einer vom Jockey-Club?«

»Ich habe mein Wort gegeben. Hätten Sie Ihr Wort darauf gegeben, würden *Sie* es *mir* sagen?«

»Nein.«

Er nickte. »Ich habe mich nach Ihnen umgehört. Und dabei ist mir das erzählt worden. Ganz im Vertrauen. Falls es für Sie wichtig ist, ich habe es von keiner anderen Seite gehört.«

»Es ist wichtig.«

»Es spricht doch für Sie«, wandte er ein. »Offensichtlich hat es Sie nicht aufgehalten.«

»Es könnte andere Schurken auf Gedanken bringen.«

»Werden Sie denn regelmäßig von Schurken überfallen?«

»Nein, nein«, sagte ich. »Seit damals hat mir niemand mehr ein Haar gekrümmt.« Bis gestern, dachte ich. »Was aber nichttätliche Angriffe betrifft… Haben Sie Zeitung gelesen?«

»Gemein.« Davis Tatum drehte sich nach dem Barmann um. »Tanqueray mit Tonic bitte – und Sie, Sid?«

»Scotch. Mit Soda.«

Der Barmann brachte die Gläser und stellte sie auf kleine, runde weiße Deckel.

»Zum Wohl«, trank Davis Tatum mir zu.

»Aufs Überleben«, antwortete ich und trank auf beides.

Er setzte seinen Gin ab und kam endlich zur Sache.

»Ich brauche jemanden«, sagte er, »der klug ist, keine Angst hat und im Ernstfall schnell schalten kann.«

»So jemand finden Sie nicht.«

»Was ist mit Ihnen?«

Ich lächelte. »Ich bin dumm, vergehe oft vor Angst und habe Alpträume. Sie machen sich was vor.«

»Sie sind der Mann, der den Quint-Bericht geschrieben hat.«

Ich sah artig auf mein Glas, nicht in sein höfliches Gesicht.

»Wenn man mit einem kleinen Kind etwas im Sinn hat, was ihm nicht gefällt«, sagte ich, »wenn man es zum Beispiel mit einer Nadel piksen will, dann sagt man ihm *vorher*, was für ein tapferer kleiner Kämpfer es ist – in der Hoffnung, daß es sich dann klaglos in ein Nadelkissen verwandeln läßt.«

Eine merkliche Pause entstand, dann lachte er leise, in einem vollen Timbre, das den Raum erfüllte. Verlegenheit schwang auch darin; sein Trick war durchschaut.

Ich sagte nüchtern: »Um was geht es?«

Er wartete, bis die vier Geschäftsleute, die hereingekommen waren, ihre Getränke geordert hatten und sich an dem am weitesten von uns entfernten Tisch in ein Gespräch über Finanzen vertieften.

»Ist Ihnen Owen Yorkshire ein Begriff?« fragte Tatum und ließ seinen Blick von mir zu den Neuankömmlingen schweifen.

»Owen Yorkshire?« Ich durchforschte mein Gedächtnis nach dem Namen, fand aber nichts Konkretes. »Besitzt er ein paar Pferde?«

»Ja. Und ihm gehört Topline Foods.«

»Topline ... der Futtermittelproduzent, der das Rennen in Aintree gesponsert hat? Der am Tag vor dem Grand National das große Essen gab, bei dem Ellis Quint Ehrengast war?«

»Ganz genau.«

»Und was wäre zu klären?«

»Ob er den Fall Quint zu seinem persönlichen Vorteil manipuliert.«

Ich sagte nachdenklich: »Mir ist schon zu Ohren gekommen, daß da ein großes Tier mitmischen soll.«

»Finden Sie raus, wer und warum.«

»Ja, und der arme alte Archbold? Der würde sich im Grab umdrehen.«

»Sie machen's also!«

»Ich werde es versuchen. Aber wieso ich? Wieso nicht die Polizei? Wieso nicht die alten Schulverbindungen?«

Er sah mich gerade an. »Weil bei Ihnen Schweigen inbegriffen ist.«

»Dafür bin ich teuer«, sagte ich.

»Vorschuß und Nachschüsse«, versprach er.

»Wer zahlt?«

»Die Honorare gehen über mich.«

»Und es versteht sich«, sagte ich, »daß die Ergebnisse der Ermittlung Ihnen zukommen. Ob Sie strafrechtlich vorgehen oder nicht, ist dann Ihre Sache.«

Er nickte.

»Nur, damit Sie es wissen«, sagte ich, »im Fall Ellis Quint habe ich einer Klientin ihr Geld zurückgegeben, um ihm selbst das Handwerk legen zu können. Die Klientin hat erst nicht geglaubt, daß er es war. Also habe ich auf eigene Rechnung gehandelt. Sie sollen wissen, daß Ihnen das auch passieren kann.«

Er beugte sich vor und streckte seine Wurstfinger aus. »Besiegeln wir das mit Handschlag«, sagte er und drückte meine Hand so fest, daß mich eine Schmerzwelle bis unter die Ohren durchschoß.

»Was ist?« fragte er erstaunt.

»Nichts.«

Kein sonderlich guter Deal für ihn, dachte ich. Ich hatte einen schon jetzt ramponierten Ruf, einen gebrochenen

Arm, der mir Schwierigkeiten machte, und ich hatte Aussicht, von Ellis' Verteidigung endgültig in der Luft zerfetzt zu werden. Ebensogut hätte er meinen Freund Jonathan mit dem gescheckten Haar engagieren können.

»Mr. Tatum«, setzte ich an.

»Davis. Ich heiße Davis.«

»Garantieren Sie mir, daß Sie diese Jockey-Club-Geschichte nicht in den Clubs herumerzählen?«

»Garantieren?«

»Ja.«

»Aber ich sagte Ihnen doch, es spricht nur für Sie.«

»Es ist eine Privatsache. Ich mag kein Aufhebens.«

Er sah mich nachdenklich an. »Ich garantiere es Ihnen.« Und ich hätte ihm gern geglaubt und wußte nicht, ob ich es tat. Er war zu sehr ein Vereinsmensch, ein sesselwärmender Stammgast in dunkel getäfelten Räumen voll alter, jäh zerstörter Namen und vollmundig weitergereichter Geheimnisse: ›Bleibt unter uns, alter Knabe.‹

»Sid –«

»Mhm?«

»Was immer die Zeitungen schreiben – wo es drauf ankommt, respektiert man Sie.«

»Und wo ist das?«

»Die Clubs sind für Tratsch gut, aber die Macht liegt da heute nicht mehr.«

»Die Macht wandert umher wie der magnetische Nordpol.«

»Wer sagte das?«

»Ich jetzt gerade.«

»Nein, ich meine, ist das von Ihnen?«

»Keine Ahnung.«

»Die Macht ist verstreut heutzutage«, sagte er.

»Und wo man sie findet«, ergänzte ich, »sollte man sich nicht unbedingt niederlassen.«

Er lächelte, als wäre ich sein Sprachrohr, als könnte er stolz auf mich sein.

Ich hörte Kleider neben mir rascheln, roch Blütenduft, und eine junge Frau rückte einen Stuhl an unseren Tisch und setzte sich mit Siegermiene zu uns.

»So, so, so«, sagte sie. »Mr. Davis Tatum und Sid Halley! Welche Überraschung!«

Ich sagte zu dem verblüfften Davis Tatum: »Das ist Miss India Cathcart, sie schreibt für *The Pump.* Wenn Sie schweigen, werden Sie von ihr mit Aussprüchen zitiert, die Ihnen nie in den Sinn gekommen wären, und wenn Sie irgend etwas sagen, werden Sie wünschen, Sie hätten es bleibenlassen.«

»Sid«, meinte sie gespielt traurig, »darf man Sie nicht mal ein bißchen hochnehmen?«

Tatum machte empört den Mund auf, und da ich befürchtete, er könnte für mich Partei ergreifen, schüttelte ich den Kopf. Er starrte mich an und reagierte sofort, indem er mit der glatten Distanziertheit des Anwalts fragte: »Miss Cathcart, wieso sind Sie hier?«

»Wieso? Um Sie zu sprechen natürlich.«

»Aber wieso?«

Sie blickte von ihm zu mir und wieder zu ihm, und meine Eindrücke von ihrem Äußeren bestätigten sich: makelloser Porzellanteint, hellblaue Augen, klar konturierter Mund, glänzendschwarzes Haar. Sie trug Braun und Rot und eine Bernsteinkette.

Sie sagte: »Ist es nicht unstatthaft, wenn ein Kollege des Anklägers mit einem Zeugen spricht?«

»Nein«, erwiderte Tatum und fragte mich: »Haben Sie ihr gesagt, daß wir uns hier treffen?«

»Natürlich nicht.«

»Tja... wieso sind Sie dann hier, Miss Cathcart?«

»Sagte ich doch schon. Eine Story.«

»Weiß *The Pump*, daß Sie hier sind?« fragte ich.

Ein wenig ungehalten sagte sie: »Ich bin kein Kind. Ich darf alleine ausgehen. Aber die Zeitung hat mich geschickt.«

»*The Pump* hat Ihnen gesagt, daß wir hier sind?« fragte Tatum.

»Mein Redakteur sagte, ich solle mal schauen. Und er hat recht gehabt!«

Tatum sagte: »Sid?«

»Mhm«, machte ich. »Interessant.«

India sagte zu mir: »Kevin meint, Sie sind in Liverpool zur Schule gegangen.«

»Was?« fragte Tatum verwirrt.

»Sid wollte mir nicht sagen, wo er zur Schule gegangen ist«, erklärte sie, »also habe ich mich erkundigt.« Ein vorwurfsvoller Blick traf mich. »Sie hören sich nicht nach Liverpool an.«

»Nein.«

»Sie hören sich mehr nach Eton an. Wie kommt das?«

»Reine Nachahmung«, sagte ich.

Wenn sie Wert darauf legte, konnte sie auch herausbekommen, daß ich im Alter von sechzehn bis einundzwanzig mehr oder weniger der Ziehsohn eines Trainers (und Etonschülers) aus Newmarket gewesen war, der einen guten

Jockey aus mir machte und mein Vorbild wurde, in der Sprache wie in der Lebensführung, in den Manieren wie im Umgang mit dem selbstverdienten Geld. Damals war er schon alt, jetzt war er tot. Ich dachte oft an ihn. Er öffnete mir immer noch Türen.

»Kevin hat mir erzählt, daß Sie ein Slumkind waren«, sagte India.

»Slum ist eine Einstellung, kein Ort.«

»Dünnhäutig, hm?«

Verdammt, dachte ich. Sie bringt mich *nicht* auf die Palme. Ich lächelte, und das gefiel ihr weniger.

Tatum, der ungehalten zuhörte, sagte: »Wer ist Kevin?«

»Er arbeitet für *The Pump*«, erklärte ich.

»Kevin Mills«, sagte India, »ist der Chefreporter von *The Pump*. Er hat Halley mehr als eine Gefälligkeit erwiesen und dafür einen Tritt in den Arsch bekommen.«

»Schmerzhaft«, bemerkte Tatum trocken.

»Diese Unterhaltung führt zu nichts«, sagte ich. »India, Mr. Tatum vertritt in keiner Strafsache, in der ich Zeuge bin, die Anklage, und wir können reden, über was wir wollen, auch über Golf wie gerade eben, als Sie dazukamen.«

»Mit einer Hand kann man nicht Golf spielen.«

Tatum, nicht ich war es, der zusammenzuckte. Ich sagte: »Um sich Golf im Fernsehen anzuschauen, braucht man weder Arme noch Beine noch Ohren. Wie kam Ihr Redakteur darauf, daß Sie uns hier finden könnten?«

»Hat er nicht gesagt. Ist ja auch egal.«

»Es ist von ausschlaggebender Bedeutung«, versetzte Tatum.

»Sie müssen wissen«, sagte ich, »daß sich zu Anfang gerade *The Pump* am meisten über die verstümmelten Ponys erregt hat. Deshalb habe ich mich mit Kevin Mills in Verbindung gesetzt. Wir haben zusammen eine Hotline eingerichtet, als eine Art *Tussilago-farfara*-Rettungsaktion.«

India sagte: »Wie bitte?«

»*Tussilago farfara*«, wiederholte Tatum belustigt. »Das ist der botanische Name für den guten alten Fohlenfuß, der heute meistens Huflattich genannt wird.«

»Woher wußten Sie das?« fragte sie mich grimmig.

»Ich hab's nachgesehen.«

»Ach so.«

»Jedenfalls hat mit dem Moment, wo ich die Hengstfohlen und Rachel Ferns' Pony auch nur zögernd mit Ellis Quint in Verbindung gebracht habe, *The Pump* urplötzlich umgeschwenkt und angefangen, mit schweren Waffen gegen mich ins Feld zu ziehen. Darf ich Sie mal fragen, India, warum Sie mich so in Grund und Boden schreiben? Ist das einfach Ihre Art? Verreißen Sie so viele Leute, daß Sie nichts anderes mehr können? Ich habe ja keine Samthandschuhe erwartet, aber Sie sind... Woche für Woche... extrem.«

Sie sah verlegen aus. Und sie tat das, was sie mir einmal als »kindisches Verhalten« ausgelegt hatte – sie verteidigte sich.

»Mein Redakteur gibt mir Richtlinien.« Sie warf den Kopf zurück.

»Heißt das, er sagt Ihnen, was Sie schreiben sollen?«

»Ja. Nein.«

»Was denn nun?«

Sie blickte von mir zu Tatum und wieder zurück.

Sie sagte: »Er redigiert meinen Beitrag und stimmt ihn auf die allgemeine Linie ab.«

Ich sagte nichts. Tatum sagte nichts. Ein wenig verzweifelt sagte India: »Nur Heilige lassen sich auf dem Scheiterhaufen verbrennen.«

Tatum sagte gewichtig: »Wenn ich irgendwelche Lügen oder Andeutungen darüber lese, daß ich unzulässigerweise mit Sid Halley über den bevorstehenden Quint-Prozeß geredet hätte, verklage ich Sie persönlich wegen Verleumdung, Miss Cathcart, und verlange einen Schadenersatz, der sich gewaschen hat. Suchen Sie sich Ihren Scheiterhaufen aus. Die Flammen scheinen unvermeidlich.«

Sie tat mir fast leid. Ausdruckslos, mit weit aufgerissenen Augen, stand sie auf.

»Sagen Sie, wir waren nicht hier«, sagte ich.

Ich konnte ihren erstarrten Gesichtsausdruck nicht deuten. Sie ging und steuerte auf die Treppe zu.

»Eine konfuse junge Frau«, meinte Tatum. »Aber woher hat sie oder ihre Zeitung gewußt, daß wir hier sind?«

»Geben Sie Ihre Termine in einen Computer ein?« fragte ich.

Er runzelte die Stirn. »Nicht ich selbst. Meine Sekretärin. Wir haben ein System, das uns im Krisenfall sagen kann, wo die einzelnen Teilhaber gerade sind. So finden wir uns immer. Ich habe meiner Sekretärin zwar gesagt, daß ich hierher wollte, aber nicht, mit wem ich verabredet war. Das erklärt noch immer nicht...«

Ich seufzte. »Gestern abend haben Sie mich über mein Funktelefon angerufen.«

»Ja, und Sie haben zurückgerufen.«

»Die Frequenz meines Funktelefons wird abgehört. Jemand hat Ihren Anruf belauscht.«

»Teufel. Aber Sie haben mich doch zurückgerufen. Die haben so gut wie nichts gehört.«

»Sie haben Ihren Namen gesagt ... Wie sicher ist Ihr Kanzleicomputer?«

»Wir ändern die Paßwörter alle drei Monate.«

»Und Sie verwenden Paßwörter, die man sich leicht merken kann?«

»Nun ...«

»Es gibt Leute, die knacken Paßwörter nur so zum Spaß. Und Hacker, die Geheimnisse ausgraben. Sie glauben ja nicht, wie *sorglos* manche Firmen mit ihren geheimsten Daten umgehen. Innerhalb der letzten vier Wochen hat auch jemand meinen On-Line-Computer angezapft. Ich habe ein Detektorprogramm, daher weiß ich das. Viel bringen wird's dem Hacker nicht, denn da ist kaum was Persönliches drauf. Aber wenn jemand mein Funktelefon und Ihren Kanzleicomputer zusammengebracht hat, kann er schon kombiniert haben, daß Sie mit mir verabredet waren. Jemand von *The Pump* hat diesen Schluß gezogen. India wurde geschickt, um nachzusehen ... und hier sind wir. Und weil die Herrschaften recht hatten, sind wir ihnen jetzt auf die Schliche gekommen.«

»Es ist unglaublich.«

»Wer gibt *The Pump* heraus? Wer bestimmt ihre Politik?«

Tatum erwiderte nachdenklich: »Der Chefredakteur ist George Godbar. Der Verleger ist Lord Tilepit.«

»Irgendeine Verbindung zu Ellis Quint?«

Er dachte darüber nach und schüttelte den Kopf. »Nicht, daß ich wüßte.«

»Ist Lord Tilepit vielleicht an der Fernsehgesellschaft beteiligt, die Ellis Quints Sendung ausstrahlt? Ich glaube, das sollte ich mal feststellen.«

Davis Tatum lächelte.

Aus der Überlegung heraus, daß Gordon Quint dreißig Stunden nach seinem Überfall auf mich wohl nicht mehr mordlüstern mit seinem Zaunpfahl am Pont Square lauerte (schon weil der Leichenschautermin zur Klärung von Ginnies Tod dazwischenlag), und auch weil ich fand, daß man die Sorge ums liebe Leben schmählich übertreiben konnte, nahm ich ein Taxi vom Piccadilly nach Hause und ließ den Fahrer, bevor ich ausstieg, nur gerade zwei Erkundungsrunden um den Gitterzaun der Anlage drehen.

Alles schien ruhig zu sein. Ich zahlte, ging ungehindert die Stufen zum Eingang hinauf, schloß auf, ging in den ersten Stock und betrat den sicheren Hafen meiner Wohnung.

Kein Hinterhalt. Keine knarrenden Dielen. Stille.

Ich nahm ein paar Briefe aus dem Drahtkorb im Briefkasten und fand ein Blatt in meinem Faxgerät. Es kam mir vor, als sei ich lange fortgewesen, dabei hatte ich erst gestern morgen das Haus verlassen.

Mein gebrochener Arm schmerzte. Nun, das war zu erwarten. Ich hatte mitunter Rennen geritten und sogar welche gewonnen mit Knochenfrakturen … die ich natürlich verheimlichte, denn das zahlende, wettende Publikum hatte unversehrte Reiter für sein Geld verdient. Komischerweise spürte man im Eifer des Wettkampfs eine Verletzung nicht. Erst nachher, wenn die Aufregung nachließ, stellten sich die Beschwerden wieder ein. Das beste Rezept gegen Schmerzen war immer noch, sich auf etwas anderes zu konzentrieren. Ich schlug eine Telefonnummer nach und rief den Bekannten an, der mir meine Computer aufgestellt hatte.

»Doug«, sagte ich, als seine Frau ihn von einem Ölwechsel hereingeholt hatte, »erzähl mir was über das Abhören von Mobiltelefonen.«

»Ich bin voller Schmierfett«, meckerte er. »Geht das nicht ein andermal?«

»Jemand hört mein Handy ab.«

»Ach so.« Er schnüffelte. »Und jetzt willst du wissen, was du dagegen tun kannst?«

»Haargenau.«

Er schnüffelte wieder. »Ich bin erkältet«, sagte er, »meine Schwiegermutter kommt zum Essen, und meine Ölwanne ist verdreckt.«

Ich mußte lachen. »Bitte, Doug.«

Er gab nach. »Ich nehme an, du hast ein Analoggerät. Die arbeiten mit Funksignalen, die man abhören kann. Allerdings ist das schwierig. Der Durchschnittskneipengänger könnte es nicht.«

»Du schon?«

»Ich bin kein Durchschnittskneipengänger. Ich bin eine wandelnde Midlife-crisis, die mitten im Ölwechsel steckt. Mit der richtigen Ausrüstung bekäme ich es hin.«

»Was tue ich dagegen?«

»Ganz einfach.« Er nieste und schnüffelte heftig. »Ich brauche ein Taschentuch.« Es wurde plötzlich still in der Leitung, dann drang ein fernes, aber gewaltiges Schneuzen an mein Ohr, dann die belegte Stimme der Weisheit.

»Okay«, sagte er. »Du schmeißt das Analogtelefon weg und kaufst dir ein digitales.«

»So?«

»Sid, die Reitkunst rüstet den modernen Menschen nicht für das Leben in der Welt von morgen aus.«

»Das sehe ich auch so.«

»Jeder vernünftige Mensch«, schniefte er, »sollte auf digital umrüsten.«

»Erklär mir das.«

»Das Digitalsystem«, sagte er, »basiert auf zwei Ziffern, 0 und 1. Die Null und die Eins begleiten uns seit den Anfängen der EDV, und niemand hat je etwas Besseres erfunden.«

»Wirklich?«

Er bemerkte meinen leicht ironischen Unterton. »Ist vielleicht das Rad neu erfunden worden?« fragte er.

»Äh, nein.«

»Eben. Runder hätte es selbst die Mutter Gottes nicht hingekriegt.«

»Du versündigst dich.« Es war mir immer eine Freude, mit ihm zu reden.

»Überhaupt nicht. Manche Dinge kommen einfach perfekt auf die Welt. $E = mc^2$ und so weiter.«

»Zugegeben. Was ist mit meinem Handy?«

»Ein Digitaltelefon«, sagte er, »empfängt im Gegensatz zum analogen keine Einzelsignale, sondern acht Signale gleichzeitig, und die *kann* nur der angewählte Empfänger entschlüsseln. Weil aber das Signal in acht Teilen kommt, ist der Empfang nicht immer ideal. Es knistert zwar nicht, und der Ton blendet sich nicht ein und aus wie bei den Analoggeräten, dafür werden manchmal Silben verschluckt. Aber *niemand* kann lauschen. Nicht mal die Polizei kann ein digitales Funktelefon abhören.«

»So«, sagte ich fasziniert, »und wo gibt's die?«

»Versuch's bei Harrods«, sagte er.

»Harrods?«

»Harrods ist doch gleich bei dir um die Ecke, oder?«

»Mehr oder weniger.«

»Dann schau mal. Oder sonst woanders, wo es Telefone gibt. Du kannst auch deine alte Nummer behalten. Du mußt nur dem Kundendienst Bescheid sagen. Und du brauchst natürlich eine SIM-Card. Eine SIM-Card ist eine Benutzer-Kennkarte. Ohne die kann man nicht leben.«

»Ah ja?«

»Sid, du bringst mich zur Verzweiflung. Geh mit dem technischen Fortschritt.«

»Ich verstehe mehr davon, wie Pferde denken.«

Geduldig setzte er mich ins Bild. »Eine SIM-Card ist wie eine Kreditkarte. Genaugenommen *ist* es eine Kreditkarte. Dein Name, deine Funktelefonnummer und andere Daten sind darauf vermerkt, und du kannst sie in jedes geeignete Mobiltelefon stecken. Wenn du zum Beispiel jemand in Athen besuchst, der ein Funktelefon für SIM-Cards hat, steckst du einfach deine Karte in sein Gerät, und die Gebühren gehen von deinem statt von seinem Konto ab.«

»Im Ernst?« fragte ich.

»Würde ich arme Sau scherzen?«

»Wo bekomme ich eine SIM-Card?«

»Frag bei Harrods.« Er nieste. »Frag einen, der von Berufs wegen reist. Im Zweifelsfall hilft dir dein Kundendienst.« Er schniefte. »Bis dann, Sid.«

Froh und erheitert sah ich meine Post durch und las das Fax. Das Fax zuerst, da es in keinem Umschlag steckte.

Von Hand gekritzelt stand da nur »Rufen Sie mich an« und eine lange Telefonnummer. Es war die Schrift von Kevin Mills, aber seine Nachricht kam von einem namenlosen Faxgerät, nicht aus der *Pump*-Redaktion.

Ich rief die angegebene Nummer an, die zu einem Funktelefon gehörte, und bekam empörenderweise nur den Tip, es später noch einmal zu versuchen.

Auf meinem Anrufbeantworter fand ich ein Dutzend Nachrichten, an denen mir wenig lag, und in einem großen braunen Briefumschlag aus Shropshire eine Information, an der mir überhaupt nichts lag.

Der Umschlag enthielt die Nummer eines Grafschaftsjournals, die ich angefordert hatte, weil es hieß, darin werde ausführlich über das Tanzfest zur Feier der Volljährigkeit des herzoglichen Erben berichtet. Und wirklich, es waren vier Seiten Fotos, vorwiegend in Farbe, mit einem überschwenglichen Begleittext zum Verlauf und einer vollständigen Gästeliste.

Eine halbe Seite war einem spektakulären Feuerwerk gewidmet, und unter den himmelwärts starrenden Zuschauern stand in einem weißen Smoking und seiner ganzen fotogenen Pracht unverkennbar Ellis Quint.

Mir sank das Herz. Das Feuerwerk hatte um halb vier begonnen. Um halb vier, im hellen Mondschein, war Ellis hundertsechzig Kilometer nordwestlich von dem Jährling des Windward-Gestüts gewesen.

Es gab viele Schnappschüsse vom Tanzen und eine Seite Fotos von den Gästen in Schwarzweiß, jeweils mit Namen. Ellis hatte getanzt. Ellis lächelte zweimal von der Gästeseite, sorglos, in Partystimmung.

Verdammt noch mal, dachte ich. Er mußte dem Pferd vorher den Fuß abgeschnitten haben. Vor eins. Dann konnte er rechtzeitig zu dem Feuerwerk um halb vier eingetroffen sein. Ich hatte niemand gefunden, der ihn hatte *ankommen* sehen, nur Leute, die schworen, er sei noch um Viertel nach fünf dort gewesen. Um Viertel nach fünf hatte er dem Erben geholfen, auf den Tisch zu steigen, damit der eine alkoholisierte Rede halten konnte. Der Erbe hatte Ellis eine Flasche Champagner über den Kopf geschüttet. Daran erinnerten sich alle. Ellis konnte nicht vor Tagesanbruch bis Northampton gefahren sein.

In der vorhergehenden Woche war ich zwei volle Tage in Shropshire und dem benachbarten Cheshire von einem vornehmen Haus zum noch vornehmeren nächsten kutschiert, um immer wieder die gleichen beiden Fragen zu stellen (je nach Geschlecht): Haben Sie mit Ellis Quint getanzt? Haben Sie mit Ellis Quint gegessen oder was getrunken? Zuerst hatte man mir freimütig geantwortet, doch als die Kunde von meiner Rundfrage mir dann vorauseilte, stieß ich immer häufiger auf abweisende Mienen oder gar nicht erst geöffnete Türen. Shropshire stand geschlossen hinter Ellis. Die Leute hätten sich auf den Kopf gestellt, um zu beweisen, daß er zu Unrecht beschuldigt wurde. Nie hätten sie zugegeben, daß sie nicht wußten, wann er angekommen war.

Schließlich kehrte ich zum Haus der Herzogin zurück, fuhr von dort so schnell, wie es mir vertretbar schien, zum Windward-Gestüt und brauchte für die Strecke zwei Stunden, fünf Minuten. Nachts auf leeren Straßen ging es von Northampton bis zur Herzogin vielleicht noch zehn Minuten schneller. Damit war lediglich bewiesen, daß Ellis Zeit gehabt hätte.

Genug Zeit war nicht genug.

Wie immer bei solchen Anlässen hatten die Gäste sich am früheren Abend schon auf Dinnerpartys in der näheren oder weiteren Umgebung getroffen. Keiner der von mir Befragten hatte Ellis zum Dinner geladen.

Kein Dinner war nicht genug.

Ich ging die Gästeliste durch und strich die Leute raus, mit denen ich gesprochen hatte. Weit über die Hälfte waren noch nicht befragt, größtenteils Namen, die ich noch nie gehört hatte.

Wo war Chico? Er fehlte mir oft. Ich hatte, um ehrlich zu sein, weder Zeit noch Lust, die vielen Gäste aufzustöbern und zu befragen, selbst wenn sie geantwortet hätten. Bestimmt waren Einheimische an dem Abend beim Parken der Autos behilflich gewesen. Chico hätte die Leute in der Kneipe angesprochen und herausbekommen, ob jemand von den Parkplatzanweisern sich an Ellis' Ankunft erinnerte. Chico war ein Tresenwunder, da konnte ich ihm nicht das Wasser reichen.

Die Polizei hätte sich darum kümmern können, aber damit war nicht zu rechnen. Der Tod eines Hengstes zählte für sie nicht als Mord.

Die Polizei. Ich rief Norman Pictons Dienststelle an und gab mich als John Paul Jones aus.

Er meldete sich gut gelaunt und ließ mich ausreden.

»Verstehe ich Sie richtig?« sagte er. »Ich soll die Polizei Northampton um einen Gefallen bitten? Und was biete ich denen dafür?«

»Blut im Scharnier der Astschere.«

»Die haben ihre bestimmt auch untersucht.«

»Ja, und das Pferd aus Northamptonshire ist tot und in der Leimfabrik verschwunden. Zu dumm, was? Meinen Sie nicht, die würden was für Sie tun, wenn Sie ihnen mal Ihr Mitgefühl aussprechen?«

»Sie bringen mich um Kopf und Kragen. Was wollen Sie denn eigentlich?«

»Ehm…«, setzte ich an. »Ich war dort, als die Polizei die Astschere in der Hecke gefunden hat.«

»Ja, das haben Sie erzählt.«

»Nun, ich habe darüber nachgedacht. Die Schere war nicht in Sackleinen gewickelt wie die, die wir den Quints abgenommen haben.«

»Nein, und es war auch nicht die gleiche Schere. Die in Northampton war ein etwas neueres Modell. Kriegt man in jedem Gartenzentrum. Nur gibt es leider keinen Hinweis darauf, daß Ellis Quint im Polizeibezirk Northampton oder in unserem eine gekauft hat.«

»Wäre es möglich«, fragte ich, »daß ich mir den Stoff noch mal ansehen könnte, in den die Schere eingewickelt war?«

»Wenn Pferdehaare dran sind, gibt es ja keine Vergleichsmöglichkeit mehr, und für Blut auch nicht.«

»Trotzdem könnte uns das Tuch verraten, wo die Schere herkommt. Aus welchem Gartenzentrum, nicht wahr?«

»Ich schau mal, ob sie das schon geprüft haben.«

»Danke, Norman.«

»Bedanken Sie sich bei Archie. Er drängt mich, Ihnen zu helfen.«

»So?«

Er hörte meine Überraschung. »Archie ist eine einflußreiche Person«, sagte er, »und ich tue, was er mir sagt.«

Als er aufgelegt hatte, klingelte ich noch einmal Kevin Mills an und bekam wieder die elektronische Stimme zu hören: »Bitte, versuchen Sie es später noch einmal.«

Danach saß ich in einem Sessel, während das Tageslicht schwand und die Lampen auf dem stillen Platz draußen angingen. Die Tagundnachtgleiche war vorüber, Winter im Gemüt, das Jahr neigte sich dem Ende zu. Der Herbst hatte fast ein halbes Leben lang für mich die ersehnte Wiederkehr der Hindernissaison bedeutet, die Zeit der großen Siege, des Tempos, des Getriebenseins. Jetzt brachte der Winter nur noch Wehmut und Heizrechnungen. Mit vierunddreißig fühlte ich mich alt.

Ich saß da und dachte an Ellis, an die schwere, schwarze Zeit, die er mir beschert hatte. Ich dachte an Rachel Ferns, an Silverboy, an Lymphoblasten. Ich dachte an die Presse und besonders an *The Pump* und India Cathcart und die monatelange Verleumdungskampagne. Ich dachte an Ellis' erbarmungslose Scherze.

Ich dachte lange über Archie Kirk nach, der mich nach Combe Bassett geholt und mir Norman Picton zur Seite gestellt hatte. Kam Normans Annahme von dem großen Tier, das hinter den Kulissen wirkte, vielleicht von Archie? War es am Ende sogar Archie, der Davis Tatum bewogen hatte, mich auf die Spur dieses großen Tieres anzusetzen? Konnte es Archie gewesen sein, der Davis Tatum von meinem Zusammenstoß mit dem Dunkelmann im Jockey-Club erzählt hatte, und wenn, woher wußte *er* es dann?

Ich vertraute Archie. Er sollte mich ruhig fernsteuern,

dachte ich, solange mir die Richtung, die er vorgab, paßte und solange ich sicher war, daß niemand *ihn* fernlenkte.

Ich dachte an Gordon Quints unkontrollierbare Wut und an die mißlichen Auswirkungen seines Schlags mit dem Zaunpfahl. Ich dachte an Ginnie Quint, an ihre Verzweiflung, an ihren Sprung aus dem sechzehnten Stock.

Ich dachte an die Pferde und ihre abgetrennten Füße.

Als ich schlafen ging, träumte ich wieder den alten Alptraum.

Schmerzen. Erniedrigung. Beide Hände.

Naßgeschwitzt wachte ich auf.

Zum Teufel mit allem.

9

Am Morgen fuhr ich nach einem weiteren vergeblichen Versuch, Kevin Mills zu erreichen, mit der U-Bahn durch das Zentrum von London und stieg nicht weit vom Companies House in der City Road 55 aus.

Im Companies House, das mir schon manche Dienste geleistet hatte, waren die Geschäftsdaten aller in Großbritannien tätigen GmbHs und Aktiengesellschaften registriert: Investitionskapital und Sachanlagen ebenso wie die geprüften Jahresbilanzen und die Namen der Hauptaktionäre und des jeweiligen Vorstands.

Topline Foods, erfuhr ich bald, war ein altes Unternehmen, das unlängst von neuen Investoren übernommen worden war und eine rührige neue Geschäftsleitung erhalten hatte. Als Hauptgesellschafter und Geschäftsführer war ein Owen Cliff Yorkshire angegeben. Zu dem fünfzehnköpfigen, nicht geschäftsführenden Vorstand zählte Lord Tilepit.

Das Werksgelände der Firma befand sich in Frodsham in Cheshire. Eingetragener Geschäftssitz war die gleiche Adresse.

Die Firma stellte Futtermittel für Tiere her.

Nach Topline sah ich mir *Village Pump Newspapers* an (um 1900 hatten sie das »Village« gestrichen, das Bild des

Brunnens als Börse für Klatsch und Tratsch aber beibehalten) und entdeckte interessante Einzelheiten; und nach *Village Pump Newspapers* sah ich mir die TV-Gesellschaft an, die Ellis' Sportsendung ausstrahlte, fand aber weder Tilepit noch Owen Yorkshire hinter ihren Kulissen.

Ich fuhr (unbehelligt) nach Hause und rief Archie an, doch seine Frau sagte, er sei im Büro.

»Kann ich ihn im Büro erreichen?« fragte ich.

»Nein, nein, Sid. Das hätte er nicht gern. Ich sage ihm Bescheid, wenn er heimkommt.«

Versuchen Sie es später noch mal.

Ich versuchte es erneut bei Kevin Mills, und ehe ich mich's versah, platzte mir fast das Trommelfell. »Na, endlich!«

»Ich habe es schon x-mal versucht«, sagte ich.

»Ich war in einem Altenheim.«

»Schön für Sie.«

»Eine Pflegerin hat drei Greisinnen vorzeitig ins Jenseits befördert.«

»Die Ärmsten.«

»Wenn Sie am Pont Square sind«, sagte er, »würde ich gern vorbeikommen. Ich bin mit meinem Wagen ganz in der Nähe.«

»Ich dachte, für *The Pump* sei ich der letzte Dreck.«

»Ja. Kann ich kommen?«

»Also gut.«

»Prima.« Er hängte ein, bevor ich es mir anders überlegen konnte, und war in weniger als zehn Minuten an meiner Tür.

»Schön hier«, meinte er anerkennend, als er sich im Wohnzimmer umschaute. »So hab ich mir das nicht vorgestellt.«

Die Einrichtung bestand aus einem Sheraton-Schreibtisch, knopfbesetzten Brokatsesseln und zwei modernen, exotischen Intarsientischen von Mark Boddington. Der vorherrschende Farbton war graublau, weich und wohltuend. Das einzig Schrille war ein alter einarmiger Bandit, den man mit Spielmarken in Gang setzen konnte.

Kevin Mills steuerte wie die meisten Besucher direkt darauf zu. Ich ließ immer ein paar Marken am Boden herumliegen, und auf einem Tisch stand eine ganze Schale voll. Kevin las eine Spielmarke vom Teppich auf, warf sie ein und betätigte den Hebel. Die Rädchen ratterten und klirrten. Er bekam zwei Kirschen und eine Zitrone. Er hob die nächste Spielmarke auf und versuchte es noch einmal.

»Was bringt den Jackpot?« fragte er, eine Apfelsine, einen Teufel und eine Banane erntend.

»Drei Pferde – drei Jockeys, die über ein Hindernis gehen.«

Er sah mich scharf an.

»Früher waren es die Glocken«, sagte ich. »Das fand ich langweilig, da habe ich es geändert.«

»Und kommen auch schon mal alle drei Pferde?«

Ich nickte. »Dann prasseln die Marken nur so auf den Boden.«

Der Automat machte süchtig. Er war für mich das Gegenstück zur Couch des Psychiaters. Kevin spielte unser ganzes Gespräch hindurch, aber zu mehr als zwei Pferden und einer Birne reichte es nicht.

»Der Prozeß hat angefangen, Sid«, sagte er, »also packen Sie schon aus.«

»Der Prozeß hat nur formal angefangen. Ich darf Ihnen

überhaupt nichts sagen. Wenn's weitergeht, können Sie ja ins Gericht gehen und zuhören.«

»Das ist nicht exklusiv«, meckerte er.

»Sie wissen ganz genau, daß ich Ihnen nichts sagen darf.«

»Ich habe Sie doch erst auf die Sache gebracht.«

»Ich kam zu Ihnen, nicht Sie zu mir«, sagte ich. »Warum hat *The Pump* plötzlich aufgehört, den Pferdebesitzern zu helfen, und mich auf die Hörner genommen?«

Er konzentrierte sich ganz auf den Automaten. Zwei Bananen und eine Brombeere.

»Warum?« sagte ich.

»Politik.«

»Wessen Politik?«

»Die Öffentlichkeit will Schlachtfeste haben; Gehässigkeit kommt an.«

»Ja, aber –«

»Also Sid, wir bekommen Weisung von oben. Und fragen Sie nicht, von wem da oben, denn das weiß ich nicht. Es gefällt mir auch nicht. Es gefällt uns allen nicht. Aber wir haben keine Wahl; wer sich nicht an die vorgegebene Linie hält, muß sich was suchen, wo er sich wohler fühlt. Und weiß man, was man dann kriegt? Ich arbeite bei *The Pump*, weil es eine gute Zeitung ist, die alles in allem sachliche Kritik übt. Okay, da wird schon mal jemand in Verruf gebracht. Wie gesagt, Frau Jedermann steht darauf. Ab und zu bekommen wir eine Direktive wie beispielsweise ›heizt Sid Halley ein‹. Ich hab das ohne Gewissensbisse getan, weil Sie mich versetzt hatten.«

Er sah unentwegt auf den Automaten, spielte hektisch.

»Und India Cathcart?« fragte ich.

Er zog den Hebel nach unten und wartete, bis zwei Zitronen und ein springendes Pferd nebeneinanderstanden.

»India«, sagte er langsam. »Aus irgendeinem Grund wollte die Sie nicht fertigmachen. Sie sagte, man könne gut mit Ihnen essen gehen, und Sie seien friedfertig und nett. Nett! Menschenskind! Für den ersten langen Artikel mußte der Redakteur ihr jede Bosheit einzeln abringen. Schließlich hat er fast alles umgeschrieben. Sie war wütend, als sie es am nächsten Tag las, aber da war die Zeitung schon in Umlauf, und sie konnte nichts mehr dran ändern.«

Ich freute mich mehr, als ich erwartet hätte, ließ aber Kevin nichts davon merken. Ich sagte: »Und wieso sticht sie dann fast jede Woche wieder zu?«

»Sie fügt sich der Politik, nehme ich an. Wie gesagt, auch sie muß sich ihre Brötchen verdienen.«

»Ist es die Politik von George Godbar?«

»Vom Chef persönlich? Ja, man könnte sagen, der Chefredakteur hat das letzte Wort.«

»Und Lord Tilepit?«

Er warf mir einen amüsierten Blick zu. Zwei Birnen und eine Zitrone. »Das ist nicht so ein tatendurstiger Verleger der alten Schule. Kein Beaverbrook oder Harmsworth. Wir wissen gerade mal, daß es ihn gibt.«

»Bestimmt er die Linie, die George Godbar durchgibt?«

»Wahrscheinlich.« Ein Pferd, ein Teufel, ein Kirschenpaar. »Wieso kommt es mir vor, als ob *Sie mich* interviewen statt umgekehrt?«

»Keine Ahnung. Was wissen Sie über Owen Cliff Yorkshire?«

»So ein Mist. Wer ist das?«

»Sehr wahrscheinlich ein Freund von Lord Tilepit.«

»Sid«, protestierte er. »Ich tue meine Arbeit. Vergewaltigungen, Morde, im Schlaf erstickte alte Damen. Über meine Bosse zerbreche ich mir nicht den Kopf.«

Frustriert schlug er gegen den Spielautomaten. »Das Scheißding haßt mich.«

»Es hat keine Seele«, sagte ich. Ich warf mit meinen Kunststoffingern eine herumliegende Marke ein und zog den Hebel runter. Drei Pferde. Hans im Glück. Die kleinen Ironien des Lebens.

Verstimmt begab sich Kevin Mills mit seinem Bierbauch und Schnauzbart heim zu seinem Computer, und ich rief als John Paul Jones wieder Norman an.

»Für meine Kollegen ist John Paul Jones mittlerweile ein Spitzel«, sagte er.

»Na wunderbar.«

»Was gibt's diesmal?«

»Haben Sie noch welche von den Futterwürfeln, die ich von Betty Brackens Weide mitgenommen habe, und von denen, die aus dem Landrover stammen?«

»Klar. Und wie Sie wissen, sind sie ja in der Zusammensetzung gleich.«

»Könnten Sie dann feststellen, ob sie von Topline Foods in Frodsham, Cheshire, hergestellt worden sind?«

Nach einer kurzen Pause sagte er vorsichtig: »Das ginge, aber ist es nötig?«

»Wenn Sie mir ein paar von den Würfeln geben, kann ich es auch selbst rausfinden.«

»Das geht nicht. Sie sind in Tüten verpackt und gezählt.«

»Mist.« Ich hätte welche in meine Tasche stecken sollen. Wie dumm von mir. Doch nun war nichts mehr zu ändern.

»Was spielt es für eine Rolle, wo sie herkommen?« fragte Norman.

»Hm… haben Sie mir nicht gesagt, daß Sie glauben, da agiere irgendwo ein hohes Tier hinter den Kulissen? Jemand hat mich gebeten, dem nachzugehen.«

»Himmel«, sagte er. »Wer denn?«

»Kann ich Ihnen nicht sagen. Vertrauliche Klienteninformation und so weiter.«

»Ist es Archie Kirk?«

»Soviel ich weiß, nein.«

»Ha!« Er hörte sich skeptisch an. »Ich schlage vor: Sie besorgen mir original Topline Futterwürfel, und ich sehe zu, daß im Labor geprüft wird, ob sie mit denen, die wir haben, übereinstimmen. Mehr kann ich nicht tun, das ist wirklich das Äußerste; es läuft überhaupt nur, weil Sie uns die ganze Anklage aufgebaut haben – und zitieren Sie bloß diesen Ausspruch nicht.«

»Meinen aufrichtigen Dank. Ich besorge Topline-Würfel, aber wahrscheinlich stimmen sie mit denen, die Sie haben, doch nicht überein.«

»Wieso nicht?«

»Die Getreidesubstanz – die inhaltliche Zusammensetzung – wird sich inzwischen geändert haben. Bestimmt hat jeder Schub, wie man sagt, sein eigenes Profil.«

Ihm war natürlich klar, daß sich die Herkunft der Futterwürfel anhand ihrer Inhaltsstoffe ebenso sicher nachweisen ließ wie die Herkunft einer Kugel anhand eines Gewehrlaufs.

»Warum ist Topline Foods interessant für Sie?« fragte er.

»Für meinen Klienten.«

»Zum Teufel mit Ihrem Klienten. Erzählen Sie schon.« Ich schwieg, und er seufzte schwer. »Na schön, Sie können es mir jetzt nicht erzählen. Ich hasse Amateurdetektive. Aber ich habe Ihnen ein Stück von dem Tuch aus Northampton besorgt. Jedenfalls soll es heute noch kommen. Was haben Sie damit vor – haben Sie eigentlich Ellis Quints Alibi schon geknackt?«

»Sie sind großartig«, sagte ich. »Wo kann ich Sie treffen? Das Alibi habe ich noch nicht mal angekratzt.«

»Geben Sie sich mehr Mühe.«

»Ich bin ja nur ein Amateur.«

»Stimmt. Kommen Sie um fünf zum See. Ich hole das Boot für den Winter ab. Okay?«

»Ich werde dort sein.«

»Bis dann.«

Ich rief das Krankenhaus in Canterbury an. Rachel, sagte mir die Stationsschwester, schlafe »ganz friedlich«.

»Was bedeutet das?«

»Es geht ihr nicht schlechter als gestern, Mr. Halley. Wann können Sie wiederkommen?«

»Irgendwann in der nächsten Zeit.«

»Gut.«

Den Nachmittag verbrachte ich damit, mein schutzloses Analog-Mobiltelefon gegen ein acht Signalsplitter empfangendes digitales auszutauschen, dem nicht einmal die Fahnder des Thames Valley beikommen würden, geschweige denn *The Pump.*

Von zu Hause rief ich dann Miss Richardson in Northamptonshire an, die mir vehement erklärte, ich dürfe sie selbstverständlich *nicht* noch einmal besuchen. Die Quints seien gute Freunde von ihr, und es sei unvorstellbar, daß Ellis sich an Pferden vergreifen könne, nein, es sei pervers und bös von mir, derartiges auch nur zu denken. Ginnie habe ihr davon erzählt. Ginnie sei so verzweifelt gewesen. Es gehe ganz auf mein Konto, daß sie sich umgebracht habe.

Ich beharrte jedoch auf zwei Fragen, und die wurden mir auch beantwortet.

»Hat Ihr Tierarzt gesagt, wie lange seiner Meinung nach der Fuß schon ab war, als der Hengst um sieben Uhr gefunden wurde?«

»Nein.«

»Können Sie mir seinen Namen und seine Telefonnummer geben?«

»Nein.«

Da ich mir im Lauf der Jahre ein ganzes Regal voll Gebietstelefonbüchern zugelegt hatte, fand ich Miss Richardsons Tierarzt ohne große Mühe in den Gelben Seiten von Northamptonshire und sprach mit ihm. Er würde mir schon gern weiterhelfen, sagte er, aber wie? Mit Gewißheit könne er nur sagen, daß weder das Bein noch der abgetrennte Fuß des Hengstes Anzeichen frischer Blutungen aufgewiesen hatten. Miss Richardson selbst habe darauf bestanden, daß er den Hengst sofort von seinem Leiden erlöse, und da ihm das auch geraten schien, hatte er es getan.

Er habe der Polizei keine näheren Angaben über die Tatzeit liefern können; allenfalls, daß es eher in den frühen als in den späten Nachtstunden passiert sei. Die Wunde war glatt gewesen: ein einziger Schnitt. Er habe sich gewundert, sagte der Tierarzt, daß der Hengst so lange stillhielt, daß die Schere angesetzt werden konnte. Ja, bestätigte er, der Hengst habe einen leichten Beschlag gehabt, und es seien Futterwürfel ringsum verstreut gewesen, doch Miss Richardson gebe ihren Pferden oft welche zusätzlich zum Gras.

Er warf hilfsbereit, aber er half mir nicht weiter.

Danach mußte ich mir überlegen, wie ich zum See kommen sollte, denn das sonst so selbstverständliche Autofahren war jetzt etwas schwieriger. Am Steuer meines Mercedes hatte ich einen Knauf anbringen lassen, der mir sicheren Halt beim einhändigen Lenken (mit rechts) gab. Mit der fühllosen Linken bediente ich die automatische Gangschaltung.

Ich bog versuchsweise die Finger der rechten Hand und ballte sie zur Faust. Einspruch. Mist. Gereizt nahm ich wieder Ibuprofen, und während ich zum See fuhr, wünschte ich mir, Chico könnte mich fahren.

Norman hatte sein Boot schon halbwegs auf den am Ufer stehenden Anhänger geladen. Da stand er, kräftig und mit wachem und fachkundigem Blick, und als er sah, mit welcher Langsamkeit ich mich aus dem Wagen schälte, runzelte er die Stirn.

»Wo fehlt's?« fragte er.

»An der Selbstachtung.«

Er lachte. »Fassen Sie mal am Boot mit an, ja? Wenn ich anhebe, ziehen Sie.«

Ich sah mir die Sache an und sagte knapp, ich müsse passen.

»Sie brauchen nur mit einer Hand zu ziehen.«

Nüchtern erklärte ich ihm, daß mich Gordon Quint bei dem Versuch, mir eins über den Schädel zu schlagen, leicht, aber doch empfindlich verletzt hatte. »Ich sage Ihnen das, für den Fall, daß er es noch mal versucht und Erfolg hat. Er war ein wenig durchgedreht wegen Ginnie.«

Norman riet mir, wie vorauszusehen, ich solle Anzeige erstatten.

»Nein«, sagte ich. »Ich habe Ihnen das inoffiziell erzählt, und dabei bleibt es.«

Er holte einen Bekannten, der ihm half, das Boot aufzuladen, und steckte dann den starken Außenbordmotor in eine paßgenaue Hülle mit Reißverschluß.

Ich sagte: »Seit wann haben Sie denn den Eindruck, daß ein großes Tier da hinter den Kulissen taktiert?«

»Seit wann?« Er hantierte weiter, während er überlegte. »Schon seit Monaten. Ich habe mit Archie darüber gesprochen. Ausschlaggebend war wohl, daß ich anfangs noch die Beweise wie für einen normalen Fall zusammensuchte – auch wenn Ellis Quints Berühmtheit ihm Nachrichtenwert gab – und daß der Kommissar mich auf einmal drängte, die Sache unter einem Vorwand fallenzulassen. Als ich ihm dann zeigte, wie zwingend die Beweise waren, meinte er, der Polizeichef sei unglücklich, und wenn der Chef unglücklich sei, habe das immer denselben Grund, nämlich politischen Druck von außen.«

»Inwiefern politisch?«

Norman zuckte die Achseln. »Nicht speziell Parteipolitik. Eine Interessengruppe. Beeinflussung. Irgendein Kuhhandel in der Art von ›Laßt die Quint-Klage platzen, und es wird euch etwas Gutes widerfahren!‹«

»Doch nicht etwa in bar?«

»Sid!«

»Es tut mir leid.«

»Das will ich auch schwer hoffen.« Er wand dicke Schnur um den abgedeckten Motor. »Ich verlange auch kein Geld für das Stück Stoff aus Northamptonshire.«

»Ich krieche vor Ihnen«, sagte ich.

Er grinste. »Den Tag möchte ich erleben.« Er kletterte ins Boot und sicherte die Ausrüstung für den Transport.

»Niemand hat dem Druck ganz nachgegeben«, hob er hervor. »Das Verfahren gegen Ellis Quint geht ja weiter. Nur daß es im Moment auf wackligen Füßen steht. Sie selbst sind so gnadenlos diffamiert worden, daß Sie für die Anklage schon eine Belastung darstellen. Das mag hundsgemein sein, aber es ist so.«

»Mhm.«

Im Endeffekt hatte Davis Tatum mich beauftragt, herauszufinden, wer den Feldzug gegen mich veranlaßt hatte. Ich war nicht zum erstenmal mit einer Kampagne konfrontiert, die mich außer Gefecht setzen sollte, aber zum erstenmal bot sich mir jetzt die Möglichkeit, gegen Honorar meine Haut zu retten. Meine Haut zu retten hieß in diesem Fall, Ellis Quint auszuschalten; in erster Linie wurde ich also dafür bezahlt. Und wofür noch?

Norman fuhr seinen Wagen rückwärts an den Bootsanhänger und koppelte ihn an. Dann beugte er sich durch das offene Beifahrerfenster, öffnete das Handschuhfach, zog eine Plastiktüte hervor und überreichte sie mir.

»Ein Stück Drecklappen«, meinte er vergnügt. »Kostet Sie acht Tage lang sechs Kotaus vor dem Frühstück.«

Ich nahm die Tüte dankbar an. Der schmutzige Streifen Stoff darin war sieben oder acht Zentimeter breit und in mehreren Lagen gefaltet.

»Er ist ungefähr einen Meter lang«, sagte Norman. »Mehr haben sie nicht rausgerückt. Ich mußte den Empfang bestätigen.«

»Gut.«

»Was fangen Sie denn damit an?«

»Erst mal wasche ich es.«

»Es hat so was wie ein Muster«, meinte Norman zweifelnd, »aber nirgends auf dem ganzen Tuch steht was. Kein Hinweis auf die Herkunft, auf ein Gartencenter oder so.«

»Ich erhoffe mir auch nicht allzuviel«, sagte ich, »aber im Augenblick ist jeder Strohhalm besser als nichts.«

Norman stand breitbeinig vor mir, die Hände auf den Hüften. Er sah aus wie der starke Arm des Gesetzes in Person, aber wie sich herausstellte, war er eigentlich nur unentschlossen.

»Wieweit kann ich Ihnen vertrauen?« fragte er.

»Daß ich schweige?«

Er nickte.

»Ich dachte, das hätten wir schon erörtert.«

»Ja, aber das ist Monate her.«

»Es hat sich nichts geändert«, sagte ich.

Er überwand sich, steckte noch einmal den Kopf ins Auto und holte diesmal einen braunen DIN-A4-Umschlag heraus, den er mir hinhielt.

»Eine Kopie der Futterwürfelanalyse«, sagte er. »Also lesen und dann in den Aktenvernichter damit.«

»Okay. Vielen Dank auch.«

Ich hielt den Umschlag und die Tüte in der Hand und wußte, daß ich solches Vertrauen nicht leichtnehmen durfte. Er muß sich meiner Diskretion ja sehr sicher sein, dachte ich, und fand das eher beunruhigend als schmeichelhaft.

»Ich habe nachgedacht«, sagte ich. »Wissen Sie noch, wie wir im Juni die Sachen aus Gordon Quints Landrover geholt haben?«

»Klar weiß ich das.«

»In dem Landrover lag auch eine Schmiedeschürze. Zusammengerollt. Die haben wir nicht mitgenommen, oder?«

Er runzelte die Stirn. »Daran kann ich mich nicht erinnern, aber sie ist nicht unter den Asservaten, nein. Was ist daran wichtig?«

Ich sagte: »Mich hat trotz des Halfters und der Futterwürfel immer gewundert, daß die Tiere stillhielten, bis die Schere sich um das Bein geschlossen hatte. Aber Pferde haben einen scharfen Geruchssinn, und wie ich von den Tierärzten weiß, waren die Hengste alle beschlagen... also kannten sie natürlich den Geruch einer Schmiedeschürze. Ich halte es für möglich, daß Ellis die Schürze getragen hat, um die Tiere zu beruhigen. Sie dachten vielleicht, er sei der Mann, der sie beschlagen hatte. Dann hätten sie ihm vertraut. Er hätte eine Fessel anheben und sie mit der Schere packen können.«

Er machte große Augen.

»Was halten Sie davon?«

»Sie sind der Pferdekenner.«

»So bekäme ich einen Zweijährigen dazu, daß er mich an seine Beine läßt.«

»Wenn Sie mich fragen«, sagte er, »ist es so gelaufen.«

Er streckte automatisch die Hand aus, um sich zu verabschieden, erinnerte sich dann aber an Gordon Quints Attentat, zuckte die Achseln, grinste und sagte nur: »Geben Sie mir Bescheid, wenn das Tuch was bringt?«

»Natürlich.«

»Bis dann.«

Winkend fuhr er davon, sein Boot im Schlepptau, und ich kehrte zu meinem Wagen zurück, verstaute die Tüte und das Kuvert und machte einen kurzen Abstecher nach Shelley Green zu Archie Kirk.

Er war von der Arbeit zurück. Seine Frau, die in der Küche Essen zubereitete, lächelte, als wir an ihr vorbei ins Wohnzimmer gingen.

»Wie steht's?« fragte Archie. »Whisky?«

Ich nickte. »Mit Soda...«

Er deutete auf die Sessel, und wir setzten uns. Das dunkle Zimmer war wie geschaffen für den Monat Oktober: Flammenimitate verbrannten Kohlenimitate im Kamin und gaben dem Raum Leben – was der Junisonne damals nicht gelungen war.

Ich hatte Archie seitdem nicht mehr gesehen. Wieder ließ ich das wahrscheinlich gewollte Grau-in-Grau seines Erscheinungsbildes auf mich wirken, und wieder sah ich seine wachen dunklen Augen.

Er sagte beiläufig: »Sie haben ganz schön was mitgemacht.«

»Sieht man das?«

»Ja.«

»Egal«, sagte ich. »Würden Sie mir ein paar Fragen beantworten?«

»Das kommt drauf an.«

Ich trank etwas von seinem Durchschnittswhisky und nahm eine entspannte, ganz und gar unaggressive, friedfertige Haltung ein.

»Zunächst mal, was tun Sie?« sagte ich.

»Ich bin Staatsbeamter.«

»Das ist etwas ... allgemein.«

»Fangen Sie am anderen Ende an«, sagte er.

Ich lächelte. Ich sagte: »Klug ist der Mann, der weiß, wer ihn bezahlt.«

Sein Glas auf halbem Weg zu den Lippen, sagte er: »Fragen Sie.«

»Nun ... kennen Sie Davis Tatum?«

Nach einer Pause antwortete er: »Ja.«

Mir schien, daß er vorsichtig wurde; daß er sich, genau wie ich, durch ein Minenfeld von Fakten bewegte, die zu kennen er nicht zugeben konnte oder wollte. Das alte Spielchen – weiß er, daß ich weiß, daß er weiß – mutet schon manchmal kindisch an.

Ich fragte: »Wie geht's Jonathan?«

Er lachte. »Wie ich höre, spielen Sie Schach. Sie sollen ein Meister der Irreführung sein. Ihre Gegner glauben zu gewinnen, und dann ... peng.«

Ich spielte nur mit Charles in Aynsford Schach, und auch das eher selten.

»Kennen Sie meinen Schwiegervater?« fragte ich. »Meinen Exschwiegervater, Charles Roland?«

Mit einem Funkeln in den Augen sagte er: »Ich habe mit ihm telefoniert.«

Zumindest log er mich nicht an, dachte ich; und wenn er

nicht log, dann hatte ich jetzt ziemlich festen Boden unter den Füßen. Ich erkundigte mich nach Jonathan und nach seiner Schwester, Betty Bracken.

»Der verdammte Junge ist immer noch in Combe Bassett, und jetzt, wo die Wasserskisaison vorbei ist, treibt er alle zum Wahnsinn. Sie sind der einzige, der an ihm etwas Gutes sieht.«

»Norman doch auch.«

»Für Norman ist er ein begabter Wasserskiläufer mit kriminellen Neigungen.«

»Hat Jonathan Geld?«

Archie schüttelte den Kopf. »Nur das bißchen, das wir ihm für Zahncreme und so weiter geben. Er hat ja noch Bewährung. Ein schwieriges Bürschchen.« Er schwieg. »Betty hat ihm das Wasserskilaufen bezahlt. Sie ist in unserer Familie die einzige, die wirklich Geld hat. Gleich nach der Schule hat sie geheiratet. Bobby ist dreißig Jahre älter – er war schon reich, als sie geheiratet haben, und jetzt ist er reicher denn je. Wie Sie gesehen haben, liebt sie ihn immer noch über alles. Wie am ersten Tag. Kinder haben sie nicht; sie konnte keine bekommen. Sehr schade. Wenn Jonathan Verstand hätte, wäre er *nett* zu Betty.«

»Ich glaube, so verschlagen ist er nicht. Jedenfalls noch nicht.«

»Mögen Sie ihn?« fragte Archie neugierig.

»Nicht besonders, aber es geht mir gegen den Strich, mit anzusehen, wie Existenzen vergeudet werden.«

»Ein dummer Junge.«

»Ich habe mich nach dem Hengst erkundigt«, sagte ich. »Der Fuß ist drangeblieben.«

Archie nickte. »Zu Bettys großer Freude. Der Hengst ist zwar für immer lahm, aber sie wollen sehen, ob er bei seiner Abstammung nicht für die Zucht taugt. Betty will ihn nächstes Jahr gratis für gute Stuten zur Verfügung stellen.«

Archies reizende Frau kam herein und fragte, ob ich zum Abendessen bliebe; sie könne gern ein Gedeck mehr auflegen. Ich lehnte dankend ab und stand auf, um zu gehen. Archie schüttelte mir die Hand. Ich zuckte ein wenig zusammen, doch er sagte nichts dazu. Das letzte Tageslicht verlor sich, als er mit hinaus zum Wagen kam.

Er sagte: »Ich arbeite für die Regierung in einer kleinen, offiziell nicht anerkannten Abteilung, die vor einiger Zeit eingerichtet wurde, um die möglichen Folgen der Besetzung hoher politischer Ämter vorauszusagen. Wir arbeiten auch Szenarien aus, die unausweichlich entstehen, wenn in Vorschlag gebrachte Gesetze in Kraft treten.« Er schwieg und fuhr ironisch fort: »Wir selbst nennen uns die Kassandra-Kolonne. Wir sehen, was kommt, und keiner glaubt uns. Wir sind immer auf der Suche nach herausragenden unabhängigen Ermittlern ohne Parteibindung. Die findet man selten. Wir glauben, daß Sie einer sind.«

Ich stand im Halbdunkel neben meinem Wagen und sah in die ungewöhnlichen Augen. Ein ungewöhnlicher Mensch mit unvorstellbaren Einsichten. Ich sagte: »Archie, ich werde mit vollem Einsatz für Sie arbeiten, solange ich sicher bin, daß Sie mich nicht einer Gefahr aussetzen, die Sie kennen, mir aber verschweigen.«

Er holte tief Atem, versprach aber nichts.

»Gute Nacht«, sagte ich leichthin.

»Sid.«

»Ich rufe Sie an.« Das war ungefähr so verbindlich wie ›Essen wir mal zusammen‹, dachte ich.

Er stand auf dem Kiesweg, als ich zum Tor hinausfuhr. Ein wahrer Staatsdiener, dachte ich wehmütig. Jedwede Zusicherung war unmöglich, da die Spielregeln sich auf Schritt und Tritt ändern konnten.

Ich fuhr Richtung Norden durch Oxfordshire nach Aynsford und klingelte bei Charles am Seiteneingang. Mrs. Cross kam zur Tür, und ihr fragender Gesichtsausdruck wich einem herzlichen, als sie sah, wer draußen stand.

»Der Admiral ist in der Messe«, versicherte sie mir auf die Frage, ob er da sei, und eilte auch schon vor mir her, um ihm Bescheid zu geben.

Charles äußerte sich nicht dazu, daß ich zum zweitenmal in drei Tagen sein Refugium aufsuchte. Er deutete nur auf den Goldbrokatsessel und schenkte mir, ohne zu fragen, ein Glas Brandy ein.

Ich setzte mich, trank und ließ dankbar die Nüchternheit und Zurückhaltung dieses dünnen Mannes auf mich wirken, der Schiffe befehligt hatte und jetzt mein einziger Anker war.

»Was macht der Arm?« fragte er knapp, und ich meinte nur: »Beschwerden.«

Er nickte und wartete.

»Kann ich bleiben?« sagte ich.

»Natürlich.«

Nach einer längeren Pause sagte ich: »Kennst du einen Mann namens Archibald Kirk?«

»Nein, ich glaube nicht.«

»Er sagt, er hat mit dir telefoniert. Das wird ein paar Monate her sein. Er ist Staatsbeamter und Richter. Er wohnt bei Hungerford, ich komme gerade von ihm. Erinnerst du dich nicht? Überleg mal. Er könnte dich nach *mir* gefragt haben. Sich nach mir erkundigt haben, so wie man Referenzen einholt. Du hast ihm wahrscheinlich gesagt, daß ich Schach spiele.«

Er dachte darüber nach, kramte in seinem Gedächtnis.

»Ich würde dich immer empfehlen«, sagte er. »Hättest du es aus irgendeinem Grund lieber anders?«

»Keineswegs.«

»Man hat mich schon verschiedentlich nach deinem Charakter und deinen Fähigkeiten gefragt. Ich sage immer: Wer einen Ermittler sucht, kann es nicht besser treffen.«

»Du bist... zu gütig.«

»Von wegen zu gütig. Weshalb fragst du nach diesem Archibald Church?«

»Kirk.«

»Dann eben Kirk.«

Ich trank einen Schluck Brandy und sagte: »Erinnerst du dich an den Tag, als du mit mir im Jockey-Club warst? Als wir den Chef des Sicherheitsdienstes abserviert haben?«

»Das könnte ich wohl kaum vergessen.«

»Aber du hast Archie Kirk nicht davon erzählt, oder?«

»Natürlich nicht. Ich spreche niemals davon. Darauf habe ich dir mein Wort gegeben.«

»Es ist aber erzählt worden«, sagte ich mürrisch.

»Der Jockey-Club hat sich nicht ausdrücklich zum Stillschweigen verpflichtet.«

»Ich weiß.« Ich überlegte ein wenig und sagte: »Kennst

du einen Anwalt namens Davis Tatum? Er ist ein guter Bekannter des Anklägers in Ellis' Prozeß.«

»Ich kenne ihn vom Hörensagen. Nicht persönlich.«

»Du würdest ihn mögen. Du würdest auch Archie mögen.« Ich schwieg und sagte dann: »Sie wußten beide von dem Tag im Jockey-Club.«

»Aber Sid... spielt das wirklich eine Rolle? Ich meine, du hast doch dem Jockey-Club einen Riesengefallen damit getan, daß du ihnen den Schurken vom Hals geschafft hast.«

»Ich soll für Davis Tatum und auch für Archie herausfinden, wer hinter den Kulissen agiert, um den Quint-Prozeß zum Platzen zu bringen. Das bleibt aber bitte unter uns.«

Er lächelte. »Vertrauliche Klienteninformation?«

»Genau. Und Davis Tatum hat mir zu verstehen gegeben, daß er wußte, daß ich vor den Vorsitzenden damals mein Hemd ausziehen mußte und warum. Ich glaube, er und Archie wollen sich vergewissern, daß ich im Ernstfall auch Gefahren auf mich nehme.«

Er warf mir einen langen, ruhigen Blick zu, bei dem sein Gesicht unbewegt und ausdruckslos war.

Schließlich sagte er: »Und tust du das?«

Ich seufzte. »Wahrscheinlich.«

»Was für Gefahren?«

»Ich glaube, das wissen sie nicht. Aber realistisch gesehen: Wenn jemand um jeden Preis verhindern will, daß der Ellis-Quint-Prozeß zustande kommt, wer ist dann hauptsächlich im Weg?«

»Sid.«

»Ja. Deswegen soll ich herausfinden, ob irgend jemand

darauf aus sein könnte, mich ein für allemal aus dem Verkehr zu ziehen. Ich soll herausfinden, *ob, wer* und *warum.*«

»Herrgott, Sid.«

Für einen Mann, der niemals fluchte, waren das starke Worte.

»Als Ansatzpunkt«, ich seufzte, »hat Davis Tatum mir einen Namen genannt, Owen Yorkshire, und mir gesagt, daß ihm ein Unternehmen namens Topline Foods gehört. Topline Foods hat in Aintree am Tag vor dem Grand National ein Sponsorenessen gegeben. Der Ehrengast war Ellis Quint. Ebenfalls zu den Gästen zählte ein Verleger namens Lord Tilepit, der zum Vorstand von Topline Foods gehört und außerdem *The Pump* herausgibt, die mich seit Monaten mit Spott überhäuft.«

Er saß da wie erstarrt.

»Also«, sagte ich, »werde ich mal nachschauen, was Owen Yorkshire und Lord Tilepit im Schilde führen, und wenn ich nicht zurückkomme, kannst du ordentlich Lärm schlagen.«

Als er seine Atmung wieder unter Kontrolle hatte, sagte er: »Tu es nicht, Sid.«

»Klar… aber wenn ich es nicht tue, kommt Ellis lachend aus der Sache raus, und mein Ansehen ist endgültig im Eimer, wenn du verstehst, was ich meine.«

Er verstand.

Nach einer Weile sagte er: »Ich kann mich dunkel an das Gespräch mit diesem Archie erinnern. Er fragte, ob du ›Grips‹ hast. Über deine physischen Nehmerqualitäten sei er im Bilde. Merkwürdige Wortwahl – deshalb fällt mir das wieder ein. Ich sagte ihm, du seist ein gerissener Schachspieler. Was du ja auch bist. Das war aber vor längerer Zeit schon. Vor dem ganzen Ärger.«

Ich nickte. »Er wußte schon eine Menge über mich, als er seine Schwester veranlaßte, mich morgens um halb sechs anzurufen, weil ihrem Hengst ein Fuß abgetrennt worden war.«

»Also der ist das? Der Bruder von Mrs. Bracken?«

»Ja.« Ich trank Brandy und sagte: »Könntest du Sir Thomas Ullaston, wenn du mal wieder mit ihm sprichst, vielleicht fragen – ohne ein Drama draus zu machen –, ob er Archie Kirk oder Davis Tatum von dem Morgen im Jockey-Club erzählt hat?«

Sir Thomas Ullaston war damals der Vorsitzende Verwaltungsdirektor gewesen und hatte die interne Verhandlung geleitet, die dazu geführt hatte, daß der Sicherheitschef abgesetzt wurde, der Chico und mir die Lust an jeder Spürarbeit radikal hatte austreiben wollen. Für mich war das alles Schnee von gestern, und mir lag sehr daran, daß es das auch blieb.

Charles sagte, er werde Sir Thomas fragen.

»Sag ihm, daß *The Pump* nicht davon Wind bekommen darf.«

Eine Möglichkeit, vor der es Charles ebenso graute wie mir.

Es klingelte leise an der Seitentür, und Charles sah stirnrunzelnd auf die Uhr.

»Wer kann das sein? Es ist schon fast acht.«

Wir sollten es bald wissen. Eine mehr als vertraute Stimme rief von der Diele her: »Daddy?«, und eine mehr als vertraute Gestalt erschien an der Tür. Jenny… Charles' jüngere Tochter… meine frühere Frau. Meine immer noch verbitterte Frau, die Haare auf den Zähnen hatte.

Meinen Schrecken verbergend, stand ich auf, und Charles ebenso.

»Jenny«, sagte Charles und ging ihr entgegen. »Was für eine reizende Überraschung!«

Kühl wie immer hielt sie ihm die Wange hin und sagte: »Wir kamen gerade vorbei. Da mußten wir doch reinschauen.« Sie sah mich ohne sonderliche Regung an und sagte: »Daß du hier bist, wurde uns erst klar, als wir deinen Wagen draußen stehen sahen.«

Ich ging zu ihr und tauschte mit ihr den Wangengruß, den sie auch Charles gewährt hatte. Wie immer ließ sie es geschehen, als sei es der formale Handschlag zweier Gegner nach dem Kampf.

»Du siehst mager aus«, meinte sie – nicht besorgt, sondern kritisch, aus Gewohnheit.

Sie selbst war schön wie immer, dachte ich, aber es hatte keinen Zweck, ihr das zu sagen. Ich wollte sie nicht spöttisch lächeln sehen. Schon weil es die feine Linie ihres Mundes verdarb. Sie konnte mich jederzeit mit Worten verletzen, und sie hatte die Gelegenheit oft genutzt. Meine einzige Abwehr dagegen war und blieb das Schweigen.

Ihr gutaussehender neuer Mann war nach ihr hereingekommen, hatte Charles die Hand gegeben und sich für den Überfall entschuldigt.

»Das macht doch nichts, mein Lieber«, versicherte ihm Charles.

Anthony Wingham wandte sich zu mir, sagte freundlich-verlegen: »Sid…«, und streckte die Hand aus.

Erstaunlich, dachte ich, während ich seinen linkisch zupackenden Griff aushielt, wie oft man sich im Lauf eines Tages so die Hand gab. Es war mir noch nie aufgefallen.

Charles schenkte zu trinken ein und schlug vor, gemeinsam zu Abend zu essen. Anthony Wingham lehnte vielmals dankend ab. Jenny warf mir einen kühlen Blick zu und setzte sich in den Goldbrokatsessel.

Charles machte Konversation mit Anthony, bis vom Wetter nichts mehr übrig war. Ich stand zwar bei ihnen, sah aber Jenny an, und sie sah mich an. In eine plötzliche Stille hinein sagte sie: »Tja, Sid, du möchtest es wahrscheinlich nicht von mir hören, aber diesmal hast du dich wirklich schwer in die Klemme gebracht.«

»Nein.«

»Was, nein?«

»Nein, ich möchte das nicht von dir hören.«

»Ellis Quint! Eine Nummer zu groß für dich. Und daß die Zeitungen mich im Sommer auch belästigt haben, weißt du ja wohl?«

Ich nickte widerwillig.

»Diese *Pump*-Reporterin«, beklagte sich Jenny. »India Cathcart hing wie eine Klette an mir. Sie wollte alles über dich und unsere Scheidung wissen. Weißt du, was sie geschrieben hat? Ich hätte ihr gesagt, ganz abgesehen davon, daß du ein Krüppel seist, hättest du mir auch als Mann nicht genügt.«

»Ich habe es gelesen«, sagte ich knapp.

»So? Und hat's dich gefreut? Hat dich das gefreut, Sid?«

Ich antwortete nicht. Charles war es, der sie scharf zurechtwies. »Jenny! Laß das.«

Ihr Gesicht wurde plötzlich weich, alles Gehässige verschwand, und das sanfte Mädchen, das ich geheiratet hatte, kam zum Vorschein. Die Verwandlung geschah blitzschnell, als würden sich Gitter öffnen. Man konnte richtiggehend zusehen, wie ihre Befreiung vonstatten ging.

»Ich habe das nicht gesagt«, meinte sie wie benommen zu mir. »Wirklich nicht. Sie hat das erfunden.«

Ich schluckte. Mit dem Wiederauftauchen der alten Jenny kam ich schlechter zurecht als mit ihrer Verachtung.

»Was hast du denn gesagt?« fragte ich.

»Na ja, ich… ich…«

»Jenny!« mahnte Charles wieder.

»Ich habe ihr gesagt«, wandte Jenny sich an ihn, »daß ich in Sids harter Welt nicht leben konnte. Ich sagte ihr, was immer sie schriebe, sie könne ihn nicht kleinkriegen oder aus der Bahn werfen, denn das habe noch keiner geschafft. Ich sagte ihr, daß er nie zeigt, was er empfindet, und daß Stahl gegen ihn wie Brotteig ist und daß ich damit nicht leben kann.«

Charles und ich hatten das sinngemäß schon von ihr gehört. Anthony aber sah erstaunt drein. Er musterte mein unscheinbares Äußeres von oben herunter und dachte offensichtlich, sie schätze mich falsch ein.

»India Cathcart hat Jenny auch nicht geglaubt«, sagte ich verständnisvoll zu ihm.

»Was?«

»Gedanken lesen kann er auch«, sagte Jenny, während sie ihr Glas absetzte und aufstand. »Anthony, Schatz, laß uns gehen, ja?« Zu ihrem Vater sagte sie: »Entschuldige, daß wir so schnell wieder weg sind«, und zu mir: »India Cathcart ist ein Aas.«

Ich küßte Jenny auf die Wange.

»Ich liebe dich noch immer«, sagte ich.

Sie sah mir kurz in die Augen. »Ich konnte damit nicht leben. Ich habe ihr die Wahrheit gesagt.«

»Ich weiß.«

»Laß dich nicht von ihr kaputtmachen.«

»Nein.«

»So ist das«, sagte sie munter, laut, lächelnd, »wenn die Vögel aus dem Käfig fliegen, dann singen und jubilieren sie. Also... tschüs, Sid.«

Sie sah glücklich aus. Sie lachte. Ich dachte wehmütig an die Zeit zurück, als wir uns kennenlernten, als sie immer so aussah; aber das Rad der Zeit ließ sich nicht zurückdrehen.

»Wiedersehn, Jenny«, sagte ich.

Charles, der nichts begriff, ging mit ihnen hinaus und kam stirnrunzelnd wieder.

»Ich verstehe einfach meine Tochter nicht«, sagte er. »Du?«

»O doch.«

»Sie reißt dich in Stücke. Auch wenn du es hinnimmst, ich kann das nicht ertragen. Wieso wehrst du dich nie?«

»Schau doch, was ich ihr angetan habe.«

»Sie wußte ja, wen sie heiratet.«

»Das glaube ich eben nicht. Es ist nicht immer einfach, mit einem Jockey verheiratet zu sein.«

»Du verzeihst ihr zuviel! Und weißt du, was sie gerade gesagt hat, als sie gefahren ist? Da komme ich nicht mit. Sie hat mich umarmt, nicht das pflichtschuldige Wangenküßchen, richtig gedrückt hat sie mich und gesagt: ›Paß auf Sid auf.‹«

Sofort schmolz in mir alles: beinahe zu Tränen.

»Sid...«

Ich schüttelte den Kopf, nicht zuletzt, um Haltung zu bewahren.

»Wir haben Frieden geschlossen«, sagte ich.

»Wann?«

»Gerade eben. Die alte Jenny ist wieder da. Sie hat sich von mir gelöst. Ganz plötzlich hat sie sich frei gefühlt... deshalb braucht sie mich jetzt nicht mehr in Stücke zu reißen, wie du es ausdrückst. Ich glaube, der ganze zerstörerische Zorn ist endlich weg. Sie hat es ja selbst gesagt, der Vogel ist aus dem Käfig geflogen.«

Er sagte: »Hoffentlich«, sah aber nicht überzeugt aus. »Ich brauche was zu trinken.«

Ich lächelte und trank mit ihm, doch als wir später geruhsam miteinander aßen, wurde mir bewußt, daß ich die Aussicht, von seiner Tochter vielleicht nicht mehr verachtet oder gequält zu werden, vertrackterweise nicht als Erleichterung, sondern als Verlust empfand.

10

Früh am Donnerstagmorgen fuhr ich von Aynsford zurück nach London und stellte den Wagen wie gewohnt in einer Tiefgarage am Pont Square ab. Dann ging ich zu meiner Stammreinigung an der Ecke und wartete, während der Stoffetzen aus Northampton zweimal den Trockenreinigungszyklus durchlief.

Was dabei herauskam, war ein ausgefranstes langes Etwas, hell türkis im Grundton, mit einem nichtgeometrischen Muster in Grün, Braun und Lachsrosa. Außerdem wies es unregelmäßige schwarze Flecke auf, die sich hartnäckig gehalten hatten.

Ich ließ es noch bügeln, mit dem einzigen Erfolg, daß ich jetzt einen glatten Stoffstreifen hatte statt eines faltigen.

»Was ist, wenn ich mit Wasser und Waschmittel drangehe?« fragte ich den stämmigen, verwunderten Wäschereiniger.

»Beschädigen können Sie es eigentlich nicht«, meinte er sarkastisch.

Also wusch und bügelte ich es, und alles blieb wie gehabt: türkisfarbener Stoffstreifen, unbestimmtes durchgehendes Muster, nicht wegzukriegende schwarze Flecke.

Geleitet von den Gelben Seiten, stattete ich der Großhandlung eines bekannten Textildesigners einen Besuch ab.

Ein unendlich höflicher alter Mann dort erklärte mir, daß mein Stoffmuster *gewebt* sei, während in seiner Firma Stoffe nur *bedruckt* würden. Anderer Markt, meinte er. Ihrer sei der gehobene Mittelstand. Ich müsse mich an einen Raumausstatter wenden, und freundlicherweise schrieb er mir gleich ein paar Firmen auf.

Die ersten beiden versprachen sich nichts davon, mir Auskunft zu geben. Bei der dritten Adresse geriet ich an einen unausgelasteten Zwanzigjährigen, der sich mit schlanken weißen Fingern durch die gepflegten schulterlangen Locken fuhr, während er mein Mitbringsel interessiert betrachtete. Er zog einen türkisfarbenen Faden heraus und hielt ihn ans Licht.

»Das ist Seide«, sagte er.

»Echte Seide?«

»Irrtum ausgeschlossen. Das war teures Material. Das Muster ist eingewebt. Schauen Sie.« Er drehte den Stoff um und zeigte mir die Rückseite. »Das ist schon was. Wo haben Sie das her? Das sieht nach ganz altem Lampas aus. Wunderschön. Die Farben sind organisch, nicht mineralisch.«

Ich sah den wirklich noch sehr jungen Mann an und fragte ihn, ob er eine zweite Meinung einholen könne.

»Weil ich frisch von der Werkkunstschule komme?« erriet er, ohne Anstoß zu nehmen. »Aber ich habe Stoffe studiert. Deswegen haben sie mich hier genommen. Ich kenne mich mit Stoffen aus. Die Designer weben ja keine, sie verwenden sie nur.«

»Dann sagen Sie mir, was ich da habe.«

Er befühlte den türkisfarbenen Stoffstreifen, führte ihn

an seine Lippen, an seine Wange und schien damit Zwiesprache zu halten, als wäre es eine Kristallkugel.

»Es ist eine moderne Reproduktion«, sagte er. »Sehr kunstvoll gemacht. Lampas, gewebt auf einer Jacquardmaschine. Man müßte etwas mehr sehen, aber ich glaube, es ist die Kopie eines seidenen Wandbehangs, den Philippe de Lasalle um 1760 gefertigt hat. Nur war der Hintergrund im Original nicht blaugrün, sondern cremefarben, und die Schnüre und Blätter des Musters waren grünrotgold.«

Ich war beeindruckt. »Sind Sie sicher?«

»Ich habe diese Sachen drei Jahre lang gelernt.«

»Tja, und wer macht so was heute? Muß ich dafür nach Frankreich?«

»Sie könnten es bei einer oder zwei englischen Firmen versuchen, aber wenn Sie mich fragen –«

Er wurde jäh von einer streng blickenden Frau mit einem schwarzen Kleid und einer schweren aztekoiden Halskette unterbrochen, die hereingerauscht kam und an dem Ladentisch stehenblieb, auf dem der wenig anziehende Lumpen lag.

»Was machen Sie denn?« fragte sie. »Sie sollten doch die neu eingegangene Posamentierware katalogisieren.«

»Ja, Mrs. Lane.«

»Dann tun Sie das bitte. Jetzt aber hurtig.«

»Ja, Mrs. Lane.«

»Brauchen Sie noch etwas?« fragte sie mich forsch.

»Nur die Namen von ein paar Webern.«

Auf dem Weg zu den Posamentierbeständen sagte mein Informationsquell noch kurz über die Schulter: »Es sieht nach einem alleinschaffenden Weber aus, nicht nach einer Firma. Versuchen Sie's bei Saul Marcus.«

»Wo?« rief ich.

»London.«

»Danke.«

Er verschwand außer Sicht. Unter dem ungastlichen Blick von Mrs. Lane nahm ich meinen Lumpen, lächelte begütigend und packte mich.

Ich fand Saul Marcus zunächst im Telefonbuch und dann in Person, weißbärtig, in einem luftigen Künstlerstudio bei Chiswick in Westlondon, wo er Stoffmuster entwarf.

Er betrachtete meinen Lumpen zwar interessiert, schüttelte aber den Kopf.

Ich drängte ihn, die vier Weltgegenden zu durchforschen.

»Es könnte eine Arbeit von Patricia Huxford sein«, meinte er schließlich unsicher. »Hören Sie mal nach. Sie macht so was mitunter oder hat es gemacht. Sonst wüßte ich keinen.«

»Wo finde ich sie?«

»Surrey, Sussex. So in der Ecke.«

»Vielen Dank.«

Wieder zurück am Pont Square, suchte ich Patricia Huxford in sämtlichen Telefonbüchern für Surrey und Sussex, die ich besaß, und nahm auch noch die angrenzenden südlichen Grafschaften Hampshire und Kent hinzu. Keine von den wenigen verzeichneten Huxfords erwies sich als Patricia die Weberin.

Ich brauchte wirklich Hilfe, dachte ich, als ich mich von Mrs. Paul Huxford, der Frau eines Doppelglasfenstervertreters, verabschiedete. So eine Suche konnte Stunden dauern. Verflucht seien Chico und sein überbesorgtes Herzblatt.

Nachdem die Telefonbücher nichts gebracht hatten,

wandte ich mich an die Auskunft, den zentralen computergesteuerten Nummernsuchdienst. Wie immer mußte man eine Adresse angeben, um eine Nummer zu bekommen – der Computer spuckte Patricia Huxford, Surrey, verächtlich als viel zu vage aus. Ich versuchte es mit Patricia Huxford, Guildford (weil Guildford die Grafschaftshauptstadt von Surrey ist), bekam aber nur die beiden verzeichneten P. Huxfords, die ich schon angeklingelt hatte. Kingston, Surrey, auch wieder nichts. Ich probierte systematisch die anderen Hauptzonen durch: Sutton, Epsom, Leatherhead, Darking... Surrey mag von der Fläche her klein sein, aber es ist dicht bevölkert. Ich hatte überall Pech.

Huxfords waren gottlob selten. Gut, daß sie nicht Smith hieß.

Also Sussex. Es gibt East Sussex (Hauptstadt Lewes) und West Sussex (Chichester). Ich warf im Geiste eine Münze, fing an bei Chichester und wagte kaum meinen glücklichen Ohren zu trauen.

Eine unpersönliche Stimme teilte mir mit, daß die Rufnummer von Patricia Huxford geheim und nur der Polizei in Notfällen zugänglich sei. Sie war noch nicht einmal Stufe 1, so daß man die Telefonistin hätte überreden können, unter der Nummer anzufragen, ob sie mich verbinden könne. Patricia Huxford, Stufe 2, wollte völlig ungestört sein und war auf diesem Weg nicht zu erreichen.

Zur dritten und höchsten Stufe zählten die Nummern, die überhaupt nirgends verzeichnet waren, von denen die Ämter, die Telefonisten vielleicht gar nichts wußten; Nummern für Regierungsangelegenheiten, für das Königshaus und für Spione.

Ich gähnte, reckte mich und aß Cornflakes zu Mittag.

Während ich wenig begeistert daran dachte, nach Chichester zu fahren, wieder ungefähr hundertzehn Kilometer mit schmerzendem Arm, rief Charles aus Aynsford an.

»Bin ich froh, daß ich dich erreiche«, sagte er. »Ich habe mit Thomas Ullaston gesprochen, und ich dachte, das interessiert dich.«

»Ja«, stimmte ich zu. »Was hat er gesagt?«

»Du weißt ja wohl, daß er dem Jockey-Club nicht mehr vorsteht? Seine Amtszeit ist zu Ende.«

»Ja, ich weiß.«

Ich bedauerte es auch. Der neue Vorsitzende neigte dazu, mich für einen nichtsnutzigen Quälgeist zu halten. Verständlich vielleicht, aber es war einfach schlecht, beim Chef des Ganzen nichts zu gelten, wenn man von den Abteilungsleitern, die gerade das Sagen hatten, etwas wollte. Niemand mehr war mir dankbar dafür, daß ich ihnen den Schurken vom Hals geschafft hatte: Ihrer Meinung nach vergaß man den ganzen peinlichen Zwischenfall am besten, und das fand ich zwar auch, aber gegen einen Rest Wohlwollen hätte ich nichts einzuwenden gehabt.

»Thomas war sprachlos über deine Frage«, sagte Charles. »Er beteuerte, er habe dir nicht schaden wollen.«

»Aha!« sagte ich.

»Ja. Er hat nicht bestritten, daß er jemandem von dem Morgen erzählt hat, doch er hat mir versichert, es sei nur eine einzige Person gewesen, ein hochangesehener, überaus integrer Mensch. Ich fragte ihn, ob es Archibald Kirk war, und er hat nach Luft geschnappt, Sid. Er sagte, Archie Kirk habe sich bei ihm im Frühsommer nach dir erkundigt. Er habe gehört, du seist ein guter Ermittler, und er habe wissen wollen, *wie* gut. Es scheint, daß Archie Kirks Dienststelle hin und wieder heimlich unabhängige Ermittler in Anspruch nimmt, daß gute und vertrauenswürdige aber schwer zu finden sind. Thomas Ullaston sagte ihm, er solle *dir* vertrauen. Da hat Archie Kirk anscheinend immer weiter gefragt, bis Thomas ihm unversehens von der Kette und den fürchterlichen Striemen erzählt hat... Tja, es tut mir leid, Sid.«

»Ja«, meinte ich. »Und weiter?«

»Er hat Archie Kirk erzählt, mit deiner rennreiterlichen Konstitution und deinen Nehmerqualitäten – ›Nehmerqualitäten‹ sagte Thomas, genau da hat Kirk also den Ausdruck her – mit deinen angeborenen physischen Nehmerqualitäten hättest du die ganze Sache abgeschüttelt, als wäre sie nie passiert.«

»Ja«, sagte ich, wenn es auch nicht ganz stimmte. Vergessen konnte man so etwas nicht. Verdrängen schon. Und es war seltsam, dachte ich, daß ich in Alpträumen nie mit Ketten ausgepeitscht wurde.

Charles lachte leise. »Thomas meinte, er hätte den jungen Herrn Halley ungern auf den Fersen, wenn er ein Gauner wäre.«

Der junge Herr Halley hörte das gern.

Charles sagte: »Kann ich sonst noch etwas für dich tun, Sid?«

»Danke. Du bist fabelhaft.«

»Gib auf dich acht.«

Ich lächelte, als ich ihm das zusicherte. Einem Jockey zur Vorsicht zu raten ist hoffnungslos, und im Innersten wollte ich siegen wie eh und je.

Auf dem Weg zum Auto kaufte ich mir robustes Heftpflaster, und mit fest verbundenem rechtem Unterarm und einer hinreichenden Dosis Ibuprofen im Blut fuhr ich nach Chichester in West Sussex, etwa elf Kilometer von der Küste entfernt.

Es war ein erhebend schöner Nachmittag. Mein Milchkaffeemercedes schnurrte über die hügeligen South Downs und flog den letzten flachen Kilometer zur Domstadt Chichester; einigermaßen schnelle Räder, aber trotzdem nicht so beglückend wie ein Pferd.

Ich ging in die Stadtbibliothek und bat, das Wählerverzeichnis sehen zu dürfen.

Es war eine Riesenliste: Die Namen und Anschriften aller in der Grafschaft erfaßten Wähler, eingeteilt in Wahlbezirke.

Wo war Chico, verdammt noch mal?

Auf eine lange Suche eingestellt, die zwei, drei Stunden dauern konnte, fand ich Patricia Huxford schon nach knapp fünfzehn Minuten. Ein Rekord. Ich konnte Wahlverzeichnisse nicht ausstehen: die kleine Schrift flimmerte einem vor den Augen.

Huxford, Patricia Helen, Bravo House, Lowell.

Halleluja.

Ich folgte meiner Straßenkarte und fragte mich im Ort dann nach Bravo House durch, einer kleinen umgebauten Kirche, vor der lauter Pkws und Lieferwagen standen. Bravo House sah nicht nach der Klause einer Einsiedlerin mit Geheimnummer aus.

Da das große, massive Westportal offenstand und Leute ein und aus gingen, trat auch ich ein. Wie sich herausstellte, ging gerade ein Fototermin für eine Illustrierte zu Ende.

Ich sagte zu einer jungen Frau, die ein Klemmbrett im Arm hielt: »Patricia Huxford?«

Die junge Frau schenkte mir ein strahlendes Lächeln. »Ist sie nicht wundervoll?« meinte sie.

Ich folgte der Richtung ihres Blickes. Dort wo die alten Querschiffe auf das Mittelschiff trafen, stieg eine zierliche Frau in einem auffallenden Kleid von einer Art erhöhtem Thron herunter. Starke Bühnenscheinwerfer wurden ausgeschaltet, und Fotografen bauten ab, packten ein, rollten Kabel zusammen. Die Luft war erfüllt von überschwenglichem Dank, befriedigtem Eifer und der Freude an einem gelungenen Stück Arbeit.

Ich wartete, schaute mich um, entdeckte die Unterschiede zwischen Kirche und modernem Haus. Das Fensterglas hoch oben war nicht farbig, sondern klar. Auf den steinernen Fliesen des banklosen Schiffs lagen Teppiche; bequeme, an die Wand gerückte moderne Sofas boten Besuchern Platz, und es gab einen Fernseher mit Großbildschirm.

Eine weißgestrichene Trennwand hinter dem erhöhten Thron schirmte den einstigen Altarbereich ab, doch nichts engte den Blick auf die gewölbte Decke ein, deren hochragende steinerne Bogen vom Ruhm Gottes kündeten.

Man mußte innerlich sehr gefestigt sein, dachte ich, wenn man sich hier niederließ.

Die Presseleute wanderten durch das Kirchenschiff und verabschiedeten sich aufs herzlichste. Patricia Huxford winkte ihnen zu, schloß die schwere Tür und war, als sie sich umdrehte, überrascht, mich noch vorzufinden.

»Entschuldigen Sie«, sagte sie und schickte sich an, die Tür wieder zu öffnen.

»Ich gehöre nicht zu den Fotografen«, sagte ich. »Ich wollte Sie nach etwas fragen.«

»Ich bin müde«, sagte sie. »Ich muß Sie bitten zu gehen.«

»Sie sehen wunderbar aus«, sagte ich ihr, »und es geht auch ganz schnell.« Ich holte meinen Stoffetzen hervor und zeigte ihn ihr. »Wenn Sie Patricia Huxford sind, haben Sie das hier gewebt?«

»Trish«, sagte sie abwesend. »Man nennt mich Trish.«

Sie sah auf das Stück Seidenstoff und dann in mein Gesicht.

»Wie ist Ihr Name?« fragte sie.

»John.«

»Und weiter?«

»John Sidney.«

John Sidney war der vollständige Vorname, bei dem meine Mutter mich als Kind immer gerufen hatte. ›John Sidney, gib der Mami einen Kuß.‹ ›John Sidney, wasch dir das Gesicht.‹ ›John Sidney, hast du dich wieder gerauft?‹

Ich griff bei der Arbeit oft auf John Sidney zurück; eigentlich immer, wenn ich als Sid Halley unerkannt bleiben wollte. Nach den vergangenen Monaten allzu öffentlicher Prügel wußte ich nicht, ob Sid Halley mir etwas anderes eingebracht hätte als ein schnelles ›Raus hier‹.

Trish Huxford, ungefähr Mitte bis Ende Vierzig, war hübsch, blond (Natur?), klein und guter Dinge. Klare, aufmerksame Augen musterten meinen grauen Straßenanzug, das weiße Hemd, die unauffällige Krawatte, die braunen Schuhe, das dunkle Haar, die dunklen Augen, die unaggressive Haltung: meine gewohnte vertrauenerweckende Werktagserscheinung.

Sie war noch aufgedreht von dem Fototermin. Sie brauchte jemand, der sie wieder auf die Erde zurückholte, und ich sah harmlos aus und war es auch. Erfreut merkte ich, wie sie sich entspannte.

Das herrliche Kleid, das sie für die Fotografen getragen hatte, war im Schnitt ganz einfach; schwer und glatt hing es von den Schultern herab, bodenlang und ärmellos, mit einem weichen Rüschenkragen um den Hals. Das Erstaunliche war der Stoff des Kleides, denn er war blau und rot, silbern und golden, und er schimmerte.

»Haben Sie das Kleid selbst gewebt?« fragte ich.

»Ja, klar.«

»So etwas habe ich noch nie gesehen.«

»Das sieht man heute auch kaum noch. Kann ich irgend etwas für Sie tun? Woher kommen Sie?«

»Aus London. Saul Marcus meinte, Sie wüßten vielleicht, wer mein Stück Seide gewebt hat.«

»Saul! Wie geht's ihm?«

»Er hat einen weißen Bart«, sagte ich. »Es scheint ihm gutzugehen.«

»Ich habe ihn schon Jahre nicht gesehen. Würden Sie mir einen Tee machen? Ich will auf dem Kleid keine Flecke haben.«

Ich lächelte. »Tee kochen kann ich ganz gut.«

Sie führte mich an dem Thron vorbei und um die weißgestrichene Stellwand herum. Dahinter waren Chorstühle, alt und unverändert, und ein Altartisch, bedeckt von einem Tuch, bei dem ich erst mal stehenblieb. Es war leuchtend königsblau mit einem dunklen Saum, in den goldglänzende griechische Motive eingewebt waren. Auf dem Tisch stand statt religiöser Altargegenstände ein antikes Spinnrad von Dornröschenformat. Oberhalb des Tisches erstreckten sich Bogenfenster aus farblosem Glas bis zur Decke.

»Hier lang«, kommandierte Patricia Huxford und bog hinter den Chorstühlen unvermittelt durch eine schmale Türöffnung in einen Raum, der einmal eine Sakristei gewesen sein mochte, jetzt aber eine moderne kleine Küche mit angrenzendem Bad war.

»Mein Bett steht im südlichen Querschiff«, teilte sie mir mit, »und meine Webstühle stehen im nördlichen. Sie erwarten vielleicht, daß wir jetzt Chinatee mit Zitrone aus einem Silberkännchen trinken, aber Tatsache ist, daß ich für so was keine Zeit habe, und die Teebeutel und die Becher stehen da auf dem Bord.«

Ich goß ihren Elektrokessel halb voll und stöpselte ihn ein. Sie wanderte derweil umher und betrachtete das wunderbare Spiel der schillernden und sich vermischenden Farben auf ihrem Kleid.

Gebannt fragte ich, während das Wasser heiß wurde: »Woraus besteht das?«

»Was meinen Sie wohl?«

»Tja, es sieht aus wie, ehm... Gold.«

Sie lachte. »Ganz recht. Gold, Silberfaden und Seide.«

Ich goß etwas unbeholfen die Becher voll.

»Milch?« fragte sie.

»Nein, danke.«

»Das trifft sich gut. Die Meute vorhin hat die ganze Milch verputzt.« Sie sah mich freundlich an, ergriff einen Becher beim Henkel und ging wieder mit mir hinaus, um sich in dem großen, mit rotem Samt bezogenen Thronsessel niederzulassen. Ein dünner Arm ruhte leicht auf einer vergoldeten, geschnitzten Lehne, das Kleid fiel in wie gemeißelten Falten über ihre schlanken Schenkel.

»Die Fotos«, sagte sie, »sind für eine Zeitschrift über ein Kunstfestival, das Chichester den kommenden Sommer über veranstaltet.«

Ich stand vor ihr wie ein mittelalterlicher Page: stand schon deshalb, weil gar keine Sitzgelegenheit in der Nähe war.

»Sie halten mich bestimmt für wahnsinnig exzentrisch«, sagte sie.

»Wahnsinnig nicht.«

Sie grinste glücklich. »Normalerweise trage ich Jeans und einen alten Kittel.« Sie trank Tee. »Normalerweise arbeite ich. Das heute ist Theater.«

»Mit herrlichem Dekor.«

Sie nickte. »Niemand webt mehr goldenes Tuch.«

»Das Feld des goldenen Tuchs«, rief ich aus.

»Genau. Was wissen Sie darüber?«

»Nur den Namen.«

»Das war bei Guines in Frankreich, die Stätte der historischen Begegnung zwischen Englands Heinrich VIII. und Frankreichs Franz I. im Juni 1520. Eigentlich sollte dort Frieden zwischen England und Frankreich geschlossen werden, aber die beiden konnten sich nicht ausstehen und versuchten einander an Pracht zu übertreffen. All ihre Höflinge waren in Gold gewandet, und sie überreichten sich Geschenke, wie sie heute kein Mensch mehr sieht. Und ich dachte, für die Festwochen könnte ich als historische Reminiszenz mal etwas aus Gold weben… und ich kann Ihnen sagen, das Kleid wiegt Zentner. Heute habe ich es zum erstenmal an, und ich mag mich noch nicht davon trennen.«

»Es ist atemberaubend«, sagte ich.

Sie überschüttete mich mit ihrem Wissen. »1476 hat der Herzog von Burgund, als er nach dem Kampf gegen die Schweiz floh, einhundertundsechzig Goldtücher zurückgelassen. Goldtuch wie das hier wird gefertigt, indem man das Gold mit Seidenfäden verwebt, und wenn man das Gold wiederhaben will, verbrennt man den Stoff. Das habe ich mit den Stücken, die ich hier am Kragen und aus den Armlöchern herausgeschnitten habe, auch gemacht. Ich habe sie verbrannt und das geschmolzene Gold aufgefangen.«

»Schön.«

»Wissen Sie was?« sagte sie. »Sie sind der einzige, der das Kleid gesehen und nicht gefragt hat, wie teuer es war.«

»Gewundert habe ich mich schon.«

»Und ich verrate es nicht. Geben Sie mir Ihre Seide.«

Ich klemmte mir ihren leeren Becher unter den linken Arm und hielt ihr mit der Rechten den Stoffetzen hin; sie nahm ihn, und ich merkte, daß sie konzentriert auf meine linke Hand schaute. Sie hob die Augen, und unsere Blicke trafen sich.

»Ist die …?« sagte sie.

»Die ist ihr Gewicht in Gold wert«, erwiderte ich scherzhaft. »Ja.«

Ich brachte die Becher in die Küche, und als ich zurückkam, war sie aufgestanden und ließ die Finger über das Stück Stoff gleiten.

»Ein Innenausstatter«, sagte ich, »hat mir erzählt, es sei wahrscheinlich die moderne Reproduktion eines um 1760 entstandenen Wandbehangs von, ehm… ich glaube, Philippe de Lasalle.«

»Stark. Das ist es auch. Davon habe ich mal ziemlich viele gemacht.« Sie schwieg, sagte dann unvermittelt: »Kommen Sie«, und eilte mir wieder voraus.

Diesmal gingen wir durch die Tür in einer anderen weißgestrichenen Trennwand und gelangten in das nördliche Querschiff, ihre Werkstatt.

Dort standen drei Webstühle unterschiedlicher Bauart, alle mit entstehender Webware bespannt. Außerdem gab es einen Geschäftsbereich mit Aktenschränken und allerlei Bürozubehör und einen dritten Bereich, der dem Abmessen, Zuschneiden und Packen diente.

»Ich mache Stoffe, die man sonst nirgends bekommt«, sagte sie. »Der größte Teil geht in den Nahen Osten.« Sie ging auf den größten der drei Webstühle zu, ein Ungetüm, das stufenförmig und so groß wie wir beide zusammen vor uns aufragte.

»Das ist eine Jacquardmaschine«, sagte sie. »Auf der habe ich Ihr Teil gefertigt.«

»Man sagte mir, es handele sich da um… Lampas. Was ist das?«

Sie nickte. »Lampas ist ein schweres Gewebe, in das Muster und Farben so eingewebt sind, daß sie nur auf der Vorderseite erscheinen; hinten sind die Fäden eingeschlagen.« Sie zeigte mir die türkisfarbene Seide von vorn, mit dem schimmernden Muster aus Schnüren, Zweigen und Blättern, und von hinten, wo das Muster kaum zu sehen war. »Das ist eine Heidenarbeit«, sagte sie. »Heute findet man fast nur im Nahen Osten noch, daß sich der Aufwand lohnt, aber früher habe ich mal ziemlich viel Lampas an Schlösser und vornehme Häuser in England verkauft, auch an Privatkunden aller Art. Ich mache das nur auf Bestellung.«

Ich sagte mit unbeteiligter Stimme: »Wissen Sie vielleicht noch, für wen Sie dieses Stück gefertigt haben?«

»Du meine Güte. Das weiß ich nicht mehr. Wahrscheinlich habe ich aber noch die Unterlagen. Warum wollen Sie das denn wissen? Ist es wichtig?«

»Ich weiß nicht, ob es wichtig ist. Man hat mir den Stoff gegeben und mich gebeten, herauszufinden, wo er herkommt.«

Sie zuckte die Achseln. »Schauen wir mal. Wer weiß, vielleicht bekomme ich ja eine Nachbestellung.«

Sie öffnete einen Schrank, der Reihen von kastenförmigen Aktendeckeln barg, und fuhr mit den Fingern an den Etiketten entlang, bis sie zu einem kam, den ihr Gesichtsausdruck als möglichen Kandidaten auswies. Ihn nahm sie heraus und legte ihn vor uns auf den Tisch.

Der Ordner enthielt Karten mit angehefteten Stoffproben sowie Angaben zum Material, was, wann, wieviel, Namen der Käufer und Empfangsbestätigungen.

Sie blätterte die Karten langsam durch und hielt meine Stoffprobe zum Vergleich in der einen Hand. Sie stieß auf mehrere Varianten des gleichen Musters, aber alle in der falschen Farbe.

»Hier!« rief sie plötzlich aus. »Das ist es. Ich sehe, ich habe das vor fast dreißig Jahren gewebt. Wie die Zeit vergeht. Ich war noch so jung. Es war ein Vorhang für ein Himmelbett. Und ich habe ihn mit goldenen Quasten aus Gimpe ausgestattet.«

Ich fragte, ohne etwas Bestimmtes zu erwarten: »Für wen?«

»Hier steht, für eine Mrs. Gordon Quint.«

Ich sagte hilflos: »Ehm…«, da es mir buchstäblich den Atem verschlagen hatte.

Ginnie? *Ginnie* hatte der Stoff gehört?

»Ich erinnere mich weder an sie noch an den Auftrag«, sagte Trish Huxford. »Aber die Farben stimmen völlig überein. Das muß die Bestellung gewesen sein. Ich glaube nicht, daß ich die Farben noch für jemand anders gemacht habe.« Sie sah auf die schwarzen Flecke, die den mitgebrachten Stoff verunzierten. »Welch ein Jammer! Für mich sind meine Stoffe unvergänglich. Sie können leicht zweihundert Jahre halten. Mir gefällt die Vorstellung, etwas Schönes auf der Erde zurückzulassen. Sie halten mich bestimmt für eine sentimentale alte Schachtel.«

»Ich finde Sie großartig«, sagte ich wahrheitsgemäß und fragte: »Wieso haben Sie eine Geheimnummer, wenn Sie ein Geschäft betreiben?«

Sie lachte. »Ich mag nicht gestört werden, wenn ich Muster entwerfe. Das erfordert höchste Konzentration. Für Freunde habe ich ein Mobiltelefon – das kann ich abschalten –, und ich habe einen Agenten im Nahen Osten, der mir Aufträge hereinholt. Wieso erzähle ich Ihnen das alles?«

»Weil es mich interessiert.«

Sie klappte den Ordner zu, stellte ihn wieder in den Schrank und fragte: »Meinen Sie, Mrs. Quint möchte sich den beschädigten Vorhang vielleicht neu machen lassen?«

Mrs. Quint war aus dem sechzehnten Stock gesprungen.

»Ich weiß es nicht«, sagte ich.

Auf der Rückfahrt nach London hielt ich am Straßenrand, um Davis Tatum unter der Nummer anzurufen, die er mir gegeben hatte, seinem Privatanschluß.

Er war zu Hause, freute sich offenbar, von mir zu hören, und wollte wissen, was ich bislang für ihn getan hatte.

»Morgen«, sagte ich, »statte ich Topline Foods einen Besuch ab. Wer hat Sie auf Owen Yorkshire gebracht?«

Um Zeit zu gewinnen, sagte er: »Wie bitte?«

»Davis«, erwiderte ich freundlich, »Sie möchten, daß ich mir Owen Yorkshire und seine Firma mal ansehe, also warum? Warum *ihn*?«

»Das kann ich Ihnen nicht sagen.«

»Heißt das, Sie stehen im Wort, oder Sie wissen es nicht?«

»Es heißt… sehen Sie sich doch einfach mal um.«

Ich sagte: »Sir Thomas Ullaston, der Vorjahresvorsitzende des Jockey-Clubs, hat Archie Kirk die kleine Begebenheit mit den Ketten erzählt, und Archie Kirk hat sie *Ihnen* erzählt. Haben Sie nun also den Namen Owen Yorkshire von Archie bekommen?«

»Verdammt«, sagte er.

»Ich weiß immer gern, worauf ich mich einlasse.«

Nach einer Pause sagte er: »Owen Yorkshire ist zweimal im Sitzungsraum von *The Pump* gesehen worden. Wir wissen nicht, warum.«

»Danke«, sagte ich.

»Genügt Ihnen das?«

»Für den Anfang. Ach, und mein Mobiltelefon ist jetzt sicher. Keine Lauscher mehr. Bis demnächst.«

Ich fuhr weiter nach London, parkte in der Tiefgarage und ging die schmale Gasse entlang, die zwischen hohen

Häusern zu der meiner Wohnung gegenüberliegenden Seite des Platzes führte.

Ich ging ohnehin langsam und aufmerksam und blieb schließlich stehen, als ich sah, daß die Straßenlaterne auf der Höhe meines Fensters nicht brannte.

Manchmal schmissen Kinder mit Steinen nach der Lampe. Normalerweise hätte mir das fehlende Licht keine Schauer über den Rücken gejagt, die mir jetzt aber von den Fingerspitzen bis zum Hals Gordon Quint in Erinnerung brachten. Normalerweise hätte ich gewissermaßen pfeifend den Platz überquert und mir vorgenommen, am Morgen den Reparaturdienst zu verständigen.

Die Umstände waren nicht normal.

Die Gartenanlage hatte zwei verschlossene Türen, eine gegenüber dem Gehsteig, auf dem ich mich befand, und eine auf der anderen Seite, nach meinem Haus zu. Im Dunkeln stehend, suchte ich den Türschlüssel heraus, den alle Anwohner besaßen, überquerte die um die Anlage führende Fahrbahn und schloß die erste Tür auf.

Nichts rührte sich. Vorsichtig öffnete ich die Tür, trat ein und schloß sie hinter mir. Sie quietschte nicht. Ich bewegte mich sachte von Deckung zu Deckung unter den schwach beleuchteten Bäumen, deren Zweige sich leise im Wind regten, mit geisterhaft niedergehendem gelbem Laub.

Nahe der anderen Seite blieb ich stehen und wartete.

Da konnte niemand sein. Ich machte mich wegen nichts verrückt.

Die Straßenlaterne brannte nicht.

Sie hatte schon öfter nicht gebrannt...

Ich stand mit dem Rücken zu einem Baum und wartete

auf das Abklingen des inneren Alarms, um die zweite Tür aufschließen und über die Straße zum Haus gehen zu können. Die Geräusche der Stadt waren fern. Kein Auto fuhr auf dem als Sackgasse angelegten Platz.

Du kannst hier nicht die ganze Nacht stehen, dachte ich… und dann sah ich ihn.

Er saß in einem Wagen bei einer der wenigen Parkuhren. Sein Kopf – unverkennbar der Kopf von Gordon Quint – bewegte sich hinter dem Fenster. Er blickte geradeaus, wartete darauf, daß ich die Straße oder den Gehsteig entlangkam.

Ich stand reglos, wie an den Baum geklebt. Es mußte eine Obsession bei ihm sein. Der flammende Zorn vom Montag war nicht in Trauer, sondern in Rachsucht übergegangen. Ich war ungefähr dreißig Stunden nicht in meiner Wohnung gewesen. Wie lange saß er schon da? Einmal hatte mir ein Schurke fast eine Woche lang aufgelauert, bevor ich nichtsahnend in seine Falle getappt war.

Obsession – Fixierung – war äußerst gefährlich und schwierig zu umgehen.

Ich zog mich in nackter Angst zurück, befürchtete, er könnte mich sehen, aber an den Zugang durch die Gartenanlage hatte er anscheinend nicht gedacht. Von Baum zu Baum, vorbei an den offenen Grünflächen, gelangte ich wieder zur Tür auf der anderen Seite, schlüpfte hinaus, überquerte die Straße und machte mich, noch als ich in die schmale Gasse einbog, feige auf einen Anruf, eine Verfolgung, wenn nicht gar eine Schrotladung gefaßt, denn schließlich war der Mann ein Farmer.

Nichts geschah. Meine Schuhe, geräuschdämpfend besohlt, waren nicht zu hören. Ich ging in die Tiefgarage und setzte mich in meinen Wagen, nicht gerade zitternd, aber doch aufgewühlt. Soviel, dachte ich, zu Tatums Mär vom gewieften, unerschrockenen Ermittler.

Ich hatte immer einen Handkoffer im Wagen, der die Verkleidung enthielt, die auch Jonathan verwandelt hatte: dunkler zweiteiliger Trainingsanzug (Hose und Jacke mit Reißverschluß), marineblaue Laufschuhe und eine Baseballmütze. Außerdem enthielt er ein langärmliges Hemd mit offenem Kragen, zwei oder drei volle Batterien für meinen Arm und ein Ladegerät, für alle Fälle. Um die Taille trug ich gewohnheitsmäßig eine Reißverschlußtasche für Kreditkarte und Geld. Waffen, sei es eine Pistole oder auch nur Tränengas, besaß ich nicht. In Amerika hätte ich vielleicht beides gehabt.

Ich dachte hinterm Steuer meines Wagens über Entfernungen und Unterarmknochen nach. Es waren weit über dreihundert Kilometer von London, wo ich wohnte, nach Liverpool, meinem Geburtsort. Nach Frodsham, dem Standort von Topline Foods, war es nicht ganz so weit wie nach Liverpool, aber dennoch über dreihundert Kilometer. Zweihundertfünfzig war ich an dem Tag schon gefahren – Chichester hin und zurück. Noch nie hatte mir Chico so gefehlt.

Ich dachte an die Bahn. Zu unflexibel. Flugzeug? Dito. TeleDrive? Die Annehmlichkeiten von TeleDrive ließen mich zögern, aber dann versagte ich sie mir doch und machte mich resigniert auf den Weg nach Norden.

Normalerweise war die Strecke gut zu fahren; allenfalls drei Stunden auf der breiten Schnellstraße. Ich fuhr nur eine

Stunde, hielt dann an einem Motel, aß, schlief und fuhr erst um sieben Uhr früh weiter, wobei ich mir Mühe gab, weder an den abgefeimt langsam heilenden Bruch zu denken noch an India Cathcarts Kolumne in *The Pump*, die ich mir am Zeitungsstand des Motels gekauft hatte.

Seit Juni wurde jeden Freitagmorgen über mich Gericht gesessen. Seite 15 in *The Pump* – kurzer Prozeß mit den langen Messern des Journalismus, mit Klingen, die ins Mark schnitten.

Sie erwähnte mit keinem Wort, daß sie Tatum und mich in der Bar des Le Meridien gesehen hatte. Vielleicht hatte sie meinen Rat beherzigt und so getan, als seien wir nicht dort gewesen. Was sie über mich schrieb, war in den Fakten soweit richtig, in der Auslegung aber gehässig und falsch. Ich fragte mich, wie sie das tun konnte. War sie so unmenschlich?

Ihr Hauptbeitrag galt wieder einmal einem Politiker, der mit heruntergelassenen Hosen erwischt worden war, doch in der Spalte rechts außen stand:

> *Sid Halley, unehelicher Sproß eines neunzehnjährigen Fensterputzers und einer Packerin in einer Keksfabrik, ist als Gör in den Liverpooler Slums Amok gelaufen. Sein Zuhause war eine von Küchenschaben wimmelnde Sozialwohnung. Nichts gegen Schaben! Aber jetzt spielt ebendieser Sid Halley sich als vornehmer Angehöriger der Mittelschicht auf. Wohnung in Chelsea? Sheraton-Möbel? Feiner Akzent? Man sollte wissen, wo man hingehört, Junge. Kein Wunder, daß Ellis Quint Sie komisch findet. Rührend komisch!*

Die Herkunft aus den Slums erklärt natürlich Halleys Neid. Seine Mißgunst wird ja jeden Tag offensichtlicher. Nun wissen wir, warum!

Halleys ganzer Schliff ist falsch, so aufgesetzt und künstlich wie seine linke Hand.

Himmel, dachte ich, wieviel denn noch? Warum tat das so verdammt weh?

Mein Vater war acht Monate vor meiner Geburt durch einen Sturz ums Leben gekommen, wenige Tage vor der geplanten Hochzeit mit meiner achtzehn Jahre alten Mutter. Sie hatte als Alleinerziehende in der tristesten Umgebung ihr Bestes getan. ›Gib der Mami einen Kuß, John Sidney...‹

Ich war nie Amok gelaufen. Im allgemeinen war ich ein stilles Kind. ›Hast du dich wieder gerauft, John Sidney?‹ Sie sah es nicht gern, wenn ich mich raufte, aber manchmal mußte es sein, sonst wurde man herumgetreten.

Und als sie erfuhr, daß sie sterben mußte, hatte sie mich nach Newmarket gebracht und mich dem König der Trainer anvertraut, damit ich Jockey werden konnte, wie ich es mir immer gewünscht hatte.

Für mich war Liverpool nicht der Ort, wo ich ›hingehörte‹. Nichts verband mich innerlich damit.

Ich hatte Ellis Quint nie beneidet; ich hatte ihn immer gemocht. Ich war ein besserer Rennreiter gewesen als er, und das wußten wir beide. Wenn überhaupt Neid zwischen uns im Spiel war, dann ging er von ihm aus. Aber es nützte nichts, wenn ich protestierte; es hatte noch nie genützt. *The Pump* hatte meine Einwendungen regelmäßig als Beweis für meine bedauernswerte Unzulänglichkeit hingestellt.

Mein Mobiltelefon summte. Ich meldete mich.

»Kevin Mills«, sagte eine vertraute Stimme. »Wo sind Sie? Bei Ihnen zu Hause war Essig. Haben Sie *The Pump* von heute schon gesehen?«

»Ja.«

»India hat das nicht geschrieben«, sagte er. »Die Info kam von mir, aber sie wollte nichts draus machen. Sie hat einen Lückenbüßer über sexuellen Streß an die Stelle gesetzt, und den hat ihr Redakteur rausgeworfen.«

Die Hälfte meiner Muskeln entspannte sich – ich hatte gar nicht gemerkt, daß sie angespannt waren. Ich zwang mich, mit unbeteiligter Stimme zu sprechen, obwohl ich hunderttausend Leser beim Frühstückstoast über mich feixen sah.

»Dann haben Sie das verzapft«, sagte ich. »Wer von euch ist denn jetzt der Scheißkerl? Sie sind der einzige von *The Pump*, der meinen Sheraton-Schreibtisch zu Gesicht bekommen hat.«

»Verdammt noch mal. Wo sind Sie?«

»Auf dem Heimweg nach Liverpool. Was sonst?«

»Also Sid, es tut mir leid.«

»Politik?«

Er antwortete nicht.

»Wie kommt es«, fragte ich, »daß Sie mich extra anrufen, um mir zu sagen, daß India den Schmähartikel von heute nicht geschrieben hat?«

»Ich bin weich geworden.«

»Der Apparat hier wird nicht mehr abgehört. Sie können offen sprechen.«

»Himmel.« Er lachte. »Das ging aber schnell bei Ihnen.« Er schwieg. »Sie werden es vielleicht nicht glauben, aber die meisten in der *Pump*-Redaktion finden es nicht mehr gut, was wir Ihnen angetan haben.«

»Steht auf und meutert«, meinte ich trocken.

»Wir müssen unsere Brötchen verdienen. Und Sie sind ein zäher Hund. Sie stecken das weg.«

Du hast gut reden, dachte ich.

»Jedenfalls«, sagte er, »hat die Zeitung eine Menge Zuschriften von Lesern bekommen, die es stört, wie wir Sie schlechtmachen.«

»Was heißt eine Menge?«

»So um die zweihundert. Glauben Sie mir, das ist viel. Aber wir dürfen sie nicht veröffentlichen.«

Ich fragte interessiert: »Wer verbietet das?«

»Das ist es ja gerade. Der Chef selbst, Godbar, verbietet es, und ihm gefällt es auch nicht, aber die Weisung kommt von ganz oben.«

»Tilepit?«

»Wird der Apparat auch bestimmt nicht abgehört?«

»Ihnen passiert nichts.«

»Sie sind ganz schön durch den Dreck gezogen worden, und das haben Sie nicht verdient. Ich weiß das. Wir wissen es alle. Es tut mir leid, daß ich da mitgemischt habe. Auch, daß ich das Gift heute versprüht habe, besonders die Anspielung auf Ihre Hand. Ja, es ist Tilepit. Unser Verleger.«

»Nun… danke.«

Er sagte: »Hat Ellis Quint *wirklich* die Füße abgeschnitten?«

Ich lächelte schief. »Das wird das Gericht entscheiden.«

»Kommen Sie, Sid«, fuhr er auf, »Sie schulden mir was!«

»Das Leben ist beschissen«, sagte ich.

11

Freitag früh um neun kam ich in Frodsham an und fragte nach Topline Foods.

Nicht weit vom Fluß, hieß es, am Mersey.

Die historischen Liverpooler Docks an der Mersey-Mündung waren seit langem stillgelegt, die Massen hoher Kräne demontiert, die Lagerhäuser umfunktioniert oder abgerissen. Ein Teil vom Herzen der Stadt schlug nicht mehr. Zwar hatte man so etwas wie Bypässe eingesetzt, aber die pulsierende Kraft von einst war unwiederbringlich verloren. Die Stadt besaß eine gewaltige Kathedrale aus rotem Backstein, doch wie in vielen Teilen Englands war der Glaube verblaßt.

Jahrelang war ich nur nach Liverpool gekommen, um auf der Rennbahn von Aintree zu reiten. Die Straße, in der ich einmal gewohnt hatte, lag unter einem Einkaufszentrum begraben. Liverpool war ein Ort, aber kein Zuhause.

In Frodsham gab es einen Aussichtspunkt, den ›Mersey-Blick‹, von dem aus man weit oben im Norden, bei Runcorn am Manchester-Schiffskanal, noch ein paar in Betrieb befindliche Docks sehen konnte. Eines von diesen Docks (so hatte ich per Anruf im Büro des Hafenmeisters erfahren) gehörte Topline Foods. Ein Schiff mit der Flagge und den Abzeichen Kanadas, das dort längsseits lag, hatte Topline-Getreide ausgeladen.

Ich hatte an einer Stelle angehalten, wo ich den Verlauf des Flusses mit den herabstoßenden Möwen sehen konnte und Flaggen, die waagerecht im steifen Wind wehten. Ich stieg aus, lehnte mich in der kalten Luft an den Wagen, roch das Salz und den Mudd und hörte den Verkehrslärm auf den Straßen weiter unten.

Weckte das Heimatgefühle? Weiten Himmel hatte ich immer gemocht, aber der weite Himmel über Newmarket war mir am liebsten. In meiner Kinderzeit hatte ich keinen weiten Himmel gekannt, nur enge Straßen, den Schulweg und den Regen. ›John Sidney, wasch dir das Gesicht. Gib der Mami einen Kuß.‹

Am Tag nachdem meine Mutter gestorben war, hatte ich meinen ersten Sieger geritten, und an dem Abend hatte ich mich zum ersten und einzigen Mal bis zur Verhaftung von Ellis Quint betrunken.

Im Mersey-Wind versuchte ich nüchtern und realistisch zu sehen, was aus mir geworden war: ein Mann mit Selbstzweifeln, Fähigkeiten, Angst und kompliziertem Stolz. Ich war von innen heraus so geworden. Liverpool und Newmarket konnten nichts dafür.

Unruhig stieg ich wieder ins Auto und fragte mich, wo bloß die ganzen Drahtseilnerven waren, die man mir nachsagte.

Ich wußte nicht, auf was ich mich einließ. Noch konnte ich mich zurückziehen und das Feld Ellis überlassen. Konnte ich – und konnte ich auch wieder nicht. Wenn ich es tat, würde ich damit leben müssen.

Bring es am besten einfach hinter dich, dachte ich.

Ich verließ den Aussichtspunkt, machte die Topline-Futtermittelfabrik ausfindig und fuhr durch ihr vier Meter hohes, gastfreundlich geöffnetes Maschendrahttor. Im Pförtnerhaus saß zwar jemand, aber er beachtete mich nicht.

Drinnen standen viele Autos ordentlich in Reihen. Ich stellte mich am Ende einer Reihe dazu und entschied mich für einen Kompromiß in puncto Kleidung: Anzughose, geschlossene Trainingsjacke, weißes Hemd ohne Krawatte, Straßenschuhe. Ich kämmte mir die Haare jugendlich elegant in die Stirn und sah aus, als könnte ich niemandem Böses tun.

Die Fabrik, hufeisenförmig um einen großen Hof herum angelegt, bestand aus Ladeplätzen, einem riesigen Hauptgebäude und einem neu aussehenden Büroblock. Das Laden und Entladen ging verdeckt vonstatten; die Sattelschlepper fuhren rückwärts in die Ladeplätze hinein. Auf dem einen Platz, auf den ich freie Sicht hatte, stand ein langer, von der Zugmaschine losgekoppelter Container; schwere Säcke, die aussahen, als könnten sie Getreide enthalten, wurden von zwei kräftigen Männern herausgehievt und auf ein laufendes Förderband geworfen.

Das Hauptgebäude hatte hoch oben eine Reihe Fenster: unmöglich, von draußen hineinzusehen.

Ich schlenderte zu dem Büroblock hinüber, stieß mit der Schulter eine schwere Glastür auf, die in eine große, aber ziemlich kahle Eingangshalle führte, und entdeckte den Grund für die unbewachte Einfahrt. Die Sicherheitsvorkehrungen waren ins Innere verlagert.

Hinter einem Schalter saß eine resolut wirkende Frau mittleren Alters in einem grünen Pullover. Rechts und links von ihr saßen zwei Wachmänner in marineblauen Uniformen mit den Abzeichen von Topline Foods auf der Brusttasche.

»Name bitte«, sagte der grüne Pullover. »Dann Ihr Anliegen. Alle Taschen, Tüten und Handtaschen sind hier am Schalter abzugeben.«

Sie hatte einen ausgeprägten Liverpooler Akzent. Mit dem gleichen mundartlichen Einschlag sagte ich ihr, wie sie sehen könne, trüge ich weder Tasche noch Handtasche noch Tüten bei mir.

Sie nahm meinen Akzent für gegeben hin und fragte, ohne zu lächeln, noch einmal nach meinem Namen.

»John Sidney.«

»Ihr Anliegen?«

»Na ja«, sagte ich, als wäre ich über den Empfang, der mir zuteil wurde, verblüfft, »ich sollte hier mal nachhören, ob Sie so Futterwürfel für Pferde machen.« Ich schwieg. »So Pferdefutter«, schloß ich lahm, um das Ganze abzurunden.

»Natürlich machen wir Futterwürfel. Dafür sind wir ja da.«

»Ja«, erklärte ich ihr ernst, »aber ein Farmer, den ich kenne und der wußte, daß ich hier vorbeikomme, hat gesagt, ich solle mal sehen, ob die Futterwürfel, die ihm einer gegeben hat und die seinem jungen Pferd so gut bekommen sind, von Ihnen stammen, weil, die hat er lose gekriegt und nicht verpackt, bloß eine Liste der Bestandteile hat er, und er wüßte gern, ob Sie die Würfel herstellen.« Ich zog halb einen Zettel aus der Jackentasche und schob ihn wieder zurück.

Mein Geschwätz langweilte sie.

»Wenn ich bloß mit jemand reden könnte«, stieß ich nach.

»Weil, der Farmer hat was gut bei mir, und wenn ich mit jemand reden kann, ginge es ja auch ganz schnell. Und wenn das die Futterwürfel sind, die der Mann meint, bekämen Sie dafür einen Großabnehmer.«

Sie gab nach, griff zum Telefon und brachte eine Kurzfassung meiner unwahrscheinlichen Geschichte vor.

Sie musterte mich von Kopf bis Fuß. »Könnte keiner Fliege was zuleide tun«, berichtete sie.

Ich behielt mein angemessen mattes, halb nervöses Lächeln bei.

Sie legte den Hörer auf. »Miss Rowse kommt gleich herunter und hilft Ihnen weiter. Nehmen Sie die Hände hoch.«

»Was?«

»Nehmen Sie die Hände hoch… bitte.«

Überrascht gehorchte ich. Einer der Wachleute klopfte in klassischer Manier meinen Oberkörper und die Beine ab. Ihm entgingen die falsche Hand und der kaputte Arm. »Schlüssel und Mobiltelefon«, berichtete er. »Sauber.«

Grüner Pullover schrieb »John Sidney« auf eine ansteckbare Namenskarte, und ich steckte sie mir pflichtschuldig an.

»Warten Sie am Lift«, sagte sie.

Ich wartete.

Schließlich glitt die Tür auf, und vor mir stand ein junges Mädchen mit dünnen blonden Haaren, die sich als Miss Rowse vorstellte. »Mr. Sidney? Kommen Sie bitte mit.«

Ich trat zu ihr in den Lift, und wir fuhren in die dritte Etage.

Sie lächelte strahlend, aufgeschlossen, unerfahren und führte mich durch einen neu mit Teppich ausgelegten Gang zu einem Büro, an dessen offener Tür groß »Kundeninformation« stand.

»Treten Sie ein«, sagte Miss Rowse stolz. »Bitte nehmen Sie Platz.«

Ich setzte mich in einen skandinavisch angehauchten Lehnstuhl aus hellem Holz mit blauen Kissen, der ein einfaches Design mit gutem Sitzkomfort verband.

»Ich glaube, ich habe Ihr Problem nicht ganz verstanden«, sagte Miss Rowse vertrauensvoll. »Wenn Sie es mir noch mal erklären, kann ich den richtigen Ansprechpartner für Sie finden.«

Ich blickte mich in ihrem freundlichen Büro um, in dem von laufender Arbeit so gut wie nichts zu sehen war.

»Sind Sie hier schon lange?« fragte ich. (Argloser Liverpooler Akzent wie der ihre.) »Schönes Büro. Sie müssen hier gut angesehen sein.«

So gern sie das hörte, sie blieb ehrlich. »Ich bin neu seit dieser Woche. Ich habe Montag angefangen – und Sie sind meine zweite Anfrage.«

Kein Wunder, daß sie mich mit offenen Armen empfangen hatte, dachte ich.

Ich sagte: »Sind alle Büros hier so schick?«

»Ja«, sagte sie begeistert. »Mr. Yorkshire hat's gern hübsch.«

»Ist das der Boß?«

»Der Geschäftsführer«, sagte sie und nickte. Es ging ihr steif von den Lippen, als sei sie die Bezeichnung noch nicht gewohnt.

»Ein guter Chef?« fragte ich.

»Ich habe ihn noch nicht kennengelernt«, gab sie zu. »Wie

er aussieht, weiß ich natürlich schon, aber... wie gesagt, ich bin neu hier.«

Ich lächelte verständig und fragte sie, wie Owen Yorkshire aussah.

Sie erzählte es mir gern: »Das ist ein Hüne! Ein Hüne mit einem großen Kopf und herrlich gewelltem, dichtem Haar.«

»Schnurrbart?« tippte ich an. »Bart?«

»Nein«, kicherte sie. »Er ist auch nicht alt. Nicht so ein Opa. Alle gehen ihm aus dem Weg.«

Sieh einer an, dachte ich.

Sie erläuterte: »Also Mrs. Dove, meine eigentliche Vorgesetzte, die Büroleiterin, die sagt, egal was kommt, ich soll ihn nicht ärgern. Ich soll schön meine Arbeit machen. Sie hat ein herrliches Büro. Es sei mal das von Mr. Yorkshire selbst gewesen, sagt sie.« Miss Rowse hatte die Figur einer Frau und plapperte wie ein Kind.

»Topline Foods muß ja gut im Geschäft sein, wenn es sich so großzügige neue Büros leisten kann«, meinte ich bewundernd.

»Morgen kommt das Fernsehen vorbei wegen Montag. Heute früh haben sie überall Topfpflanzen aufgestellt. Reklame geht Mr. Yorkshire über alles, sagt Mrs. Dove.«

»Durch die Pflanzen wirkt alles schön gemütlich«, sagte ich. »Wissen Sie, welcher Fernsehsender?«

Sie schüttelte den Kopf. »Am Montag kommt die ganze Liverpooler Prominenz zu einem großen Empfang. Das Fernsehen filmt hier jede Ecke der Fabrik. Am Montag laufen dann zwar die Maschinen, aber natürlich werden keine Futterwürfel hergestellt. Das ist dann alles nur Schau.«

»Wieso?«

»Wegen der Sicherheit. Das grenzt schon an Sicherheitswahn, meint Mrs. Dove. Mr. Yorkshire hätte Angst, die Leute würden Sachen ins Futter tun.«

»Was für Sachen?«

»Weiß ich nicht. Nägel und Sicherheitsnadeln und so. Mrs. Dove sagt, die Durchsuchungen am Eingang sind Mr. Yorkshires Idee.«

»Sehr vernünftig«, sagte ich.

Eine ältere, vorsichtigere Frau kam in das Büro und gab sich als der Born der Weisheit, Mrs. Dove, zu erkennen. Mittleren Alters und innerlich gefestigt, dachte ich. Klasse, Kompetenz und Erfahrung, vereinigt in unbezahlbarer Tüchtigkeit.

»Kann ich Ihnen helfen?« sagte sie höflich zu mir, und zu dem Mädchen gewandt: »Marsha, meine Liebe, hatten wir nicht abgemacht, daß Sie sich immer bei mir Rat holen?«

»Miss Rowse ist wirklich sehr hilfsbereit«, sagte ich. »Sie wollte jemand hinzuziehen, der meine Frage beantworten kann. Vielleicht können Sie das ja auch?«

Mrs. Dove (graues, hochgestecktes Haar mit flacher schwarzer Schleife, hochhackige Schuhe, kundenberaterisch elegantes Satinkleid, gegürtete Taille, schwarze Strumpfhose) lauschte mit langsam sich verschleierndem Blick meiner umständlichen Erzählung von dem Futterwürfelfarmer.

»Sie brauchen unseren Willy Parrott«, sagte sie, als sie ein Wort anbringen konnte. »Kommen Sie mit.«

Ich drohte Marsha Rowse spaßhaft mit dem Finger und folgte Mrs. Doves geschwindem Rücken durch den teuren Gang mit kleinen separaten, vielfach aber leeren Büros zu beiden Seiten. Sie führte mich durch eine schwere Feuertür am Ende auf eine Galerie, die um die Fabrikhalle herumging, aus der die Futterwürfel kamen.

Vom Boden fast bis zur Galerie ragten riesige Mischbehälter empor, in denen Rührstangen kreisten, die von über uns hängenden Maschinen angetrieben wurden. Der Lärm war eine Kombination von Surren, Rattern und Schlürfen; feiner Getreidestaub lag in der Luft, und es sah wie in einer Brauerei aus. Es roch auch so ähnlich, nur nicht nach Gärung.

Mrs. Dove leitete mich mit Freuden an einen Mann im braunen Overall weiter, der auf meine dunklen Sachen sah und fragte, ob ich mich vollstauben lassen wollte.

»Nicht unbedingt.«

Er zog langmütig die Brauen hoch und bedeutete mir, ihm zu folgen. Über eine Eisentreppe ging es einen Stock tiefer, und über die nächste Galerie kamen wir in einen alten, viel beanspruchten kleinen Büroverschlag, dessen gläserne Schiebetür er hinter uns schloß.

Ich machte eine Bemerkung über den Kontrast zum Bürogebäude.

»Firlefanz fürs Auge«, sagte er. »Für die Kameras. Gearbeitet wird hier.«

»Wie man sieht«, meinte ich bewundernd.

»Also, Junge«, sagte er und musterte mich unbeeindruckt, »was führt Sie zu uns?«

Auf den Farmersermon würde er nicht lange hereinfallen. Ich faßte mich kurz, zog das zusammengefaltete Blatt Papier mit der Analyse der in Combe Bassett und in dem Landrover gefundenen Futterwürfel hervor und fragte ihn, ob das eine Topline-Formel sei.

Er las die Liste, die ich inzwischen auswendig kannte.

Weizen, Hafer, Raigras, Stroh, Gerste, Mais, Zuckersirup, Salz, Leinsamen.
Vitamine, Selen, Kupfer, andere Stoffe und wahrscheinlich das Antioxidans Äthoxiquin.

»Wo haben Sie das her?« fragte er.

»Wie gesagt, von einem Farmer.«

»Die Liste ist nicht komplett«, sagte er.

»Nein… aber reicht sie?«

»Es sind keine Prozente angegeben. Da kann ich keinen Vergleich mit unseren Produkten anstellen.« Er faltete den Zettel zusammen und gab ihn mir wieder. »Ihre Würfel könnten unser Ergänzungsfutter für weidende Pferde sein. Verstehen Sie was von Pferden?«

»Ein bißchen.«

»Nun, je mehr Hafer sie bekommen, desto mehr können sie leisten. Rennpferde brauchen viel Hafer. Ob das Futter für in Training stehende Rennpferde ist, kann ich Ihnen also erst sagen, wenn ich den Haferanteil kenne.«

»Das waren keine aktiven Rennpferde.«

»Dann ist Ihrem Freund vom Land am besten mit unserer Sweetfield-Mischung gedient. Die enthält alles, was auf Ihrer Liste steht.«

»Sind andere Markenwürfel sehr verschieden davon?«

»So viele Hersteller gibt's ja nicht. Wir stehen auf dem Markt so an vierter Stelle, aber von dieser Werbekampagne jetzt versprechen wir uns einen steilen Aufstieg. Die neue Geschäftsführung will ganz nach oben.«

»Aber… haben Sie denn auch Luft dafür?«

»Kapazitäten?«

Ich nickte.

Er lächelte. »Owen Yorkshire hat Pläne. Er redet von Mann zu Mann mit uns.« Sein Gesicht und seine Stimme waren voll Anerkennung. »Er hat wieder Leben in die Bude gebracht.«

Ich sagte ohne Kritik: »Mrs. Dove scheint seinen Zorn sehr zu fürchten.«

Willy Parrott lachte und zwinkerte mir männlich-überlegen zu. »Das ist ein Hitzkopf, unser Owen Yorkshire. Dafür ist er eben ein Kerl.«

Ich schaute unbestimmt auf ein paar Diagramme an der Wand. »Woher kommt er?« fragte ich.

»Keine Ahnung«, sagte Willy vergnügt. »Und von Ernährung versteht er rein gar nichts. Er ist Kaufmann, und *das* war es, was uns gefehlt hat. Ein paar Pappnasen in weißen Kitteln bestimmen, was wir hier zusammenmischen.«

Er schätzte Wissenschaftler ebenso gering wie Frauen. Ich wandte mich von den Schaubildern ab und dankte ihm, daß er sich Zeit für mich genommen habe. Interessante Arbeit, meinte ich. Offensichtlich leite er die Abteilung, auf die es am meisten ankomme.

Er nahm das Kompliment als berechtigt zur Kenntnis und ersparte mir die Frage, auf die ich hinarbeitete, indem er mir von sich aus anbot, ihn zu seiner nächsten Aufgabe, der Inspektion einer neuen Lieferung Weizen, zu begleiten. Ich nahm die Einladung mit einer Begeisterung an, die ihn freute. Ein guter Arbeiter hat gern sein Publikum, so auch Willy Parrott.

Er gab mir einen übergroßen braunen Overall und sagte mir, ich solle die Kennkarte dann so wie er an die Brust heften.

»Sicherheit muß sein«, sagte er zu mir. »Owen hat die Vorkehrungen erst mal verschärft. Er trichtert uns ein, daß wir keine Fremden an die Mischbehälter lassen sollen. Sie dürfen auch nicht näher ran. Die Konkurrenz wäre imstande, Fremdstoffe da reinzukippen, die uns aus dem Rennen werfen würden.«

»Im Ernst?« Ich sah ihn gespannt an.

»Bei Pferdefutter muß man besonders aufpassen«, versicherte er mir und zog die Glastür auf, als ich fertig war. »Man darf zum Beispiel Rinderfutter nicht in denselben Behältern mischen. In Rinderfutter darf Zeug rein, das für Rennpferde verboten ist. Da kommen dann schon Spuren verbotener Substanzen in die Futterwürfel, wenn man bloß die gleiche Anlage benutzt, auch wenn man meint, man hätte alles gründlich gereinigt.«

Im Rennsport gab es den berühmten Fall eines Trainers, der in Schwierigkeiten gekommen war, weil er seinen Pferden, ohne es zu wissen, verunreinigte Futterwürfel gegeben hatte.

»Irre«, sagte ich.

Ich dachte schon, ich hätte mich allzu beeindruckt gezeigt, aber ihn wunderte überhaupt nichts daran.

»Wir machen hier nur Pferdefutterwürfel«, sagte Willy. »Owen meint, wenn wir expandieren, machen wir auch Rinderfutter, Hühnerfutter und allen möglichen Kack, aber mich behält er hier, ich bleibe Leiter der Pferdeabteilung.«

»Ein Klassejob«, sagte ich bewundernd.

Er nickte. »Der beste.«

Wir gingen die Galerie entlang und kamen zu einer weiteren Feuertür, die er aufstieß.

»Die Innentüren sind nachts jetzt immer abgeschlossen, und wir haben einen Wachmann mit Hund. Owen macht Nägel mit Köpfen.« Er blickte sich um, ob ich auch nachkam, und blieb an einer Stelle stehen, von der aus wir mit roten Ahornblättern bedruckte Säcke die sackhohen Stufen eines Förderbands erklimmen sahen; oben wurden sie von den starken Armen zweier im Takt zupackender Arbeiter in Empfang genommen.

»Haben Sie auch die zwei Wachleute in der Eingangshalle gesehen?« fragte Willy Parrott, für den das Thema Sicherheit noch nicht abgehakt war.

»Die haben mich gefilzt«, grinste ich. »Fand ich etwas übertrieben.«

»Das sind Owens private Leibwächter«, sagte Willy Parrott mit einer Mischung von Ehrfurcht und Anerkennung. »Ganz harte Jungs aus Liverpool. Owen sagt, die braucht er, falls die Konkurrenz versucht, ihn nach alter Väter Art aus dem Weg zu räumen.«

Ich runzelte ungläubig die Stirn. »Konkurrenten bringen doch keine Leute um.«

»Owen sagt, er will kein Risiko eingehen, weil er ja effektiv versucht, die anderen vom Markt zu drängen, wenn man's mal so sieht.«

»Sie meinen also, er braucht wirklich Leibwächter?«

Willy Parrott wandte sich zu mir und sagte: »Die Welt, in der ich aufgewachsen bin, ist das nicht, Junge. Aber wir müssen in der von heute leben, sagt Owen.«

»Mag sein.«

»Mit der Einstellung kommen Sie nicht weit, Junge.« Er wies auf die emporsteigenden Säcke. »Das ist neuer Weizen, direkt von der Prärie. Im Wirtschaftskrieg ist nur das Beste gut genug, sagt Owen.«

Er führte mich eine nahe Betontreppe hinunter, durch die nächste massive Tür, und ich begriff, daß wir im Erdgeschoß waren, gleich neben der Werkhalle. Mit einem befriedigten Lächeln stieß er noch eine Tür auf, und wir befanden uns mitten zwischen den gigantischen Mischbehältern, Pygmäen umgeben von Riesen.

Er genoß meinen Gesichtsausdruck.

»Unglaublich«, sagte ich.

»Sie brauchen nicht wieder rauf, um rauszukommen«, sagte er. »Hier unten gibt's auch eine Tür auf den Hof.«

Ich dankte ihm für seinen Rat wegen der Futterwürfel des Farmers und für die Rundführung. Da ich schon eine halbe Stunde bei ihm war, konnte ich schlecht noch Zeit herausschinden, aber während ich mich bedankte, sah er mir plötzlich über die Schulter, und sein Gesicht verwandelte sich von dem des Werkmeisters in das eines höchst ergebenen Untertanen.

Ich drehte den Kopf, um zu sehen, was diese Verwandlung verursacht hatte – es war niemand vom Königshaus, sondern ein massiger Mann im weißen Overall mit mehreren blau uniformierten Begleitern, die vor Ehrfurcht praktisch rückwärts gingen.

»Morgen, Willy«, sagte der Mann in Weiß. »Alles in Ordnung?«

»Ja, Owen. Alles klar.«

»Gut. Der kanadische Weizen vom Hafen schon da?«

»Wird gerade ausgeladen, Owen.«

»Gut. Wir sollten uns mal über die weitere Entwicklung unterhalten. Kommen Sie heute nachmittag um vier in mein neues Büro. Sie wissen, wo? Oberste Etage, vom Lift aus rechts wie mein altes auch.«

»Ja, Owen.«

»Gut.«

Die Blicke des Unternehmers streiften mich ohne Neugier und wanderten weiter. Ich trug schließlich einen braunen Schutzanzug und eine Kennkarte und sah wie ein Angestellter aus. Noch nicht einmal wie ein sehr brauchbarer Angestellter mit diesem übergroßen Overall, der um die Füße Falten schlug und mir an den Armen herunterhing bis auf die Finger. Willy versuchte nicht, meine Anwesenheit zu erklären, und dafür war ich dankbar. Willy lag vor Ehrerbietung fast auf den Knien.

Owen Yorkshire war ohne Frage eine imposante Erscheinung. Weit über einsachtzig, kräftig gebaut, aber nicht dick. Er hatte muskelbepackte Schultern und einen flachen, straffen Bauch. Üppiges, dichtgewelltes Haar fiel ihm über den Kragen, die angegrauten, nach hinten geführten Seitenpartien wurden von Festiger in Form gehalten. Es war eine Frisur, die auf ihre Weise eine ebenso deutliche Aussage darstellte wie die von Jonathan. Owen Yorkshire wollte nicht nur herrschen, er wollte in Erinnerung bleiben.

Sein Akzent klang nicht direkt nach Liverpool und keinesfalls nach London, aber er sprach entschieden und bestimmt. Seine Stimme war eindeutig ein Herrschaftsinstrument. Man konnte sich vorstellen, daß bei seinen Zornausbrüchen regelrecht die Wände bebten. Man konnte seine armen Jasager verstehen.

Willy sagte noch einige Male: »Ja, Owen.«

Die von Willy Parrott so gerühmte Mann-zu-Mann-Beziehung, dachte ich, reichte gerade mal so weit, daß man einander beim Vornamen nannte. Owen Yorkshires Umgang mit Willy entsprach zwar der Führungstechnik des ›Wir ziehen alle am selben Strang‹ und schien das Beste aus einem guten Mann herauszuholen; aber ich konnte mir auch vorstellen, daß der Chef imstande war, seinen Willy Parrott mit einem betrübten Schulterzucken abzuschieben, wenn er ihm nicht mehr in den Kram paßte: ›So wie das heute aussieht, brauchen wir einfach keinen extra Fertigungsleiter für Pferdefutterwürfel mehr; Ihre Aufgabe übernimmt der Computer. Entlassungsabfindung? Ja, klar. Sprechen Sie mit meiner Sekretärin. Nichts für ungut.‹

Ich hoffte, daß es Willy nicht so erging.

Owen Yorkshire und seine Satelliten rauschten weiter. Willy Parrott blickte ihnen mit ganz leicht angstgefärbtem Stolz hinterher.

»Arbeiten Sie morgen?« fragte ich. »Ist die Fabrik samstags geöffnet?«

Zögernd wandte er den Blick von Yorkshires Rücken ab und sah mich an, als fände er, ich sei nun wirklich lange genug dagewesen.

»Ab nächste Woche arbeiten wir samstags«, sagte er. »Morgen drehen sie erst mal wieder Werbefilme. Dann stehen überall Kameras rum, und Montag auch. Vor Dienstag kriegen wir nichts mehr getan.« Er war voller Mißbilligung, aber es war offensichtlich, daß er Owen zuliebe seinen Unmut von Mann zu Mann unterdrückte. »So, dann mal fort mit Ihnen, Junge. Gehen Sie zum Ausgang und geben Sie den Overall und die Kennkarte da ab.«

Ich dankte ihm nochmals und ging dann auf den Fabrikhof hinaus, den Fernseh- und Werbeleute inzwischen mit Lieferwagen und Lkws vollgestellt hatten. Das Fernsehkontingent kam aus Liverpool. Die Werbeleute kamen der Aufschrift auf ihren Wagen zufolge von Intramind Imaging (Manchester) Ltd. Einer der Intramind-Fahrer hatte sich gedankenlos, wie solche Leute manchmal sind, quer zu allen anderen Fahrzeugen plaziert. Ich ging zu ihm und rief ins Fahrerhaus hinauf, er solle sich einreihen.

»Wer sagt das?« fragte er streitlustig.

»Ich bin hier nur angestellt«, sagte ich, noch in dem braunen Overall, den ich entgegen Willy Parrotts Anweisung nicht zurückzugeben gedachte. »Ich sollte Ihnen Bescheid geben. Laster müssen da rein.« Ich zeigte auf die Ladeplätze.

Der Fahrer grunzte, ließ den Motor an, reihte sich ein, schaltete den Motor ab und sprang zu mir heraus.

»So besser?« fragte er sarkastisch.

»Sie haben bestimmt einen aufregenden Job«, meinte ich neidisch. »Kriegen Sie nicht dauernd Filmstars zu sehen?«

Er grinste spöttisch. »Wir machen Werbefilme, Kumpel. Klar, da sind auch schon mal große Namen dabei, aber die preisen bloß Zeug an.«

»Was für Zeug?«

»Sportkleidung öfters. Schuhe, Golfschläger.«

»Und Futterwürfel?«

Er hatte Zeit übrig, während andere Material ausluden. Einem bißchen Angeberei war er nicht abgeneigt.

Er sagte: »Für die Futterwürfelwerbung haben sie jede Menge Spitzenjockeys verpflichtet.«

»Ah ja?« fragte ich interessiert. »Wieso keine Trainer?«

»Weil die Jockeys draußen die bekannten Gesichter sind, habe ich mir sagen lassen. Ich selbst bin mehr für Fußball.«

Mir konnte es nur recht sein, daß ihm mein vor Jahren ziemlich oft auf den Sportseiten abgebildetes Gesicht nicht bekannt vorkam.

Jemand von seinem Team rief ihn, und ich ging davon, stieg in meinen Wagen und fuhr ungehindert durch das hohe, unbewachte Tor nach draußen. Seltsam, dachte ich, daß die Ausfahrt des sicherheitsbesessenen Owen Yorkshire nicht von elektronischen Sperren und Personalienerfassern strotzte; eigentlich konnte ich mir diese Nachlässigkeit nur damit erklären, daß er gar nicht wollte, daß immer alle Besuche und Besucher erfaßt wurden.

Toter Winkel, dachte ich; wie die geheimen Hintertreppen, die verhindern sollten, daß die India Cathcarts der Welt sich daran machten, das heimliche Treiben der VIPS ans Licht und ihre Seitensprünge auf die Titelseiten zu zerren.

Vielleicht war Owen Yorkshires Hintertreppe der Lift zum fünften Stock. Vielleicht wußten die Frau im grünen Pullover und die Rausschmeißer in Blau, wer unbesehen vorgelassen werden durfte.

Vielleicht dies, vielleicht das. Ich hatte den Aufbau des Ganzen gesehen und auch den Motor des Unternehmens kennengelernt, war im Grunde über eine erste Erkundung aber nicht hinausgekommen.

Ich hielt auf einem Parkplatz, zog den braunen Overall aus und entschloß mich, nach Manchester zu fahren.

Die Fahrt war recht kurz, aber ich brauchte noch mal so lange, um Intramind Imaging (Manchester) Ltd. zu finden. Die Firma befand sich in einer Seitenstraße, war aber viel größer, als ich mir vorgestellt hatte. Ich legte die Trainingsjacke und den Liverpooler Akzent ab und ging mit Anzug, Krawatte und Yuppie-Aura zum Empfang.

»Ich komme von Topline Foods«, sagte ich. »Ich möchte zu den Leuten, die für den Topline-Etat zuständig sind.«

Hatte ich einen Termin?

Nein, es sei eine Privatangelegenheit.

Wer genügend Autorität vorspiegelt, dem öffnen sich Türen, hatte ich herausgefunden, und so war es auch bei Intramind Imaging. Ein Mr. Gross, hieß es, werde mich empfangen. Ein elektrischer Türöffner summte, und ich trat vom Vorraum in einen Flur, der hauchdünn cremefarben gestrichen war und keinen Teppichboden hatte. Geprotzt wurde hier nicht.

Mr. Gross hatte ›die dritte Tür links‹. An der Tür von Mr. Gross stand sein Name und eine Botschaft: ›Nick Gross. Was zum – wollen Sie?!‹

Nick Gross musterte mich von oben bis unten. »Wer zum Teufel sind Sie denn? Sie sind kein Topline-Topmann, und Sie haben sich zu fein gemacht.«

Er selbst trug ein schwarzes Satinhemd, hatte lange Haare und einen Goldring im Ohr. Abschüssige fünfundvierzig bis fünfzig und in der Zeitschleife nichtendenwollender Jugend steckengeblieben. Aber energisch. Markante Linien in dem altjungen Gesicht. Autorität.

»Sie drehen Werbefilme für Topline«, sagte ich.

»Na und? Aber wenn Sie wieder so ein Tränentier von deren Buchhaltung sind und um bessere Zahlungsbedingungen betteln sollen, dann können Sie mich, Kumpel. Es ist nicht unsere Schuld, daß ihr die Filme, in die ihr Millionen gesteckt habt, jetzt nicht bringen könnt. Die Filme sind allererste Sahne. Traben Sie also zurück zu Ihrem Mister Owen Yorkshire und sagen Sie ihm, da läuft nichts. Gehen Sie schon. Wenn er seine Jockeyserie zum alten Preis haben will, muß er uns jede Woche einen Scheck schicken. *Jede* Woche, sonst stellen wir die Serie ein, kapiert?«

Ich nickte.

Nick Gross sagte: »Und sie sollen daran denken, daß beim Werbespot der *Schnitt* die Musik macht und daß der Schnitt zuletzt kommt. Kein Scheck, kein Schnitt. Kein Schnitt, keine Musik. Keine Musik, keine Message. Ohne Message packen wir am besten gleich ein. Alles klar?«

Ich nickte wieder.

»Na, dann laufen Sie mal heim zu Topline und sagen den Jungs, kein Scheck, kein Schnitt. Und das heißt, keine Kampagne. Kapiert?«

»Ja.«

»Gut. Und tschüs.«

Ich entfernte mich brav, aber da ich keinen zwingenden Grund sah, gänzlich zu verschwinden, schlug ich, aus seinem Büro kommend, die falsche Richtung ein und wanderte wie selbstverständlich einen Gang entlang in zunehmend technischere Abteilungen.

Ich kam zu einer offenen Tür, hinter der ein Bildschirm zu sehen war, der verblüffend vertraute Ausschnitte aus einer erfolgreichen aktuellen Werbung zeigte, die sogar den Beifall der Kritiker fand. Auf drei Sekunden lange Bilderschübe folgten längere schwarze Pausen. Drei Sekunden volle Aktion. Zehn Sekunden Schwärze.

Ich blieb stehen, schaute zu, und ein Mann kam in mein Blickfeld und sah mich an der Tür.

»Ja?« sagte er. »Was wünschen Sie?«

Ich zeigte mit dem Kopf auf den Bildschirm. »Ist das eine von den Mountainbike-Reklamen?«

»Es wird eine, wenn ich sie geschnitten habe.«

»Fantastisch.« Ich trat unaggressiv einen halben Schritt über seine Schwelle. »Dürfte ich einen Moment zusehen?«

»Wer sind Sie denn?«

»Von Topline Foods. Ich habe mit Nick Gross gesprochen.«

»Ah.« Die eine Silbe barg ein umfassendes Verständnis der Lage; ein Verständnis, das ich sogleich von seinen grauen Zellen auf meine zu übertragen beschloß.

Er war jünger als Nick Gross und nicht so als Rockstar-Imitat gekleidet. Klarsicht sprach aus dem irren Tempo seiner 3-Sekunden-Spots und ihrer funkensprühenden Nebeneinanderstellung: Er brauchte keine Ohrringe.

Ich zitierte den Slogan der Fahrradkampagne: »Alle Jungs und Mädels unter fünfzig wünschen sich zu Weihnachten ein Mountainbike.«

Er hantierte mit Filmrollen und meinte vergnügt: »Wenn nicht, dann ist der Teufel los.«

»Haben Sie an den Topline-Spots mitgearbeitet?« fragte ich mit unbeteiligter Stimme.

»Gott sei Dank nicht. Das war ein Kollege. Acht Monate preisverdächtiger Glanzarbeit, die jetzt in Dosen im Regal verstaubt. Wir kriegen die Preise nicht, und Ihr Chef macht sich in die Hose, stimmt's? So viel Knete investiert für nichts. Und alles nur, weil irgend so ein verdrehtes kleines Würstchen den Star des Ganzen für etwas verhaften läßt, was er nicht getan hat.«

Ich hielt die Luft an, aber er hatte keinen blassen Schimmer, wie das Würstchen aussah. Als ich sagte, ich müsse mal wieder gehen, nickte er geistesabwesend, ohne von seiner Arbeit aufzublicken.

Ich drang noch weiter vor, bis ich zu zwei großen Türen kam, einer mit der Aufschrift »Tonstudio. Kein Zutritt« und einer mit einer Griffstange versehenen Ausgangstür, auf der »Hinterhof« stand. Ich drückte diese Tür halb auf und sah im Freien draußen einen riesigen gelben Kran, von dem, an der Hinterachse aufgehängt, ein roter Sportwagen baumelte. Ringsherum waren Filmkameras und Techniker beschäftigt. Ein neues Werk entstand.

Ich machte kehrt. Niemand beachtete mich auf dem Weg nach vorn. Schließlich war das Ganze kein Tresorraum, sondern eine Traumfabrik. Niemand konnte Träume stehlen.

Im Foyer hingen, wie ich jetzt erst bemerkte, Poster von alten und neuen mit renommierten Preisen bedachten Kampagnen an den Wänden. Werbefilme, hatte ich mir sagen lassen, waren mittlerweile für Schauspieler wie für Regisseure ein anerkannter Schritt auf der Karriereleiter. Heute Cornflakes, morgen Hamlet. Intramind Imaging sorgte dafür, daß man vorankam.

Ich fuhr nach Manchester hinein und nahm mir inkognito ein geräumiges, ruhiges Zimmer im Crown Plaza Hotel. Davis Tatum würde ob des Spesenaufwands vielleicht der Schlag treffen, aber notfalls zahlte ich auch selbst. Ich wollte duschen, Zimmerservice, mich verwöhnen lassen, und zum Teufel mit den Kosten.

Ich rief bei Tatum zu Hause an und erwischte seinen Anrufbeantworter. Ich bat ihn, mich unter der Nummer meines Handys anzurufen, und wiederholte sie, dann setzte ich mich in einen Sessel und schaute mir Rennsportübertragungen im Fernsehen an – Flachrennen in Ascot.

Von Ellis war auf der Bahn nichts zu sehen. Der Sprecher erwähnte, daß der »lächerliche« Prozeß gegen ihn in drei Tagen, am Montag, wiederaufgenommen werde. Es sei sehr vernünftig von Sid Halley, den Kopf einzuziehen, da der halbe Ellis-Fanclub nach seinem Blut schreie.

Und dieser kleine Hieb kam von einem Sprecher, der mich vor gar nicht langer Zeit noch als Magier des Turfs und als bleibendes Vorbild bezeichnet hatte. Die Zeiten änderten sich; das war schon immer so. Es folgten Nahaufnahmen von Ellis' lächelndem Gesicht und von mir, beide barhäuptig, aber in Rennfarben, Seite an Seite. »Sie waren die dicksten Freunde«, meinte der Sprecher traurig. »Jetzt spießen sie sich gegenseitig auf wie Stiere.«

Zur Hölle mit ihm.

Ich hoffte auch, daß weder die Dame im grünen Pullover noch Marsha Rowse, Mrs. Dove, Willy Parrott, der Intramind-Fahrer, Nick Gross oder der Film-Cutter die Übertragungen aus Ascot eingeschaltet hatten. Mein Anblick mit Overall hatte in Owen Yorkshire wohl kaum einen Eindruck hinterlassen – sein Blick hatte mich ja bloß gestreift –, aber die anderen würden mich ein paar Tage in Erinnerung behalten. Das Risiko war mir vertraut; mal ging es gut, mal nicht.

Nach der Rennsportübertragung rief ich Intramind Imaging an und schob ein paar allgemeine Fragen nach, die mir bei meinem kurzen Auftritt als Angestellter von Topline Foods nicht eingefallen waren.

Ob Werbespots zuerst auf Filmspulen, auf CD-Rom oder auf Video aufgenommen wurden, wollte ich wissen, und ob jedermann Kopien davon erwerben konnte. Man gab mir bereitwillig Auskunft: Intramind benutzte vorwiegend Film, zumal bei Außenaufnahmen für High-Budget-Spots, und davon kamen keine Kopien in den Handel. Der fertige Film wurde schließlich auf sendefähiges Videoband, genannt BETACAM, überspielt. Diese Bänder gehörten dann den Kunden, die bei Fernsehanstalten dafür Sendezeit kauften. Intramind fungierte nicht als Agent.

»Vielen Dank«, sagte ich höflich; Informationen waren immer kostbar.

Wenig später rief Davis Tatum an.

»Sid«, sagte er, »wo sind Sie?«

»In Manchester, der Stadt des Regens.«

An dem Tag schien die Sonne.

»Ehm...«, sagte Davis. »Kommen Sie voran?«

»Es geht«, sagte ich.

»Und, ehm...«, er zögerte wieder. »Haben Sie India Cathcart heute früh gelesen?«

»Sie hat nicht geschrieben, daß sie uns im Le Meridien gesehen hat«, sagte ich.

»Nein. Da hat sie Ihren vortrefflichen Rat beherzigt. Aber sonst...!«

Ich sagte: »Kevin Mills hat mich extra angerufen, um mir mitzuteilen, daß sie das andere auch nicht geschrieben hat.

Es stammt von ihm. Auf Bestellung. Druck von oben. Das alte Lied.«

»Aber gemein.«

»Er hat sich entschuldigt. Ein großer Fortschritt.«

»Sie nehmen das so leicht«, meinte Davis.

Ich ließ ihn in dem Glauben. Ich sagte: »Könnten Sie morgen abend zu Archie Kirk kommen?«

»Ich denke schon, wenn es wichtig ist. Um welche Zeit?«

»Würden Sie das mit ihm absprechen? So gegen sechs vielleicht. Ich komme dann auch hin. Wann genau, weiß ich nicht.«

Murrend sagte er: »Das hört sich aber etwas vage an.«

Ich unterließ es lieber, ihm zu erklären, daß Einbruch mit vielen Unwägbarkeiten verbunden war.

12

Ich rief *The Pump* an und verlangte India Cathcart. Ich Blödmann.

Erstens war sie freitags nie in der Redaktion.

Zweitens gab *The Pump* keine Privatnummern an unbekannte Anrufer weiter.

»Richten Sie ihr aus, daß Sid Halley sie gern sprechen würde«, sagte ich und ließ den Telefonisten die Nummer meines Mobiltelefons wiederholen, um sicherzugehen, daß er sie richtig notiert hatte.

Kann nichts versprechen, sagte er.

Ich dachte eine Weile über alles nach, was ich gesehen und herausbekommen hatte, und machte Pläne für den nächsten Tag. Solche Pläne wurden durch die Ereignisse zwar immer mal wieder umgestoßen, aber ich hatte festgestellt, daß gar nichts zu planen zu null Ergebnissen führte. Der Plan für alle Fälle war Plan B. Plan B hieß in meiner Kampfstrategie: mit heiler Haut davonkommen. Ein paarmal war ich mit Plan B gescheitert, aber mit Debakeln ist es wie mit dem Stürzen bei Pferderennen; man denkt nie, daß es passiert, bis man mit der Nase im Gras liegt.

Ich ließ mir etwas zu essen aufs Zimmer bringen und dachte weiter nach, und um Viertel nach zehn summte mein Mobiltelefon.

»Sid?« sagte India nervös.

»Hallo.«

»Sagen Sie nichts! Wenn Sie was sagen, heule ich.« Nach einer Pause fragte sie: »Sid! Sind Sie noch dran?«

»Ja. Ich sage nur nichts, damit Sie nicht heulen.«

»O Gott.« Es war halb ein Schlucken, halb ein Lachen. »Wie können Sie noch… so höflich sein?«

»Mit der größten Mühe«, sagte ich. »Haben Sie Sonntag abend schon was vor? Ihr Restaurant oder meins?«

Sie sagte ungläubig: »Wollen Sie mich zum Essen einladen?«

»Na ja«, sagte ich, »ein Heiratsantrag ist es nicht. Auch kein Hinterhalt. Nur Appetit.«

»Ihr Humor erstaunt mich.«

»Wie kommen Sie zu dem Namen India?« fragte ich.

»Ich bin in Indien gezeugt worden. Was hat das damit zu tun?«

»Es ging mir so durch den Kopf.«

»Sind Sie betrunken?«

»Leider nicht. Ich sitze nüchtern in einem Sessel und sinne über den Zustand des Universums nach, der so ziemlich hundsmiserabel ist.«

»Wo? Ich meine, wo steht der Sessel?«

»Auf dem Boden«, sagte ich.

»Sie vertrauen mir nicht!«

»Nein«, seufzte ich. »Aber essen gehen würde ich gern mit Ihnen.«

»Sid«, sagte sie eindringlich, »jetzt seien Sie mal vernünftig.«

Das war noch nie ein guter Rat, fand ich. Wäre ich vernünftig gewesen, hätte ich vielleicht noch zwei Hände und weniger Narben gehabt, doch mir schien, die Vernunft mußte einem Menschen angeboren sein, und das war bei mir offenbar nicht der Fall.

Ich sagte: »Ihren Verleger – Lord Tilepit –, haben Sie den mal kennengelernt?«

»Ja.« Sie hörte sich leicht verblüfft an. »Er kommt immer an Weihnachten zur Betriebsfeier. Er gibt allen die Hand.«

»Wie ist er so?«

»Meinen Sie, wie er aussieht?«

»Zum Beispiel.«

»Er ist ziemlich groß. Dunkelblond.«

»Das ist aber nicht viel«, meinte ich, als sie aufhörte.

»Er hat wenig mit mir zu tun.«

»Außer, daß er Heilige verbrennt«, sagte ich.

Eine kurze Stille, dann: »Ihr Restaurant diesmal.«

Ich lächelte. Ihr rascher Verstand war mindestens so bezaubernd wie ihre roten Lippen. »Sieht man Lord Tilepit seine Macht an?« fragte ich. »Spüren Sie seine Macht, wenn Sie mit ihm in demselben Raum sind?«

»Eigentlich nicht.«

»Tut er... könnte er vom Äußeren her jemandem Respekt einflößen?«

»Nein.« Es war ihr anzuhören, daß sie den Gedanken lachhaft fand.

»Sein Einfluß«, sagte ich, »ist also rein wirtschaftlich?«

»Ich nehme es an.«

»Hat *er* vor jemandem Respekt?«

»Das weiß ich nicht. Wieso fragen Sie?«

»Der Mann hält seine Zeitung seit vier Monaten dazu an,

mein Leben zu zerstören. Da darf mich das schon interessieren.«

»Ihr Leben ist aber doch nicht zerstört. Sie hören sich kein bißchen zerstört an. Und Ihre Exfrau meinte ohnehin, das sei unmöglich.«

»Was sei unmöglich?«

»Sie zu… Sie zu…«

»Sprechen Sie's aus.«

»Sie zu zermürben. Sie in die Knie zu zwingen.«

Darauf konnte ich nur schweigen.

Sie sagte: »Ihre Ex liebt Sie noch immer.«

»Nein, jetzt nicht mehr.«

»Ich bin Expertin für Exfrauen«, sagte India. »Betrogene, abgelegte, von Groll vergiftete, auf Geld versessene Frauen. Frauen, die Vergeltung wollen, Frauen, die ihr Herz verzehren. Auf dem Gebiet kenne ich mich aus. Ihre Jenny sagte, sie könne in Ihrer Fegefeuerwelt nicht leben, aber als ich meinte, Sie seien ein rücksichtsloser Egoist, hat sie Sie wie eine Löwin verteidigt.«

O Gott, dachte ich. Auch nach sechs Jahren Trennung konnten die Wunden noch bei uns aufbrechen.

»Sid?«

»Mhm.«

»Lieben Sie sie immer noch?«

Es gelang mir, ruhig zu sprechen. »Man kann nicht wieder zurück, und wir wollen es auch nicht«, sagte ich. »Ich bereue vieles, aber jetzt ist es endgültig vorbei. Sie hat einen geeigneteren Mann gefunden, und sie ist glücklich.«

»Ich habe ihren neuen Mann kennengelernt«, sagte India. »Er ist nett.«

»Ja.« Ich schwieg. »Was ist mit Ihrem Exmann?«

»Sein Aussehen hatte es mir angetan. Was er aber wollte, war ein Bewunderungsautomat mit Schürze. Ende der Geschichte.«

»Heißt er Cathcart?«

»Nein«, sagte sie. »Patterson.«

Leise lächelnd sagte ich: »Geben Sie mir Ihre Telefonnummer?«

Sie sagte: »Ja«, und gab sie mir.

»Kensington Place Restaurant. Um acht.«

»Ich werde dort sein.«

Wenn ich allein war – und das war ich meistens, seit Louise McInnes und ich uns getrennt hatten –, nahm ich zum Schlafengehen die Armprothese ab und legte sie morgens nach dem Duschen wieder an. Unter der Dusche konnte ich sie nicht anbehalten, da ihre Mechanik kein Wasser vertrug. Nach langen Tagen war es oft eine Quälerei, sie abzunehmen, da sie sehr fest saß und gern mit meiner Haut verklebte. Angelegt wurde sie mit Hilfe von Talkumpuder und einem festen Ruck im richtigen Winkel.

Der Arm mochte sein Gewicht in Gold wert sein, wie ich Trish Huxford gesagt hatte, aber so leicht ich es mittlerweile nach außen hin auch nahm, insgeheim hatte ich immer noch Mühe, mit der Amputation zurechtzukommen. Ich wußte nicht, wieso ich da nach wie vor empfindlich war und mich schutzlos fühlte. Zuviel Stolz sicherlich.

Da ich meine beiden Batterien über Nacht aufgeladen hatte, fing ich den neuen Tag, Samstag, mit einer frischen Batterie im Arm und einer frischen Reserve in der Tasche an.

Fünf Tage war es jetzt her, daß Gordon Quint mir den Unterarm gebrochen hatte, und die Schmerzen waren nicht mehr so stark und kamen seltener. Zum Teil lag das daran, daß man ganz von selbst lernte, alles auf möglichst schmerzlose Weise zu tun, und zum Teil daran, daß der Knochen wieder zusammenwuchs. An der Bruchstelle bildet sich weiches Gewebe, das normalerweise vom achten Tag an hart wird, so daß der Heilungsprozeß nach weiteren acht Tagen abgeschlossen ist. Ernsthafte Schwierigkeiten bereitet nur eine Fraktur mit verschobenen, gesplitterten Bruchenden, und die lag hier nicht vor. In meiner Jockeyzeit hatte ich fast jedes halbe Jahr mal einen unkomplizierten Bruch gehabt. Beim Hindernisrennen fällt man am ehesten auf die Schulter, oft bei fünfzig Stundenkilometern, und zu meiner Zeit hatte ich mir sechsmal auf jeder Seite das Schlüsselbein gebrochen; nur einmal war es wirklich schlimm gewesen.

Manche Jockeys besaßen stärkere Knochen als andere, doch ich kannte keinen, der eine Spitzenkarriere ohne Blessuren überstanden hatte. Ein Montagsbruch jedenfalls war samstagmorgens in der Regel kein Problem mehr.

Ich packte das Batterieladegerät, Waschzeug, Schlafanzug, ein Hemd zum Wechseln, einen Straßenanzug und Schuhe in meinen Handkoffer. Unter dem Trainingsanzug trug ich ein weißes Hemd ohne Krawatte, dazu die dunklen Laufschuhe. Im Gürtel hatte ich Geld und Kreditkarte, in der Hosentasche ein Bund mit sechs Schlüsseln und einer Minitaschenlampe. Drei der Schlüssel waren für mein Auto und meine Wohnung. Die drei anderen, so schlicht sie auch aussahen, konnten mir jedes normale Türschloß öffnen, ob mein Zugang erwünscht war oder nicht.

Mein alter Lehrer hatte mich im schnellen Gebrauch der Schlüssel unterwiesen. Er hatte mir auch gezeigt, wie man die einfachen Zahlenschlösser an Koffern aufbringt; die Methode der Flughafendiebe.

Ich meldete mich im Hotel ab, fuhr zurück nach Frodsham und parkte am Straßenrand in Sichtweite des Maschendrahttors von Topline Foods.

Wieder war das Tor weit geöffnet, und wieder wurde niemand, der kam oder ging, vom Pförtner aufgehalten. Offenbar hatte es auch niemand eilig, hinein- oder herauszukommen, und auf dem Hof standen viel weniger Autos als am Tag zuvor. Erst kurz vor elf trafen die angekündigten Aufnahmeteams geschlossen ein.

Als sich ungefähr zwanzig Transporter und Pkws auf dem Werkgelände verteilt hatten, um Filmkameras (Intramind Imaging), eine TV-Kamera (Lokalfernsehen) und Dutzende von zielbewußt wirkenden Leuten auszuspeien, die schweres Gerät schleppten oder Klemmbretter an sich drückten, stieg ich aus und schlüpfte in den braunen Schlabberoverall mit der Kennkarte. Meinen Koffer und mein Mobiltelefon verschloß ich im Kofferraum, nur die SIM-Card nahm ich aus dem Apparat und verstaute sie in meinem Gürtel. »Machen Sie es sich zur Gewohnheit, die SIM-Card herauszunehmen«, hatte mir der Händler empfohlen. »Wenn dann jemand Ihr Handy stiehlt, hat er Pech gehabt, er kann nichts damit anfangen.«

»Prima«, hatte ich gesagt.

Ich ließ den Wagen an, fuhr ohne Zögern durch das Tor, lenkte um die kreuz und quer stehenden Transporter herum und hielt gleich dahinter, direkt vor den Ladeplätzen. Obwohl es Samstag war, arbeiteten einige Männer in braunen Overalls am Förderband, und ich sagte einfach »Morgen« und ging an ihnen vorbei, als ob ich hierhergehörte.

Sie antworteten nicht, blickten nicht auf, nahmen mich als selbstverständlich hin.

Im Gebäude ging ich die Treppe hinauf, die ich mit Willy Parrott herabgekommen war, und in der richtigen Etage angelangt, schlenderte ich die Galerie entlang, bis ich zu seinem Büro kam.

Die gläserne Schiebetür war verschlossen und abgesperrt, das Büro nicht besetzt.

Die Rührstangen ruhten in den Mischbehältern. Vom Lärm und Getriebe des Vortags war nichts geblieben und auch von den Gerüchen fast nichts. Statt dessen wurden unten jetzt Kameras aufgestellt, und Owen Yorkshire dirigierte den Regisseur, sagte den Fachleuten mit gebieterischer Stimme, was sie zu tun hatten.

Er war zu beschäftigt, um nach oben zu sehen. Ich ging weiter die Galerie entlang, kam zu der Feuertür am Ende der Metalltreppe. Die Feuertüren seien nachts verschlossen, hatte Willy gesagt. Tagsüber seien sie offen. So gelangte ich glücklich in die mit edlem Teppich ausgelegte Büroetage.

Eine Gruppe von drei Medienleuten war dort zugange, maß Winkel aus und stellte Topfpflanzen um. Offenbar sollte der Büroarbeit am Montag zur Unsterblichkeit verholfen werden. Innerlich über die Anwesenheit der Leute fluchend, ging ich weiter in Richtung Lift, vorbei an der offenen Tür der ›Kundeninformation‹. Keine Marsha Rowse.

Rechts vom Lift war eine Tür mit der Aufschrift ›Büroleitung, A. Dove‹, sorgfältig abgesperrt.

Ich drehte mich um und sah, daß der Meßtrupp sich verdammt viel Zeit ließ. Ich wollte die Leute da raushaben, und sie trödelten zum Wahnsinnigwerden.

Herumlungern mochte ich nicht. Ich kehrte zum Lift zurück und öffnete, um Zeit zu überbrücken, die Tür daneben, die wie erhofft auf eine Feuertreppe ging.

Eine Etage tiefer stieß ich hinter der Feuertür auf nichts als leeren Raum, unmöbliert, untapeziert, der Fläche nach so groß wie die darüberliegende Bürosuite. Zwei Etagen höher, über den Büros, befand sich ein ebenso leerer, ungeteilter, ungenutzter Raum. Wenn mich nicht alles täuschte, hatte Owen Yorkshire für die Expansion schon vorgebaut.

Vorsichtig ging ich nach ganz oben in den fünften Stock, die Höhle des Chefs.

Im Vertrauen darauf, daß er noch unten bei den Mischbehältern war, öffnete ich die Feuertür gerade weit genug, um den Kopf durchzustecken.

Auch hier hantierten Kameraleute. Ganze Reihen von Blumenstöcken blitzten rot und golden. Linker Hand ging eine blankpolierte offene Flügeltür auf einen Sitzungs- und Aufenthaltsraum, der höchsten unternehmerischen Ansprüchen genügte. Eine Flügeltür zur Rechten führte in Yorkshires eigenes neues Büro; soweit ich sehen konnte, kein Ort für Papierkram. Hochglänzendes Holz. Pflanzen in Fülle. Ein Tablett mit Flaschen und Gläsern.

Ich ging die unprätentiöse Feuertreppe wieder hinunter zur eigentlichen Büroetage, wo ich unschlüssig stehenblieb und mich fragte, ob der Meßtrupp mir wohl immer noch im Weg war.

Stimmen ertönten, wurden lauter und näherten sich der

Feuertür von der anderen Seite. Ich legte mir einen Auftritt als fleißiger Arbeiter zurecht, aber offenbar zog man den Lift der Treppe vor. Der Aufzug surrte im Schacht, die Stimmen wanderten zu ihm hinüber und verschwanden. Ob die Leute rauf- oder runtergefahren waren, wußte ich nicht; mir genügte es, wenn sie alle fort waren und niemand zurückgeblieben war.

Warten war sinnlos. Ich öffnete die Feuertür, trat auf den Gang und schaute in Mrs. Doves Herrschaftsgebiet nach links und nach rechts.

Ich hatte die ganze Büroetage für mich allein.

Großartig.

Die Tür von Mrs. Dove hatte zwei Schlösser: ein altes Einsteckschloß und ein neueres, das in den Griff eingearbeitet war. Solche Schlösser lobte ich mir. Da konnte es keine unangenehmen Überraschungen geben wie von innen vorgelegte Riegel, Ketten oder Keile; außerdem ließ ein doppeltes Schloß darauf schließen, daß es hier Wertvolles zu schützen galt.

Für das Einsteckschloß brauchte ich eine volle Minute, wobei der Geist meines alten Lehrers mir ungehalten schnaubend über die Schulter sah. Das moderne Schloß war nach zwanzig Sekunden behutsamen Sondierens geknackt. Man mußte sich »durchtasten«. Auch dafür, wie für so vieles andere, waren künstliche Finger nicht zu gebrauchen.

In Mrs. Doves Büro eingetreten, sperrte ich als erstes die Tür wieder ab, damit sie bei einer etwaigen Kontrolle so vorgefunden wurde, wie sie sein sollte. Schloß sie jemand auf, konnte ich mich immer noch rechtzeitig verstecken.

Mrs. Doves Gehäuse war groß und komfortabel, mit

einem breiten Schreibtisch, mehreren Sesseln in dem skandinavischen Design und körnigen, großformatigen Schwarzweißfotos von Rennen laufenden Pferden an den Wänden. Auf einer Seite standen die üblichen Büromaschinen – Fax, Kopierer, große Rechenmaschine mit Quittierrolle sowie auf dem Schreibtisch ein fürs Wochenende abgedeckter Computer. Es gab zahlreiche Aktenschränke und einen hohen weißen – wie ich feststellte, verschlossenen – Wandschrank.

Mrs. Dove hatte ein Fenster mit Jalousien und Fernblick auf den Mersey. Mrs. Doves Büro war Chefklasse.

Ich hatte nur eine unbestimmte Vorstellung davon, was ich suchte. Die Revisionsberichte, die ich in Companies House gesehen hatte, schienen mir nicht die aktuelle Lage in Frodsham widerzuspiegeln. Die Bilanz bezog sich natürlich auf das vergangene Jahr, das erste unter Owen Yorkshires Leitung, aber der ausgewiesene dünne Gewinn hätte teure Werbefeldzüge und vom Fernsehen übertragene Empfänge für die Liverpooler Prominenz weder vermuten lassen noch gerechtfertigt. Das alte französische Sprichwort »cherchez la femme« – man suche die Frau – sei ein Jahrhundert überholt, hatte mein alter Lehrer gesagt. »Man suche das Geld« müsse es heute heißen, und kurz bevor er starb, hatte er das noch einmal umformuliert zu »Man suche die Papiere«. Dunkle oder zwielichtige Geschäfte, meinte er, hinterließen immer eine Papierspur. Selbst im Computerzeitalter zeige Papier noch den Weg, hatte er behauptet, und ich hätte ihm das immer wieder bestätigen können.

Die Papiere in Mrs. Doves Büro waren ordentlich in den

vielen Aktenschränken verstaut, und die waren abgeschlossen.

Bei den meisten Aktenschränken, so auch bei diesen, wurden die Fächer zentral verschlossen, indem man oben einen Schlüssel einsteckte, der einen verdeckt vorn rechts sitzenden, gekerbten vertikalen Stift einrasten ließ. Schloß man auf, hob sich der Stift, und die Fächer ließen sich wieder öffnen. Aktenschränke knacken konnte ich ganz gut.

Das Dumme war, daß Topline Foods kaum etwas zu verbergen hatte, jedenfalls auf den ersten Blick. Kiloweise Papier bezog sich auf Bestellungen und Einkaufsrechnungen, weitere Kilo auf Umsätze, weitere Kilo auf Betriebskosten, angefangen bei Versicherungen bis zu Löhnen und Gehältern, Strom und Unterhalt.

Die Aktenschränke hielten mich zu lange auf und waren Zeitverschwendung. Was sie zu bieten hatten, war die durch und durch solide Grundlage für die Revision im nächsten Jahr.

Ich schloß sie wieder ab, und nach einem Blick in die Schreibtischschubladen, die nur Büromaterial enthielten, nahm ich die Abdeckung vom Computer, warf ihn an und rief das Dateiverzeichnis auf. Die Dateinamen erschienen, und ich griff auf gut Glück einen heraus: »Aintree«.

Auf den Bildschirm kamen Einzelheiten über das Essen am Tag vor dem Grand National: Gästeliste, Speisekarte, Zusammenfassung der Ansprachen und eine Auflistung der Presseberichte über den Anlaß.

Etwas Geheimeres konnte ich nicht finden. Ich schaltete das Gerät aus, deckte es wieder ab und setzte meine Dietriche für den großen weißen Wandschrank ein.

Das Gefühl, daß mir die Zeit davonlief, mochte es auch noch so irrational sein, nahm mir den Atem und trieb mich zur Eile. Ich hatte schon immer die Superschnüffler im Film beneidet, die in den ersten zehn Sekunden die richtigen Schriftstücke zu fassen bekamen, und diesmal wußte ich gar nicht, ob es das richtige Schriftstück überhaupt gab.

Wie sich herausstellte, war es nicht direkt ein Schriftstück, sondern ein zweiter Computer.

In einem Klappschreibtisch in dem weißen Wandschrank stieß ich auf eine zweite Tastatur und einen zweiten Bildschirm. Ich schaltete den Computer an, und nichts geschah, was mich aber nicht mehr wunderte, als ich das lose Kabel daneben bemerkte. Ich steckte es ein und versuchte es noch mal, und mit ein, zwei Brummern war der Rechner einsatzbereit.

Ich rief wieder das Dateiverzeichnis auf und bekam diesmal nicht direkt Dateinamen zu sehen, sondern »Inhaltsverzeichnisse«, die jeweils Dateinamen enthielten wie zum Beispiel »Formel A«.

Was ich entdeckt hatte, waren die vertraulicheren Unterlagen, die mehr oder weniger geheimen Dateien.

In rascher Folge ging ich die Inhaltsverzeichnisse durch und holte sie auf den Bildschirm, bis in einem kurz und bündig der Name »Quint« auftauchte; aber soviel Tasten ich auch drückte, weiter kam ich nicht.

Denk nach.

Daß ich die Quint-Informationen nicht auf den Bildschirm bekam, mußte daran liegen, daß sie nicht im Computer waren.

Okay? Okay. Wo waren sie also?

Auf dem Bord über dem Computer stand eine Reihe kastenförmiger Aktendeckel, numeriert von 1 bis 9, aber keiner mit der Aufschrift Quint.

Ich nahm Nummer 1 heraus und sah hinein. Mehrere Briefe waren darin abgelegt sowie eine blaue Diskette in Klarsichthülle. Den Briefen nach bezog sich Aktendeckel 1 auf Kredite für Topline Foods – Kredite, die nicht fristgemäß zurückgezahlt worden waren. Es war auch von »Schmiergeldern« und »Gegenleistungen« die Rede. Ich legte die Diskette in das Laufwerk des Computers ein und bekam nichts als eine wenig hilfreiche Frage auf den Bildschirm: PASSWORT?

Paßwort? Weiß der Himmel. Ich schaute in die anderen Aktendeckel und stieß in Nummer 6 auf »Quint«. Dazu gehörten nicht eine, sondern drei Disketten.

Ich legte die erste ein. – PASSWORT?

Zweite und dritte Diskette – PASSWORT?

Mist, dachte ich.

Um weiterzukommen, nahm ich einen schweren weißen Karton, der den Platz neben den Aktendeckeln ausfüllte und etwa doppelt so groß war wie ein Schuhkarton, aus dem Fach: Eine Reihe großer schwarzer Kunststoffkassetten steckte darin. Ich nahm eine heraus, klappte sie auf und fand ein Videoband im Innern, nur daß es doppelt so breit wie ein normales war. »Broadcast Quality Videotape« besagte ein Aufkleber. Darunter stand groß das Wort BETACAM. Als Inhalt war angegeben: »Quint-Serie. 15 x 30 Sek.«

Ich klappte die schwarze Kassette zu und sah mir noch eine an. Das gleiche. Quint-Serie. 15 x 30 Sek. Sie enthielten alle das gleiche.

Um diese teuren, übergroßen Bänder abzuspielen, brauchte man ein Spezialgerät, das in Mrs. Doves Büro nicht stand. Wollte ich sehen, was darauf war, mußte ich eins mitnehmen.

Natürlich konnte ich einfach eins in die Tasche meiner Trainingsjacke stecken und damit hinausmarschieren. Ich konnte auch die »PASSWORT«-Disketten mitnehmen. Wenn ich das tat, beging ich erstens Diebstahl, lief zweitens Gefahr, mit dem Diebesgut erwischt zu werden, und sorgte drittens dafür, daß keine der darauf enthaltenen Informationen bei der gerichtlichen Untersuchung mehr verwendet werden konnte. Ich durfte nur die Informationen stehlen, wenn es ging, aber nicht die Software.

Denk nach.

Wie ich Charles in Aynsford gesagt hatte, war ich, um mit der zunehmend schnelleren Welt Schritt zu halten, gezwungen gewesen, mich mit Computern zu befassen, aber die Zukunft wurde bereits so schnell zur Gegenwart, daß ich kaum nachkam.

Jemand probierte die Tür zu öffnen.

Es war keine Zeit, den Raum wieder in Ordnung zu bringen. Ich konnte mich nur schnell hinter der Tür verstecken, damit man mich nicht sah, wenn sie aufging.

Noch einmal wurde am Griff gedreht und gerüttelt, aber sonst passierte nichts. Der da draußen hatte entweder keinen Schlüssel, oder er war beruhigt; auf jeden Fall hatte er meiner Atmung übel mitgespielt.

Andererseits brachte der Adrenalinstoß mir die Antwort auf die noch offene Computerfrage: Wenn sich der Inhalt einer Diskette nicht aufrufen ließ, konnte man sie komplett auf einen anderen Computer überspielen, um dann in aller gebotenen Ruhe das Paßwort zu knacken oder von jemand knacken zu lassen.

Neben dem losen Stromkabel hatte eine ebenfalls nicht angeschlossene Telefonschnur gelegen. Ich steckte sie in die Buchse am Computer und verband auf diese Weise das Modem von Mrs. Dove mit dem weltweiten Internet.

Es gab ein paar Fehlstarts, während ich mich verzweifelt an halbverstandene Techniken zu erinnern suchte, aber zum Lohn für meine Mühe befahl der Schirm mir schließlich: »Geben Sie die Telefonnummer ein.«

Ich gab die Nummer meines Anschlusses am Pont Square ein und drückte »Enter«, und der Bildschirm meldete gelassen: »Es wird gewählt«, dann: »Anruf angenommen«, dann: »Übertragung« und schließlich: »Übertragung abgeschlossen«.

Was auf der ersten geschützten »Quint«-Diskette war, war jetzt auch in meinem Computer in London. Ich überspielte die beiden anderen »Quint«-Scheiben auf die gleiche Weise, danach die Diskette aus Aktendeckel 1 und dazu noch eine aus Aktendeckel 3, mit der Aufschrift »Tilepit«.

Wie man die BETACAM-Bänder hätte überspielen können, ahnte ich nicht. Bedauernd ließ ich die Finger davon. Ich sah die Papiere im »Quint«-Aktendeckel durch und fotokopierte eine Seite – eine Aufstellung ungewöhnlicher Rennbahnen –, faltete die Kopie zusammen und steckte sie in das Reißverschlußfach in meinem Gürtel.

Schließlich zog ich den Elektro- und den Telefonstecker wieder heraus, schloß den Computer weg, überzeugte mich, daß die Aktendeckel und die BETACAM-Bänder an ihrem

Platz waren, sperrte den weißen Schrank wieder ab und öffnete dann vorsichtig die Tür zum Gang.

Stille.

Erleichtert aufatmend sperrte ich die Tür von Mrs. Dove hinter mir zu, ging zwischen den kleineren Büros durch und erlebte den ersten Rückschlag: Die Feuertür zum Land der braunen Overalls war nicht nur abgesperrt, sondern ein rotes Licht brannte über ihr.

Rotes Licht deutete oft auf aktivierte Alarmanlagen mit Sirenen, die ein niederschmetternd lautes Gejaule anstimmen konnten.

Ich hatte mich zu lange aufgehalten. Ich peilte wieder Mrs. Doves Büro an, ging die Feuertreppe neben dem Lift hinunter und kam in der Lobby im Erdgeschoß heraus, deren Glastür auf den Parkplatz führte.

Der Schritt in die Lobby war einer zuviel. Irgend etwas traf mich schwer am Kopf, und einer der bulligen Leibwächter in Blau warf mir einen Riemen um und schnallte mir damit die Oberarme an den Körper.

Ich turnte ein bißchen herum und erhielt einen zweiten Schlag, nach dem ich handlungsunfähig war und kaum noch denken konnte. Ich merkte, daß ich im Lift fuhr, wußte aber nicht genau, wie ich da hineingekommen war. Ich merkte, daß ich die Füße zusammengebunden bekam und schmählich über einen Teppich geschleift und in einen Sessel geworfen wurde.

Skandinavischer Einheitssessel mit hölzernen Armlehnen, wie die anderen auch.

»Fesselt ihn«, sagte eine Stimme, und ein weiterer Riemen straffte sich um meine Brust, so daß ich, als der Nebel sich lichtete, fast völlig bewegungsunfähig war und hundert derbe Flüche unterdrückte.

Die Stimme gehörte Owen Yorkshire. Er sagte: »Gut. Schön. Gut gemacht. Legt mir den Schraubenschlüssel auf den Tisch. Geht wieder nach unten und laßt keinen hier herauf.«

»Ja, Sir.«

»Wartet«, befahl Yorkshire unschlüssig. »Seid ihr sicher, daß ihr den Richtigen erwischt habt?«

»Ja, Sir. Er hat ja noch die Kennkarte dran, die wir ihm gestern ausgestellt haben. Die sollte er beim Rausgehen abgeben, hat er aber nicht gemacht.«

»Gut. Danke. Ab mit euch.«

Die Tür schloß sich hinter den Leibwächtern, und Owen Yorkshire nahm die Kennkarte von meinem Overall, las den Namen und warf sie auf den Schreibtisch.

Wir waren in seinem Büro im fünften Stock. Der Sessel, in dem ich saß, war von Teppich umgeben. Gestrandet auf einer einsamen Insel, dumm und duselig im Kopf.

Die brüderliche »Wir sind alle Kumpel«-Tour war außer Kraft gesetzt. Der Owen Yorkshire vor mir war sehr wütend, ungläubig und, wenn mich nicht alles täuschte, *erschrocken*.

»Was haben Sie hier zu suchen?« blaffte er.

Seine Stimme hallte in dem ruhigen Zimmer wider. Sein massiger Körper ragte vor mir auf, sein großer Kopf war dicht vor meinem. Alles an seinem Gesicht war etwas zu groß geraten: Nase, Augen, die hohe Stirn, die flachen, breiten Wangen, das eckige Kinn, der Mund. Die gewellten, kragenlangen Haare mit den angegrauten Schläfen schienen vor

Energie zu knistern. Ich hätte ihn auf vierzig geschätzt; vielleicht auch ein, zwei Jahre jünger.

»Antworten Sie«, brüllte er. »Was haben Sie hier zu suchen?«

Ich schwieg. Er riß einen vierzig Zentimeter langen, silberglänzenden Engländer vom Tisch und holte aus, als wollte er ihn mir über den Kopf ziehen. Wenn seine blauen Jungs mich, wie ich annahm, damit bearbeitet hatten, dann war bei einem weiteren Schlag auf meinen Schädel mit einer Antwort sicher nicht zu rechnen. Der Gedanke schien ihm auch zu kommen, denn er warf den Schraubenschlüssel ungehalten wieder auf den Schreibtisch, wo er noch mal aufsprang.

Die Riemen um meine Brust und meine Fußgelenke waren aus dichtgewebtem, hellbraunem Material wie die Gurte, mit denen man Koffer zusammenhält. Sie gaben nicht nach und ließen sich nicht dehnen. Es lagen noch mehr davon auf dem Tisch.

Ich spürte ein albernes Verlangen zu reden, eine Neigung, die ich früher bei leichten Gehirnerschütterungen nach Reitunfällen bei mir bemerkt hatte und manchmal auch beim Aufwachen aus der Narkose. Ich hatte gelernt, die Plapperlust zu unterdrücken, und doch war es schwer, in diesem Fall aber lebenswichtig.

Owen Yorkshire trug Kumpelklamotten, das heißt keine Jacke, ein Synthetikhemd (fast weiß mit Längsstreifen, die aus ineinandergreifenden sandfarbenen Hufeisen bestanden), keine Krawatte, offener Kragen mit garantiertem Blick auf behaarte Männerbrust, Goldkette und Medaillon.

Ich konzentrierte mich auf die Hufeisenstreifen. Wenn

ich die Hufeisen von der Schulter bis zur Taille schön durchzählte, kamen mir keine Gedanken, die ich leichtfertig ausplaudern konnte. Der Boß hatte das Wort. Ich blendete ihn aus, zählte Hufeisen und schaffte es, den Mund zu halten.

Er ging abrupt aus dem Zimmer und ließ mich mit dummem Gesicht allein da herumsitzen. Als er wiederkam, brachte er zwei Leute mit; sie waren offenbar am Empfang unten damit beschäftigt gewesen, die Tischordnung für den Lunch am Montag auszuarbeiten.

Es waren ein Mann und eine Frau; Mrs. Dove und ein Fremder. Beide stießen Ausrufe der Überraschung aus, als sie mich gefesselt dort sitzen sahen. Ich machte mich ganz klein und hob den Blick kaum über ihre Taillen.

»Wissen Sie, wer das ist?« fragte Yorkshire wütend.

Der Mann schüttelte verwirrt den Kopf. Mrs. Dove sagte stirnrunzelnd zu mir: »Waren Sie nicht erst gestern hier? Irgendwas mit einem Farmer?«

»Das«, sagte Yorkshire verächtlich, »ist Sid Halley.«

Die Gesichtszüge des Mannes erstarrten, sein Mund formte ein O.

»Das, Verney«, fuhr Yorkshire mit beißendem Sarkasmus fort, »ist das Würstchen, über das Sie seit Monaten herfallen. Und so was hält Ellis für gefährlich. Schauen Sie ihn sich an! So viel Artillerie für einen Spatzen.«

Verney *Tilepit.* Ich hatte ihn im Adelskalender nachgeschlagen. Verney Tilepit, dritter Baron, 42, Vorstandsmitglied von Topline Foods, Eigentümer (auf dem Erbweg) von *The Pump.*

Verney Tilepits Großvater, wegen seiner Ergebenheit und Treue gegenüber dem damaligen Premierminister zum

Baron ernannt, war einer jener mächtigen, lautstarken Meinungsmacher gewesen, die Regierungen nach ihrer Pfeife tanzen ließen. Der erste Verney Tilepit hatte in die Hände gespuckt und der Weltgeschichte einen Schubs gegeben. Der dritte hatte seine jahrelange Zurückhaltung, wie es schien, in erster Linie aufgegeben, um einen kleinen Privatdetektiv in Mißkredit zu bringen. Politik! Seinem erstaunten Großvater hätte es die Sprache verschlagen.

Er war, wie India gesagt hatte, recht hochgewachsen und hatte dunkelblondes Haar. Außerdem, wie ich jetzt ergänzen konnte, ein großflächiges Gesicht mit in der Mitte zusammengedrängten Zügen: kleiner Mund, kleine Nase, kleiner rotblonder Schnurrbart, kleine Augen hinter einer großen, hell gerahmten Brille. Nichts an seiner Erscheinung wirkte bedrohlich. Vielleicht war ich von meinem Gegenspieler genauso enttäuscht wie er offensichtlich von mir.

»Woher wissen Sie, daß das Sid Halley ist?« fragte Mrs. Dove.

Owen Yorkshire sagte grimmig: »Einer von den Fernsehleuten hat ihn erkannt. Er hat mir versichert, daß ein Irrtum ausgeschlossen ist. Er hat ihn oft genug gefilmt. Er kennt ihn.«

Mist, dachte ich.

Mrs. Dove zog den langen linken Ärmel meines Overalls hoch und sah auf meine linke Hand. »Ja. Das muß Sid Halley sein. Nicht mehr viel übrig von dem Champion, was?«

Owen Yorkshire griff zum Telefon, wählte eine Nummer, wartete und sprach energisch in den Hörer.

»Kommen Sie schnell vorbei«, sagte er. »Wir haben eine Krisensitzung. Kommen Sie in mein neues Büro.« Er hörte kurz zu. »Nein«, sagte er, »kommen Sie erst mal.« Er knallte den Hörer auf die Gabel und sah mich finster an. »Was zum Teufel wollen Sie hier?«

Der fast übermächtige Drang, es ihm zu sagen, kam bis zu meiner Zunge und wurde nur durch fest zusammengebissene Zähne gebremst. Es war gar nicht so erstaunlich, daß Leute Geständnisse ablegten. Das Bedürfnis, sich alles von der Seele zu reden, war stärker als die Furcht vor der sicheren Bestrafung.

»Antworten Sie«, brüllte Yorkshire. Er faßte wieder nach dem Schraubenschlüssel. »Wird's bald?«

Ich brachte so etwas wie eine Antwort zustande.

In mattem, gespielt respektvollem Ton wandte ich mich an Verney Tilepit: »Ich wollte zu Ihnen... Sir.«

»Euer Gnaden«, berichtigte mich Yorkshire. »Sagen Sie Euer Gnaden zu ihm.«

»Euer Gnaden«, sagte ich.

Tilepit sagte: »Weswegen denn?« und: »Wieso dachten Sie, daß ich hier bin?«

»Jemand sagte mir, Sie seien im Vorstand von Topline Foods, Euer Gnaden, und da wollte ich Sie bitten, mal endlich aufzuhören, und ich weiß nicht, warum man mich hier heraufgeschleppt und so verschnürt hat.« Die letzten zwanzig Wörter sprudelten nur so heraus. *Sei vorsichtig,* dachte ich. *Sei still.*

»Aufhören womit?« fragte Tilepit.

»Mit den Lügen über mich in Ihrer Zeitung.« Schon besser.

Tilepit wußte nicht, wie er auf so viel Naivität reagieren sollte. Yorkshire hielt sie zu Recht für wenig glaubhaft. Er wandte sich an Mrs. Dove, die für den Samstagmorgen gekleidet war und kein büromäßiges Schwarzweiß trug, sondern leuchtendes Rot mit goldenen Knöpfen.

»Gehen Sie runter und vergewissern Sie sich, daß er nicht in Ihrem Büro war.«

»Das habe ich abgeschlossen, als ich gestern abend weg bin, Owen.«

Mrs. Doves Verhalten gegenüber ihrem Chef ähnelte interessanterweise dem von Willy Parrott. Von gleich zu gleich – bis zu einem gewissen Grad.

»Sehen Sie nach«, sagte er. »Und kontrollieren Sie den Schrank.«

»Den Schrank hat niemand geöffnet, seit Sie diese Woche Ihr Büro hier herauf verlegt haben.«

»Sehen Sie trotzdem nach«, sagte er.

Es machte ihr nichts aus, ihm zu gehorchen. Ich mußte an Marsha Rowses sinnige Bemerkung denken – »Mrs. Dove sagt, man soll Mr. Yorkshire niemals ärgern.«

Mrs. Dove, selbstbeherrscht, selbstbewußt, befolgte ihren eigenen Rat. Sie liebte den Mann nicht, hatte aber offenbar auch nicht direkt Angst vor ihm. Seine Reizbarkeit schien ihr lästig zu sein, ohne daß sie deshalb gleich um ihr Leben oder auch nur ihren Arbeitsplatz gebangt hätte.

Wie die Dinge lagen oder vielmehr, wie ich so da saß, hielt ich es für ratsam, mir an Mrs. Dove, solange es eben ging, ein Beispiel zu nehmen.

Sie blieb eine ganze Zeitlang weg, so daß ich mir mehr und mehr Sorgen machte, ich könnte in dem Büro eine Winzigkeit in Unordnung gebracht haben; ihr sechster Sinn könnte ihr sagen, daß jemand dort gewesen war; ich könnte einen Duft im Raum zurückgelassen haben, obwohl ich nie After-shave benutzte; ich könnte die Aktenschränke nicht richtig verschlossen, könnte sichtbare Fingerspuren auf einer glänzenden Oberfläche hinterlassen, könnte irgend etwas getan haben, von dem sie wußte, daß sie es nicht getan hatte.

Ich atmete ruhig, war bemüht, nicht in Schweiß auszubrechen.

Als sie endlich wiederkam, sagte sie: »Die Fernsehleute ziehen ab. Alles ist fertig für Montag. Um zehn bringt der Florist das Bukett für die Frau Bürgermeister. Die Leute, die den roten Teppich legen, sind jetzt unten und messen die Halle aus. Ach ja, und der Mann von Intramind Imaging sagt, sie wollen einen Scheck.«

»Was ist mit dem Büro?«

»Dem Büro? Ach, da ist alles in Ordnung.« Sie hielt sich damit nicht auf. »Es war zu. Genauso, wie ich es zurückgelassen habe.«

»Und der Schrank?« beharrte er.

»Abgeschlossen.« Sie fand, daß er übertrieb. Ich konzentrierte mich darauf, mir meine Erleichterung nicht anmerken zu lassen.

»Was machen Sie denn jetzt mit ihm?« fragte sie und deutete auf mich. »Sie können ihn ja schlecht hier festhalten, oder? Die Fernsehleute unten haben schon darüber geredet, daß er hier ist. Sie wollen ihn interviewen. Was soll ich ihnen sagen?«

Yorkshire antwortete mit schwarzem Humor: »Sagen Sie, ihm sind die Hände gebunden.«

Sie fand das nicht lustig. »Ich werde sagen, er sei hinten

rausgegangen. Und ich gehe dann auch mal. Montag früh um acht bin ich wieder hier.« Sie sah mich ruhig an und wandte sich an Yorkshire. »Lassen Sie ihn laufen«, sagte sie nüchtern. »Was kann er Ihnen schon wollen. Er hat doch nichts drauf.«

Yorkshire sagte unschlüssig: »Nichts drauf? Wieso hat er nichts drauf?«

Sie blieb gelassen in der Tür stehen und warf eine unschätzbare Perle hin.

»So steht's doch in *The Pump.*«

Keiner der beiden Männer, dachte ich, während ich ihnen zuhörte, war ein ausgemachter Krimineller. Noch nicht. Yorkshire war allerdings nah an der Grenze.

Er hielt immer noch den verstellbaren Schraubenschlüssel in der Hand und ließ ihn ab und zu in die andere Handfläche klatschen, als fördere das sein Denkvermögen.

»Bitte binden Sie mich los«, sagte ich. Mein unseliger Mitteilungsdrang hatte endlich nachgelassen. Ich wollte nicht mehr sabbeln, sondern nur noch reden, um freizukommen.

Tilepit hätte mich vielleicht auch gehen lassen. Er war Gewaltanwendung selbst auf dieser Ebene offensichtlich nicht gewohnt und unangenehm davon berührt. Seine Macht fußte auf dem Namen seines Großvaters. Seine ganze Stärke lag darin, daß er Leute anstellen und entlassen konnte. Die Anzahl der Spitzenposten in der britischen Presse war begrenzt, und George Godbar, der Chefredakteur von *The Pump*, mochte seine Haut nicht aufs Spiel setzen, um meine zu retten. Prinzipien waren allzuoft ein unerschwinglicher Luxus, und ich glaubte nicht, daß ich an George Godbars

Stelle oder auch an Kevin Mills' oder Indias Stelle anders gehandelt hätte.

Yorkshire sagte: »Wir warten.«

Er zog eine Schreibtischlade auf und nahm etwas heraus, das sich verblüffenderweise als ein Glas Gurken entpuppte. Dann legte er den Engländer weg, schraubte den Deckel auf, stellte das Glas auf den Schreibtisch, entnahm ihm ein fingerlanges Cornichon und biß ein Stück davon ab, um es mit seinen großen weißen Zähnen zu zermalmen.

»Gürkchen?« bot er Tilepit an.

Der dritte Baron drehte die Nase weg. Yorkshire zuckte die Achseln, kaute unbefangen weiter und begann wieder den Engländer in seine offene Hand zu schlagen.

»Man wird mich vermissen«, meinte ich ruhig, »wenn Sie mich noch lange festhalten.«

»Lassen Sie ihn gehen«, sagte Tilepit etwas gereizt. »Er hat recht, wir können ihn nicht ewig hier festhalten.«

»Wir warten«, sagte Yorkshire mit schwerer Stimme, und da er sich wieder eine Gurke angelte, wurde unser Warten von geräuschvollem Kauen begleitet.

Ich konnte den Essig riechen.

Schließlich öffnete sich die Tür hinter mir, und Yorkshire wie auch Tilepit schauten erfreut und erleichtert drein.

Ich nicht. Der Neuankömmling, der plötzlich vor mir stand, war Ellis Quint.

Ellis in weißem Hemd mit offenem Kragen; Ellis, der gutaussehende, betont männliche Meister der Effekte, der Liebling der Nation, der zu Unrecht Beschuldigte. Ich hatte ihn seit Ascot nicht gesehen, und er hatte nichts von seiner Ausstrahlung verloren.

»Was macht Halley hier?« fragte er bestürzt. »Was hat er rausgekriegt?«

»Er ist hier herumspaziert«, sagte Yorkshire und wies mit einer Gurke auf mich. »Ich habe ihn raufbringen lassen. Er kann nichts rausgekriegt haben.«

Tilepit erklärte: »Halley sagt, er wollte mich nur bitten, die *Pump*-Kampagne gegen ihn einzustellen.«

Ellis sagte entschieden: »Das kann nicht sein.«

»Wieso nicht?« fragte Yorkshire. »Sehen Sie ihn sich doch an. Das ist eine Niete.«

»Eine *Niete*!«

Trotz meiner prekären Lage mußte ich über den tiefen Unglauben in seiner Stimme lächeln. Ich grinste ihn sogar unter halb gesenkten Lidern von der Seite an und sah, daß auch er leise lächelte: ein Lächeln unter Brüdern, unter Eingeweihten, in Erinnerung an gemeinsam Erlebtes, an kalte Winternachmittage, an bestandene Gefahren, an Enttäuschungen und leichtgenommene Verletzungen, an unbeschreibliche Siegesfreude. Nach manchen Zieleinläufen hatten wir uns in den Bügeln stehend vor Glück umarmt. Wir hatten uns vertraut, uns verbündet, uns einer im anderen gespiegelt.

Was immer wir jetzt sein mochten, wir waren einmal mehr als Brüder gewesen. Die Vergangenheit – unsere Vergangenheit – blieb. Die starken gemeinsamen Erinnerungen waren unauslöschlich.

Das Lächeln erstarb. Ellis sagte: »Diese Niete kommt innen an Sie ran und schlägt Sie auf dem letzten Meter. Diese Niete kann uns alle fertigmachen, wenn wir nicht auf die Innenbahn achten. Die Niete war fünf bis sechs Jahre Championjockey und hätte es noch länger bleiben können, und es wäre dumm von uns, das zu vergessen.« Er schob sein Gesicht vor meines. »Immer noch der alte Sid, hm? Schlau. Ohne Nerven. Gewinnen um jeden Preis.«

Darauf gab es nichts zu sagen.

Yorkshire biß in eine Gurke. »Was machen wir dann mit ihm?«

»Erst mal rausfinden, weshalb er hier ist.«

Tilepit sagte: »Weil er wollte, daß *The Pump* aufhört mit –«

»Quatsch«, fuhr Ellis dazwischen. »Er lügt.«

»Woher wollen Sie das wissen?« wandte Tilepit ein.

»Ich kenne ihn.« Er sagte es mit Überzeugung, und es stimmte.

»Und nun?« fragte Yorkshire.

Ellis sagte zu mir: »Du kriegst mich nicht vor Gericht, Sid. Weder Montag noch sonst irgendwann. Es ist dir nicht gelungen, mein Shropshire-Alibi zu knacken, und meine Anwälte sagen, wenn das Alibi steht, hat die Anklage keine Chance. Sie wird die Anschuldigungen zurücknehmen. Verstehst du? Das verstehst du bestimmt. Du hast deinen eigenen Ruf ruiniert, nicht meinen. Außerdem bringt mein Vater dich um.«

Yorkshire war amüsiert; Tilepit erschrak.

»Noch vor Montag?« fragte ich.

Der flapsige Ton schlug wie Blei ein. Ellis trat hinter mich und zog rechts am Kragen des braunen Schutzanzugs und der Trainingsjacke, die ich darunter trug. Er riß ein paar Knöpfe von meinem Hemd, zog es ebenfalls nach hinten und drückte dann kräftig mit den Fingern zu.

»Gordon behauptet, er hat dir das Schlüsselbein gebrochen«, sagte er.

»Na, da täuscht er sich.«

Ellis konnte zwar noch blaue Flecke sehen und die Höcker der Knochennarben von älteren Brüchen spüren, merkte aber selbst, daß sein Vater sich geirrt hatte.

»Mein Vater bringt dich um«, sagte er. »Ist dir das egal?«

Wieder eine unbeantwortbare Frage.

Es kam mir vor, als ob die verborgene grausame Seite von Ellis plötzlich die Oberhand gewann; als sei der Freund verabschiedet, verdrängt durch den in seiner Existenz bedrohten Star, der alles zu verlieren hatte. Grob zog er mir meine Sachen wieder über die Schultern und baute sich links von mir auf.

»Du kriegst mich nicht unter«, sagte er. »Du hast mich eine halbe Million gekostet. Du hast mich Anwälte gekostet. Schlaf hast du mich gekostet.«

Auch wenn er zehnmal behauptete, ich könnte es nicht, wußten wir doch beide, daß ich ihn besiegen würde, wenn ich es darauf anlegte – weil er schuldig *war*.

»Dafür wirst du bezahlen«, sagte er.

Er faßte mit beiden Händen den harten Schaft meines linken Unterarms und hob ihn an, bis mein Ellbogen einen rechten Winkel bildete. Wegen der straffen Riemen um Oberarme und Brustkorb konnte ich mich nicht wehren. Die Kraft, die ich in meinem linken Oberarm noch hatte (ziemlich viel eigentlich), wurde durch die Riemen neutralisiert.

Ellis streifte erst den braunen Ärmel, dann den blauen darunter zurück. Er riß die Manschette meines Hemdes auf und zog auch diesen Ärmel hoch. Er blickte auf die Plastikhaut darunter.

»Ich kenne mich aus mit dem Arm«, sagte er. »Hab mir extra eine Broschüre besorgt. Die Haut ist wie ein Handschuh, und man kann sie abziehen.«

Er tastete an meinem Arm lang, bis er am Ellbogen den Saum des Handschuhs fand. Er rollte ihn aufs Handgelenk runter und zog ihn dann Finger für Finger konzentriert ab, bis der ganze Mechanismus bloßlag.

Die Struktur des enganliegenden Handschuhs gab der Hand ein lebensechtes Aussehen mit Knöcheln, Venen und Fingernägeln. Der Mechanismus im Innern bestand aus Rädchen, Federn, Drähten. Der entblößte Unterarm war rosarot, hart und glänzend.

Ellis lächelte.

Er legte seine kräftige rechte Hand um meine elektrische linke, drückte und drehte geschickt daran und zog, als sich der Verschluß löste, mit ein paar Drehungen die ganze Hand ab.

Ellis weidete sich am Ausdruck meiner Augen. »Na?« sagte er.

»Du *Scheißkerl.*«

Er lächelte. Er öffnete seine Finger und ließ die losgedrehte Hand auf den Teppich fallen.

13

Tilepit sah so entgeistert aus, als müsse er sich übergeben, aber Yorkshire nicht; der lachte sogar.

Ellis fuhr ihn an: »Der Mann ist nicht zum Lachen. Seinetwegen ist alles schiefgelaufen. Der gute Sid Halley wird Sie in die Pfanne hauen, und wenn Sie meinen, daß ihm egal ist, was ich gerade gemacht habe« – er stieß die heruntergefallene Hand mit der Fußspitze ein paar Zentimeter weg – »wenn Sie meinen, das ist was zum Lachen, dann kann ich Ihnen versichern, daß es für ihn fast unerträglich ist... aber nur *fast*, nicht wahr, Sid?« Er drehte sich zu mir und sagte gleichzeitig zu Yorkshire: »Denn bis jetzt hat noch keiner was erfunden, was wirklich unerträglich für dich ist, Sid, oder?«

Ich antwortete nicht.

Yorkshire wandte ein: »Aber das ist doch nur ein...«

»Sagen Sie nicht *nur*«, unterbrach ihn Ellis mit harter, lauter Stimme. »Begreifen Sie immer noch nicht? Was glauben Sie, was er hier macht? Wie ist er hierhergekommen? Was weiß er? Von ihm erfahren Sie das nicht. Sein Spitzname ist Wolfram – das härteste Metall, das es gibt, damit schneidet man Stahl durch. Ich kenne ihn. Ich hatte ihn sehr, sehr gern. Sie haben keine Ahnung, mit wem Sie es da zu tun haben, und wir müssen uns überlegen, was wir mit ihm machen. Wer weiß alles, daß er hier ist?«

»Meine Leibwächter«, sagte Yorkshire. »Sie haben ihn raufgebracht.«

Lord Tilepit bescherte ihm die wirklich schlechte Nachricht. »Ein Fernsehteam hat Owen darauf hingewiesen, daß Sid Halley im Haus sei.«

»Ein *Fernsehteam?*«

»Sie wollten ihn interviewen. Mrs. Dove wollte ihnen aber sagen, er sei schon weg.«

»Mrs. Dove!«

Wenn Ellis Mrs. Dove kannte, mußte er sich genau wie ich darüber klar sein, daß sie für Yorkshire nicht log. Mrs. Dove hatte mich gesehen, und das würde sie auch sagen.

Ellis fragte wütend: »Hat Mrs. Dove ihn so an den Stuhl gefesselt gesehen?«

»Ja«, sagte Tilepit leise.

»Wie kann man bloß ...« Ellis fehlten die Worte, aber nur für ein paar Sekunden. »Dann«, sagte er rundheraus, »können wir ihn hier nicht umbringen.«

»Ihn *umbringen?*« Tilepit traute seinen Ohren nicht. Sein ganzes breitflächiges Gesicht lief rot an. »Ich weiß nicht... reden Sie von *Mord?*«

»O ja, Euer Gnaden«, sagte ich trocken, »das tun sie. Sie überlegen, wie sie Euer Gnaden als Mitwisser hinter Gitter bringen können. Es wird Ihnen gefallen im Knast.«

Ich hatte lediglich Tilepit das Ungeheuerliche von Ellis' Vorhaben vor Augen führen wollen, hatte dummerweise aber Yorkshires Zorn damit entfesselt.

Er machte zwei Schritte und versetzte der losgedrehten Hand einen solchen Tritt, daß sie quer durchs Zimmer flog und gegen die Wand knallte. Dann merkte er, daß er den

Engländer noch in der Hand hielt, und holte damit nach meinem Kopf aus.

Ich sah den Schlag kommen, konnte den Kopf aber nicht weit genug wegziehen, um ihm ganz auszuweichen. Das schwere Ende des Schraubenschlüssels traf meinen Backenknochen und riß die Haut auf, aber zumindest wurde ich nicht wieder bewußtlos.

Owen Yorkshire, schon halb entbrannt, verlor jetzt völlig die Beherrschung. Vielleicht brauchte es dazu nicht mehr als meinen Anblick: Blut, fehlende linke Hand, wehrlos. Er holte erneut mit dem Schlüssel aus, und ich sah die Bosheit in seinem Gesicht, die klare mörderische Absicht, und ich dachte gar nichts weiter, was mich hinterher selbst wunderte.

Ellis war es, der ihn bremste. Ellis packte den niederfahrenden Arm und riß Owen Yorkshire seitlich herum, so daß das schwere Werkzeug zwar weiter nach unten schwang, mich aber gänzlich verfehlte.

»So was *Hirnverbranntes*«, brüllte Ellis. »Nicht hier drin, hab ich gesagt. Sind Sie übergeschnappt? Es wissen doch viel zu viele Leute, daß er hier war. Wollen Sie Ihren neuen Teppich mit seinem Blut und seinem Hirn vollspritzen? Da können Sie's auch gleich in der Talkshow erzählen. Reißen Sie sich am Riemen und holen Sie ein Papiertuch.«

»Ein was?«

»Irgendwas, womit man seine Blutung stillen kann. Haben Sie völlig den Verstand verloren? Wenn man ihn irgendwo erwartet und er da nicht aufkreuzt, kommt die Polizei und sucht nach ihm. Ein Fernsehteam! Mrs. Dove! Die ganze verschissene Grafschaft! Wenn sich hier ein Tropfen Blut von ihm findet, sitzen Sie fünfundzwanzig Jahre ab.«

Verblüfft über Ellis' Tirade, sagte Yorkshire mürrisch, er habe keine Papiertücher. Verney Tilepit holte zögernd ein Taschentuch hervor; weiß und sauber, mit einer aufgestickten Krone. Ellis schnappte es sich und klatschte es mir auf die Wange, und ich fragte mich, ob ich ihn, um mich selbst zu retten, jemals vorsätzlich töten könnte, aber ich glaubte es nicht.

Ellis nahm das Taschentuch kurz weg, betrachtete den roten Fleck auf dem Weiß und drückte es wieder an.

Yorkshire tigerte hin und her und fuchtelte mit dem Schraubenschlüssel herum, als tanze er an Schnüren. Tilepit sah zutiefst unglücklich drein. Ich dachte düster an meine voraussichtliche Zukunft, und Ellis erklärte, während er das Taschentuch wieder wegnahm und kritisch meine Wange beäugte, die Blutung habe soweit aufgehört.

Er gab das Taschentuch Tilepit zurück, der es leicht angeekelt einsteckte, dann riß er Yorkshire den Schraubenschlüssel aus der Hand und befahl ihm, er solle sich abregen, sie müßten jetzt *planen*.

Zum Planen verließen sie beide das Büro und schlossen die Tür hinter sich. Verney Tilepit behagte es ganz und gar nicht, mit mir allein zu sein, und er stand auf, um aus dem Fenster zu schauen oder sonstwohin, nur nicht auf mich.

»Binden Sie mich los«, sagte ich energisch.

Umsonst. Er gab nicht einmal zu erkennen, daß er mich gehört hatte.

Ich fragte: »Wie sind Sie in den Schlamassel bloß hineingeraten?«

Keine Antwort.

Ich versuchte es noch einmal. Ich sagte: »Wenn ich als freier Mensch hier rausgehe, vergesse ich, daß ich Sie je gesehen habe.«

Er drehte sich um, stand aber mit dem Rücken zum Licht, und ich konnte seine Augen hinter der Brille nicht gut sehen.

»Sie sitzen wirklich schwer in der Tinte«, sagte ich.

»Es passiert schon nichts.«

Wie gern hätte ich ihm geglaubt. Ich sagte: »Sie fanden bestimmt nichts dabei, zuzulassen, daß in Ihrer Zeitung jemand Woche für Woche lächerlich gemacht wird. Was hat Ihnen Yorkshire erzählt? Daß Ellis' Ruf um jeden Preis gerettet werden muß? Hoffentlich zahlen Sie keinen zu hohen Preis dafür.«

»Sie verstehen nicht. Ellis ist schuldlos.«

»Ich weiß nur, daß Sie bis zu Ihrem adligen Hals in der Scheiße stecken.«

»Ich kann doch nichts machen.« Er war bedrückt, unglücklich und durch und durch hilflos.

»Binden Sie mich los«, sagte ich noch einmal eindringlich.

»Das würde ja nichts nützen. Hier rausbringen kann ich Sie nicht.«

»Binden Sie mich los«, sagte ich. »Den Rest mache ich schon.«

Er zauderte. Wenn er fähig gewesen wäre, überlegte Entscheidungen zu treffen, hätte er sich nicht von Yorkshire benutzen lassen, aber er war nicht der erste und nicht der letzte Reiche, der blindlings in einen Sumpf hineinlief. Er konnte sich nicht entschließen, sich selbst zu helfen, indem er mich freiließ, und die Gelegenheit ging zwangsläufig vorüber.

Ellis und Yorkshire kamen zurück, und keiner von beiden sah mir in die Augen.

Schlechtes Zeichen.

Ellis blickte auf die Uhr und sagte: »Wir warten.«

»Auf was?« fragte Tilepit unsicher.

Zu Ellis' Ärger antwortete Yorkshire: »Die Fernsehleute brechen langsam auf. In einer Viertelstunde sind alle weg.«

Tilepit blickte mit offenkundiger Besorgnis zu mir. »Lassen Sie Halley gehen«, bat er.

Ellis sagte beruhigend: »Machen wir auch bald.«

Yorkshire lächelte. Alles in allem war mir sein Zorn lieber.

Verney Tilepit wollte zwar unbedingt beschwichtigt sein, aber auch ihm war klar, daß es zum Warten keinen Grund gab, wenn ich wirklich freigelassen werden sollte.

Ellis hielt wieder den Schraubenschlüssel in der Hand. Er würde keinen Fehler machen, dachte ich. Er würde nicht mein Blut vergießen. Ich würde wahrscheinlich gar nicht viel merken. Ich würde die Antwort auf die Umkehrung meiner Gewissensfrage von vorhin vielleicht gar nicht bewußt mitbekommen: Könnte er mich eigenhändig umbringen, um sich zu retten? Wie tief ging Freundschaft? Gab es unverletzliche Tabus für Freunde? Hatte ich dadurch, daß ich ihm Schlechtigkeit vorwarf, schon alle seine Sicherungen kurzgeschlossen? Er wollte mit mir abrechnen. Er würde mich verletzen, wie er nur konnte. Aber *töten*... Ich wußte es nicht.

Er trat hinter mich.

Irgendwie blieb die Zeit stehen. Es war der Augenblick, um zu bitten, zu flehen, aber ich konnte nicht. Die Entscheidung lag so oder so bei ihm.

Schließlich stellte er sich rechts neben mich und sagte leise: »Wolfram.«

Wasser, dachte ich, ich hatte Wasser in den Adern.

Plötzlich griff er zu, umklammerte mein rechtes Handgelenk und zog es mit einem Ruck nach oben.

Ich entwand meine Hand seinem Griff, und ohne Vorwarnung schlug er mir den Schraubenschlüssel über die Finger. In dem Augenblick danach, in dem ich nichts spürte, nichts begriff, schob er die geöffneten Backen des Schlüssels über mein Handgelenk und zog die Schraube an. Zog sie an, bis die Backen mein Gelenk einklemmten, von oben und unten auf die Knochen drückten, Blutgefäße, Nerven und Bänder zusammenquetschten.

Der Schlüssel war schwer. Ellis stützte seinen Griff auf der Lehne des Sessels ab, in dem ich saß, und hielt ihn gerade, so daß mein Unterarm auf der gleichen Höhe war. Er hatte zwei kräftige Hände. Er zog die Schraube weiter an.

»Ellis«, protestierte ich, nicht aus Zorn oder Angst, sondern weil ich einfach nicht fassen konnte, daß er imstande war, zu tun, was er da tat; ich trauerte um den alten Ellis, beklagte einen schweren Verlust.

In den wenigen Sekunden, die er mich anschaute, war sein Gesicht von Klarheit und von Scham durchdrungen. Dann war die Scham vergessen, und er widmete sich konzentriert wieder dem grausamen Vergnügen.

Es war merkwürdig. Er schien in eine Art Trance zu fallen, als wären das Büro und Yorkshire und Tilepit gar nicht da und das einzig Reale sei der Druck geschmiedeter Stahlbacken auf ein Handgelenk und die Kraft, mit der er diesen Druck verstärken konnte.

Ich dachte: Wäre der Schlüssel eine Astschere gewesen, die Backen Schneidbacken statt flachen Stahls, dann wäre der ganze verheerende Alptraum jetzt wahr geworden. Ich verschloß mich gegen den Gedanken, fror ihn ein. Schwitzte trotzdem.

Ich dachte: Was du in seinem Gesicht siehst, ist Sucht total; nicht das brutale Vergnügen am Losdrehen einer künstlichen Hand, sondern die verbotene Lust am Abschneiden eines intakten Fußes.

Ich blickte ganz kurz zu Yorkshire und Tilepit, sah ihre in grenzenloser Verwunderung erstarrten Mienen und begriff, daß sie bis zu diesem entlarvenden Moment nicht ganz von Ellis' Schuld überzeugt gewesen waren.

Mein Handgelenk schmerzte. Weiter oben im Arm rumorte der Bruch.

Ich sagte scharf: »Ellis!«, um ihn zu sich zu bringen.

Er zog die Schraube noch einen Tick weiter an.

Ich brüllte: »Ellis!« und noch einmal: »Ellis!«

Er straffte sich und blickte geistesabwesend auf den vierzig Zentimeter langen Schlüssel aus rostfreiem Stahl, der in einem schiefen Winkel seitlich hochstand. Er band ihn mit einem der Riemen an der Sessellehne fest und ging zum Fenster hinüber, wortlos, aber noch nicht Herr seiner Sinne.

Ich versuchte mich von dem Schlüssel zu befreien, doch er saß zu fest, und ich hatte kein Gefühl in der Hand. Es fiel mir schwer zu denken. Meine Hand war hellblau und grau. Denken war ein gequetschtes Handgelenk und die grauenhafte Angst, wenn nicht bald Abhilfe kam, könnte der Schaden irreparabel sein. Hände konnte man verlieren.

Beide Hände... o Gott. O Gott!

»Ellis«, sagte ich noch einmal, aber diesmal leiser: eine Bitte an ihn, wieder der alte zu werden, der er die ganze Zeit ja irgendwo noch war.

Ich wartete. Starkes Unbehagen und die schreckliche Angst blieben. Ellis' Gedanken schienen weit draußen im Weltraum zu sein. Tilepit räusperte sich verlegen, und Yorkshire zerbiß wie mit unbewußtem Humor geräuschvoll eine Gurke.

Minuten vergingen.

Ich sagte: »Ellis ...«

Ich schloß die Augen. Schlug sie wieder auf. Betete mehr oder minder.

Zeit und Alptraum verschmolzen. Eins wurde zum anderen. Die Zukunft war Leere.

Ellis verließ das Fenster und kam mit federnden Schritten zu dem Sessel, in dem ich saß. Er sah mir ins Gesicht und genoß, was er mit Sicherheit davon ablesen konnte. Dann schraubte er mit ungestümen Drehungen den Schlüssel los und warf das fürchterliche Ding im Bogen auf den Schreibtisch.

Niemand sagte etwas. Ellis wirkte euphorisch, berauscht, übermütig und tigerte im Zimmer umher, als sei er außerstande, sein Hochgefühl zu unterdrücken.

Mir fuhren Schmerzen wie Nadelstiche in die Finger, und ich dankte dem Himmel dafür. Meine Hand fühlte sich gräßlich an, bekam langsam aber wieder eine normale Farbe.

Meine Gedanken kehrten aus dem All zurück und nisteten sich wieder im guten alten Kopf ein.

Ellis, nicht mehr ganz so abgehoben, sah auf seine Uhr. Er nahm den kosmetischen Handschuh meiner Prothese vom

Tisch, trat an meine rechte Seite, schob ihn mir ins Hemd, drückte ihn an den Brustkorb und zog mit großer Geste den Reißverschluß meiner blauen Trainingsjacke zu, damit sein Geschenk nicht hinausfiel.

Er blickte wieder auf die Uhr. Dann ging er durchs Zimmer, hob die losgedrehte Hand auf, kam wieder zu mir und knallte mir den leblosen Mechanismus in die pulsierende Rechte. Es sah ganz so aus, als ob er sichergehen wollte, daß keine Spur von Sid Halley im Raum zurückblieb.

Er trat hinter mich und band den Riemen los, mit dem ich an den Sessel gefesselt war. Dann löste er den zweiten Riemen, mit dem meine Oberarme an den Rumpf geheftet waren.

»Steck dir die Hand an«, befahl er.

Aber das Gewinde griff nicht richtig, sei es, weil es unter der unsanften Behandlung gelitten hatte, sei es, weil meine echte Hand noch zu achtzig Prozent unbrauchbar war; nach drei halben Drehungen war jedenfalls Schluß. Die Hand steckte, aber sie funktionierte nicht.

»Steh auf«, sagte Ellis.

Ich stand schwankend auf; meine Füße waren noch zusammengebunden.

»Sie lassen ihn gehen«, rief Tilepit froh und erleichtert aus.

»Natürlich«, sagte Ellis.

Yorkshire lächelte.

»Leg die Hände auf den Rücken«, befahl mir Ellis.

Ich gehorchte, und er schnürte meine Handgelenke fest zusammen.

Als letztes band er mir die Füße los.

»Da lang.« Er zog mich am Arm zur Tür und auf den Gang hinaus. Meine Füße marschierten automatisch mit.

Als ich mich umdrehte, sah ich Yorkshire zum Telefon greifen. Tilepit, hinter ihm, war selig in unangebrachtem Vertrauen.

Ellis drückte den Rufknopf für den Lift, und sofort glitt die Tür auf.

»Steig ein«, sagte er.

Ich blickte kurz in sein nun nicht mehr lächelndes Gesicht. Ausdruckslos. Ausdruckslos wie meins; wir dachten beide offenbar das gleiche und sprachen es nicht aus.

Ich betrat den Lift, und er beugte sich rasch hinein, drückte den Knopf fürs Erdgeschoß und sprang zurück. Die Tür schloß sich zwischen uns. Die kurze Abwärtsfahrt des Lifts begann.

Jemandem die Handgelenke zusammenzubinden, der eine Hand abnehmen kann, ist ziemlich sinnlos. Weil aber das Gewinde verdreht und meine Finger fahrig waren, hatte ich doch Mühe und bekam die Hand erst nach einem sehr panikträchtigen Hin und Her los. Bis ich die Fessel abgestreift hatte, war der Lift bereits unten, so daß ich nicht dazu kam, in einer halbwegs normalen Verfassung auszusteigen.

Ich stopfte die Kunsthand in die Tasche meiner Trainingshose. Surreal, dachte ich grimmig. Der lange Ärmel des braunen Overalls verdeckte die Leere ihres angestammten Platzes.

Ellis hatte mir eine Chance gegeben. Keine große wahrscheinlich, aber wenigstens hatte ich jetzt die Antwort auf meine Frage: Nein, eigenhändig würde er mich nicht umbringen. Yorkshire hingegen würde keine Skrupel haben.

Die beiden blaugekleideten Leibwächter waren nicht in der Lobby.

Das Telefon klingelte am Empfang, aber die Leibwächter waren damit beschäftigt, einen Transporter von Topline Foods draußen bereitzustellen. Einer stieg gerade auf der Fahrerseite aus. Der andere öffnete die Hecktür.

Ein Transporter für eine Entführung, begriff ich. Für die Fahrt zu einem anonymen Grab. Ein Moorjob hieß das bei den Iren. Wieviel sie wohl dafür bekamen?

Ellis hatte mir dreißig Sekunden eingeräumt. Aber er hatte mich zu früh losgeschickt. In der Lobby hatte ich keine Chance. Im Freien schon…

Ich holte ein paarmal tief Luft, schoß, so schnell ich konnte, zur Tür hinaus und rannte; lief aber nicht nach rechts zu meinem Wagen, sondern in einem Bogen nach links, um den Transporter herum und auf das Tor zu.

Einer der Blaugekleideten schrie auf, der andere schrie noch lauter, und als ich schon dachte, ich sei an ihnen vorbei, trat zu meiner Bestürzung der aus seiner Loge hervortauchende Pförtner in Aktion und verstellte mir den Weg. Ein kräftiger Mann in ebenfalls blauer Uniform, übertrieben selbstbewußt.

Ich lief direkt auf ihn zu. Breitbeinig, mit gleichmäßig verteiltem Körpergewicht, blieb er stehen. Er war nicht darauf vorbereitet, daß ich ihm mit dem linken Fuß das Knie wegtrat, noch rechnete er damit, daß ich ihm meinen krummgemachten Buckel wie eine Kanonenkugel in den Bauch rammte: Er fiel hintenüber, und ich lief schon wieder weiter, während er sich auf die Knie hochrappelte. Die beiden anderen hatten jedoch aufgeholt.

Das Judo, das Chico mir beigebracht hatte, verband die stilisierten Schritte und Würfe des Regelsports mit einem für ein einhändiges Angriffsopfer entwickelten Individualstil. So trug ich bei meinen Einzelstunden bei ihm zum Beispiel nie die weite weiße Kampfkleidung. Ich kämpfte auch nicht barfuß, sondern immer mit Straßen- oder Turnschuhen. Mein Judo sollte mich am Leben halten, den schwarzen Gürtel brauchte ich nicht.

Im normalen Judo setzt man zwei Hände ein. Myoelektrische Hände reagieren langsam und führen Impulse erst nach einer merklichen Pause aus. Chico und ich hatten alle Griffe für diese Hand sausen lassen und sie durch Schläge ersetzt; und in Frodsham nutzte ich die von ihm erlernten Techniken so selbstverständlich wie die Beine zum Gehen.

Wir hatten uns zwar nicht direkt auf null brauchbare Hände eingestellt, aber es ist erstaunlich, was man leisten kann, wenn es ums Überleben geht. Es war ähnlich wie seinerzeit beim Rennreiten: jetzt siegen, später zahlen.

Meine Gegner waren normale Kraftmeier, denen das japanische Verständnis für den raffinierten Einsatz von Hebelkraft und Schnelligkeit abging. Chico konnte mich jederzeit zu Boden werfen, Yorkshires Wachhunde konnten es nicht.

Die Namen der Würfe gingen mir wie eine Litanei durch den Kopf – Tomoe-nage, O-goshi, Tani-otoshi. Buchstäblich um mein Leben kämpfend, bemühte ich jede Technik, die ich kannte, oder änderte sie ab wie bei zwei Sturzfinten, die es mir erlaubten, während ich am Boden lag, dem Gegner meinen Fuß in den Bauch zu setzen und ihn über mich hinwegzuhebeln. Es endete damit, daß ein blau Uniformierter benommen auf dem Rücken lag, einer sich beschwerte, ich hätte ihm das Nasenbein gebrochen, und einer mit der Unglücksnachricht schleunigst ins Bürogebäude lief.

Ich wankte hinaus auf die Straße, da ich befürchtete, wenn ich meinen Wagen zu erreichen versuchte, könnten die zwei, die am Boden lagen, wieder aufstehen und das Tor schließen.

Auf einer Seite lagen Häuser, die Richtung schlug ich ein. Mehr Deckung. Ich brauchte Deckung, wenn sie mich mit dem Topline-Transporter verfolgten.

Von nahem gesehen waren die Häuser eine allzu geschlossene Reihe, die Gärten zu klein und gepflegt. Ich suchte mir ein Haus ohne Lebenszeichen, ging unsicher den Fußweg entlang bis zum Garten hinter dem Haus und sah, daß hinter dem rückwärtigen Zaun die nächste Häuserreihe lag.

Der Zaun war zu hoch, um drüberzuflanken, aber glücklicherweise stand eine leere Holzkiste davor, ein Geschenk des Himmels.

Niemand kam aus den Häusern, um mich zu fragen, was ich da trieb. Ich gelangte auf die nächste Straße und machte mir Gedanken darüber, wohin ich mich wenden sollte und wie ich aussah.

Brauner Overall. Yorkshire würde nach einem braunen Overall Ausschau halten.

Ich zog ihn aus und warf ihn in eine bräunliche Buchenhecke bei den Häusern.

Ohne den Overall fiel auf, daß mir die linke Hand fehlte.

Verdammt, dachte ich grimmig. Das Leben ist nie einfach, also überleg dir was.

Ich vergrub den rosa Armstumpf mit den bloßliegenden Elektrokontakten in der linken Jackentasche und lief jetzt nicht mehr, sondern ging die Straße hinauf. So gern ich gelaufen wäre, mir fehlte die Kraft dazu. Erschöpft… Meine Ausdauer war dahin. Na, dann gute Nacht.

Von weitem sah ich einen rollschuhlaufenden Jungen auf mich zukommen, der nicht die allgegenwärtige Baseballkappe trug, sondern eine gestreifte Strickmütze. Das wäre schon was, dachte ich. Ich kramte ein paar Scheine aus meinem Gürtelfach und trat ihm in den Weg.

Er wollte mir ausweichen, kam dabei ins Schleudern und beschimpfte mich unflätig, bis sein Blick auf das Geld in meiner Hand fiel.

»Verkauf mir deine Mütze«, sagte ich.

»Meine was?«

»Deine Mütze«, wiederholte ich, »für das Geld.«

»Sie haben Blut im Gesicht«, sagte er.

Er grabschte sich die Scheine und wollte sich dünnmachen. Ich stellte ihm ein Bein, worauf er hinfiel. Er warf mir einen biestigen Blick zu und noch biestigere Schimpfwörter, aber auch die begehrte Mütze.

Sie war noch warm von seinem Kopf, und ich hoffte, als ich sie aufsetzte, daß er keine Läuse hatte. Vorsichtig wischte ich mir das Gesicht am Ärmel ab und stapfte auf die nächste befahrene Querstraße zu… und sah den Topline-Transporter vorbeirollen.

Nach was sie auch suchten, ein marineblauer Trainingsanzug mit gestreifter Strickmütze war es offenbar nicht.

Plan B – lauf weg. Okay.

Plan C – wohin?

Ich kam ans Ende der Häuserreihe und bog nach links in die Querstraße ein, die früher vielleicht einmal eine Einkaufsstraße gewesen war, jetzt aber nur noch Grundstücksmaklern, Bausparkassen und Banken zu gehören schien. Die einzigen Zufluchtsorte in dieser unwirtlichen Landschaft waren ein Wettbüro und ein Eissalon.

Ich entschied mich für die Eiskrem. Kaum war ich zur Tür durch, sah ich meinen eigenen Mercedes am Fenster vorbeifahren.

Ellis am Steuer.

Ich hatte die Schlüssel dafür noch in der Tasche. Jonathan war offenbar nicht der einzige, der Autos knacken konnte.

»Was möchten Sie?« fragte eine Frauenstimme hinter mir.

Sie meinte, welches Eis; eine dünne junge Frau, gelangweilt.

»Ehm... das da«, sagte ich und zeigte aufs Geratewohl auf eine Sorte.

»Becher oder Tüte? Große oder kleine Portion?«

»Tüte. Klein.« Ich war desorientiert, weggetreten. Ich bezahlte das Eis, leckte daran, und es schmeckte nach Mandeln.

»Sie haben sich am Gesicht verletzt«, sagte sie.

»Bin gegen einen Baum gerannt.«

An vier oder fünf Tischen saßen Leute, vor allem Jugendliche. Ich setzte mich an einen Tisch auf der vom Fenster abgewandten Seite, und innerhalb von zehn Minuten sah ich den Topline-Transporter noch zweimal vorbeifahren und meinen Wagen einmal.

Ein Zittern lief durch meine Muskeln. Furcht oder Überanstrengung, oder beides.

Hinten im Salon war eine Tür zu den Toiletten. Als ich

das Eis gegessen hatte, ging ich dort hinein und betrachtete mein Gesicht in dem kleinen Spiegel überm Waschbecken.

Die Wunde an meiner linken Backe war zu einem schwärzlichen Strich verklebt, dick und allzu auffällig. Mit einem angefeuchteten Papierhandtuch betupfte ich sie sanft, um das geronnene Blut zu entfernen, ohne daß sie wieder zu bluten anfing, kriegte aber nicht viel ab.

Ich schloß mich in eine Kabine ein und versuchte noch einmal, die lose Hand anzustecken, bekam sie schließlich auch richtig fest, aber bewegen ließ sie sich immer noch nicht. Deprimiert kramte ich den langen Schutzhandschuh hervor, um die Kunsthand zu vervollständigen, und auch er bereitete mir Mühe, weil ich keinen Talkumpuder hatte und meine Rechte angeschlagen war.

Verdammter Ellis, dachte ich heftig. Er hatte recht damit, daß manches beinah unerträglich war.

Egal. Weiter.

Ich verließ die Kabine und bearbeitete meine Backe noch einmal mit einem Papierhandtuch, bis die Wunde heller wurde und mehr die Farbe der Haut annahm.

Na also.

Das Gesicht unter der fremden Wollmütze sah angespannt aus. Kaum zu verwundern.

Ich verließ den Eissalon und ging die Straße entlang. Der Topline-Transporter rollte ganz langsam vorbei, gesteuert von einem der Blaugardisten, der aufmerksam die andere Straßenseite absuchte. Blieb die Möglichkeit, daß Yorkshire selbst in einem Wagen, den ich nicht kannte, nach mir Ausschau hielt.

Vielleicht brauchte ich mich ja nur an einen vernünftig

wirkenden Autofahrer zu wenden und zu sagen: ›Verzeihen Sie, jemand will mich umbringen. Würden Sie mich bitte zur Polizei fahren?‹ Antwort: ›*Wer* will Sie umbringen?‹ Antwort: ›Der Geschäftsführer von Topline Foods und Ellis Quint.‹ Antwort: ›Ach ja?? Und wer sind *Sie*?‹

Ich fragte tatsächlich jemand nach dem Weg zur Polizeistation – »Da rein, geradeaus, dann links, so anderthalb Kilometer« – und weil ich nichts Besseres wußte, machte ich mich auch auf den Weg dahin; aber dann kam ich zu einem Bushäuschen, an dem mehrere Leute in einer Schlange warteten. Ich stellte mich zu dem geduldigen halben Dutzend dazu, mit dem Rücken zur Straße, und bald stellte sich auch schon eine Frau mit zwei Kindern hinter mich, so daß ich gut versteckt war.

Fünf lange Minuten später hielt ein Mercedes auf der anderen Straßenseite und hinter ihm ein weißer Rolls-Royce. Ellis stieg aus meinem Wagen und Yorkshire aus dem Rolls. Sie berieten sich miteinander, bohrten wütend Löcher in die Luft und zeigten die Straße rauf und runter, während ich meinen Kopf zu den Kindern neigte und inständig hoffte, unentdeckt zu bleiben.

Der Bus kam, noch während die Autos dastanden.

Vier Personen stiegen aus. Die Wartenden, mich eingeschlossen, stiegen ein. Ich widerstand der Versuchung, aus dem Fenster zu schauen, bis sich der Bus wieder in Fahrt setzte, und dann sah ich erleichtert, daß die beiden Männer sich noch unterhielten.

Ich hatte keine Ahnung, wo der Bus hinfuhr.

Wen kümmerte das? Hauptsache, er fuhr weit. Ich hatte bezahlt bis Endstation, wo immer die sein mochte.

Friedliches Frodsham in Cheshire, irgendwann am Samstag nachmittag, die Leute beim Einkaufen. Ich fühlte mich abgeschnitten von dieser Art Leben; und ich wußte nicht, wie spät es war, da ich die Uhr mit dem elastischen Metallarmband, die ich normalerweise am linken Handgelenk trug, in Yorkshires Büro verloren hatte, wo sie vermutlich noch lag.

Der Bus füllte sich allmählich an den nächsten Haltestellen. Einkaufskörbe. Geplauder. Wo fuhr ich hin?

Die Endstation der Buslinie war der Bahnhof in Runcorn, auf halbem Weg nach Liverpool in Richtung Norden, dabei mußte ich nach Süden.

Ich stieg aus und ging zum Bahnhof. Kein Mercedes. Kein Rolls-Royce, kein Topline-Transporter war zu sehen, aber das hieß nicht, daß ihnen Busse und Züge nicht noch einfallen würden. Der Bahnhof Runcorn war mir zu heiß. In vier Minuten, las ich, ging ein Zug nach Liverpool, also kaufte ich einen Fahrschein und fuhr los.

Das Gefühl der Unwirklichkeit hielt an, und der Gedanke, die örtliche Polizei um Hilfe zu bitten, war mir seit jeher ein Greuel. Von privaten Ermittlern hielt die Polizei nichts. Außerdem sah ich es als meine Pflicht an, mir selbst zu helfen, wenn ich in die Klemme geriet. Norman Pictons waren selten. Dazu kam, daß man mich in Liverpool wahrscheinlich als Einheimischen betrachtete, der seinen Wurzeln untreu geworden war.

Im Bahnhof Liverpool las ich den detaillierten Fahrplan für die Züge nach Süden.

Ein Expreß nach London, dachte ich; dann zurück nach Reading und mit dem Taxi nach Shelley Green zu Archie Kirk.

Stundenlang kein Expreß. Was dann?

Es dauerte einen Moment, bis das Unwahrscheinliche zu mir durchdrang. Liverpool-Bournemouth, Abfahrt 15.10 Uhr. Ein Nahverkehrszug, der mit vielen Halts südwärts durch England bis zum Kanal bummelte... und ein Halt war *Reading*.

Ich mobilisierte meine letzten Kräfte und rannte los. Der großen Bahnhofsuhr zufolge war es schon sieben Minuten nach. Pfiffe ertönten, als ich in den letzten Wagen des langen Zuges kletterte. Ein Schaffner schubste mich an Bord und warf die Tür zu. Die Räder rollten. Ich hatte keinen Fahrschein und kaum Puste, aber das wunderbare Gefühl, entkommen zu sein. Dieses Gefühl dauerte nur bis zum ersten der vielen Halts, der zu meinem Entsetzen Runcorn hieß.

Zurück am Ausgangspunkt. Die ganze Angst kam wieder hoch. Ich saß steif und reglos da, als könnte jede Bewegung mich verraten.

Nichts geschah. Der Zug fuhr sachte wieder an. Auf dem Bahnsteig sprach ein blaugekleideter Wachmann von Topline Foods in ein Handy und schüttelte den Kopf.

Crewe, Stafford, Wolverhampton, Birmingham, Coventry, Leamington Spa, Banbury, Oxford, Didcot, Reading.

Es dauerte vier Stunden. Nach und nach legte sich in dieser Zeit meine kolossale Anspannung, so daß ich sie in den Griff bekam, wenn sie auch nicht ganz von mir abfiel. An jedem Halt kehrte die Furcht zurück, sosehr ich mir auch einzureden suchte, sie sei unbegründet. Übergroße Schraubenschlüssel konnten töten, wenn man nicht achtgab...

Reiß dich zusammen, dachte ich. Ich hatte zwischen Runcorn und Crewe beim Schaffner einen Fahrschein nachgelöst, aber jedesmal, wenn seine blaue Uniform wieder im Gang auftauchte, machte mein Herz einen Sprung.

Es wurde dunkel. Ratternd, schwankend glitt der Zug ins Reich der Nacht. Das Leben schien stillzustehen.

Die vielen Taxis in Reading wußten es besser. Ich fuhr wohlbehalten nach Shelley Green und klingelte bei Archie Kirk.

Er selbst kam an die Tür.

»Tag«, sagte ich.

Er staunte mich an, dann sagte er verlegen: »Wir hatten Sie schon fast aufgegeben«, und führte mich in sein Wohnzimmer. »Er ist da«, sagte er.

Sie waren zu viert. Davis Tatum, Norman Picton, Archie selbst und Charles.

Ich blieb unter der Tür stehen. Ich hatte keine Ahnung, wie ich aussah, aber was ich auf ihren Gesichtern sah, war Schock.

»Sid«, sagte Charles, der sich als erster fing und aufstand. »Gut. Fein. Komm, setz dich her.«

Seine Fürsorglichkeit entsprach immer dem Grad seiner Bestürzung. Er bestand darauf, daß ich in seinem bequemen Sessel Platz nahm, während er sich einen Stuhl heranzog. Er fragte Archie, ob er Brandy habe, und holte mir ein Glas, halb gefüllt mit der scharf schmeckenden Hausmarke einer Ladenkette.

»Trink«, kommandierte er und hielt es mir hin.

»Charles …«

»Erst trinken. Dann reden.«

Ich gab nach, trank ein paar Schlucke und setzte das Glas

auf einem Tisch neben mir ab. Charles schwor auf die wiederbelebenden Kräfte von Branntwein, und an mir hatte er sie oft genug erprobt.

Mir fiel ein, daß ich noch die gestreifte Strickmütze trug, und ich nahm sie ab; so schien mein Äußeres auf sie normaler zu wirken und weniger Besorgnis zu erregen.

»Ich war bei Topline Foods«, sagte ich.

Ich dachte: Mir geht's nicht gut; was habe ich nur?

»Sie haben sich am Gesicht verletzt«, sagte Norman Picton.

Außerdem taten mir von der verzweifelten Anstrengung des Judo mehr oder minder sämtliche Knochen weh. Mein Schädel brummte, und meine geschwollene Hand schmerzte in Erinnerung an die Nachmittagsunterhaltung mit Ellis. Positiv betrachtet, lebte ich noch und war in Sicherheit… und Nachwehen hin oder her, es kam überhaupt nicht in Frage, daß ich jetzt zusammenbrach.

»Sid!« sagte Charles scharf und streckte die Hand aus.

»Ach so… ja. Ich war also bei Topline Foods.«

Noch ein Schluck Brandy. Das flaue Gefühl der Schwäche ließ ein wenig nach. Ich setzte mich in dem Sessel auf und riß mich zusammen.

Archie sagte: »Lassen Sie sich Zeit«, aber es hörte sich nicht so an, als ob er es auch meinte.

Ich lächelte. Ich sagte: »Owen Yorkshire war da. Lord Tilepit auch. Und Ellis Quint.«

»Quint!« rief Davis Tatum aus.

»Mhm. Also… ich sollte ja herausfinden, ob bei der Quint-Geschichte ein großes Tier mitmischt, und die Antwort ist ja, aber es handelt sich um Ellis Quint selbst.«

»Das ist doch ein Playboy«, wandte Davis Tatum ein. »Was ist mit dem großen Dicken, Yorkshire?« Tatums eigene Leibesfülle bebte. »Der macht von sich reden. Sein Name geht um.«

Ich nickte. »Owen Cliff Yorkshire möchte gern ein großes Tier sein.«

»Wie meinen Sie das?«

Mir tat alles weh. Bisher hatte ich noch gar nicht richtig mitbekommen, in welcher Verfassung ich war. Jetzt siegen, später zahlen.

»Größenwahn«, sagte ich. »Yorkshire ist ein Grenzfall. Er neigt zu Tobsuchtsanfällen und hat das unwiderstehliche Verlangen, ein Industriegigant zu werden. Für mich sind das erste Anzeichen von Größenwahn, denn was der Mann für seine Selbsterhöhung ausgibt, übersteigt jedes vernünftige Maß. Er hat ein Bürogebäude bauen lassen, das den Ansprüchen eines Wirtschaftsimperiums genügt – und weitgehend leer steht –, aber der Bau des Imperiums steht noch aus. Er will unbedingt bekannt werden – am Montag gibt er einen Empfang für halb Liverpool. Er plant – er hegt den Wunsch –, den ganzen Pferdefuttermarkt an sich zu reißen. Er hat mindestens zwei Leibwächter, die auf Befehl für ihn morden, denn er befürchtet, daß die Konkurrenz ihm nach dem Leben trachtet... und das ist paranoid.«

Ich schwieg und fügte an: »Der Eindruck, den er vermittelt, läßt sich schwer beschreiben. Die halbe Zeit wirkt er vernünftig, und dann wieder merkt man, daß er imstande ist, jeden aus dem Weg zu räumen, der ihm ins Gehege kommt. Und er würde alles... *alles* tun, um den Ruf von Ellis Quint zu retten.«

Archie fragte langsam: »Wieso?«

»Weil er«, sagte ich, »Unsummen für eine Werbekampagne mit Ellis ausgegeben hat, und wenn sich herausstellt, daß Ellis einem Pferd den Fuß abgeschnitten hat, kann man diese Kampagne nicht mehr bringen.«

»Aber ein bißchen Reklame kann doch nicht die Welt kosten«, wandte Archie ein.

»Wenn man von Größenwahn besessen ist«, sagte ich, »begnügt man sich nicht mit einem bißchen preisgünstiger Werbung. Man geht aufs Ganze. Man beauftragt eine teure, hochangesehene Agentur – in diesem Fall Intramind Imaging in Manchester –, und man reist um die Welt.«

Mit fahrigen Fingern entnahm ich meinem Gürtelfach die Fotokopie der Seite aus dem Quint-Aktendeckel in Mrs. Doves Büro.

»Das ist ein Rennbahnverzeichnis«, sagte ich. »Auf diesen Bahnen sind die Werbespots gedreht worden. Ein 30-Sekunden-Spot pro Schauplatz. Die Kosten dafür sind immens.«

Archie überflog die Liste verständnislos und gab sie an Charles weiter, der sie laut vorlas.

»Flemington, Germiston, Sha Tin, Churchill Downs, Woodbine, Longchamps, K. L., Fuchu ...«

»Flemington«, sagte ich, »ist der Austragungsort des Melbourne Cup in Australien. Germiston ist bei Johannesburg. Sha Tin ist in Hongkong. In Churchill Downs wird das Kentucky Derby gelaufen. K. L. steht für Kuala Lumpur in Malaysia, Woodbine ist in Kanada, Longchamps in Paris, Fuchu in Tokio, die Bahn für den Japan-Cup.«

Alle verstanden.

»Die Werbespots sollen hervorragend sein«, sagte ich, »und Ellis liegt ebensoviel daran wie Yorkshire, daß sie gezeigt werden.«

»Haben Sie sie gesehen?« fragte Davis.

Ich erklärte die Sache mit den BETACAM-Bändern. »Schon die Produktion dieser Videos muß sündhaft teuer gewesen sein – und um sie abzuspielen, braucht man Spezialgeräte, die ich bei Topline Foods nicht gefunden habe, also konnte ich mir auch die Bänder nicht anschauen.«

Norman Picton mit seinem Polizistenverstand fragte: »Wo haben Sie die Bänder gesehen? Wie sind Sie an die Rennbahnliste herangekommen?«

»Über ein Büro von Topline Foods«, sagte ich mit unbeteiligter Stimme.

Er musterte mich scharf.

»Mein Wagen«, sagte ich ihm, »steht noch irgendwo in Frodsham. Könnten sich Ihre Kollegen dort vielleicht mal nach ihm umsehen?« Ich sagte ihm die Autonummer, und er schrieb sie auf.

»Wieso haben Sie ihn stehenlassen?« fragte er.

»Ehm... ich mußte machen, daß ich wegkam.« Die grimmige Wahrheit drang zu ihnen durch, auch wenn ich mich um einen lockeren Ton bemühte.

»Tja«, seufzte ich, »ich bin in Yorkshires Territorium eingedrungen. Er hat mich ertappt. So bekam er die Gelegenheit, denjenigen, der Ellis am ehesten ins Gefängnis bringen könnte, aus dem Weg zu räumen. Ich war mir der Gefahr, erwischt zu werden, bewußt, aber wie Sie auch wollte ich wissen, wer oder was da hinter den Kulissen für so böses Blut sorgt. Und es sind die Millionen Werbeaufwand.« Ich schwieg. »Yorkshire und Ellis wollten mich, als das Ganze vor Monaten begann, nicht umbringen, sondern nur diskreditieren, damit Ellis nicht auf Grund meiner Aussagen für schuldig befunden wird. Sie haben Lord Tilepit vom Topline-Vorstand als Galionsfigur benutzt, weil ihm *The Pump* gehört. Sie haben ihm eingeredet, Ellis sei unschuldig und ich sei so, wie in *The Pump* geschrieben steht. Ich glaube, Tilepit weiß erst seit heute, daß Ellis schuldig ist. Von jetzt an wird *The Pump* wohl nichts mehr gegen mich sagen.« Ich lächelte kurz. »Lord Tilepit hat sich von Ellis täuschen lassen und Owen Yorkshire auch, bis zu einem gewissen Grad.«

»Inwiefern, Sid?« fragte Davis.

»Ich denke mir, daß auch Yorkshire von Ellis überzeugt war. Ellis ist ein Blender. Ellis zu kennen war für Yorkshire ein Schritt auf der Stufenleiter. Heute haben sie gemeinsam geplant, mich… ehm, endgültig aus dem Verkehr zu ziehen. Yorkshire hätte es in blinder Wut beinah selbst erledigt. Ellis hat ihn davon abgehalten, es aber dem Zufall überlassen, ob die Leibwächter mich kriegen – denen ich dann entkommen bin. Jetzt weiß Yorkshire, daß Ellis schuldig ist, aber es kümmert ihn nicht. Ihm geht es nur darum, den hochklassigen Werbefeldzug starten zu können und den Thron des Futterwürfelkönigs zu besteigen. Wobei es sich natürlich nicht bloß um Futterwürfel dreht. Die sind nur ein Sprungbrett. Es geht darum, die Große Nummer zu werden, bei der die Stadtherren anklopfen. Wenn Yorkshire nicht gebremst wird, manipuliert er noch ganz andere Sachen als *The Pump*. Leute seines Schlages mischen überall mit, wo politische Macht gehandelt wird.«

Nach einer Pause fragte Archie: »Wie bremsen wir ihn also?«

Ich verlagerte vorsichtig mein Gewicht im Sessel, trank einen Schluck Brandy und sagte: »Ich kann Ihnen wahrscheinlich die Mittel dafür liefern.«

»Was für Mittel?«

»Seine Geheimakten. Finanzmanöver. Schulden. Schmiergeldzahlungen, denke ich. Kuhhändel. Eine Hand wäscht die andere. Beweise für ausgeübten Druck. Genaue Auskunft über seine Beziehungen zu Ellis und seine Beziehungen zu Tilepit. Ich gebe Ihnen die Daten. Dann können Sie weitersehen.«

»Aber«, sagte Archie verständnislos, »wo sind denn diese Daten?«

»In meinem Computer in London.«

Ich erklärte die Sache mit dem Internet-Transfer und dem noch zu knackenden Paßwort. Es war schwer zu sagen, ob sie sich über das, was ich getan hatte, freuten oder ob es sie entsetzte. Teils, teils, wie mir schien.

Charles sah am ehesten entgeistert aus, Archie am wenigsten.

Archie sagte: »Würden Sie gegebenenfalls noch mal für mich arbeiten, wenn ich Sie darum bitte?«

Ich sah in seine klugen Augen, lächelte und nickte.

»Gut«, sagte er.

14

Ich fuhr mit Charles heim nach Aynsford.

Es war ein langer Abend geworden bei Archie. Er, Davis, Norman und Charles hatten Einzelheiten wissen wollen, die zu schildern mir genauso unerträglich war, wie sie erlebt zu haben. Ich ließ vieles aus.

Ich erzählte ihnen nicht von Ellis' Spielchen mit meinen Händen. Wie hätte ich ihnen auch klarmachen sollen, daß die Hände für einen Jockey das A und O seiner Existenz, seines Könnens sind? Man kennt ein Pferd daran, wie es am Zügel geht, man empfängt Signale, deutet Schwingungen – man *spricht* durch die Hände mit dem Pferd. Ellis wußte besser als die meisten Leute, wie nah mir der Verlust der einen Hand gegangen war, und an diesem Tag hatte er sich die schlimmstmögliche Strafe dafür ausgedacht, daß ich ihn um die Gunst des Publikums zu bringen drohte, die ihm jetzt über alles ging.

Ich wußte nicht, wie ich ihnen klarmachen sollte, daß das Abschneiden von Pferdefüßen für Ellis zu einer Droge geworden war, zu einer Sucht, die schlimmer war als jede Droge; daß er sich an dem Risiko und an der Macht berauschte; daß ich von Glück sagen konnte, daß er bei mir nur einen Schraubenschlüssel zur Hand gehabt hatte.

Ich wußte nicht, wie nahe daran er gewesen war, mich ein

für allemal um meine rechte Hand zu bringen. Ich wußte nur, daß ich es ihm zugetraut hätte. Ich konnte ihnen nicht sagen, daß ich meinen eigenen Alptraum real durchlebt hatte und innerlich noch immer vor Furcht zitterte.

Ich sagte ihnen nur, daß die Verletzung in meinem Gesicht von einem Schraubenschlüssel in Yorkshires Händen stammte. Von meiner Flucht mit Hilfe von Judo erzählte ich wenig, um so mehr aber von dem jungen Rollschuhläufer, der Tüte Eis und dem Bus, den ich vor der Nase von Ellis und Yorkshire bestiegen hatte. Es hörte sich fast lustig an.

Archie merkte wohl, daß ich vieles verschwieg, doch er hakte nicht nach. Charles fragte verwirrt: »Ja, aber haben sie dir was *getan*, Sid?«, und ich lachte halb und sagte ihm einen Teil der Wahrheit: »Sie haben mir eine Heidenangst eingejagt.«

Davis erkundigte sich nach Ellis' herzöglichem Alibi. Sein Kollege, der Staatsanwalt, sei zunehmend besorgt, daß Ellis' hochkarätige Verteidigung die Wiederaufnahme des Verfahrens verhindern könne.

Ich erklärte, daß ich keine Zeit gehabt hatte, herauszufinden, wann Ellis zu dem Tanzfest gekommen war.

»Das muß jemand wissen«, sagte ich. »Da muß man die Einheimischen fragen, die Leute, die beim Parken der Gästeautos geholfen haben.« Ich sah Norman an. »Ob die Polizei da mal nachhören würde?«

»Kaum«, meinte er.

»In den Kneipen«, tippte ich an.

Norman schüttelte den Kopf.

»Die Zeit drängt«, hob Davis hervor. »Sid, könnten Sie das nicht morgen machen?«

Morgen war Sonntag. Übermorgen die Gerichtsverhandlung.

Archie sagte entschieden: »Nein, Sid kann nicht. Es gibt eine Grenze... Ich sehe mal, ob ich jemand anderes finde.«

»Das wäre was für Chico gewesen«, meinte Charles.

Chico hatte eindeutig an diesem Tag meine elende Haut gerettet. Mehr konnte man schwerlich verlangen.

Archies Frau hatte offenbar einen Berg Sandwiches zubereitet, bevor sie für den Abend zu ihrer Schwägerin Betty Bracken gefahren war. Schüchtern bot uns Archie die Brote an. Käse und Hähnchen schmeckten mir seltsam, als kostete ich sie wie ein Außerirdischer zum ersten Mal. Merkwürdig, wie die Wahrnehmung alltäglicher Dinge durch Gefahr und das Bewußtsein unserer Sterblichkeit verändert wird. Die Papierserviette, die ich mir geben ließ, um die Finger abzuwischen, minderte das Gefühl der Unwirklichkeit auch nicht.

Es klingelte an der Haustür. Archie schaute nach und kam mit unwillig verkniffener Miene zurück, im Schlepptau einen Jungen, in dem ich überrascht Jonathan erkannte.

Die Rebellenhaartracht war links und rechts gekürzt. Die gelben Strähnen waren fast herausgewachsen. Nirgends eine kahlrasierte Stelle.

»Hallo«, sagte er, in die Runde schauend, und heftete den Blick auf mein Gesicht. »Sie wollte ich sprechen. Die Tanten sagten, Sie seien hier. Mann, Sie haben sich aber verändert.«

»Drei Monate älter«, nickte ich, »genau wie du.«

Jonathan sah über Archies Mißbilligung hinweg und nahm sich ein Sandwich.

»Hallo«, sagte er lässig zu Norman. »Was macht das Boot?«

»Das liegt für den Winter im Trockenen.«

Jonathan kaute und wandte sich wieder zu mir. »Auf einer Bohrinsel nehmen sie mich erst, wenn ich achtzehn bin. Bei der Marine wollen sie mich nicht. Ich hab Muckis. Was fang ich damit an?«

»Muckis?« fragte Charles verwirrt.

»Muskeln«, erklärte Norman. »Er ist kräftig geworden vom wochenlangen Wasserskilaufen.«

»Ach so.«

Ich fragte Jonathan: »Wie bist du von Combe Bassett hierhergekommen?«

»Gejoggt.«

Und er war kein bißchen außer Atem.

»Kannst du Motorrad fahren«, fragte ich, »jetzt, wo du sechzehn bist?«

»Ich bitte Sie!«

»Er hat aber keins«, stellte Archie fest.

»Er kann sich eins mieten.«

»Ja, wozu denn?«

»Um nach Shropshire zu fahren«, sagte ich.

Wie vorauszusehen, hagelte es Einwendungen. Ich erklärte Jonathan, um was es ging. »Such jemand – irgend jemand –, der gesehen hat, wann Ellis zu der Tanzparty gekommen ist. Such die Parkhelfer.«

»Er kann nicht die Kneipen abklappern«, beharrte Norman. »Er ist minderjährig.«

Jonathan warf mir einen verschleierten Blick zu, den ich ruhig erwiderte. Mit fünfzehn hatte er der Frau eines Fernfahrers Gin ausgegeben.

»Also«, sagte er, »wo soll ich nun hin?«

Ich erklärte es ihm genau. Sein Onkel und alle anderen waren dagegen. Ich nahm mein ganzes restliches Geld aus dem Gürtelfach und gab es ihm. »Ich möchte Quittungen sehen«, sagte ich. »Und bring mir die unterschriebene Aussage eines Zeugen. Schwarz auf weiß. Alles muß hieb- und stichfest sein.«

»Ist das so eine Art Test?« fragte er gedehnt.

»Ja.«

»Okay.«

»Bleib nicht länger als einen Tag«, sagte ich. »Denk dran, daß du diese Woche vielleicht noch als Zeuge in dem Prozeß aussagen mußt.«

»Als ob ich das vergessen könnte.«

Er nahm sich noch einen Schwung Sandwiches, lächelte mich breit an und verschwand ohne ein weiteres Wort.

»Wie können Sie nur?« sagte Archie eindringlich zu mir.

»Was hätten *Sie* denn für Pläne mit ihm?«

»Aber... er ist doch...«

»Er ist klug«, sagte ich. »Er ist aufmerksam. Er ist sportlich. Warten wir ab, wie er in Shropshire zurechtkommt.«

»Er ist erst sechzehn.«

»Ich brauche einen neuen Chico.«

»Aber Jonathan stiehlt Autos.«

»Er hat den ganzen Sommer über keins gestohlen, oder?«

»Das heißt noch nicht...«

»In meinen Augen«, sagte ich mit Humor, »ist es ein Vorteil, wenn man Autos stehlen kann. Schauen wir erst mal, wie weit er morgen mit dem Alibi kommt.«

Archie sah zwar immer noch pikiert aus, gab aber klein bei.

»Davon hängt zuviel ab«, meinte Davis kopfschüttelnd.

Ich sagte: »Wenn Jonathan nichts rauskriegt, fahre ich am Montag selbst.«

»Dann ist es zu spät«, sagte Davis.

»Nicht, wenn Sie Ihrem Kollegen sagen, er soll eine Vertagung um weitere vierundzwanzig Stunden beantragen. Er hätte die Grippe oder so.«

Davis sagte unschlüssig: »Liegt Ihnen der Prozeß wirklich noch am Herzen? *The Pump* – oder Ellis Quint –, die haben Sie doch nicht zermürbt mit ihrer Hetzkampagne? Ich meine... wollen Sie aussteigen?«

Charles fühlte sich an meiner Stelle gekränkt. »Natürlich will er nicht aussteigen«, sagte er.

Welches Vertrauen! Ich sagte unverblümt zu Davis: »Lassen Sie nicht zu, daß Ihr Kollege einen Rückzieher macht. Da liegt die große Gefahr. Er soll das Verfahren weiterführen, Alibi hin oder her. Die Anklagebehörde soll endlich ein bißchen Mumm zeigen.«

»Sid!« Er war bestürzt. »Das sind Realisten.«

»Die machen sich in die Hosen vor Ellis' Verteidigern. Aber ich nicht. Ellis hat dem Hengst von Betty Bracken den Fuß abgeschnitten. Ich gäbe was drum, wenn er das nicht getan hätte, aber er war's. Für die Nacht hat er auch kein Alibi. Sagen Sie Ihrem Kollegen, er soll Ellis' Anwälten klarmachen, daß der Hengst in Northampton eine Nachahmungstat war. Wenn Ellis' Alibi nicht zu knacken ist, gehen wir auf Nachahmungstat und bleiben dabei, und wenn Sie auf Ihren Kollegen, den Staatsanwalt, so weit Einfluß haben, dann sorgen Sie dafür, daß er mir die Gelegenheit gibt, das vor Gericht auszusagen.«

Davis sagte schwach: »Ihm so etwas vorzuschreiben steht mir nicht zu.«

»Flüstern Sie's ihm halt irgendwie ein.«

»Na bitte, Davis«, meinte Archie trocken, »es sieht nicht so aus, als ob die Hetzkampagne unseren Knaben abgeschreckt hätte. Ganz im Gegenteil, meinen Sie nicht?«

›Unser Knabe‹ stand ein wenig angeschlagen auf. Es war ein langer Tag gewesen. Archie begleitete Charles und mich hinaus in die Diele und bot uns zum Abschied die Hand. Charles schlug herzlich ein. Archie hob mein Handgelenk an und betrachtete die starke Schwellung, die schon blau und rot verfärbt war.

Er sagte: »Sie hatten den ganzen Abend Mühe, Ihr Glas zu halten.«

Ich zuckte kurz die Achseln, denn Berufsunfälle war ich seit jeher gewohnt. Meine Hand war noch dran, und das allein zählte.

»Keine Erklärung?« fragte Archie.

Ich schüttelte den Kopf.

»Eine Auster ist geschwätziger«, teilte Charles ihm ruhig mit.

Archie ließ meine Hand los und sagte: »Die britische Rennsportkommission möchte, daß Sie die Loyalität einiger ihrer Mitglieder überprüfen. Streng geheime Durchleuchtung.«

»Zu mir kämen die nicht.« Ich schüttelte den Kopf. »Der neue Vorstand hält so was wie mich nicht für zuverlässig.«

»Sie sind aber zu mir gekommen«, seine Augen blitzten vor Belustigung. »Ich habe ihnen gesagt, Sie oder keiner.«

»Keiner«, sagte ich.

Er lachte. »Sie fangen an, sobald die Quint-Sache vorbei ist.«

Die würde für mich leider nie vorbei sein, dachte ich, als ich auf der Fahrt nach Aynsford schweigend neben Charles saß. Ellis kam vielleicht hinter Gitter, vielleicht auch nicht – aber damit war das für uns beide noch nicht ausgestanden. Gordons Obsession konnte schlimmer werden. Ellis konnte dazu übergehen, mehr als nur Pferde zu verstümmeln. Die zwanghafte Mißachtung der Gebote der Natur war in beiden angelegt.

Gegen Besessenheit gibt es keinen völligen Schutz. Man muß damit leben, so gut es geht, ohne ständig an die lauernde, primitive Bedrohung zu denken; und irgendwie mußte ich dafür sorgen, daß Gordon seine Dauerwacht bei mir am Pont Square aufgab.

Charles sagte: »Ist es für dich eigentlich unmoralisch, daß du Yorkshires Geheimdaten auf deinen Computer überspielt hast? War das ... Diebstahl?«

Er sagte es ohne Kritik, aber es war kritisch gemeint. Ich erinnerte mich, wie wir uns einmal darüber unterhalten hatten, was ehrenhaft sei und was nicht. Er fand, ich hätte einen Ehrbegriff, der mir das Leben zum reinsten Fegefeuer machte, und ich hatte ihm gesagt, er irre sich: Das Fegefeuer fange an, wenn man seinen Ehrbegriff über Bord werfe und wisse, daß man es getan habe. »Nur für dich, Sid«, hatte er geantwortet. »Der Rest der Welt hat keine Probleme damit.«

Jetzt wandte er meine überzogenen Maßstäbe offenbar auf mich selber an. War der Diebstahl von Informationen jemals gerechtfertigt oder nicht?

Ich sagte, ohne mich zu verteidigen: »Es war Diebstahl, es war unehrenhaft, und ich würde es wieder tun.«

»Und das Fegefeuer kann warten?«

Ich sagte belustigt: »Hast du *The Pump* gelesen?«

Nach ungefähr acht Kilometern meinte er: »Das ist ein Scheinargument.«

»Mhm.«

»*The Pump* ist ein Fegefeuer anderer Art.«

Ich nickte und sagte obenhin: »Das Vorzimmer zur Hölle.«

Stirnrunzelnd, indigniert, warf er mir einen Blick zu. »Und jetzt ist die Hölle da?« Er haßte übertriebene Gefühlsausdrücke. Ich mäßigte mich.

Ich sagte: »Nein. Entschuldige. Es war ein langer Tag.«

Er fuhr anderthalb Kilometer, dann fragte er: »Wie hast du dir die Hand verletzt?«

Ich seufzte. »Aber kein Theater. Mach kein Theater, Charles, wenn ich es dir sage.«

»Nein. In Ordnung. Kein Theater.«

»Also gut… Ellis hat sich dran vergriffen.«

»Ellis?«

»Mhm. Lord Tilepit und Owen Yorkshire konnten mit ansehen, wie Ellis sich daran verlustiert hat. Daher wissen sie jetzt, daß die Anklage wegen der Hengste zu Recht besteht. Hätte Ellis meinen Arm mit einer Astschere bearbeiten können statt nur mit einem Engländer, wäre ich jetzt beide Hände los – sieh um Gottes willen auf die Straße, Charles.«

»Aber Sid…«

»Kein Theater. Du hast es versprochen. Es bleibt ja kein

Schaden zurück.« Ich hielt inne. »Er hätte mich heute umbringen können, wenn er gewollt hätte, aber er hat mir eine Fluchtmöglichkeit eingeräumt. Er wollte mich...«, ich schluckte, »er wollte mich dafür strafen, daß ich ihn besiegt habe... und er hat es mir heimgezahlt... und am Montag vor Gericht werde ich ihm ein für allemal die Maske herunterreißen, wenn ich kann... und es ist mir zuwider.«

Er fuhr schweigend nach Aynsford, ließ mich aber spüren, daß sein Schweigen zumindest keine Verurteilung war. Als er vor der Haustür anhielt, sagte er bedauernd: »Wenn du und Ellis nicht so gute Freunde gewesen wärt... Kein Wunder, daß die arme Ginnie das nicht ertragen konnte.«

Charles sah, wie sich meine Gesichtsmuskeln strafften.

»Was ist, Sid?« fragte er.

»Ich... ich bin vielleicht von einer falschen Annahme ausgegangen.«

»Welcher Annahme?«

»Hm?« sagte ich geistesabwesend. »Muß nachdenken.«

»Dann denk im Bett nach«, sagte er leichthin. »Es ist spät.«

Ich dachte die halbe Nacht nach. Ellis' Rache schmerzte mir brutal in den Fingern. Ellis hatte mir die Hände gefesselt und mir dreißig Sekunden gegeben... Ich wäre tot, dachte ich, wenn wir nicht befreundet gewesen wären.

In Aynsford verwahrte ich Zweitstücke von allem, was ich in meinem Wagen zurückgelassen hatte – Batterieladegerät, Rasierer, Wäsche und so weiter – ausgenommen das Mobiltelefon. Ich hatte zwar die SIM-Card, aber keine Verwendungsmöglichkeit dafür.

Dem wagenlosen Zustand half wieder ein Mann von Tele-Drive ab, der mich am Sonntagmorgen abholen kam.

Auf Charles' zurückhaltenden Vorschlag, den Tag erholungshalber bei ihm zu verbringen – »Eine Partie Schach vielleicht?« –, erwiderte ich, ich wolle Rachel Ferns besuchen. Charles nickte.

»Komm wieder«, sagte er, »wenn du Hilfe brauchst.«

»Gern.«

»Paß auf dich auf, Sid.«

Rachel, so erfuhr ich von Linda am Telefon, machte zu Hause einen Tag Ferien vom Krankenhaus.

»Kommen Sie auf jeden Fall«, bat Linda. »Rachel braucht Sie.«

Ich kam mit leeren Händen, ohne Fische und Perücken, doch es schien nichts auszumachen.

Rachel selbst sah blutleer aus, ein schmächtiges, bleiches Kind kurz vor der Abreise in ein fernes Land. In den fünf Tagen seit meinem letzten Besuch hatten sich die bläulichen Schatten unter ihren Augen vertieft, und da sie abgenommen hatte, gaben die von Steroiden gerundeten Wangen und die großen verschatteten Augen in dem kahlen Kopf ihr das Aussehen eines exotischen kleinen Vogels, nicht ganz von dieser Welt.

Linda umarmte mich und weinte in der Küche an meiner Schulter.

»Eigentlich ist es eine gute Nachricht«, sagte sie schluchzend. »Sie haben einen Spender gefunden.«

»Das ist doch fantastisch!« Mehr als ein Hoffnungsstrahl, dachte ich, und trotzdem weinte Linda.

»Es ist ein Schweizer«, sagte sie. »Er kommt am Mittwoch aus der Schweiz hierher. Joe bezahlt seinen Flug und die Hotelkosten. Geld ist kein Thema, sagt Joe, wenn's um sein Töchterchen geht.«

»Dann hören Sie auch auf zu weinen.«

»Ja... aber es klappt vielleicht nicht.«

»Vielleicht aber doch«, sagte ich entschieden. »Wo ist der Gin?«

Sie lachte unsicher. Schenkte zwei Gläser voll. Ich machte mir immer noch nicht viel aus Gin, aber ihr schmeckte sonst nichts. Wir tranken auf die Zukunft, und sie fragte, ob ich Lust hätte, zu Mittag Paella zu essen.

Rachel saß halb, lag halb auf dem kleinen Wohnzimmersofa, das umgestellt worden war, damit sie direkt auf das Aquarium schauen konnte. Ich setzte mich neben sie und fragte, wie es ihr ging.

»Hat Mami dir von der Transplantation erzählt?« fragte sie.

»Hört sich wahnsinnig gut an.«

»Ich kann vielleicht sogar wieder rumtoben.«

Rumtoben mußte dem matten Mädchen so fern erscheinen wie der Mond.

Rachel sagte: »Ich wollte unbedingt heim, um die Fische zu sehen. Heute abend muß ich aber wieder zurück. Da hab ich gehofft, daß du kommst. Gebetet hab ich.«

»Du hast doch gewußt, daß ich komme.«

»Heute, meine ich; solange ich daheim bin.«

»Ich hatte viel zu tun, seit ich am Dienstag bei dir war.«

»Ja, das weiß ich von Mami. Die Schwestern richten mir immer aus, wenn du anrufst.«

Pegotty, größer und wendiger geworden, krabbelte über den Fußboden und brachte seine Schwester zum Lachen, weil er sich die unmöglichsten Sachen in den Mund steckte.

»Er ist so lustig«, sagte sie. »Ins Krankenhaus darf er aber nicht. Die haben mir gesagt, daß es mir nach der Transplantation erst mal schlechtgeht, deshalb wollte ich nach Hause; ich wollte Pegotty und die Fische vorher noch mal sehen.«

»Ja«, sagte ich.

Linda brachte dampfenden Reis mit Hühnerfleisch und Garnelen herein, den wir ungeniert mit Löffeln aßen.

»Was ist mit Ihrer Hand?« fragte Linda. »Die ist ja stellenweise ganz schwarz.«

»Nur eine Prellung. Ich habe sie mir ein bißchen gequetscht.«

»Wurstfinger hast du«, sagte Rachel.

»Die sind morgen wieder gut.«

Linda kam auf das einzig wichtige Thema zurück. »Der Schweizer Spender«, sagte sie, »ist älter als ich! Er hat selbst drei Kinder. Er ist ein Lehrer ... er hört sich nett an, und man hat mir gesagt, er freut sich richtig, daß er Rachel mit seinem Knochenmark helfen kann.«

Rachel sagte: »Ich wünschte, Sid könnte es mir spenden.«

Ich hatte mich gleich zu Anfang testen lassen, war aber als Spender denkbar ungeeignet gewesen. Auch das Knochenmark von Linda und Joe war zu allenfalls fünfzig Prozent identisch.

»Seins soll zu neunzig Prozent übereinstimmen«, sagte Linda. »Vollidentisches gibt es nicht mal unter Geschwistern. Neunzig Prozent sind großartig.«

Sie gab sich Mühe, optimistisch zu klingen. Ich wußte

nicht genug, um die neunzig Prozent zu beurteilen. Für mich hörte es sich gut an; und man würde Rachels krankes Knochenmark nur dann abtöten, wenn man sicher war, daß man es ersetzen konnte.

»Ich werde isoliert«, sagte Rachel. »Das heißt, ich kriege so was wie ein Plastikzelt über mein Bett. Den Mann aus der Schweiz kann ich auch nur durch das Plastik berühren. Und Englisch kann er auch keins. Er spricht deutsch. *Danke schön.* Das habe ich gelernt, damit ich es ihm sagen kann. *Vielen Dank.*«

»Er wird sich freuen«, sagte ich.

Linda räumte den Teller ab, servierte Eis zum Nachtisch und fragte, ob ich bei Rachel bleiben könne, während sie mit Pegotty ein paar Schritte spazierengehe.

»Natürlich.«

»Ich bleib nicht lange.«

Als sie fort war, schauten Rachel und ich vom Sofa aus den Fischen zu.

»Siehst du den da?« Rachel zeigte mit dem Finger. »Den hast du am Dienstag mitgebracht. Schau mal, wie der abgeht. Er schwimmt schneller als alle anderen.«

Der schwarzsilberne Engelbarsch flitzte mit kräftigem Flossenschlag durch das Behältnis.

»Das bist du«, sagte Rachel. »Das ist Sid.«

»Ich dachte, die halbe Mannschaft heißt Sid«, zog ich sie auf.

»Sid ist immer der schnellste. Das ist Sid«, sie zeigte wieder hin. »Die anderen nicht mehr.«

»Die Ärmsten.«

Sie kicherte. »Ich wünschte, ich könnte die Fische mit ins

Krankenhaus nehmen. Mami hat gefragt, aber es geht nicht.«

»Schade.«

Sie saß leicht an meinen rechten Arm gekuschelt, hielt aber meine andere Hand, die Prothese, und zog sie zu sich herüber. Die Hand funktionierte noch nicht wieder richtig, obwohl eine neue Batterie und etwas Flickarbeit sie halbwegs wieder zum Leben erweckt hatten.

Nach einer langen Schweigepause sagte sie: »Hast du Angst vor dem Sterben?«

Neuerliche Pause. »Manchmal«, sagte ich.

Ihre Stimme war leise, ein Flüstern fast. Wir unterhielten uns ruhig, ohne Eile.

Sie sagte: »Pa meint, als du noch Jockey warst, hättest du vor nichts Angst gehabt.«

»Hast du Angst?« fragte ich.

»Ja, aber das darf ich Mami nicht sagen. Ich will nicht, daß sie weint.«

»Fürchtest du dich vor der Transplantation?«

Rachel nickte.

»Ohne sie stirbst du«, sagte ich nüchtern. »Das weißt du ja.«

»Wie ist das, wenn man stirbt?«

»Ich weiß es nicht. Das weiß keiner. Wie einschlafen, nehme ich an.« Natürlich nur, wenn man Glück hatte.

»Komisch, sich vorzustellen, daß man nicht mehr da ist«, sagte Rachel. »Daß man nur noch eine leere Stelle ist.«

»Die Transplantation wird schon klappen.«

»Das sagen sie alle.«

»Dann glaub es auch. An Weihnachten läufst du wieder.«

Sie strich mir mit den Fingern über die Hand. Ganz schwach, ganz leise spürte ich die Schwingungen im Unterarm. Nichts ging jemals völlig verloren.

Sie sagte: »Weißt du, was ich denken werde, wenn ich da unter dem Zelt liege und es mir furchtbar schlecht geht?«

»Was denn?«

»Das Leben ist beschissen.«

Ich drückte sie sachte. »Du schaffst das schon.«

»Ja, aber gib mir einen Tip.«

»Einen Tip?«

»Wie man Mut faßt.«

Was für eine Frage! »Wenn es dir furchtbar schlecht geht, dann denk an etwas, das du gern machst. Es geht dir besser, wenn du nicht daran denkst, wie schlecht es dir geht.«

Sie dachte darüber nach. »Das ist alles?«

»Das ist schon eine ganze Menge. Denk an Fische. Denk an Pegotty, wie er sich die Socken auszieht und sie in den Mund stopft. Denk an was Schönes.«

»Machst du das so?«

»Wenn mir was weh tut, ja. Es funktioniert.«

»Und wenn einem noch nichts weh tut, aber etwas Schlimmes bevorsteht?«

»Na ja... man darf auch ruhig Angst haben. Das geht jedem so. Man darf sich nur durch seine Angst von nichts abhalten lassen.«

»Hast du manchmal Angst?« fragte sie.

»Ja.« Viel zu oft, dachte ich.

Sie sagte träge, aber mit Überzeugung: »Ich wette, du hast noch nie so Angst gehabt, daß es dich von etwas abgehalten hat. Du bist bestimmt immer tapfer.«

Ich war verblüfft. »Nein... sicher nicht.«

»Aber Papi sagte...«

»Ich habe mich nicht davor gefürchtet, Rennen zu reiten«, gab ich zu. »Aber wenn du mich in eine Schlangengrube wirfst, das müßte man erst mal sehen.«

»Und die Isolierung?«

»Da ginge ich rein und würde mir fest vornehmen, wenn ich rauskomme, rumzutoben.«

Sie streichelte mir die Hand. »Besuchst du mich da?«

»Wenn du in dem Zelt bist?« fragte ich. »Gern.«

»Dann gibst du mir auch Mut.«

Ich schüttelte den Kopf. »Das kommt aus dir selber. Du wirst sehen.«

Wir schauten wieder den Fischen zu. Mein Namensvetter ließ die Flossen blitzen und bewies eine schier unendliche Ausdauer.

»Morgen muß ich in das Zelt«, sagte Rachel leise. »Ich will nicht heulen, wenn sie mich da reintun.«

»Mut macht einsam«, sagte ich.

Sie sah mir ins Gesicht. »Was heißt das?«

Der Gedanke war zu vertrackt für eine Neunjährige. Ich suchte ihn zu vereinfachen.

»Du wirst in dem Zelt allein sein«, sagte ich, »also mach dir ein Schloß draus. Dein Schloß. Es schützt dich vor Ansteckung – es schützt dich vor Drachen. Du weinst schon nicht.«

Sie schmiegte sich an mich; etwas aufgemuntert, wie ich hoffte. Ich mochte sie unglaublich gern. Es stand fünfzig zu fünfzig, daß die Transplantation Erfolg hatte. Rachel würde, nein mußte wieder rumtoben können.

Linda und Pegotty kamen lachend von ihrem Spaziergang zurück, und Linda errichtete Türme aus bunten Bauklötzen, die umzuwerfen dem Kleinen immer wieder ein köstliches Vergnügen bereitete. Rachel und ich hockten am Boden und spielten Dame.

»Du gibst mir immer Weiß«, beschwerte sich Rachel, »und wenn ich dann nicht hinsehe, sind plötzlich deine Schwarzen da.«

»Dann nimm du mal Schwarz.«

»Das darf doch nicht wahr sein«, sagte sie fünf Minuten später. »Du schummelst.«

Linda blickte auf und staunte. »Zankt ihr zwei euch etwa?«

»Er gewinnt immer«, beanstandete Rachel.

»Dann spiel nicht mit ihm«, lautete Lindas Empfehlung.

Rachel nahm wieder Weiß. Ich ließ ihr in der Spielmitte einen Stein durchgehen, und mit Vergnügen sackte sie mich ein und gewann.

»Hast du mich etwa gewinnen *lassen*?« fragte sie dann aber.

»Gewinnen macht mehr Spaß.«

»Ich hasse dich.« Gereizt fegte sie die Steine vom Brett, und Pegotty steckte sich zwei in den Mund.

Rachel nahm sie ihm lachend ab, trocknete sie und baute das Spiel wieder auf, wobei sie wiederum Weiß nahm, und gelassen fochten wir noch ein paar knappe Runden aus, bis sie wie üblich ganz plötzlich ermüdete.

Linda servierte Schokoladenplätzchen zum Tee und redete frohgelaunt von dem Schweizer Spender und davon, daß *alles gut* werden würde. Rachel war überzeugt, ich war überzeugt, Pegotty verschmierte sein Gesicht mit Schokolade. Was immer uns die nächste Woche bringen würde, dieser stille, von Hoffnung erfüllte Nachmittag war ein Anker in der Wirklichkeit und die Bestätigung, daß jedes kleine Leben zählte.

Erst als sie beide Kinder auf dem Rücksitz ihres Wagens angeschnallt hatte, um mit ihnen zum Krankenhaus zu fahren, kam Linda auf Ellis Quint zu sprechen.

»Der Prozeß geht morgen weiter, nicht?« fragte sie.

Wir standen ein paar Schritte von ihrem Wagen entfernt in der Kälte. Ich nickte. »Sagen Sie Rachel nichts davon.«

»Sie weiß es nicht. Es war auch nicht schwer, das von ihr fernzuhalten. Sie spricht kaum noch von Silverboy. Jetzt, wo sie so krank ist, nimmt sie an anderen Dingen wenig Anteil.«

»Sie ist großartig.«

»Kommt Ellis Quint ins Gefängnis?«

Wie konnte ich sagen »hoffentlich«? Hoffte ich es denn wirklich? Und doch mußte ich ihm Einhalt gebieten, ihn in die Enge treiben, damit er wieder zur Besinnung kam.

Ich wich der Frage aus. »Das wird der Richter entscheiden.«

Linda umarmte mich. Keine Tränen. »Besuchen Sie Rachel, wenn sie isoliert ist?«

»Was könnte mich davon abhalten?«

»Gott… hoffentlich…«

»Alles wird gut mit ihr«, sagte ich. »Und mit Ihnen.«

Gewohnt geduldig fuhr TeleDrive mich zurück nach London, und weil Linda wegen des Krankenhaustermins früh los mußte, blieb mir bis zu meiner Verabredung zum Abendessen mit India noch Zeit.

Wieder hielt ich es für besser, mich in der Dämmerung nicht am Pont Square absetzen zu lassen, und ich verfluchte Gordon für seine Dauerwache. Irgendwann mußte er ja auch schlafen – aber wann?

Das Kensington Place Restaurant lag am oberen Ende der für ihre Antiquitätenhandlungen berühmten Church Street, die sich von der Kensington High Street im Süden bis zur Notting Hill Gate im Norden erstreckte. TeleDrive setzte mich und meinen Handkoffer an der Nordwestecke der Church Street ab, wo ich ein wenig herumtrödelte, mir die hell erleuchteten Schaufenster der Buchhandlung Waterstone ansah und mich fragte, ob Rachel unter ihrem Zelt wohl die im Fenster präsentierten Audiocassetten für Kinder hören durfte. Sie mochte die subversiven *Just-William*-Geschichten gern. Pegotty, meinte sie, würde mal so werden wie er.

Eine Menge junger Japaner tummelten sich an der Ecke, alle mit Kameras bewaffnet, und machten Blitzlichtaufnahmen voneinander. Ich achtete nicht weiter auf sie, wenngleich mir auffiel, daß sie alle glattes schwarzes Haar hatten und kurze Steppjacken und Jeans trugen. Offenbar waren sie guter Dinge. Und sie drängten sich zwischen mich und die Waterstone-Schaufenster.

Sie verbeugten sich höflich vor mir, und auch ich deutete eine Verbeugung an.

Sie schienen genau wie ich auf eine Verabredung zu warten. Nach und nach merkte ich an ihrer leisen Unterhaltung, von der ich nicht ein Wort verstand, daß die Hälfte von ihnen Männer und die Hälfte junge Frauen waren.

Wir warteten. Ab und an verbeugten sie sich wieder. Schließlich holte eine der jungen Frauen schüchtern ein Foto hervor und hielt es mir hin. Ich nahm es höflich an und sah, daß ich ein Hochzeitsbild vor mir hatte. Das Bild einer Gruppenhochzeit mit zehn glücklichen Paaren in schwarzen Anzügen und westlichen Brautkleidern. Als ich den Blick hob, begrüßte mich ein zwanzigfaches Lächeln.

Ich lächelte auch. Die scheue junge Frau nahm das Foto wieder an sich, nickte zu ihren Gefährten hin und teilte mir unmißverständlich mit, daß sie alle in den Flitterwochen waren. Die Runde lächelte. Verbeugte sich. Einer der Männer hielt mir seine Kamera hin und fragte, wenn ich ihn recht verstand, ob ich eine Gruppenaufnahme von ihnen allen machen würde.

Ich nahm die Kamera und setzte meinen Koffer ab, und sie stellten sich ordentlich paarweise auf, als seien sie daran gewöhnt.

Klick. Blitz. Der Film drehte sich surrend weiter.

Die Jungvermählten strahlten.

Nacheinander wurden mir neun weitere Fotoapparate überreicht. Mit neun Verbeugungen. Ich machte noch neun Fotos. Klick. Blitz. Gruppenseligkeit.

Was hatte ich nur an mir, daß ich solches Vertrauen erweckte? Auch ohne Austausch von Worten schien meine Gutwilligkeit für sie außer Zweifel zu stehen. Ich fügte mich. Was war schon dabei? Zeit hatte ich ja. Ich fotografierte sie, verbeugte mich und wünschte, es wäre acht Uhr.

Ich ließ die glücklichen Paare an der Waterstone-Ecke zurück und ging mit meinem Koffer fünfzig Meter die

Church Street hinunter zu dem Restaurant. Davor ging eine kleine Querstraße ab, und gegenüber, auf der anderen Seite der Church Street, befand sich, weil London London ist, auf einem zurückgesetzten Stück Bürgersteig mit dürftigem Gras eine Parkbank, die Menschenfreunde müden Einkäufern und anderen Wanderern zur Erholung dort aufgestellt hatten. Das, fand ich, war ein guter Platz, um auf India zu warten. Die Bank blickte direkt auf die Tür des Restaurants. Eine grüne Bank aus waagerechten Latten.

Um hinzukommen, überquerte ich die Church Street. Der Sonntagabendverkehr war spärlich bis nicht vorhanden. Ich sah das Messingschild mit dem Namen des wohltätigen Spenders auf der Rückenlehne der Bank.

Als ich mich umdrehte, um mich hinzusetzen, hörte ich einen Knall, und im gleichen Moment fuhr mir ein stechender Schmerz durch den Rücken in den rechten Oberarm. Der Schlag riß mich herum und warf mich nieder, so daß ich auf die Bank fiel und halb sitzend auf ihr liegenblieb, mit dem Gesicht zur Straße.

Ich bin angeschossen, dachte ich ungläubig.

Ich war schon einmal angeschossen worden. Der Schlag war eindeutig. Ebenso eindeutig waren die Schauer, die durch meinen in Aufruhr gebrachten Körper liefen. Dazu kam... viel Blut.

Gordon Quint hatte mich angeschossen.

Er trat aus dem Dunkel der Querstraße auf mich zu. Er hielt die runde schwarze Mündung einer Pistole auf mich gerichtet. Unerbittlich wollte er zu Ende bringen, was er begonnen hatte, und es schien ihn nicht zu kümmern, ob ihn jemand dabei sah.

Mir fehlte die Kraft, aufzustehen und wegzulaufen.

Es gab nichts, wo ich hinlaufen konnte.

Gordon sah aus wie ein Farmer aus Berkshire, nicht wie ein besessener Mörder. Er trug ein kariertes Hemd mit Schlips und eine Tweedjacke. Ein solider Bürger kam da, eine Stütze der Gesellschaft, Richter, Schwurgericht und Henker... ein wandelnder Vergeltungsschlag, roh und primitiv.

Das unbeherrschte Gebrüll, die wüsten Beschimpfungen, mit denen er am vorangegangenen Montag über mich hergefallen war, blieben jedoch aus. Dieser Mörder war kaltblütig, entschlossen, sonst gab es nichts für ihn.

Er blieb vor mir stehen und zielte auf meine Brust.

»Das ist für Ginnie«, sagte er.

Ich weiß nicht, was er erwartete. Er schien auf etwas zu warten. Vielleicht, daß ich mich auflehnte. Ihn um Gnade bat.

Seine Stimme war heiser. »Für Ginnie«, wiederholte er.

Ich schwieg. Ich wollte aufstehen. Konnte nicht.

»Sag was!« rief er plötzlich wütend. Die Pistole wackelte in seiner Hand, aber er war zu nah, um vorbeizuschießen. »Begreifst du nicht?«

Ich sah nicht auf die Pistole, sondern in seine Augen. Kein sehr schöner Anblick, dachte ich unwillkürlich, wenn es das letzte ist, was du auf Erden siehst.

Gordons Vorsatz wankte nicht. Ich konnte ihm die Freude vorenthalten, mich vor Angst zittern zu sehen, aber aufhalten würde ihn das nicht. Er starrte mir ins Gesicht. Ohne zu blinzeln. Kein Zaudern. Kein Rückzieher, keine Bedenken. Nichts.

Das war's, dachte ich unbewegt. Es ist soweit.

Eine Stimme rief von der Straße her, beschwörend, bittend, näher kommend, viel zu spät.

Die Stimme rief ein einziges verzweifeltes Wort.

»Papa.«

Ellis... *Ellis* kam über die Straße gelaufen, schwang ein anderthalb Meter langes Eisen, einen gewinkelten Zaunpfahl, und schrie wie verrückt seinem Vater zu: »Pa! Nein, Pa... Tu es nicht.«

Ich sah ihn laufen. Alles schien etwas verwischt. Gordon hörte Ellis rufen, aber das hielt ihn nicht auf. Der irre Haß in seinem Gesicht wurde nur stärker. Er streckte den Arm vor, bis die Pistole knapp einen Meter vor meiner Brust war.

Vielleicht spüre ich es nicht, dachte ich.

Ellis schwang die Eisenstange mit beiden Händen, mit aller Kraft, und *schlug sie seinem Vater seitlich an den Kopf.*

Die Pistole ging los. Die Kugel pfiff an meinem Ohr vorbei und schlug hinter mir in ein Schaufenster. Dünne, scharfe Glassplitter flogen, Licht blitzte, und ringsum war Verwirrung und Geschrei.

Gordon fiel bewußtlos auf das kümmerliche Gras und begrub die rechte Hand mit der Pistole unter sich. Mein Blut bildete eine sich ausdehnende rote Lache unter den Latten der Bank. Ellis blieb eine Ewigkeit von Sekunden mit der Eisenstange vor mir stehen und starrte mir in die Augen, als könnte er in meine Seele blicken, als wollte er mir Einblick in die seine geben.

Für einen Moment außerhalb der Zeit schien unser Innerstes miteinander zu verschmelzen, eins zu werden in völligem Verständnis. Es konnte ein Halluzination sein, die

Folge von überhöhtem Streß, aber er empfand es eindeutig genauso.

Dann ließ er die Eisenstange neben seinem Vater fallen, eilte über die Church Street und lief mit weit ausgreifenden Schritten die Querstraße entlang, bis ihn die Dunkelheit verschluckte.

Mit einem Mal war ich von japanischen Gesichtern umringt, die lauter unverständliche Fragen stellten. Sie hatten sorgenvolle Augen. Sie sahen, wie ich blutete.

Von den Schüssen angelockt, kamen vorsichtig noch mehr Leute. Gordons Anschlag, der für mich in Zeitlupe abgelaufen war, hatte in Wirklichkeit bloß einige Sekunden gedauert. Niemand hatte versucht, Ellis aufzuhalten. Man dachte, er habe helfen wollen.

Die Zeit geriet weiter aus den Fugen. Lichterblitzend traf ein Streifenwagen ein, Vorbote dessen, wovor mir am meisten graute – Fragen, Krankenhäuser, Formulare, Lärm, blendende Lampen, Getue, Getümmel und Herumgeschubse. Ausgeschlossen, daß man mich jetzt einfach zusammennähte und in Ruhe ließ.

Ich sagte einem Polizeibeamten, daß der noch bewußtlose Gordon auf einer geladenen Pistole lag.

Er wollte wissen, ob Gordon in Notwehr geschossen habe.

Ich hatte keine Lust, darauf zu antworten.

Die Menschenmenge wuchs an, und ein Krankenwagen kam.

Eine junge Frau drängte sich an den Uniformierten vorbei und rief, sie sei von der Presse. India… India… mit mir zum Essen verabredet.

»Tut mir leid«, sagte ich.

»*Sid...*« Entsetzen in ihrer Stimme und eine Art Verzweiflung.

»Rufen Sie... Kevin Mills«, sagte ich. Mein Mund war trocken vom Blutverlust. Ich setzte neu an. Sie beugte sich zu mir herunter, um mich durch das Stimmengewirr zu hören.

Mit Humor sagte ich: »Die Japaner hier haben einen Haufen Fotos gemacht... Ich habe es blitzen sehen... Rufen Sie also schnell Kevin. Lassen Sie sich die Fotos geben... dann kriegt er doch noch... seinen Exklusivbericht.«

15

India war nicht umsonst ein Zeitungsmensch. Die Titelseite der *Pump* brachte die halbwegs korrekte Schlagzeile *In den Rücken geschossen* und darunter ein Bild von Gordon Quint, wie er mit seiner Pistole genau auf mein Herz zielte.

Gordon, im Halbprofil von hinten, war etwas unscharf. Mein Gesicht, klar und deutlich, zeigte einen Ausdruck, der eher nach höflichem Interesse aussah als nach dem hilflosergebenen Entsetzen, das ich tatsächlich empfunden hatte.

Kevin und *The Pump* hatten sich ins Zeug gelegt. *The Pump* räumte ein, daß die lange Schmähkampagne gegen Sid Halley verfehlt gewesen war.

Die Politik, dachte ich zynisch, hatte sich um hundertachtzig Grad gedreht. Lord Tilepit war einigermaßen zur Vernunft gekommen und, soweit er konnte, auf Distanz zu Ellis Quint gegangen.

Zwanzig Augenzeugen hatten den Schuß auf J. S. Halley miterlebt. Kevin hatte, unterstützt von einem japanischen Dolmetscher, aufmerksam zugehört, eins zum anderen gezählt und es richtig wiedergegeben. Seinen ganzen Beitrag durchzog ein ehrfürchtiges Staunen darüber, daß die Fakten zweifelsfrei feststanden. Nicht ein einziges Mal hatte er »angeblich« geschrieben.

Gordon Quint, noch immer bewußtlos, würde zu gegebener Zeit der Polizei »bei ihren Ermittlungen behilflich sein«. Ellis Quint sei nicht auffindbar, vermerkte Kevin.

Im Innenteil der Zeitung folgten weitere Bilder. Eines zeigte Ellis Quint, wie er die Eisenstange zum Schlag gegen seinen Vater hob. Weder die Japaner insgesamt noch dieser Fotograf im besonderen hatten gewußt, wer Ellis Quint war. Im japanischen Fernsehen trat Ellis nicht auf.

Woher kamen die vielen Fotos? Daher, daß Mr. Halley sich den Jungvermählten freundlich erwiesen hatte, schrieb Kevin, und daß viele ihm nachgeschaut hatten, als er auf der Church Street davonging.

Ich las *The Pump* in einem kleinen Zimmer im Krankenhaus von Hammersmith, aufrecht in einem hohen Bett sitzend und gottlob allein bis auf einen steten Strom von Ärzten, Schwestern, Polizeibeamten und Leuten mit Klemmbrettern.

Der Arzt, der meine Schußwunden versorgt hatte, schaute um neun Uhr früh noch mal herein, bevor er Feierabend machte. Meines Erachtens sah er inzwischen erschossener aus als ich.

»Wie geht's Ihnen?« fragte er müde in seinem verschwitzten grünen Kittel.

»Dank Ihnen ganz gut, wie Sie sehen.«

Er blickte auf die Zeitung, die auf dem Bett lag. »Ihre Kugel«, sagte er, »ist an einer Rippe entlanggestreift und hat Ihren Arm durchschlagen. Dabei wurde die Armschlagader aufgerissen, deshalb haben Sie so stark geblutet. Wir haben das Gefäß wiederhergestellt und Ihnen drei Konserven Blut und Kochsalzlösung zugeführt, aber es kann sein, daß Sie noch mehr brauchen. Müssen wir abwarten. Einige Muskeln sind verletzt, aber mit Physiotherapie dürften Sie wieder ganz hinzukriegen sein. Sie standen wohl seitlich zu ihm, als er geschossen hat.«

»Ich drehte mich gerade um. Glück gehabt.«

»Kann man sagen«, meinte er trocken. »Ich nehme an, Sie wissen auch, daß Sie einen halb geheilten Unterarmbruch haben. Und ein ziemlich starkes Trauma am Handgelenk?«

Ich nickte.

»Ich habe Sie Rennen reiten sehen«, sagte er. »Und ich weiß, wie schnell sich Jockeys erholen. Exjockeys sicher auch. Sie können hier raus, wenn Sie sich danach fühlen.«

Ich dankte ihm von Herzen, und er lächelte erschöpft und ging.

Es stand fest, daß ich die Finger meiner rechten Hand bewegen konnte, wenn auch erst ein bißchen. Als ich in der Nacht nach und nach aus der Narkose erwacht war, hatte ich insgeheim einen Augenblick banger Feigheit durchlebt, weil ich unterhalb der Schulter meinen Arm nicht spürte. Ungern gestand ich mir die jämmerliche Furcht ein, die ich davor gehabt hatte hinzusehen. Ich war schon einmal mit einem Stumpf erwacht. Jetzt war der wiederkehrende Alptraum von Erniedrigung, Hilf- und Handlosigkeit gespenstische Wirklichkeit geworden, doch als ich schließlich hinschaute, fand ich kein seelenzerstörendes Nichts, sondern ein langes, weiß umwickeltes Bündel, das eindeutig in Fingernägeln endete. Dennoch schienen die Finger nicht mit mir in Verbindung zu stehen. Düster hatte ich mir eine Zeitlang vorgestellt, wie es sein würde, wenn ich gelähmt wäre, und als der Schmerz sich dann brüllend zurückmeldete, war ich unerhört erleichtert gewesen: So fühlten sich nur gesunde Nerven an. Ich hatte einen Arm… eine Hand… ein Leben.

Das vorausgesetzt, war alles andere egal.

Am Nachmittag argumentierten sich Archie Kirk und Norman Picton an dem Besuchsverbotsschild an meiner Tür vorbei, rückten zwei Stühle heran und brachten mir gute und schlechte Neuigkeiten.

»Die Polizei von Frodsham hat Ihren Wagen gefunden«, sagte Norman, »aber er ist leider ausgeschlachtet worden. Er steht auf der Karosserie – nicht auf den Rädern.«

»Noch was drin?« fragte ich resigniert.

»M-hm.«

»Motor?«

»Der ist weitgehend vorhanden. Die Batterie natürlich nicht. Alles Herausnehmbare fehlt.«

Armes Autochen. Allerdings war es für ein Vermögen versichert.

Archie sagte: »Charles läßt Sie grüßen.«

»Grüßen Sie ihn zurück.«

»Er meinte, Sie würden den Eindruck machen, als sei nichts weiter passiert. Ich habe ihm nicht geglaubt. Warum liegen Sie nicht?«

»Sitzen ist bequemer.«

Archie runzelte die Brauen.

Ich erläuterte kurz. »Irgendwo unter dem Schulterblatt habe ich eine Brandwunde von der Kugel.«

Archie sagte: »Oh.«

Beide schauten auf die Vorrichtung mit der Flasche neben meinem Bett, von der ein Schlauch zu meinem Ellbogen führte. Ich erklärte auch sie.

»Das ist so ein Ding für Schmerzmittel auf Abruf«, sagte ich. »Wenn ich was spüre, drücke ich einen Knopf, und schon geht der Schmerz weg.«

Archie griff die *Pump* vom Tage. »Mit einem Mal«, bemerkte er, »sind Sie Sankt Sid, der Unfehlbare.«

Ich sagte: »Ellis' Anwälten werden die Tränen kommen.«

»Aber Sie glauben doch nicht«, sagte Archie zweifelnd, »daß seine Anwälte der Halley-Hetzkampagne insgeheim zugestimmt haben?«

»Weil das ihrem Ethos widerspräche?« fragte ich.

»Ja.«

Ich zuckte die Achseln und ließ es dabei.

»Gibt es was Neues von Ellis?« fragte ich. »Oder von Gordon?«

»Gordon Quint«, sagte Norman im Polizeibeamtenton, »war vor einer Stunde noch bewußtlos, da er eine Impressionsfraktur am Schädel erlitten hat, und befindet sich in sicherem Polizeigewahrsam. Die Knochensplitter, die auf das Gehirn drücken, sollen operativ entfernt werden. Ob er wieder zu sich kommt und in welcher geistigen Verfassung, läßt sich nicht sagen, aber sobald er ansprechbar ist, wird er formell des versuchten Mordes beschuldigt. Wie Sie wissen, gibt es ja eine ganze Schar von Augenzeugen.«

»Und Ellis?« fragte ich.

Archie sagte: »Niemand weiß, wo er steckt.«

»Er kann sich doch kaum irgendwo sehen lassen, ohne erkannt zu werden«, sagte ich.

Norman nickte. »Vielleicht gewährt ihm jemand Unterschlupf. Aber keine Sorge, wir finden ihn.«

»Was ist heute morgen aus dem Prozeß geworden?«

»Vertagt. Die Kaution für Ellis Quint wird aufgehoben, weil er nicht erschienen ist, und nun wird er wegen schwerer Körperverletzung an seinem Vater angeklagt.«

»Er wollte verhindern, daß sein Vater einen Mord begeht«, sagte ich. »Er kann nicht vorgehabt haben, ihn ernstlich zu verletzen.«

Archie nickte. »Vertrackte Sache.«

»Und Jonathan?« fragte ich. »War der in Shropshire?«

Beide machten bedrückte Gesichter.

»Was ist?« sagte ich. »War er nicht da?«

»Doch, doch«, erwiderte Norman mit schwerer Stimme. »Und er hat auch die Einparker gefunden.«

»Gut, der Junge«, sagte ich.

»So gut ist das leider nicht.« Archie hatte als echter Staatsbeamter eine Aktenmappe bei sich, der er nun ein Schriftstück entnahm, das er mir ans Bett brachte. Ich hielt es fest, indem ich meine noch immer unbeholfene linke Hand drauflegte, und sah mir an, um was es ging.

Die Einparker hatten eine Erklärung unterschrieben, wonach Ellis Quint mit Fernsehkollegen zu Abend gegessen hatte und mit einem Teil von ihnen um halb zwölf zu dem Fest gekommen war. Die Einparker erinnerten sich selbstverständlich an ihn, aber nicht nur, weil er Ellis Quint war (auch sonst hatte viel Prominenz die Party besucht, angefangen bei Mitgliedern des Königshauses), sondern vor allem, weil er ihnen Trinkgeld und Autogramme gegeben hatte. Daß es vor Mitternacht war, wußten sie, weil ihr Parkplatzdienst um zwölf zu Ende ging. Spätere Gäste hatten nur einen einzigen Parkplatzhelfer vorgefunden – einen Freund der Unterzeichneten.

Fernsehkollegen! Verdammt, dachte ich. Nach denen hatte ich die Herzogin nicht gefragt.

»Das ist ein bombenfestes Alibi«, bemerkte Norman düster. »Er war in Shropshire, als es den Jährling erwischt hat.«

»Mhm.«

»Sie scheinen gar nicht enttäuscht zu sein, Sid«, wunderte sich Archie.

»Nein.«

»Und wieso?«

»Ich glaube, Sie sollten mal Davis Tatum anrufen. Ist der jetzt in seinem Büro?«

»Kann sein. Was wollen Sie von ihm?«

»Er soll dafür sorgen, daß die Staatsanwaltschaft den Prozeß nicht sausenläßt.«

»Das haben Sie ihm doch am Samstag schon gesagt.« Er hörte sich an, als wollte er mich beschwichtigen.

»Die Kugel hat mir nichts am Kopf getan, Archie, falls Sie das meinen. Ich habe seit Samstag über einiges nachgedacht und festgestellt, daß nicht alles so ist, wie es scheint.«

»Was denn?«

»Ellis' Alibi zum Beispiel.«

»Aber Sid –«

»Hören Sie«, sagte ich. »Über das zu reden, was jetzt kommt, fällt mir nicht ganz leicht, also sehen Sie mich nicht an, sehen Sie auf Ihre Hände oder so was.« Da sie keine Anstalten dazu trafen, sah ich auf meine Hände. »Erst mal muß ich erklären, daß *ich* nicht das bin, als was ich erscheine. Wer mich anschaut, sieht normalerweise einen harmlosen, noch jungen Menschen, nicht groß, nicht kräftig, völlig ungefährlich. Zurückhaltend. Ich beklage mich auch nicht darüber. Im Gegenteil, ich gebe mich so, weil dann die Leute mit mir reden, und das brauche ich für meine Arbeit. Man findet mich gemütlich, wie Ihre Schwester es genannt hat, Archie. Owen Yorkshire hält mich für eine Niete. Das hat er gesagt. Nur… ich bin nicht wirklich so.«

»Eine *Niete*!« rief Archie aus.

»Ich kann so wirken, das ist der Punkt. Aber Ellis kennt mich besser. Er bezeichnet mich als schlau und rücksichtslos, und wahrscheinlich bin ich das auch. Er selbst hat mir vor Jahren den Spitznamen Wolfram verpaßt, weil ich nicht leicht, ehm… einzuschüchtern war. Er meint auch, mich könnte nichts erschrecken, obwohl er sich da irrt. Aber er soll es ruhig denken. Jedenfalls hat Ellis, so unwahrscheinlich das klingen mag, den ganzen Sommer über Angst vor mir gehabt. Deswegen hat er im Fernsehen über mich gelästert und Tilepit mit seiner Zeitung auf mich gehetzt. Er wollte mich besiegen, indem er mich lächerlich macht.«

Ich hielt inne. Sie sagten beide kein Wort.

»Auch Ellis«, fuhr ich fort, »ist nicht das, was er zu sein scheint. Davis Tatum hält ihn für einen Playboy. Ellis ist groß, gutaussehend, extravertiert, charmant und beliebt. Alle sehen in ihm den reizenden, sehr telegenen Entertainer. Aber er ist nicht nur das. Er ist ein starker, zielbewußter und dynamischer Mensch, der andere unerhört geschickt zu manipulieren versteht. Man unterschätzt uns beide aus unterschiedlichen Gründen – ich erscheine schwach und er leichtfertig –, aber gegenseitig unterschätzen wir uns nicht. Nach außen, an der glatten Oberfläche, sind wir seit Jahren befreundet. Aber wir sind in zig Rennen gegeneinander angetreten, und glauben Sie mir, das Pferderennen legt die Seele blank. Ellis und ich kennen uns von innen heraus auf einer Ebene, die nichts mit Frotzelei und mit Geplauder am Kamin zu tun hat. Auch auf dieser Ebene waren wir Freunde. Sie und Davis können nicht glauben, daß Ellis selbst das bewußte große Tier ist und nicht Yorkshire, aber Ellis und ich wissen es. Ellis hat alle Welt manipuliert – Yorkshire, Tilepit, *The Pump*, die öffentliche Meinung und auch die so gewieften Anwälte, die sich einbilden, daß sie die Gangart bestimmen.«

»Und Sie, Sid?« fragte Norman. »Hat er Sie auch gesteuert?«

Ich lächelte kläglich, ohne ihn anzusehen. »Er hat es versucht.«

»Ich hätte gedacht, das sei unmöglich«, sagte Archie. »Er müßte Sie schon unter die Erde bringen, um Sie aufzuhalten.«

»Sie haben mich gut kennengelernt, Archie«, meinte ich träge. »Ich siege wirklich gern.«

»Und wieso läßt es Sie dann kalt, daß Ellis' Shropshire-Alibi nicht zu knacken ist?« fragte er.

»Weil Ellis es so arrangiert hat.«

»Wie soll ich das verstehen?«

»Seit dem Anschlag auf den Jährling in Northampton haben Ellis' Anwälte die Ansicht verbreitet, wenn Ellis für diese Nacht ein unerschütterliches Alibi habe – und ich wette, daß er ihnen das geschworen hat –, dann sei das ganze Combe-Bassett-Verfahren hinfällig. Sie haben die Staatsanwaltschaft gedrängt, die Klage zurückzunehmen, und die Staatsanwaltschaft war drauf und dran, das auch zu tun. Obwohl es zwei gesonderte Anschläge waren, neigte man allgemein zu der Auffassung, wenn es Ellis in dem einen Fall nicht gewesen sein könnte, sei er es auch in dem anderen nicht gewesen.«

»Klar«, sagte Norman.

»Nein«, widersprach ich. »Er hat sich ein felsenfestes Alibi in Shropshire verschafft und jemand anders nach Northampton geschickt.«

»Darauf hätte sich doch kein Mensch eingelassen.«

»Einer schon.«

»Aber wer denn, Sid?« fragte Archie.

»Gordon. Sein Vater.«

Archie und Norman erstarrten, als wären sie beide zu Salzsäulen geworden.

Die Nerven in meinem rechten Arm erwachten. Ich drückte auf den Zauberknopf, und sie schlummerten langsam wieder ein. Hervorragend. Viel besser als in früheren Zeiten.

»Er kann das nicht getan haben«, sagte Archie voller Abscheu.

»Er hat aber.«

»Das vermuten Sie doch nur. Und Sie irren sich.«

»Nein.«

»Aber Sid...«

»Ja, ich weiß«, seufzte ich. »Sie, Charles und ich waren gerngesehene Gäste in seinem Haus. Aber gestern abend hat er auf mich geschossen. Nachzulesen in *The Pump*.«

Archie sagte schwach: »Aber das heißt doch nicht...«

»Ich erkläre es Ihnen«, sagte ich. »Lassen Sie mir einen Moment Zeit.«

Ich schwitzte. Das Schwitzen kam in Wellen, immer wieder. Ein verletzter Körper, der mir sagte, woran ich war.

»Einen Moment Zeit?«

»Ich bin nicht aus Eisen.«

Archie atmete lächelnd aus. »Ich dachte, aus Wolfram?«

»Jaja.«

Sie warteten. Ich sagte: »Gordon und Ginnie Quint waren stolz auf ihren wundervollen Sohn, ihr einziges Kind. Ich hatte ihn eines Verbrechens beschuldigt, das sie empörte. Ginnie war in gutem Glauben fest von Ellis' Unschuld überzeugt. Gordon muß sich angesichts der Beweise, die sein Landrover uns lieferte, die unfaßbare Wahrheit schließlich eingestanden haben.«

Archie nickte.

»Ellis' Hetzjagd auf mich«, fuhr ich fort, »hat ihr Ziel nicht ganz erreicht. Sie ging mir zwar unter die Haut, aber ich hielt die Stellung, und inzwischen rückte der Prozeß immer näher. Egal, wie unbeliebt ich mich damit auch selber machte, ich war entschlossen, vor Gericht, vor Publikum und vor der versammelten Presse auszusagen, wieso ich annahm, Ellis habe Bettys jungem Hengst den Fuß abgeschnitten. Der Ausgang des Prozesses – ob die Geschworenen Ellis schuldig sprachen oder nicht und ob der Richter ihn ins Gefängnis schickte oder nicht – war dabei gar nicht so entscheidend. Der Prozeß selbst und die ganze Beweislast hätten so viele Menschen hier dazu gebracht, an seine Schuld zu glauben, daß sein Image als strahlender Held für immer dahin gewesen wäre. Topline Foods hätte die weltumspannenden Millionen-Pfund-Spots nicht senden können – und kann sie ja auch jetzt nicht verwenden.«

Ich holte ein paarmal tief Luft. Ich redete zuviel. Nicht genug Sauerstoff, nicht genug Blut.

Ich sagte: »Die Idee mit dem Shropshirer Alibi entstand wahrscheinlich nach und nach, und der Himmel weiß, wer von den beiden zuerst darauf kam. Ellis erhielt die Einladung zum Tanz. Das muß den Plan ins Rollen gebracht haben. Sie sahen darin *die* Chance, den Prozeß zu verhindern.«

Herrgott, dachte ich, dir geht's nicht gut. Du wirst alt.

Ich sagte: »Sie müssen bedenken, daß Gordon Farmer ist. Er ist es gewohnt, aus dem Tod von Tieren Kapital zu schlagen. Der Tod eines unbedeutenden Jährlings wird für ihn überhaupt nicht gezählt haben, wenn er damit seinen Sohn retten konnte. Und wo ein Opfer zu finden war, wußte er auch. Die von der Polizei beschlagnahmte Astschere hatte er sicher längst durch eine neue ersetzt. Es muß ihm einfach vorgekommen sein, und er hat den Plan ja auch ohne weiteres ausgeführt.«

Archie und Norman hörten zu, als hätte es ihnen den Atem verschlagen.

Ich setzte neu an. »Ellis ist vieles, aber er ist kein Mörder. Sonst hätte er vielleicht Menschen statt Pferde serienmäßig zu Tode gebracht. Der Drang zum Bösen – ich verstehe ihn nicht, aber es gibt ihn. Schmetterlingen die Flügel abreißen und so weiter.« Ich schluckte. »Ellis hat mir schwer zugesetzt, aber obwohl sich die Gelegenheit mehrfach bot, hat er nicht zugelassen, daß ich umgebracht wurde. Er hat Yorkshire davon abgehalten. Und seinen Vater gestern abend auch.«

»Menschen können vor Haß krank werden«, nickte Archie. »Nur wenige morden aus Haß.«

»Gordon Quint hat es versucht«, hob Norman hervor, »und um ein Haar auch geschafft.«

»Ja«, räumte ich ein, »aber damit wollte er nicht Ellis helfen.«

»Sondern?«

»Da muß ich ein bißchen weiter ausholen.«

Viel zu müde, dachte ich, aber es ist besser, du bringst es hinter dich.

Ich sagte zu Norman: »Erinnern Sie sich an den Stofflumpen, den Sie mir gegeben haben?«

»Ja. Hat Ihnen der was gebracht?«

Ich nickte.

»Was für ein Lumpen?« fragte Archie.

Norman erzählte ihm kurz von der in schmutzigen Stoff eingeschlagenen Astschere in Northampton.

»Die Polizei dort fand die Schere in einer Hecke versteckt«, sagte ich, »und die Beamten kamen damit in das Gestütsbüro, als ich gerade dort war. Die Inhaber des Gestüts, Miss Richardson und Mrs. Bethany, waren dabei und auch Ginnie Quint, die mit ihnen befreundet war und sie besucht hatte, um sie zu trösten und ihnen ihr Mitgefühl auszusprechen. Ginnie schrie mir ins Gesicht, wie sehr sie mich dafür verabscheute, daß ich ihrem Prachtsohn etwas anhängen wollte. Meinem Freund etwas anhängen wollte. Sie hat mich mehr oder weniger als Judas bezeichnet.«

»Sid!«

»Nun, so kam mir das vor. Dann sah sie zu, wie der Polizist die Schere auswickelte, mit der dem Jährling der Fuß abgeschnitten worden war, und ganz langsam verlor sie die Farbe... und fiel in Ohnmacht.«

»Der Anblick der Schere«, sagte Norman und nickte.

»Es war viel mehr. Es war der Anblick des *Stoffs*.«

»Wie soll ich das verstehen?«

»Ich bin einen ganzen Tag – den vorigen Donnerstag, mir kommt's vor wie in einem anderen Leben – der Spur dieses Stoffes gefolgt; das ging kreuz und quer durch London, und gelandet bin ich schließlich in einem Dorf bei Chichester.«

»Wieso Chichester?«

»Weil der schmutzige alte Stoff von einem Bettvorhang stammte, der als Sonderanfertigung von einer Mrs. Patricia Huxford gewebt worden war, einer Zierde ihrer Zunft. Sie hat eine Webwerkstatt in Lowell bei Chichester. Anhand ihrer Unterlagen konnte sie feststellen, daß sie den Stoff vor dreißig Jahren eigens für eine Mrs. Gordon Quint hergestellt hatte.«

Archie und Norman machten große Augen.

»Ginnie erkannte den Stoff wieder«, sagte ich. »Sie hatte mich gerade aufs übelste dafür beschimpft, daß ich Ellis zutraute, Pferde zu verstümmeln, und als sie diesen Stoff dann um die Schere gewickelt sah, wurde ihr plötzlich klar, daß ich recht hatte. Außerdem wußte sie aber auch, daß Ellis in der Nacht, als Miss Richardsons Hengst massakriert wurde, in Shropshire war. Sie wußte, wie wichtig sein Alibi war... und sie muß sich gesagt haben, daß die einzige andere Person, die eine Astschere in diesen Stoff eingewickelt haben konnte, Gordon war. Gordon hatte sich, ohne nachzudenken, irgendeinen alten Lumpen geschnappt, um die Schere einzuwickeln – und zurückgelassen hat er sie wahrscheinlich, weil er dachte, daß wir die Schere bei ihm zu Hause wieder beschlagnahmen und im Labor untersuchen lassen könnten.

Ginnie begriff, daß *Gordon* den Jährling verstümmelt hatte. Das war ein zu großer Schock ... und sie fiel in Ohnmacht.«

Auch Archie und Norman sahen bestürzt aus.

Ich seufzte. »Natürlich war mir das damals noch nicht klar. Erst vorgestern abend fiel der Groschen. Aber jetzt ... jetzt glaube ich, daß Ginnie sich letzten Montag nicht nur wegen Ellis' scheußlicher Vergehen umgebracht hat, sondern auch, weil Gordon mitschuldig war und Schande auf sich geladen hatte ... Und der Prozeß sollte ja trotz allem stattfinden ... Das war einfach zuviel für sie – mehr, als sie ertragen konnte.«

Ich hielt kurz inne und fuhr fort: »Nach Ginnies Selbstmord ist Gordon durchgedreht. Er hatte seinem Sohn helfen wollen. Nun hatte er den Tod seiner Frau verursacht. Mir gab er die Schuld daran: Ich hätte seine Familie zerstört. Am Morgen nach ihrem Tod wollte er mir den Schädel einschlagen. Er lauerte mir vor meiner Wohnung auf ... und er schrie, ich hätte sie umgebracht. Gestern abend dann, genau in dem Moment, den das *Pump*-Foto festhält, sagte er mir, die Kugeln seien für Ginnie ... es gelte mein Leben für ihres. Er wollte ... Es war ihm wirklich Ernst damit.«

Ich hörte auf zu reden. In dem weißen Zimmer war es still.

Später am Tag rief ich das Krankenhaus in Canterbury an und sprach mit der Stationsschwester.

»Wie geht's Rachel?« fragte ich.

»Mr. Halley! Aber ich dachte ... ich meine, wir haben hier alle *The Pump* gelesen.«

»Aber Rachel haben Sie doch nichts erzählt, oder?« fragte ich besorgt.

»Nein... Linda – Mrs. Ferns – wollte es nicht.«

»Gut.«

»Aber sind Sie –«

»Mit mir ist alles in Ordnung«, versicherte ich ihr. »Ich bin im Krankenhaus von Hammersmith. Du Cane Road.«

»Sehr gut!« rief sie aus.

»Ganz meiner Meinung. Wie geht's Rachel?«

»Nun, wir hoffen alle auf die Transplantation.«

»Ist sie schon isoliert?«

»Ja, und sie hält sich wacker. Sie sagt, das Zelt ist ihr Palast und sie ist die Königin.«

»Grüßen Sie sie lieb von mir.«

»Wann können Sie... O je, das sollte ich nicht fragen.«

»Am Donnerstag wird's gehen.«

»Ich sage es ihr.«

Kevin Mills und India besuchten mich am nächsten Morgen vor zehn, auf dem Weg zur Arbeit.

Ich saß wieder in dem hohen Bett, fühlte mich aber schon viel gesünder. Trotz meiner Einwendungen lag mein durchschossener, gut heilender Arm noch dick umwickelt und geschient in einem Stützverband. Gönnen Sie ihm noch einen Tag Ruhe, hatte man mir gesagt, und bewegen Sie zur Übung schon mal die Finger. Alles gut und schön, nur daß die Schwestern an diesem Morgen zu sehr mit einem Notfall beschäftigt waren, um mich wieder mit meiner teuren Linken zu vereinen, die neben mir auf dem Nachttisch lag. Auch wenn sie nicht ganz funktionierte, kam ich mir ohne sie nackt vor und wußte mir überhaupt nicht zu helfen; noch nicht einmal die Nase konnte ich mir kratzen.

Kevin und India kamen hereingeschlichen, als wäre das Leben eine Abfolge von Peinlichkeiten, und sagten viel zu schneidig, wie froh sie seien, daß ich wach sei und es mir bessergehe.

Ich lächelte die zwei Verlegenen an. »Kinder«, sagte ich, »ich bin kein Vollidiot.«

»Hören Sie, Mann...« Kevins Stimme brach ab. Er konnte mir nicht in die Augen sehen.

Ich sagte: »Wer hat Gordon Quint erzählt, wo er mich finden kann?«

Beide schwiegen.

»India«, stellte ich fest, »Sie waren die einzige, die wußte, daß ich am Sonntagabend um acht zum Kensington Place kommen wollte.«

»Sid!« Sie war so entsetzt wie in der Church Street, als sie gesehen hatte, daß ich angeschossen war; und auch sie sah mir nicht in die Augen.

Kevin strich seinen Schnauzbart glatt. »Es war nicht ihre Schuld.«

»Also Ihre?«

»Ein Idiot sind Sie wirklich nicht«, sagte Kevin. »Sie ahnen, was passiert ist, sonst würden Sie uns auf der Stelle rauswerfen.«

»Stimmt.«

»Der Trubel ging am Samstag abend los«, sagte Kevin und fühlte sich jetzt sicher genug, um sich hinzusetzen. »Da *The Pump* sonntags nicht erscheint, war natürlich kaum einer im Büro. George Godbar auch nicht. Keine Seele. Samstag ist unser freier Abend. Bei der Redaktionssitzung Sonntag früh war die Kacke dann am Dampfen. Redaktionssitzungen kennen Sie ja … oder vielleicht auch nicht. Da treffen sich die Ressortleiter – Nachrichten, Sport, Klatsch, Feuilleton, was weiß ich und die Chefreporter –, um zu entscheiden, was in die Ausgabe vom nächsten Tag kommt; und George Godbar sprang im Dreieck wegen der fälligen Kehrtwendung in Sachen S. Halley. Also, Sid, alter Freund, den hätten Sie mal hören sollen. Ich wußte gar nicht, daß es so viele Körperöffnungen gibt und so viele Schließmuskeln.«

»Der Chef hat ihn unter Druck gesetzt?«

»*Druck?* Die Panik war los. Unser adliger Verleger wollte Sie mit Geld abfinden.«

»Wie nett von ihm«, sagte ich.

»Laut George dachte er an zehntausend Pfund. Versucht's mit zehn Millionen, habe ich gesagt. George hat einen kompletten Satz von allem, was seit Juni über Sie in *The Pump* erschienen ist, verteilen lassen; das meiste war ja aus Indias Freitagskolumne. Ich nehme an, Sie haben die Sachen noch?«

Hatte ich nicht, aber das behielt ich für mich.

»Ekelhaft«, sagte Kevin. »Eklig, wenn man das alles auf einmal sieht. Ich meine, die ganze Versammlung war still, und dazu braucht es schon einiges.«

»Ich war nicht da«, sagte India. »Ich nehme an den Sitzungen nicht teil.«

»Seien Sie gerecht gegenüber India«, meinte Kevin zu mir. »Das meiste stammt ja nicht von ihr. Einen Teil habe ich geschrieben. Das wissen Sie. Sechs Leute saßen daran.«

India mied noch immer meinen Blick und setzte sich nach wie vor nicht auf den noch freien Stuhl. Ich wußte Bescheid über Politik und Scheiterhaufen und das alles, aber Woche um Woche hatte ich vor ihrem Kommentar gezittert. So gern ich es vergessen wollte, die Quälerei hing mir noch nach.

»Nehmen Sie Platz«, sagte ich freundlich.

Sie hockte sich unbehaglich auf die Stuhlkante.

»Wenn wir uns noch mal zum Essen verabreden«, sagte ich, »dann erzählen Sie es keinem.«

»Oh, Sid.«

»Sie wollte doch nicht, daß man auf Sie schießt, um Himmels willen«, warf Kevin ein. »Tilepit hat Sie gesucht. Was heißt ›gesucht‹, die Hosen hat er voll gehabt, sagt George. Der Anwalt von *The Pump* hatte jeden Wochenbeitrag einzeln als gerade noch statthaft abgesegnet, aber als er den ganzen Stoß auf einmal durchsah, kam er ins Schwitzen, Sid. Er sagt, *The Pump* soll sich außergerichtlich mit Ihnen einigen, ganz gleich, wieviel Sie verlangen.«

»Und das dürften Sie mir bestimmt auch nicht erzählen?«

»Nein«, gab Kevin zu, »aber schließlich haben Sie mir *den* Exklusivbericht der letzten zehn Jahre geliefert.«

»Wie hat mich Gordon Quint gefunden?« fragte ich nochmals.

»George sagte, unser erlauchter Lord habe dauernd davon gefaselt, daß Sie versprochen hätten, ihn nicht hinter Gitter zu bringen, wenn Sie da und da freigelassen würden, und da Sie freigelassen worden seien, wollte er Sie auf Ihr Wort festnageln. George ahnte nicht, wovon er redete, aber Tilepit stellte klar, daß George Sie in spätestens fünf Minuten zu finden hatte, wenn ihm sein Job lieb war. Deshalb hat George uns alle um Mithilfe gebeten. *The Pump* werde Sie umgehend heiligsprechen und Ihr Bankkonto aufbessern, sollten wir Ihnen sagen; da habe ich für alle Fälle India angerufen, und als sie meinte, das sei kein Problem, sie würde es Ihnen ausrichten, habe ich gefragt… wie und wo. Ohne mir was dabei zu denken.«

»Und Sie haben es George Godbar gesagt?« fragte ich.

Kevin nickte.

»Und der hat es Lord Tilepit gesagt? Und der wiederum hat es wohl Ellis erzählt, der ja ebenfalls auftauchte.«

»George Godbar hat bei Ellis' Vater angerufen, weil er Ellis suchte. Ein Anrufbeantworter verwies ihn an eine Handynummer, und so hat er Gordon Quint irgendwo im Auto erreicht… und ihm gesagt, wo Sie hinwollten, für den Fall, daß Ellis Sie suchte.«

Ringel-Ringelreihen, und die Kugel ist *mein*.

Ich seufzte wieder. Ich hatte Glück, daß ich noch lebte. Das sollte mir genügen. Ich fragte mich auch, wieviel ich *The Pump* abknöpfen würde. Nur so viel, dachte ich, daß mir die Dankbarkeit Seiner Lordschaft erhalten blieb.

Kevin ging, nachdem er sein Herz erleichtert hatte, unruhig im Zimmer umher und blieb vor dem Nachttisch zu meiner Linken stehen. Ein wenig verdutzt schaute er auf die Prothese, die dort lag, und dann hob er sie auf. Ich wünschte, er hätte das bleibenlassen.

Er sagte erstaunt: »Die ist größer, als ich dachte. Und schwerer. Und so hart.«

»Sehr schlagkräftig, wenn es sein muß«, sagte ich.

»Wirklich?« fragte er interessiert. »Kann man sich damit prügeln?«

»Es soll schon vorgekommen sein«, sagte ich, und nach einem Augenblick legte er die Kunsthand wieder hin.

»Es stimmt, was über Sie erzählt wird, ja? Man sieht es Ihnen vielleicht nicht an, aber Sie sind ein harter Bursche, Sid, alter Junge, das habe ich doch gleich gesagt.«

»Den wenigsten Menschen sieht man an, wie sie sind«, erwiderte ich.

India sagte: »Darüber werde ich mal einen Artikel schreiben.«

»Also dann, Sid.« Kevin schickte sich an zu gehen. »Eine Vergewaltigung wartet auf mich. Meinen Dank für die Japaner. Damit sind wir wieder quitt, ja?«

»Klar«, nickte ich.

India stand auf, als wollte sie mit ihm gehen. »Bleiben Sie noch ein wenig«, schlug ich vor.

Sie zögerte. Kevin sagte: »Bleib und halt ihm sein Händchen. Oh, verdammt. Vergebung, Freund. Vergebung!«

»Ziehen Sie Leine«, sagte ich.

India schaute hinter ihm her.

»Tut mir wirklich leid«, sagte sie hilflos, »daß Sie meinetwegen angeschossen worden sind.«

»Ich hab's überlebt«, stellte ich fest, »also vergessen Sie's.«

Ihr Gesicht wirkte sanfter. So früh am Tag hatte sie weder die Lippen nachgezogen noch den matten Porzellanpuder aufgelegt. Ihre Brauenbögen waren dunkel und stark, die Augen hellblau und klar – was ich vor mir sah, war die eigentliche India, nicht die geschäftsmäßige Verpackung. Wie weit sich wohl ihr Wesen von den gewetzten Messern ihrer Zeitungsbeiträge unterschied?

Auch sie kam wie magnetisch angezogen auf meine linke Seite und schaute auf die Kunststoffhand.

»Wie funktioniert das?« fragte sie.

Ich erklärte ihr wie Rachel die Sache mit den Elektroden.

Sie ergriff die Prothese und berührte die Elektroden im Innern mit ihren Fingern. Nichts geschah. Der Daumen bewegte sich nicht.

Ich schluckte. Ich sagte: »Wahrscheinlich muß eine neue Batterie rein.«

»Batterie?«

»Die wird an der Seite eingelegt. Der Kasten da« – ich nickte zum Nachttisch hin – »ist ein Ladegerät. Es steckt eine aufgeladene Batterie drin. Würden Sie sie auswechseln?«

Da es für sie neu war, brauchte sie ein wenig Zeit dafür. Als sie dann wieder an die Elektroden faßte, gehorchte die Hand den Signalen.

»Oh«, sagte sie.

Sie legte die Hand hin und sah mich an.

»Haben Sie ein Stahlrohr verschluckt?« fragte sie. »So was Angespanntes wie Sie habe ich noch nie gesehen. Und Sie haben Schweiß auf der Stirn.«

Sie ergriff eine Schachtel Papiertaschentücher, die neben dem Ladegerät stand, und hielt sie mir hin.

Ich schüttelte den Kopf. Sie blickte auf den ruhiggestellten rechten Arm und auf die Linke auf dem Nachttisch, und als sie verstand, schien es ihr den Atem zu nehmen.

Ich sagte nichts. Sie zog ein Papiertuch aus der Schachtel und tupfte mit fahrigen Bewegungen den Schweiß ab, der an meiner Schläfe niederrann.

»Warum stecken Sie die Hand nicht an?« wollte sie wissen. »Dann kämen Sie doch offensichtlich besser klar.«

»Eine Schwester macht das.« Ich erklärte, daß es einen Notfall gegeben hatte. »Sie kommt, sobald sie kann.«

»Lassen Sie mich das machen«, sagte India.

»Nein.«

»Warum nicht?«

»Darum.«

»Doch nur, weil Ihr Stolz es nicht zuläßt.«

Weil es mir zu persönlich ist, dachte ich.

Ich trug eins dieser scheußlichen Krankenhausnachthemden, die aussehen wie Frisierkittel und formlos den Körper verhüllen. Weißes Tuch bedeckte meine linke Schulter, Oberarm, Ellbogen und was noch daran hing. Zögernd schlug India das Tuch zurück, so daß wir meinen Ellbogen und den kurzen Unterarmstumpf sehen konnten.

»Das stinkt Ihnen, hm?« sagte India.

»Ja.«

»Würde es mir auch.«

Das halte ich nicht aus, dachte ich. Ich kann es ertragen, wenn Ellis mir die Hand abzieht und mich verspottet. Zuneigung kann ich nicht ertragen.

India ergriff die künstliche Hand.

»Was jetzt?« fragte sie.

Ich sagte mit Mühe: »Talkumpuder.«

»Ah ja.« Sie ergriff die schmucklos weiße Dose mit dem Säuglingspflegemittel. »In die Hand, oder auf Sie?«

»Auf mich.«

Sie bestreute den Unterarm mit Puder. »Gut so? Mehr?«

»M-hm.«

Sie verstrich den Puder auf meiner Haut. Ein Prickeln ging mir bis hinunter in die Zehenspitzen.

»Und jetzt?«

»Jetzt halten Sie die Hand, damit ich den Arm reinstecken kann.«

Sie konzentrierte sich. Ich schob den Unterarm in die Fassung, aber der Winkel stimmte nicht.

»Was soll ich machen?« fragte sie besorgt.

»Drehen Sie den Daumen etwas mehr zu sich. Nicht zu weit. So ist's gut. Wenn ich jetzt drücke, drücken Sie gegen. Dann schiebt sich die Fassung über meinen Ellbogen und rastet ein – und die Hand sitzt.«

»So?« Sie zitterte.

»Genau so«, sagte ich. Die Hand rastete an der vorgesehenen Stelle ein.

Ich gab die Signale. Wir schauten zu, wie die Hand sich öffnete und schloß.

India wandte sich unvermittelt ab, nahm ihre Handtasche, die noch neben dem Stuhl lag, und ging zur Tür.

»Gehen Sie nicht«, sagte ich.

»Wenn ich bleibe, muß ich weinen.«

Du auch? dachte ich. Die Berührung ihrer Finger auf der Haut meines Unterarms war eine intimere Liebkosung gewesen als jeder Geschlechtsakt. Ich war zittrig. So bewegt war ich in meinem Leben noch nicht gewesen.

»Kommen Sie her«, sagte ich.

»Ich muß in die Redaktion.«

»India«, sagte ich, »bitte...« Wieso war das Bitten nur immer so schwer? »Bitte...« Ich sah auf meine linke Hand nieder. »Bitte schreiben Sie nichts davon.«

»Ich soll nichts davon schreiben?«

»Nein.«

»Na gut, aber warum nicht?«

»Weil ich kein Mitleid mag.«

Mit Tränen in den Augen kam sie wieder zurück ins Zimmer. »Ihre Jenny«, sagte sie, »hat mir erzählt, Sie hätten solche Angst, bemitleidet zu werden, daß Sie deshalb nie um Hilfe bitten.«

»Sie hat Ihnen zuviel erzählt.«

»Mitleid«, sagte India und kam noch einen Schritt näher, »ist von dem, was ich für Sie empfinde, so weit entfernt, wie es nur sein kann.«

Ich streckte den linken Arm aus und legte die Hand um ihr Handgelenk.

Sie warf einen Blick darauf. Ich zog, und mit dem nächsten Schritt war sie wieder an meiner Seite.

»Sie sind stark«, sagte sie erstaunt.

»An sich schon.«

Ich zog sie näher heran. Sie wußte genau, was ich vorhatte, beugte mir den Kopf zu und legte ihre Lippen auf meine, als wäre es nicht das erste Mal, als wäre es ganz natürlich.

Ein Pakt, dachte ich.

Ein Anfang.

Die Zeit wurde lang, als India fort war.

Nichts Neues bis zu den 12-Uhr-Nachrichten.

Eine Krankenschwester platzte in mein ruhiges Zimmer. »Haben Sie den Kasten noch nicht an? Sie sind im Fernsehen.«

Sie schaltete ein, und mein Gesicht kam auf den Bildschirm, begleitet von der gleichmütigen Stimme eines Sprechers, der sagte: »Sid Halley erholt sich im Krankenhaus.« Es folgte eine Ganzkörperaufnahme von mir, auf der ich jung aussah und Rennfarben trug: ein Bild aus einem jahrealten Film, entstanden beim Zurückwiegen nach meinem Sieg im Grand National. Ich hielt meinen Sattel in beiden Händen, und meine Augen waren erfüllt von dem mystischen Staunen darüber, daß mir das Pendant zum Heiligen Gral beschert worden war.

Darauf folgten Nachrichten über Trockenheit und anhaltende Hungersnot.

Die Schwester sagte: »Warten Sie«, schaltete um, und auf einem anderen Kanal begann eben erst der Nachrichtenblock.

Eine Sprecherin setzte ihr feierlich-tragisches Gesicht auf und ließ ihre kummervolle Stimme, die ich noch nie gemocht hatte, ertönen: »Die Polizei fand heute den Leichnam von Ellis Quint in seinem Wagen mitten im Neuen Forst von Hampshire...«

Versteinert hörte ich sie wie aus der Ferne sagen: »Ein Verbrechen wird ausgeschlossen. Wie verlautet, hat der beliebte Fernsehunterhalter einen Brief an seinen Vater hinterlassen, der nach einem unglücklichen Schlag auf den Kopf seit Sonntag abend ohne Bewußtsein ist. Wir schalten jetzt zu unserem Reporter in Hampshire, Buddy Bowes.«

Buddy Bowes füllte, ein Mikrophon in der Hand, den Bildvordergrund aus, während etwas unscharf hinter ihm in der Ferne Wald, Bewegung und der Rückspiegel eines weißen Pkws zu sehen waren.

»Dies ist das traurige Ende«, so Buddy Bowes, wenigstens dem Anschein nach mit echtem Bedauern, »eines märchenhaften Lebens. Ellis Quint, achtunddreißig, der mit seinen Fernsehauftritten Millionen erfreute, wird auch als der draufgängerische beste Hindernisreiter der Amateure in Erinnerung bleiben, der eine ganze Generation angespornt hat, sich aufs Pferd zu schwingen und etwas zu leisten. In den vergangenen Monaten hatte er unter Vorwürfen der Tierquälerei zu leiden, die sein langjähriger Kollege und vermeintlicher Freund, der ehemalige Topjockey Sid Halley, gegen ihn erhoben hatte. Quint sollte gestern vor Gericht erscheinen, um diese Vorwürfe zu widerlegen.«

Es folgte eine Bildmontage von Ellis, wie er Rennen gewann, gestiefelt und gespornt einherstelzte, ein Talkshow-Publikum begeisterte, immer voll Lebenskraft, immer gutaussehend.

»Millionen werden um Ellis trauern«, schloß Buddy Bowes. »Und damit zurück ins Studio…«

Die Schwester schaltete empört das Gerät ab. »Die haben mit keinem Wort erwähnt, daß man auf Sie geschossen hat.«

»Halb so schlimm.«

Sie ging verärgert fort. Der Ruf, den Ellis mir angehängt hatte, ließ sich nicht über Nacht aus der Welt schaffen, ganz gleich, was *The Pump* jetzt schrieb. Mit der Zeit vielleicht. Vielleicht auch nie.

Ellis war tot.

Ich saß in dem stillen weißen Zimmer.

Ellis war tot.

Eine Stunde später brachte der Krankenhauspförtner mir einen Brief, der, wie er sagte, am Haupteingang abgegeben worden und aus Versehen liegengeblieben war.

»Und seit wann?«

Seit gestern, nahm er an.

Als er gegangen war, nahm ich den Umschlag in die Pinzettenfinger und riß ihn mit den Zähnen auf.

Der Zweiseitenbrief war von Ellis, die Handschrift pulsierte von Leben.

Er lautete:

Sid,
ich weiß, wo Du bist, ich bin dem Krankenwagen nachgefahren. Wenn Du das liest, bist Du am Leben, und ich bin tot. Ich hätte nicht gedacht, daß Du mich kriegst. Ich hätte es wissen sollen.
Falls Du Dich fragst, warum ich die Füße abgeschnitten habe – reizt es Dich nicht auch manchmal, aus allem auszubrechen? Ich war es leid, brav und gut zu sein. Ich wollte auf die dunkle Seite. Ich wollte Kleinholz machen. Explodieren. Metzeln. Ich wollte den Idioten, die mir um den Bart gehen, eine Nase drehen. Ich habe das Fußvolk geleimt.
Und dann immer dieses Knacken.
Das alte Pony habe ich gestutzt, um eine gute Sendung draus zu machen. Die Kleine hatte ja Leukämie. Rotz-und-Tränen-Story, sagenhaft. Ich brauchte einen Hit. Meine Quoten gingen runter.
Dann kriegte ich Lust, es noch mal zu machen. Die Gefahr. Das Risiko, die Umstände. Und das Knacken. *Schwer zu beschreiben. Das gibt mir ein Glücksgefühl wie sonst gar nichts. Kokain ist Kinderkram. Sex ist belanglos. Ich habe jede Frau gehabt, die ich wollte. Wenn*

die Knochen knacken, das ist ein Millionen-Volt-Orgasmus.

Und dann kommst Du. Der einzige, den ich je beneidet habe. Dich wollte ich auch kleinkriegen. Keiner braucht über allem zu stehen.

Ich weiß, daß Hilflosigkeit das einzige ist, wovor Du Angst hast. Ich kenne Dich ja. In Owen Yorkshires Büro wollte ich Dich hilflos machen, aber Du hast nur dagesessen und zugesehen, wie Deine Pfote blau wird. Du wolltest, daß ich zu mir komme, das habe ich wohl gemerkt, aber mir ging es nur um eins: Ich wollte hören, wie Dein Handgelenk knackt und in tausend Teilchen zerspringt. Ich wollte beweisen, daß kein Mensch gut ist. Der Lack sollte abgehen. Du solltest werden wie ich.

Und dann, Du hältst mich sicher für verrückt, war ich auf einmal froh, daß Du nicht gewimmert und geschluchzt hast, und ich war stolz, daß Du wirklich so bist, wie Du bist; ich war regelrecht glücklich und auf Wolke sieben. Da wollte ich nicht mehr, daß Du stirbst, nicht einfach so, ohne Grund. Nicht meinetwegen.

Mir ist jetzt klar, was ich angerichtet habe. Welchen unendlichen Schaden.

Den letzten Hengst hat mein Vater gestutzt. Ich habe ihn dazu überredet.

Das hat meine Mutter das Leben gekostet. Wenn mein Vater durchkommt, werden sie ihn für den Mordversuch an Dir einsperren. Sie hätten mich im Juni hängen lassen sollen, als ich's mit meinem Schlips versucht habe.

Man sagt ja, Leute wie ich wollen geschnappt werden. Sie frönen ihrem Laster so lange, bis sie jemand aufhält.

Damit endete der Brief bis auf drei Worte, die viel weiter unten standen:

»Dein Rennen, Sid.«

Die zwei Bogen Schreibpapier lagen auf dem weißen Bettzeug. Kein anderer würde sie zu sehen bekommen, dachte ich.

Mir fiel Rachels Ausspruch ein, daß es komisch sein müßte, tot zu sein. Eine leere Stelle zu sein.

Es war leer um mich in dem weißen Zimmer.

Ob gut, ob böse, er war mein Freund gewesen. Ein Feind – aber letzten Endes ein Freund.

Die grausame, verdorbene Seite seines Wesens trat in den Hintergrund.

Ich hatte gewonnen, aber es stand niemand in den Steigbügeln, mit dem ich die Freude am Sieg teilen konnte.

Bedauern, Verlust, Hinnahme, Erleichterung: all das spürte ich in mir.

Ich trauerte um Ellis Quint.

Bitte beachten Sie auch
die folgenden Seiten

Dick Francis im Diogenes Verlag

»Die Bücher von Dick Francis haben die Grenzen des Krimis längst überschritten. Ihr Autor veranschaulicht Menschen, wie er sie kennt, in Verhältnissen, wie er sie noch besser kennt.«
Süddeutsche Zeitung, München

»Dick Francis ist der Meister des Thrillers.«
Der Spiegel, Hamburg

Todsicher
Roman. Aus dem Englischen von Tony Westermayr

Nervensache
Roman. Deutsch von Tony Westermayr

Blindflug
Roman. Deutsch von Tony Westermayr

Hilflos
Roman. Deutsch von Nikolaus Stingl

Peitsche
Roman. Deutsch von Nikolaus Stingl

Knochenbruch
Roman. Deutsch von Michaela Link

Gefilmt
Roman. Deutsch von Malte Krutzsch

Schlittenfahrt
Roman. Deutsch von Jobst-Christian Rojahn

Galopp
Roman. Deutsch von Ursula Goldschmidt und Nikolaus Stingl

Handicap
Roman. Deutsch von Jobst-Christian Rojahn

Reflex
Roman. Deutsch von Monika Kamper

Fehlstart
Roman. Deutsch von Malte Krutzsch

Banker
Roman. Deutsch von Malte Krutzsch

Gefahr
Roman. Deutsch von Malte Krutzsch

Weinprobe
Roman. Deutsch von Malte Krutzsch

Ausgestochen
Roman. Deutsch von Malte Krutzsch

Festgenagelt
Roman. Deutsch von Malte Krutzsch

Gegenzug
Roman. Deutsch von Malte Krutzsch

Unbestechlich
Roman. Deutsch von Jobst-Christian Rojahn

Außenseiter
Roman. Deutsch von Gerald Jung

Comeback
Roman. Deutsch von Malte Krutzsch

Sporen
Roman. Deutsch von Malte Krutzsch

Lunte
Roman. Deutsch von Malte Krutzsch

Zügellos
Roman. Deutsch von Malte Krutzsch

Favorit
Roman. Deutsch von Malte Krutzsch

Liaty Pisani im Diogenes Verlag

Mit Ogden hat Liaty Pisani einen Spion geschaffen, der eine fatale Schwäche hat: Er hat ein Gewissen. Dennoch wird er mit seiner Intelligenz und Schnelligkeit bei den heikelsten Missionen eingesetzt. Für Ogden ist der Dienst seine Familie: als Ziehsohn eines Geheimdienstbosses ist er mit den Umgangsformen in der Welt der Top-Secret-Informationen vertraut. Was ihm nicht jede böse Überraschung erspart.

»Wenn es sich nicht noch herausstellt, daß es sich bei Liaty Pisani um John le Carrés Sekretärin handelt, die ihm die Manuskripte maust, dann haben wir endlich eine weibliche Spionage-Autorin. Noch dazu eine mit literarischem Schreibgefühl.«
Martina I. Kischke/Frankfurter Rundschau

»Ein bemerkenswertes literarisches Talent, das außerhalb der italienischen Tradition, nämlich zwischen Chandler und le Carré eingereiht werden muß und durch seine versteckten Zitate an Nabokov erinnert.«
La Stampa, Turin

Tod eines Forschers
Roman. Aus dem Italienischen von Linde Birk

Der Spion und der Dichter
Roman. Deutsch von Ulrich Hartmann

Valery Wilson Wesley

Ein Engel über deinem Grab

Roman. Aus dem Amerikanischen von Gertraude Krueger

Sie ist schwarz, Anfang Dreißig und hat es satt, sich von anderen Leuten den Tag verderben zu lassen. Deshalb hat Tamara Hayle ihren Job als Polizistin an den Nagel gehängt und ihrem Ehemann DeWayne den Laufpaß gegeben, um sich als alleinerziehende Mutter und Privatdetektivin auf dem harten Pflaster von Newark, New Jersey, durchzuschlagen. Doch DeWayne, Vater ihres Sohnes Jamal, bringt sich immer spätestens dann bei ihr in Erinnerung, wenn er in Schwierigkeiten steckt. Er bittet Tamara, in einem traurigen Fall zu ermitteln: Terrence, einer seiner fünf Söhne, ist ums Leben gekommen, als Junkie, behauptet die Polizei. Doch DeWayne ist anderer Ansicht: Er glaubt, jemand nimmt Rache an ihm und raubt ihm das Liebste, was er hat: seine Söhne, einen nach dem anderen.
Tamara findet seine Theorie anfangs ziemlich abstrus; doch dann stößt sie auf Ungereimtheiten.
Ein »page-turner« von der ersten bis zur letzten Seite. Eine Detektivin, in die man sich einfach verlieben muß.

»Wesley arbeitet mit den Mitteln des ›hard-boiled‹-Krimis und erschafft für ihre ungewöhnliche Detektivin zugleich das Genre neu. Tamara Hayle hat eine blendende Karriere vor sich.«
Washington Post Book World

»Wesley hat ein aufregendes Stück literarischen Jazz komponiert.«
Fritz Göttler/Süddeutsche Zeitung, München

»Ein wunderbarer Krimi.«
Martina I. Kischke/Frankfurter Rundschau

Donna Leon im Diogenes Verlag

»Es gibt einen neuen liebenswerten Polizisten in der Welt der literarischen Detektive zu entdecken. Sein Name lautet Guido Brunetti. Er lebt und arbeitet in einer der schönsten Städte Italiens, in Venedig. Ein Mann, der in glücklicher Ehe lebt, gerne ißt und guten Wein schätzt, sich gelegentlich über seine heranwachsenden Kinder ärgert und auch manches Mal cholerisch reagiert. Eine Eigenschaft aber bleibt dem Commissario auch in den schwierigsten Situationen: Sein Anstand, gepaart mit einem wunderbaren Sinn für Humor und Menschlichkeit.«
Margarete v. Schwarzkopf / NDR, Hannover

»Aus dem Commissario Brunetti könnte mit der Zeit ein Nachfolger für Simenons Maigret werden.«
Jochen Schmidt / Radio Bremen

»Ganz oben auf der Beliebtheitsskala der literarischen Verbrechensaufklärer.« *Die Presse, Wien*

Venezianisches Finale
Roman. Aus dem Amerikanischen
von Monika Elwenspoek

Endstation Venedig
Roman. Deutsch von Monika Elwenspoek

Venezianische Scharade
Roman. Deutsch von Monika Elwenspoek

Vendetta
Roman. Deutsch von Monika Elwenspoek